NORA ROBERTS

O despertar

LEGADO DO CORAÇÃO DE DRAGÃO

· LIVRO 1 ·

Tradução
Sandra Martha Dolinsky

Copyright © Nora Roberts, 2022
Copyright © Editora Planeta do Brasil, 2022
Copyright da tradução © Sandra Martha Dolinsky
Todos os direitos reservados.
Título original: *The Awakening*

Preparação: Ligia Alves
Coordenação editorial: Algo Novo Editorial
Revisão: Natália Mori Marques e Mariana Rimoli
Diagramação: Vanessa Lima
Capa: Renata Vidal
Imagem de capa: mythja/ShutterStock, Ironika/ShutterStock, Ellerslie/ShutterStock, Wampa/CanStockPhoto

Esta é uma obra de ficção. Todos os personagens, organizações e eventos retratados neste romance são produto da imaginação da autora ou usados de forma fictícia.

DADOS INTERNACIONAIS DE CATALOGAÇÃO NA PUBLICAÇÃO (CIP)
ANGÉLICA ILACQUA CRB-8/7057

Roberts, Nora
  O despertar: legado do coração de dragão 1/ Nora Roberts; tradução de Sandra Martha Dolinsky. - São Paulo: Planeta do Brasil, 2022.

ISBN 978-65-5535-794-3
Título original: The Awakening

1. Ficção norte-americana 2. Literatura fantástica I. Título II. Dolinsky, Sandra Martha

22-2872   CDD 813

Índice para catálogo sistemático:
1. Ficção norte-americana

 Ao escolher este livro, você está apoiando o manejo responsável das florestas do mundo.

Acreditamos nos livros

Este livro foi composto em Adobe Garamond Pro e impresso pela Geográfica para a Editora Planeta do Brasil em junho de 2022.

2022
Todos os direitos desta edição reservados à
EDITORA PLANETA DO BRASIL LTDA.
Rua Bela Cintra, 986 – 4º andar
01415-002 – Consolação
São Paulo-SP
www.planetadelivros.com.br
faleconosco@editoraplaneta.com.br

*A Colt,
meu menino alegre que traz mais
luz e amor à nossa vida*

PARTE I

MUDANÇAS

Uma mentira que é meia verdade é sempre a mais sombria das mentiras.
Alfred, Lorde Tennyson

Não presumas que eu seja o que já fui.
William Shakespeare

PRÓLOGO
VALE DOS FEÉRICOS

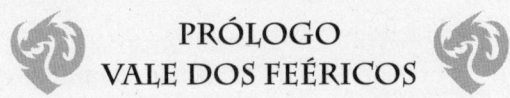

Brumas, com seus cintilantes dedos prateados, ergueram-se sobre a água verde-clara do lago. Enroscaram-se e se retorceram em direção a um céu silente e cinza, enquanto no leste, acima das colinas, um rubor rosado, como uma respiração suspensa, esperava para despertar.

No frio da madrugada, Keegan O'Broin estava parado à beira do lago e viu o dia nascer. Como ele bem sabia, seria um dia de mudança e escolhas, de esperança e poder.

Ele aguardou, como aquela respiração suspensa, para cumprir seu dever, e esperava voltar à fazenda antes do meio-dia. Tinha coisas a fazer, pensou, e mais treinamento, claro.

Mas em casa.

Ao sinal, tirou as botas e a túnica. Seu irmão, Harken, fez o mesmo, assim como outras quase seiscentas pessoas. Os jovens e os nem tão jovens provinham não só do vale, mas de todos os cantos de Talamh.

Provinham do sul, onde os membros do clã dos Piedosos rezavam suas orações secretas; do norte, onde os guerreiros mais ferozes protegiam o Mar das Tempestades; da Capital, a leste, e dali mesmo, a oeste.

Pois seu chefe, seu *taoiseach*,[1] estava morto – dera a vida para salvar o mundo. E como estava escrito, e como era contado, e como era cantado, um novo chefe surgiria, como aquelas brumas, naquele dia, naquele lugar e daquela maneira.

Ele queria ser *taoiseach* tanto quanto Harken, ou seja, nem um pouco. Harken, um menino alegre de doze anos – o mais jovem autorizado a participar do ritual –, era fazendeiro nato. Keegan sabia que, para seu irmão mais novo, esse dia, as multidões, o salto no lago, era tudo uma grande diversão.

Para Keegan, era o dia em que cumpriria o juramento feito a um homem em seu leito de morte; um homem que tinha sido como seu pai

---

1. Chefe do governo na língua gaélica irlandesa. (N. T.)

desde que o seu verdadeiro partira para os deuses; um homem que levara Talamh à vitória sobre aqueles que os escravizaram, embora isso tenha lhe custado a vida.

Ele não desejava erguer o cajado do *taoiseach*, empunhar a espada do líder do clã. Mas dera sua palavra, por isso mergulharia na água com todos os outros meninos e meninas, homens e mulheres.

— Vamos lá, Keegan! — disse Harken, sorrindo, com seu tufo de cabelo em forma de asa de corvo esvoaçando na brisa da primavera. — Não é engraçado? Se eu encontrar a espada, vou decretar uma semana de festa e dança.

— Se você encontrar a espada, quem cuidará das ovelhas e ordenhará as vacas?

— Se eu for *taoiseach*, farei tudo isso e muito mais. A batalha acabou, e nós vencemos, irmão. Eu também lamento a morte dele. — E, com sua bondade natural, Harken passou um braço em volta dos ombros de Keegan. — Ele foi um herói e nunca será esquecido. E hoje, como ele gostaria que fosse, como deve acontecer, chegará um novo líder.

Com seus olhos azuis brilhantes como o dia, Harken olhou para a multidão às margens do lago.

— Nós o honramos, assim como a todos os que vieram antes dele e todos os que virão depois.

Harken deu uma cotovelada em Keegan. — Não esquenta, nenhum de nós dois vai sair da água com a Cosantoir na mão. É mais provável que seja Cara, que é tão esperta na água que parece uma sereia. Ou Cullen; eu sei que ele andou treinando prender a respiração embaixo d'água nas últimas duas semanas.

— Pode ser — murmurou Keegan.

Cullen era um bom soldado de nascença, mas não seria um bom chefe. Ele preferia lutar a ter que pensar.

Keegan, que aos catorze anos já era soldado, já havia visto sangue e o derramado, conhecia o poder e o sentia, e sabia que o pensamento era tão importante quanto a espada, a lança e os poderes.

E mais ainda.

E ele aprendera isso tanto com seu pai quanto com aquele que o tratara como a um filho.

Enquanto ele estava ali com Harken e tantos outros, todos tagarelando como pássaros barulhentos, sua mãe andava no meio da multidão.

Ele queria que ela mergulhasse nesse dia. Não conhecia mais ninguém que pudesse resolver uma disputa com tanta facilidade, que pudesse encarar uma dúzia de tarefas ao mesmo tempo. Harken tinha a bondade dela; sua irmã, Aisling, a beleza; e ele gostava de pensar que tinha pelo menos um pouco da astúcia da mãe.

Tarryn parou perto de Aisling – que decidira esperar com seus amigos, em vez de com seus irmãos, a quem atualmente desprezava. Keegan a viu erguer o queixo de Aisling, dar-lhe um beijo no rosto e dizer palavras que fizeram a filha sorrir; e então foi até os filhos.

— E aqui temos uma carranca e um sorriso — Tarryn bagunçou o cabelo de Harken e deu um leve puxão na trança de guerreiro do lado esquerdo da cabeça de Keegan. — Lembrem-se do propósito deste dia, pois ele nos une e mostra quem e o que somos. O que vocês farão aqui tem sido feito durante mais de mil anos. E os nomes de todos os que tiraram a espada do lago já estavam escritos antes mesmo de eles nascerem.

— Se o destino determina quem erguerá a espada, por que não podemos ver? Por que você não pode — insistiu Keegan —, se vê o que passou e o que ainda está por vir?

— Se eu, você ou qualquer um pudesse ver, não haveria escolha.

Como a mãe que era, ela passou o braço em volta dos ombros de Keegan, mas seus olhos – brilhantes e azuis como os de Harken – olhavam para o lago e através das brumas.

— Você escolheu entrar na água, não é? E quem pegar a espada deve escolher subir com ela.

— Quem não escolheria subir com ela — perguntou Harken —, se seria *taoiseach*?

— Um líder será honrado, mas carrega o fardo por todos nós. Portanto, deve ser escolha dele carregá-lo, assim como à espada. Silêncio, agora — deu um beijo em cada filho. — Mairghread chegou.

Mairghread O'Ceallaigh, que já havia sido *taoiseach* e era mãe do que agora estava enterrado, não se vestia mais de luto. Estava de branco, com um vestido simples sem adornos, mas usava um pingente com uma pedra tão vermelha quanto seu cabelo.

A pedra e o cabelo pareciam chamas, como se queimassem as brumas enquanto ela caminhava entre todos. Usava o cabelo tão curto quanto o das fadas que esvoaçavam atrás dela.

E a multidão se abriu para ela e a tagarelice deu lugar a um silêncio que demonstrava respeito e assombro.

Keegan a conhecia como Marg, a mulher que morava na cabana da floresta não muito longe da fazenda. A mulher que sempre tinha um bolo de mel e uma história para um menino faminto. Uma mulher de grande poder e coragem, que lutara por Talamh e trouxera a paz em troca de uma profunda perda pessoal.

Keegan a abraçara enquanto ela chorava pelo filho, enquanto ele mantinha sua palavra de novo e lhe dava a notícia pessoalmente. Embora ela já soubesse.

Ele a abraçara até que as mulheres chegaram para confortá-la.

E então, mesmo sendo um soldado, mesmo sendo um homem, ele se embrenhara na floresta para derramar suas lágrimas.

Agora ela estava magnífica, e ele sentiu aquele temor que fazia sua barriga estremecer.

Ela carregava o cajado, o antigo símbolo de liderança. De madeira escura como o piche, o objeto brilhava ao sol, através das brumas que diminuíam e se desmanchavam.

Os entalhes do cajado pareciam pulsar. Em sua ponta, dentro da pedra do coração de dragão, o poder girava.

Quando ela falou, até o vento silenciou.

— Mais uma vez, trouxemos a paz ao nosso mundo com sangue e sacrifício. Através de todas as eras, temos protegido nosso mundo e, por meio dele, todos os outros. Escolhemos viver como vivemos, da terra, do mar, das fadas, honrando a todos. Mais uma vez temos paz, mais uma vez prosperaremos, até que chegue de novo a hora do sangue e do sacrifício. Hoje, como foi escrito, contado e cantado, um novo líder se erguerá, e todos aqui jurarão sua fidelidade a Talamh, ao *taoiseach* que pegará a espada do Lago da Verdade e aceitará o Cajado da Justiça.

Ela ergueu o rosto para o céu, e Keegan pensou que a voz daquela mulher, tão clara, tão forte, poderia chegar até o Mar das Tempestades e além.

— Neste lugar, nesta hora, invocamos nossa fonte de poder. Que o escolhido neste dia honre, respeite e proteja os feéricos, o povo das fadas. Que a mão que ergue a espada seja forte, sábia e verdadeira. Isso, e somente isso, é o que seu povo lhe pede.

As águas poderosas, pálidas e verdes, começaram a girar. As brumas sobre elas oscilaram.

— Está começando — disse ela, levantando bem alto o cajado.

Todos correram para a água. Alguns dos mais jovens riam ou gritavam enquanto pulavam e mergulhavam, e os que ficaram em terra aplaudiam.

Keegan ouviu todo o barulho enquanto hesitava, enquanto seu irmão mergulhava alegre, respingando água. Pensou em seu juramento, na mão que havia segurado a sua naqueles últimos momentos de vida neste plano.

E então mergulhou.

Ele teria soltado um palavrão ao sentir o golpe da água fria, mas não viu sentido nisso. Ouviu outros xingando, entretanto, ou rindo, ou batendo as pernas na tentativa de voltar à superfície.

Keegan desligou seu poder de ouvir pensamentos, pois muitos se aglomeravam em sua cabeça.

Ele havia jurado que entraria na água neste dia e mergulharia fundo. E que pegaria a espada se ela chegasse à sua mão.

Então, mergulhou fundo, e mais fundo, recordando os tempos em que, quando menino, fazia exatamente isso com seu irmão e irmã – crianças em um dia de verão procurando pedras lisas no fundo macio do lago.

Ele via os outros através da água, nadando para baixo, para cima ou para os lados. O lago os empurraria para a superfície se ficassem sem ar, pois fora prometido que, nesse dia, ninguém que entrasse no lago se machucaria.

O lago se movia ao redor dele como um torvelinho, às vezes rodopiando. Ele podia ver o fundo e aquelas pedras lisas que juntava quando era pequeno.

Então, viu a mulher. Ela simplesmente flutuava, de modo que, a princípio, pensou que fosse uma sereia. Historicamente, os sereianos não participavam do ritual. Já dominavam os mares e se contentavam com isso.

Então, ele notou que só podia ver o rosto e o cabelo dela – vermelho como o de Marg, porém mais comprido e flutuando na água. Os olhos dela, cinzentos como sombras na fumaça, deram-lhe a impressão de conhecê-la. Mas ele não a conhecia. Keegan conhecia cada rosto do vale, e o dela não era dali.

Embora parecesse ser.

Então, mesmo tendo bloqueado seu poder, ele a ouviu tão claramente quanto havia ouvido Marg na margem do lago.

Ele era meu também. Mas esta é sua. Ele sabia disso, e você também sabe.

A espada quase saltou em sua mão, e ele sentiu o peso, o poder e o brilho dela.

Ele poderia soltá-la e nadar para longe. A escolha era dele, como diziam os deuses, como diziam as histórias.

Keegan começou a afrouxar os dedos e deixar que aquele peso, aquele poder, aquele brilho deslizassem para longe. Ele não sabia liderar. Sabia lutar, treinar, montar, voar, mas não sabia liderar os outros, nem na batalha nem na paz.

A espada brilhava prateada em sua mão; seus entalhes pulsavam, e sua única pedra vermelha flamejava. Quando afrouxou os dedos, aquele brilho desbotado e as chamas começaram a se extinguir.

E ela o observava.

Ele acreditava em você.

Escolha?, pensou Keegan. Que bobagem... a honra não deixa escolha.

Então, ele apontou a espada para a superfície, onde o sol dançava como se fossem diamantes. E assistiu à visão – pois ela não era mais que isso – sorrir.

Quem é você?, perguntou.

Nós dois teremos que descobrir.

A espada o carregou para cima como uma flecha lançada por um arco.

Atravessou a água, depois o ar. Ouviu-se um rugido quando o sol atingiu a lâmina e lançou sua luz e seu poder sobre a água.

Ele a cavalgou até a densa grama úmida, e fez o que sabia que deveria fazer. Ajoelhou-se aos pés de Mairghread.

— Eu daria isto e tudo que significa a você — disse ele, como o filho dela havia dito —, pois não há ninguém mais digno.

— Meu tempo já passou — ela pousou a mão na cabeça dele —, e o seu começa agora.

Pegou a mão dele e o fez levantar.

Ele não ouvia nem via nada além dela.

— Esse era o meu desejo — murmurou ela só para ele.

— Por quê? Não sei como...

Ela o interrompeu com um beijo no rosto.

— Você sabe mais do que pensa — ela estendeu o cajado. — Pegue o que é seu, Keegan O'Broin.

Quando ele pegou o bastão, ela recuou.

— E faça o que tem que fazer.

Ele se voltou. Todos o observavam; tantos rostos, tantos olhos o observando... Ele reconheceu o que sentia – medo – e se envergonhou.

A espada o escolhera, pensou, e ele escolhera subir com ela.

Não haveria mais medo.

Ele ergueu o cajado para que o coração de dragão ganhasse vida e pulsasse.

— Com isto, haverá justiça em Talamh para todos. — E ergueu a espada. — Com isto, todos estarão protegidos. Sou Keegan O'Broin. Tudo que sou ou serei promete isso aos vales, às colinas, às florestas, aos confins e a cada feérico. Defenderei a luz. Viverei por Talamh e, se os deuses assim decidirem, morrerei por Talamh.

Todos o aplaudiram, e, em meio ao rugido, ele ouviu Marg dizer:

— Muito bem, rapaz. Muito bem.

Então, eles ergueram o jovem *taoiseach*. E uma nova história começou.

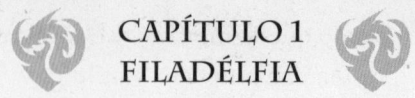

CAPÍTULO 1
FILADÉLFIA

Sentada em um ônibus que parecia ter graves ataques de soluço, Breen Kelly esfregou sua têmpora latejante de dor.

Tivera um dia ruim no final (graças a Deus!) de uma semana ruim que fechava um mês ruim.

Ou dois.

Disse a si mesma para se animar. Era sexta-feira, e isso significava dois dias inteiros de folga antes de ter que voltar à sala de aula e batalhar para ensinar artes da linguagem a alunos do fundamental II.

Claro que passaria uma parte desses dois dias corrigindo trabalhos e elaborando aulas, mas não estaria dentro da sala com todos os olhos sobre ela — alguns entediados, alguns maníacos, alguns cheios de esperança.

Não, ela não estaria ali, sentindo-se inadequada e deslocada como um adolescente que preferiria estar em qualquer outro lugar do universo menos na sala de aula.

Recordou a si mesma que lecionar era a mais honrosa das profissões. Gratificante, significativa, essencial.

Pena que era um saco.

O ônibus foi soluçando até a próxima parada. Algumas pessoas desceram, outras subiram.

Ela ficou observando. Era uma boa observadora porque era muito mais fácil observar que participar.

Uma mulher de terninho cinza, celular na mão, olhos cansados. Mãe solteira voltando para casa depois do trabalho, falando com os filhos, decidiu Breen. Provavelmente a mulher nunca teria imaginado que sua vida seria tão difícil.

Dois adolescentes — tênis de cano alto, bermuda Adidas, fones de ouvido. Estão indo encontrar uns amigos, jogar on-line, comer uma pizza, assistir a um filme. Uma idade invejável, pensou Breen, quando um fim de semana não significa nada além de diversão.

Um homem de preto... Ele olhou diretamente para Breen, profundamente, então ela desviou os olhos. Parecia familiar. Por que lhe parecia familiar? Sua cabeleira prateada a fez pensar: professor universitário.

Mas não, não era isso. Um professor universitário entrando no ônibus não deixaria sua boca seca nem faria seu coração bater forte. Sentiu um medo terrível de que ele voltasse e se sentasse ao lado dela.

Se isso acontecesse, ela nunca sairia do ônibus. Ficaria rodando, rodando, indo a lugar nenhum, chegando a lugar nenhum, em um loop contínuo de nada.

Ela sabia que era loucura, mas não ligava. Levantou-se e correu para a parte da frente do ônibus, a pasta batendo contra o quadril. Não olhou para o homem – não se atreveu –, mas teve que passar por ele para chegar às portas. Ele deu um passo para o lado, mas Breen sentiu que seu braço esbarrou no dele ao passar.

Seus pulmões se fecharam; as pernas fraquejaram. Alguém perguntou se ela estava bem enquanto cambaleava em direção à saída. Mas ela o ouviu, dentro de sua cabeça: *Venha para casa, Breen Siobhan. Está na hora de você voltar para casa.*

Ela se segurou na barra para manter o equilíbrio e quase tropeçou nos degraus. E desceu correndo.

Sentiu que as pessoas olhavam para ela, viravam a cabeça e se espantavam. Isso só piorava as coisas. Odiava chamar a atenção; tentava muito se misturar, ser invisível.

O ônibus partiu soluçando.

Sua respiração sibilava, mas a pressão no peito diminuiu. Ordenou a si mesma que desacelerasse e andasse como uma pessoa normal.

Levou um minuto para conseguir se acalmar e outro para se orientar.

Não tinha um ataque de ansiedade tão grave desde a noite anterior a seu primeiro dia na sala de aula da escola de ensino fundamental Grady. Marco, seu melhor amigo desde o jardim de infância, a havia ajudado a passar por aquela crise, e por outra – não tão ruim –, antes de sua primeira reunião de pais e professores.

Era só um homem pegando o ônibus, disse Breen a si mesma. Não era ameaça nenhuma, pelo amor de Deus! E ela não o havia ouvido dentro de sua cabeça. Acreditar que ouvia os pensamentos dos outros era uma maluquice.

Sua mãe não havia martelado isso em sua cabeça desde... sempre?

E agora, só porque havia tido um momento de loucura, tinha que caminhar quase um quilômetro. Mas tudo bem, tudo bem, era uma linda noite de primavera, e ela estava, naturalmente, vestida do jeito correto: capa de chuva leve – havia trinta por cento de chance de chuva – sobre uma blusa primaveril e sapatos adequados.

Ela gostava de andar, e marcaria um monte de passos a mais no contador de passos.

Bagunçou um pouco sua agenda, mas e daí?

Ela era uma mulher solteira de vinte e seis anos que não tinha absolutamente nada programado para uma noite de sexta-feira de maio. E, como se isso não fosse suficientemente deprimente, o ataque de ansiedade fez piorar sua dor de cabeça.

Ela abriu um compartimento de sua pasta, tirou uma bolsinha e, de lá de dentro, dois comprimidos de Tylenol. E os tomou com a água da garrafa que também levava na pasta.

Normalmente ela ia até a casa de sua mãe, pegava e separava a correspondência – pois a mãe se recusava a deixar que ficasse guardada no correio quando estava fora da cidade –, rasgava o que era lixo e deixava as contas, cartas etc. nas bandejas certas no escritório.

Abria as janelas para ventilar o duplex, regava as plantas – as de dentro e as de fora, afinal não havia chovido.

Fechava as janelas depois de uma hora, ligava o alarme e trancava as portas. E pegava o ônibus seguinte para casa.

Preparava o jantar: sexta-feira à noite significava uma salada com peito de frango grelhado picado e – sim! – uma taça de vinho. Corrigia trabalhos; e postava as notas.

Às vezes ela odiava a tecnologia, porque a política da escola exigia que ela postasse as notas – e depois aguentasse os alunos ou pais protestando.

Estava caminhando e ticando itens de sua lista enquanto as pessoas ao redor se dirigiam a um happy hour ou a um jantar, ou a qualquer lugar mais interessante que seu próprio destino.

Ela não as invejava... muito. Já havia tido um namorado e achado tempo em sua agenda para jantares, teatros e filmes. E sexo também.

Achava que estava tudo indo bem, estável. Até que ele a largou.

Mas foi bom, pensava. Tudo bem. Afinal, não estavam loucamente apaixonados. Mas ela gostava dele, sentia-se à vontade com ele. E achava que o sexo era muito bom.

Claro que, quando ela teve que dizer à mãe que Grant não a acompanharia à festa de quarenta e seis anos dela, e explicar o motivo, a estilosa e bem-sucedida Jennifer Wilcox, diretora de mídia da agência de publicidade Philly Brand, revirou os olhos.

E disse o esperado "eu avisei".

Difícil argumentar, uma vez que ela realmente avisara.

Mesmo assim, Breen quis responder.

Você se casou aos dezenove anos e me teve aos vinte. E, menos de doze anos depois, forçou a barra até ele ir embora. De quem é a culpa de ele ter se afastado de mim, se não exclusivamente sua?

Era da mãe mesmo?, Breen se perguntava. Não era ela, Breen, o denominador comum entre uma mãe que não a respeitava e um pai que não lhe dava a mínima?

Mesmo tendo prometido.

Águas passadas, disse a si mesma. Precisava deixar pra lá.

Havia passado muito tempo perdida em pensamentos, admitia, e se sentiu aliviada ao se encontrar a um quarteirão da casa de sua mãe.

Era um bairro bonito e arborizado, bem-sucedido, habitado por pessoas bem-sucedidas, empresários, casais que gostavam da vida urbana, com fácil acesso a bons bares e restaurantes e lojas interessantes.

Todos aqueles prédios de tijolinhos vermelhos, com acabamento perfeito, janelas reluzentes... Ali as pessoas corriam ou iam à academia antes do trabalho, caminhavam à margem do rio, promoviam jantares elegantes, degustações de vinhos, liam livros importantes.

Pelo menos era o que ela imaginava.

Suas melhores lembranças brotavam de uma casinha onde seu quarto tinha um teto inclinado e havia uma velha lareira de tijolos na sala de estar – não a gás nem elétrica, e sim a lenha. Onde o quintal era tão cheio de aventuras quanto as histórias que seu pai lhe contava antes de dormir.

Histórias mágicas de lugares mágicos.

As discussões haviam estragado tudo – as que ela ouvia através das paredes ou as que ouvia dentro de sua cabeça.

Então, ele foi embora. No início, durante uma ou duas semanas, ele a levava ao zoológico – ela era louca para ser veterinária na época – ou a um piquenique em suas visitas aos sábados.

Até que, simplesmente, não voltou mais.

Já tinham se passado mais de quinze anos e ela ainda esperava que ele aparecesse.

Ela tirou a chave de sua bolsinha de moedas – chave que recebera com uma lista detalhada de instruções três semanas antes, quando a mãe partira em uma de suas viagens de negócios seguida de um restaurador spa/retiro de meditação.

Ela deixaria a chave na quarta-feira seguinte, além de um litro de leite e dos outros mantimentos da lista, depois de pegar a correspondência, pois sua mãe voltaria na quinta de manhã.

Breen pegou a correspondência, colocou-a debaixo do braço, destrancou a porta e entrou no hall para desativar o alarme. Fechou a porta e colocou a chave de volta na bolsinha de moedas.

Foi primeiro para a cozinha, uma maravilha contemporânea HGTV de aço inox, armários brancos, ladrilhos brancos tipo os do metrô, pia de fazenda e paredes cor de massa de vidraceiro.

Largou a bolsa, deixou a correspondência na ilha central e pendurou a capa de chuva em um banco. Depois de ajustar o cronômetro para uma hora, começou a abrir as janelas.

Atravessou a cozinha e a sala grande e voltou à área de estar – tudo em plano aberto, com um glorioso e lindo piso de tábuas largas. Como o lavabo tinha uma janela, ela a abriu também.

Havia apenas uma leve brisa, mas essa tarefa estava em sua lista, e Breen seguia as regras. Pegou a correspondência para levá-la para cima. No terceiro quarto, onde sua mãe havia montado o escritório, ela deixou a correspondência no balcão em forma de L que servia como estação de trabalho.

Ali as paredes eram de tons café com leite e a cadeira de couro cor de chocolate. Prateleiras impiedosamente organizadas continham prêmios – sua mãe havia conquistado vários –, livros, todos relacionados ao trabalho, e alguns porta-retratos, com fotos também relacionadas ao trabalho.

Breen abriu o trio de janelas atrás da estação de trabalho e se perguntou, como sempre fazia, por que alguém daria as costas para aquela vista – todas aquelas árvores, os prédios de tijolinhos, o céu, o mundo.

Tudo distração, dissera Jennifer quando Breen perguntara. Trabalho é trabalho.

Ela abriu as duas janelas laterais também, que ladeavam um armário de madeira – trancado.

Nos peitoris largos das janelas havia plantas verdes florescentes em vasos de cobre. Ela regaria essas e o resto depois que abrisse as outras janelas. Em seguida, separaria a correspondência e esperaria o cronômetro. Então, fecharia todas as janelas de novo, trancaria a casa e pronto.

Abriu as do quarto de hóspedes perfeito e acolhedor – onde nunca havia dormido –, as do banheiro de hóspedes, da suíte master elegante e simples e de seu respectivo banheiro.

Ficou se perguntando se sua mãe já tinha levado um homem para aquela cama adorável com seu edredom azul de verão e travesseiros macios.

E imediatamente desejou não ter pensado nisso.

Retornou para baixo, foi até a porta do quintal, mas voltou atrás quando seu celular tocou dentro da bolsa.

Ela olhou para a tela – nunca atenda se não souber quem está ligando – e sorriu. Se havia alguém que podia melhorar um pouco este dia ruim, era Marco Olsen.

— Oi.

— Oi! É sexta-feira, menina!

— Ouvi dizer.

Ela levou o celular para o quintal, onde havia uma mesa e cadeiras de inox e vasos altos e finos nos cantos.

— Então, mexa essa bunda durinha e venha ao Sally's. Tem happy hour, gata, e a primeira rodada é por conta da casa.

— Não posso — ela ligou a mangueira e começou a regar o primeiro vaso —, estou na casa da minha mãe cuidando das coisas dela, e depois tenho trabalhos para corrigir.

— Hoje é sexta — repetiu ele. — Largue tudo aí. Fico no bar até as duas, e é noite de cantoria.

A única coisa que ela conseguia fazer em público sem sentir ansiedade – especialmente depois de uma bebida, e com Marco – era cantar.

— Ainda demoro — ela olhou para o cronômetro em seu pulso — quarenta e três minutos aqui, e preciso corrigir os trabalhos.

— Corrija no domingo. Já deu, Breen, esse Grant Webber de merda não vale a pena.

— Ah, não é só por causa dele. Estou meio pra baixo, só isso.

— Todo mundo já levou um pé na bunda.

— Você não.

— Eu também. Lembra do Harry, aquele gostoso?

— Você e Harry decidiram, mutuamente, que o relacionamento afetivo havia acabado, e ainda são amigos. Isso não é levar um pé na bunda.

Ela passou para o vaso seguinte.

— Você precisa se divertir um pouco. Se não vier para cá... Vou lhe dar três horas para poder ir para casa e se trocar e pôr um pouco de sensualidade nessa cara; senão, vou te buscar.

— Você vai estar trabalhando no bar.

— Sally ama você, menina. Ele vai te buscar comigo.

Ela amava Sally, uma extraordinária drag queen. Amava o bar, onde se sentia feliz, amava o bairro gay. E era por isso que morava em um apartamento no coração dele, com Marco.

— Vou terminar aqui e depois vejo como me sinto quando chegar em casa. Estou há duas horas com dor de cabeça, não estou inventando; e tive um ataque de ansiedade no ônibus que piorou as coisas.

— Vou buscar você e a levo para casa.

— Nada disso. — Ela passou para o terceiro vaso. — Tomei Tylenol, já vai fazer efeito.

— O que aconteceu no ônibus?

— Depois eu conto; foi uma bobagem. Sabe, talvez você tenha razão: seria bom uma bebida, um pouco de Marco e um pouco de Sally. Vamos ver como me sinto quando chegar em casa.

— Mande uma mensagem quando chegar.

— Ok. Agora, volte ao trabalho. Tenho mais um vaso aqui, as plantas de dentro, a maldita correspondência e essas malditas janelas.

— Você precisa aprender a dizer não.

— Não é nada muito complicado. Termino em menos de uma hora e pego o ônibus para casa. Eu mando uma mensagem. Vá servir suas bebidas. Tchau.

Ela entrou, cuidadosamente trancou a porta do quintal e encheu o regador para cuidar das plantas de dentro.

Uma brisa soprou e ela ficou perto da janela, de olhos fechados, sentindo-a.

Talvez chovesse, afinal; uma agradável chuva de primavera.

Mas a brisa ficou mais forte, surpreendendo-a, porque o sol continuava brilhando através do vidro.

— Talvez caia uma tempestade.

Ela não acharia ruim também. Uma tempestade poderia acabar com aquela maldita dor de cabeça. E, como Marco lhe dera três horas, sendo que duas bastariam, ela poderia passar essa hora corrigindo os trabalhos.

Assim se sentiria menos culpada.

Com o regador na mão, começou a subir as escadas enquanto o vento – já não era mais uma brisa – balançava as cortinas.

— Bem, mãe, sua casa definitivamente está sendo arejada.

Ela entrou no escritório e encontrou o caos.

A gaveta de baixo do armário estava aberta – ela poderia jurar que a vira trancada antes. Papéis voavam pela sala como pássaros.

Breen largou o regador e correu para recolhê-los do chão e pegá-los no ar enquanto o vento os girava.

Até que a ventania morreu, como se uma porta houvesse se fechado enquanto ela estava com as mãos cheias de papéis.

A sempre eficiente Jennifer ficaria seriamente contrariada.

Coloque de volta, coloque tudo de volta, arrume tudo; ela nunca saberá. E lá se vai minha hora a mais.

Desculpe, Marco, nada de Sally para mim esta noite.

Ela pegou pastas de arquivo vazias, montes de papel e se sentou na estação de trabalho de sua mãe para tentar organizá-los.

A etiqueta do primeiro arquivo a intrigou.

INVESTIMENTOS ASSOCIADOS/BREEN/2006-2013.

Ela não tinha nenhum investimento, ainda estava pagando o empréstimo estudantil do mestrado e dividia o apartamento com Marco não só pela companhia, mas para conseguir pagar o aluguel.

Perplexa, ela pegou outra pasta.

INVESTIMENTOS ASSOCIADOS/BREEN/2014-2020.

Outra pasta listava as informações e dizia também: correspondência.

Será que sua mãe tinha feito algum investimento para ela e não lhe contara? Por quê?

Seus avós maternos haviam deixado um pequeno fundo para sua faculdade, e ela ficara grata, pois a ajudara no primeiro ano. Mas depois sua mãe deixara claro que ela teria que se virar sozinha.

Você tem que fazer seu próprio caminho, dizia Jennifer a ela repetidamente. Estude mais, trabalhe mais se quiser ser mais que adequada.

Pois bem, ela estudara entre dois empregos de meio período para poder pagar as mensalidades. Depois, pegara os empréstimos e se imaginara pagando para sempre.

E se formara – adequadamente –, arranjara um emprego adequado de professora, e depois aumentara sua dívida porque precisara do mestrado para mantê-lo.

Mas havia investimentos em seu nome? Não fazia sentido.

Começou a vasculhar os papéis com a intenção de empilhá-los segundo cada etiqueta.

Não precisou ir muito longe.

Embora não pudesse dizer que sabia ou entendia muito sobre investimentos, ações ou dividendos, sabia ler números muito bem.

E o extrato mensal – como claramente declarado – de maio de 2014, quando ela lutava para sobreviver trabalhando em dois empregos e vivendo de miojo, mostrava o saldo final: mais de novecentos mil – *mil* – dólares.

— Não é possível — murmurou. — Simplesmente não é possível.

Mas o nome na conta era o dela – e o nome de sua mãe estava ali também.

Ela examinou outros papéis e encontrou depósitos mensais regulares do Banco da Irlanda.

Afastou-se da mesa e foi às cegas em direção às janelas, arrancando a fita que prendia seu cabelo para trás.

Seu pai. Seu pai lhe mandava dinheiro todo mês. Será que ele achava que isso compensava o fato de tê-la abandonado? O fato de nunca ter ligado, nem escrito, nem ido vê-la?

— Não, não, não. Mas...

Sua mãe sabia e não lhe disse. Sabia e a deixou pensar que ele simplesmente desaparecera, que deixara de pagar a pensão, que abandonara as duas sem remorso.

Mas ele não havia feito isso.

Breen teve que esperar até suas mãos pararem de tremer e seus olhos de arder.

Então, voltou à estação de trabalho, organizou os papéis, leu a correspondência e analisou o último extrato mensal.

O ressentimento e a mágoa se fundiram em um fogo baixo e estável de fúria.

Pegou o telefone e ligou para o número do gerente da conta.

— Benton Ellsworth.

— Olá, sr. Ellsworth, aqui é Breen Kelly. Eu...

— Srta. Kelly, que surpresa! É um prazer falar com você. Espero que sua mãe esteja bem.

— Tenho certeza de que está. Sr. Ellsworth, acabei de saber que tenho uma conta de investimento em sua firma com um saldo de três milhões, oitocentos e cinquenta e três mil, oitocentos e doze dólares e... sessenta e cinco centavos. Está correto?

— Posso lhe dar o saldo da conta de hoje, mas não entendi o que quis dizer com "ficou sabendo".

— Esse dinheiro é meu?

— Sim, claro. Eu...

— Por que o nome da minha mãe também está na conta?

— Srta. Kelly — o homem começou a falar devagar —, a conta foi aberta quando você era menor de idade, e depois manifestou o desejo de deixá-la nas mãos da sua mãe. Posso lhe garantir que ela supervisiona seus investimentos criteriosamente.

— Como foi que eu expressei esse desejo?

— A sra. Wilcox explicou que você não tinha interesse em cuidar dos investimentos, e, como você nunca entrou em contato comigo ou com a empresa para solicitar o controle exclusivo da conta...

— Porque eu não sabia que ela existia. Descobri hoje.

— Tenho certeza de que há um mal-entendido. Seria melhor conversarmos eu, você e sua mãe, para resolver isso.

— Minha mãe está viajando; está em um retiro sem acesso a celular nem internet. — Sendo cuidada por algum deus em algum lugar, pensou. — Mas acho que você e eu temos que resolver isso.

— Concordo plenamente. Minha assistente já foi embora, mas posso marcar um horário para segunda-feira.

Não, não, ela perderia a coragem no fim de semana. Desapareceria. Isso sempre acontecia.

— Que tal agora?

— Srta. Kelly, eu estava de saída quando atendi sua ligação.

— Desculpe incomodá-lo, mas acho que é urgente. Eu sei que para mim, é. Quero conversar com você, entender melhor essa... situação antes de procurar um advogado.

No silêncio, Breen fechou os olhos com força. Por favor, pensou, por favor, não me faça esperar.

— Talvez seja melhor mesmo nos encontrarmos agora e conversar sobre isso. Tenho certeza, como eu disse, de que é só um mal-entendido. Pelo que sei, você não dirige, então...

— Não tenho carro — corrigiu ela — porque não tenho dinheiro para comprar. Mas sou perfeitamente capaz de chegar ao seu escritório. Chegarei aí o mais rápido possível.

— Encontro você lá embaixo, no saguão. Somos uma empresa pequena, srta. Kelly, a maioria do pessoal já terá ido embora antes de você chegar.

— Tudo bem. Obrigada.

Ela desligou antes que ele mudasse de ideia e se sentou – tremendo de novo.

— Acalme-se, Breen. Tome coragem e vá.

Breen colocou nas pastas correspondentes todos os papéis que havia empilhado. Deixou o regador lá, a gaveta do arquivo aberta, e desceu.

Ficou pensando quanto tempo levaria para chegar de ônibus ao escritório no centro da cidade.

E então fez algo que nunca havia feito.

Pegou um Uber.

O trânsito estava horrível. Claro, era sexta-feira na hora do rush. A motorista do Uber, que era uma mulher mais ou menos da idade dela, puxou conversa, mas parou quando Breen jogou a cabeça para trás e fechou os olhos.

Ela queria ler os documentos de novo, mas ficaria enjoada. E essa não seria uma boa maneira de conhecer o homem que era, aparentemente, gerente de seus investimentos.

Breen precisava de um plano, mas não conseguia pensar por causa da angústia, da raiva. Sua programação para o fim de semana incluía – talvez não mais – pagar contas, fazer malabarismos com o dinheiro e espremê-lo. Havia planejado essa triste tarefa para depois do treino. Em casa, pois não podia pagar uma academia.

Não só não podia pagar, admitiu, como também se sentia estranha e desconfortável malhando com outras pessoas ao redor.

Independentemente do resultado dessa reunião, ela ainda tinha contas a pagar.

Abriu os olhos e notou que haviam fugido do trânsito e avançado um pouco pela margem do rio. O sol, mergulhando no oeste, ainda brilhava, batia nas pontes, na água, fazia tudo cintilar a seus olhos.

Nada de chuva, afinal, pensou, e percebeu que havia deixado a capa na cozinha de sua mãe.

Será que havia se lembrado de trancar tudo e ligar o alarme?

Depois de um momento de ansiedade, fechou os olhos e fez o caminho de novo em sua cabeça.

Sim, sim, tinha feito tudo isso. Tudo no piloto automático.

Quando o carro parou diante do imponente edifício de tijolinhos à sombra de torres de aço, ela deu uma gorjeta à motorista.

Lá se foi a pizza do domingo à noite.

Quando atravessou a calçada, um homem abriu a porta.

Era alto e esguio, usava um terno azul-marinho listrado, camisa branca engomada e uma ousada gravata vermelha. Por alguma razão, os fios grisalhos salpicados por seu cabelo castanho fizeram Breen se sentir mais à vontade.

Ele era mais velho, pensou. Tinha experiência; sabia o que estava fazendo.

Ela com certeza não.

— Srta. Kelly. — Ele estendeu a mão.

— Sim. Olá. Sr. Ellsworth.

— Por favor, entre. Meu escritório fica no segundo andar. Importa-se de subir pela escada?

— Não.

Ela viu um saguão silencioso e acarpetado com um balcão de recepção polido, várias cadeiras de couro enormes, umas plantas verdes grandes em grandes vasos de terracota.

— Desculpe se desempenhei algum papel nesse mal-entendido — começou Ellsworth enquanto subiam para o segundo andar. — Jennifer, sua mãe, disse que você não estava interessada nos detalhes da conta.

— Ela mentiu.

Isso não estava nos planos – se é que tinha um plano –, mas escapou da boca de Breen.

— Ela mentiu para você, se estiver me dizendo a verdade, e para mim, por omissão. Eu não sabia da existência dessa conta.

— Entendo.

Ellsworth apontou para uma porta aberta. A sala dele, maior que a sala de estar do apartamento de Breen e bem arejada devido às grandes janelas, tinha uma velha mesa de mogno lindamente restaurada, um sofá pequeno de couro e duas cadeiras de visitas.

Em um balcão havia uma cafeteira chique. Fotos – obviamente de família – cobriam uma prateleira suspensa.

— Aceita um café?

— Sim, obrigada. Com leite e açúcar.

— Sente-se — ele convidou enquanto se dirigia à máquina de café.

— Tenho todos os documentos — começou ela, sentada com os joelhos juntos, porque suas pernas tremiam. — Pelo que vejo, a conta foi aberta em 2006. Foi quando meus pais se separaram.

— Exato.

— Sabe me dizer se os depósitos a partir de então correspondiam a pagamentos de pensão alimentícia?

— Não, nada disso. Sugiro que converse com sua mãe sobre essa questão, pois só posso falar com você sobre essa conta específica.

— Tudo bem. Foi minha mãe que abriu a conta?

— Eian Kelly abriu a conta, em seu nome, com sua mãe como tutora. Programou, na época, um depósito mensal proveniente do Banco da Irlanda. Para seu futuro, seus estudos, sua segurança financeira.

Ela apertou as mãos, que tremiam também.

— Tem certeza?

— Sim.

Ele lhe entregou o café, depois pegou o seu e se sentou, mas não atrás da linda mesa onde estava seu computador, e sim na cadeira ao lado dela.

— Eu providenciei tudo para ele. Ele entrou no escritório, abriu a conta, e eu a administro desde aquela época.

— Ele... ele entrou em contato com você?

— Depois daquela época, não. Os depósitos chegam, sua mãe supervisiona a conta. Ela é bem correta, como eu disse. Se deu uma olhada nos extratos, deve ter visto que ela nunca tirou um centavo. Temos reuniões trimestrais, ou mais, quando há algo que precisemos discutir. Eu não tinha motivos para pensar que você não sabia de nada.

— Você tem muitos clientes... eu sou uma cliente?

— Sim — confirmou ele, e sorriu para ela.

— Você tem muitos clientes que não têm nenhum interesse em uma conta de quase quatro milhões de dólares? Eu sei que a Allied é uma empresa de prestígio, e provavelmente essa é uma conta pequena, mas mesmo assim é muito dinheiro.

O homem se levantou por um momento, e ela notou que ele escolhia as palavras com muito cuidado.

— Existem situações em que um dos pais ou responsáveis, ou um administrador, pode ser mais adequado para tomar as decisões financeiras.

— Sou uma pessoa adulta. Ela não é minha guardiã. — Breen sentia, intuía, sabia disso. — Ela lhe disse que eu era irresponsável, incapaz de lidar com dinheiro...

— Srta. Kelly... Breen... não quero entrar no âmbito pessoal. Mas posso lhe dizer, sem hesitar, que sua mãe sempre pensou em seu bem-estar. Com seus problemas...

— Quais são meus problemas? — A raiva aumentou de novo, muito mais que o nervosismo. — Sou irresponsável? Não muito inteligente também, não é? Talvez até meio lerda.

Ele corou um pouco.

— Ela nunca disse algo assim diretamente.

— Mas implicitamente sim. Bem, vamos nos conhecer, sr. Ellsworth. Sou mestre em educação, título que conquistei com muito esforço no inverno passado, e graças a isso tenho uma montanha de dívidas com empréstimos estudantis.

Ela notou o olhar atordoado dele.

— Dou aulas de artes linguísticas na escola de ensino fundamental Grady desde que terminei a faculdade, já com dívidas consideráveis, apesar de ter dois empregos de meio período. Terei prazer em lhe fornecer o nome do diretor da escola e de vários professores.

— Isso não será necessário. Eu tinha a impressão de que você não trabalhava ou não conseguia manter um emprego.

— Trabalho desde os dezesseis anos; nos verões e fins de semana. Ainda trabalho durante o verão para pagar essa dívida, e dou aulas particulares duas noites por semana pelo mesmo motivo.

Lágrimas começaram a rolar de seus olhos. Lágrimas quentes, quentes de raiva.

— Eu compro em brechós, divido o apartamento com um amigo. Espremo minha conta bancária até o último centavo todo mês. Eu...

— Calma. — Ele pousou a mão sobre a dela. — Lamento muito que tenha havido...

— Não chame isso de mal-entendido, pois foi deliberado. Meu pai queria que esse dinheiro fosse meu. Mas, em vez disso, tive que trabalhar de garçonete e pegar empréstimos para pagar a faculdade, sendo que o dinheiro que ele me mandava teria... teria mudado minha vida. Saber que ele me mandava qualquer coisa teria mudado minha vida.

Ela deixou o café de lado e respirou fundo para tentar se recompor.

— Desculpe, isso é coisa da minha mãe, não sua. Por que você não acreditaria nela, afinal? Bem, você disse que eu sou sua cliente.

— Sim, e vamos resolver isso. Quando Jennifer volta?

— Semana que vem, mas preciso saber de uma coisa agora. Esse dinheiro é meu?

— Sim.

— Então, tenho autorização para fazer saques ou transferências?

— Sim, mas acho melhor esperar sua mãe voltar, para que nós três possamos conversar.

— Não estou interessada nisso. Quero transferir o dinheiro, abrir outra conta; só em meu nome. Posso fazer isso?

— Sim. Posso abrir uma conta para você. Quanto quer transferir?

— Tudo.

— Breen...

— Tudo — repetiu ela. — Senão, quando me encontrar com você e minha mãe, trarei um advogado e vou processá-la por... sei lá... peculato.

— Ela nunca tocou no dinheiro.

— Tenho certeza de que o advogado saberá que termo usar. Quero meu dinheiro, assim, da próxima vez que eu me sentar para pagar as contas, poderei quitar minha dívida estudantil e respirar fundo de novo. Esse dinheiro veio do meu pai para as suas mãos. Ele confiou em você, acreditou que faria o que era certo para mim. Pois agora estou lhe pedindo que faça o que é certo.

— Você é maior de idade, pode assinar um documento para retirar o nome da sua mãe da conta. Precisarei ver seus documentos, e você terá que preencher uns formulários. Terei que chamar um de nossos tabeliões e uma testemunha.

Ele pousou a mão sobre a dela de novo.

— Breen, eu acredito em você. Mas se importaria de me dar o nome e o telefone do diretor da sua escola? Apenas para minha própria paz de espírito.

— Sem problema nenhum.

CAPÍTULO 2

Quando Breen entrou no Sally's, o lugar estava fervendo. Luzes coloridas dançavam sobre o bar e as mesas lotadas. Holofotes iluminavam Cher – ou melhor, a versão de Sally dela – cantando "If I Could Turn Back Time".

Ah, se eu pudesse voltar no tempo, pensou Breen.

Abriu caminho entre a multidão animada, e até conseguiu sorrir quando alguém acenava ou chamava seu nome.

Marco acenou – que Deus o abençoe –, cumprimentando-a depressa enquanto preparava as bebidas.

Ele estava de camisa prateada com lantejoulas – o Sally's era um lugar cheio de lantejoulas –, calça preta justa e uma argola prateada em uma orelha. Fazia pouco tempo que Marco começara a usar cavanhaque, e Breen achava que combinava com ele e suas longas tranças. Sua pele cor de cacau brilhava.

Estava quente no Sally's, em mais de um sentido.

— Geo, dê um lugar para nossa garota.

— Não, não, tudo bem.

Mas Geo, pequeno, magro e resplandecente de vermelho, pulou do banquinho.

— Sente-se, docinho. Eu já ia mesmo fazer minha ronda. — Deu um beijo no rosto dela. — Nossa gatinha parece cansada.

— Acho que estou mesmo.

Ela se sentou no banco enquanto Marco preparava um pedido. A seguir, ele serviu uma taça de vinho branco a ela.

— Você está atrasada, e nem se trocou. Que roupa triste, garota!

Ela bebeu metade da taça de uma só vez e ele ergueu as sobrancelhas.

— Bem, parece que o seu dia não foi fácil.

— Pesado, estranho, assustador e emocionante.

E ela explodiu em lágrimas.

— Geo! Vou fazer meu intervalo agora.

Ele atravessou a portinha de passagem do balcão, pegou o braço de Breen e a puxou para os bastidores.

Havia artistas sentados diante de luzes hollywoodianas em suas mesinhas de maquiagem, fofocando.

— Meninas, precisamos da sala.

Uma delas, maravilhosamente montada de Lady Gaga, puxou Breen para abraçá-la.

— Calma, menina! Vai ficar tudo bem. Pode confiar no Jimmy: nenhum homem vale suas lágrimas.

Mais beijos no rosto e, com Sally começando a cantar "Gypsys, Tramps & Thieves", Marco fez Breen se sentar.

— O que aconteceu, querida? Conte tudo.

— Eu... meu pai...

Marco apertou a mão dela com mais força.

— Ele procurou você?

— Não, não, mas... Marco, ele me manda dinheiro desde que eu tinha dez anos. Ele abriu uma conta, uma conta de investimentos na Allied, e transfere dinheiro todo mês. Ela não me contou. Ela nunca me contou, guardou tudo trancado em uma gaveta. E esse tempo todo... — Ela olhou para suas mãos. — Esqueci meu vinho.

— Eu busco.

— Espere. Marco, hoje, eu tenho... porque teve juros e dividendos... preciso aprender essas coisas. Mas hoje eu tenho três milhões, oitocentos e setenta e oito mil, quinhentos e noventa e seis dólares e trinta e cinco centavos.

Ele arregalou os olhos.

— Você andou sonhando? Porque às vezes você tem esses sonhos...

— Não! Acabei de voltar de uma reunião com o administrador. Eu tenho quase quatro milhões de dólares, Marco!

— Fique sentadinha aqui, não se mexa. Vou pegar seu vinho. Melhor, vou trazer a garrafa.

Ela ficou sentada e se viu no espelho.

Estava mesmo pálida, percebeu, com olhos cansados. Soltou o cabelo; todo o trabalho que havia tido naquela manhã para deixá-lo liso estava perdido. E o tonalizante castanho que usava uma vez por semana para suavizar o vermelho – chamava muita atenção – estava desbotado, com cor de rato.

Não fazia mal, pensou. Não tinha importância; assim que ela desabafasse com Marco, iria para casa e para a cama. A correção das tarefas teria que esperar até que sua cabeça clareasse. E, já que pretendia beber pelo menos duas taças de vinho antes de voltar para casa, não seria essa noite que clarearia.

Ele voltou com a garrafa e duas taças e as encheu antes de se sentar.

— Vamos voltar um pouco. Como você descobriu?

— Foi muito estranho, Marco.

E ela lhe contou tudo.

— Espere aí, deixe eu entender — disse Marco. — Você foi ao escritório desse cara, o administrador, sozinha? Foi bem corajosa, Breen.

— Eu não sabia mais o que fazer. Estava furiosa!

— Quem é que sempre fala para você ficar furiosa mais vezes?

— Você — respondeu ela, com um leve sorriso.

— E digo agora: você precisa ficar mais furiosa quando fala com a sua mãe.

— Ai, meu Deus...

Breen deixou cair a cabeça entre as mãos, mas o que queria mesmo era deixá-la cair entre os joelhos.

— Não vá desmaiar agora.

Ele olhou para trás e viu Sally, de Cher em sua plenitude, entrar. Salvador Travino pôs uma mão no quadril sobre o vestido de lantejoulas Bob Mackie falsificado e jogou para trás sua peruca, que chegava à cintura.

— Os clientes voltaram para o bar, Marco. O que está fazendo aqui?

— Desculpe, Sally, é que Breen...

Sally ergueu um dedo e estreitou os olhos de cílios pesados, fitando Breen.

— Você está doente, minha querida?

— Não, não. Desculpe, eu só...

— Está com cara de doente. — Ele pegou o queixo de Breen. — Está pálida como uma verdadeira virgem em sua noite de núpcias. Foi aquele idiota do Grant?

— Não, nada disso.

— Ótimo, porque ele não vale a pena. Quando você comeu pela última vez?

— Eu...

Breen não conseguia se lembrar direito.

— Exatamente o que eu pensei. Marco, leve nossa garota para casa e a faça comer. Vocês têm carne vermelha?

— Hmm, acho que não.

Sally sacudiu a cabeça e executou um perfeito movimento de cabelo para trás, *à la* Cher.

— Dê aqui o seu celular — exigiu, acenando com a mão. — Não dá para guardar o meu nesta roupa.

Sally pegou o celular de Marco e digitou um número, enquanto batia seu *scarpin* dourado.

— Beau, seu lindo canalha, é Sally. Estou melhor que a minha aparência, e olha que estou fabulosa com este vestido. Preciso que você prepare dois especiais de carne e queijo para mim, para viagem. Sim, com tudo que tem direito, amigo. Ponha na minha conta. Marco está indo buscar. A gente se vê em breve. Mande beijos à sua esposa linda e ao seu lindo bebê. E um para você.

Ele fez um longo som de beijo e entregou o celular para Marco.

— Passe pelo Philly Pride e pegue os lanches. Você, Breen, tire essa roupa e coloque um pijama. Você deveria fazer o que Sally diz e jogar essas roupas pela janela para que alguém sem noção de moda pegue.

— Não posso deixar você na mão numa sexta à noite — protestou Marco, e recebeu um olhar fulminante.

— Acha que eu não dou conta? Rapaz, eu dou conta de muita coisa desde que você ainda usava fraldas. E, com esta minha aparência, espero ganhar umas boas gorjetas. Leve essa garota para casa.

— Obrigada, Sally.

Levantando-se, Breen deu um abraço em Sally e deitou a cabeça em seu ombro. Na última década, esse homem vinha sendo mais mãe para ela que a sua de verdade.

— Depois nos falamos. E ligue se precisar de mim. Mas não antes das dez da manhã, a menos que seja uma emergência. Preciso do meu sono da beleza.

— Precisa nada. Você é a pessoa mais linda que eu conheço.

— Andem, caiam fora. Tenho um bar para administrar.

Os dois saíram pelos fundos. Automaticamente Marco passou o braço pela cintura de Breen. E automaticamente ela apoiou a cabeça no ombro dele.

— Estou tão cansada, Marco. Não sei se vou conseguir comer.

— Vai comer, senão vou contar para Sally. E depois vou pôr você na cama.

Foram caminhando pelas ruas pavimentadas de tijolos sob o arco-íris de luzes.

As baladas, os restaurantes e cafés estavam bem movimentados, como deveria ser em uma bela noite de sexta-feira de maio.

— Acabei de lembrar que deixei o regador no escritório da minha mãe. Vai manchar o chão.

— Ah.

— É um piso lindo, Marco. A culpa não é dele.

— O piso é problema da sua mãe, e o regador não o mancharia se ela não tivesse escondido tudo isso de você por, meu Deus, dezesseis anos! Então pare com isso agora mesmo, senão vou ficar puto. Diga, o que vai fazer agora?

— Vou pagar os empréstimos estudantis. O sr. Ellsworth disse que ia falar sobre isso com alguém, não lembro quem, é tanta coisa... Parece que posso reduzir um pouco o montante pagando à vista, se eu quiser. E eu quero. Quero tirar isso da cabeça.

— Entendo. Mas me refiro a outra coisa: como você vai falar com a sua mãe e, talvez o mais importante de tudo, o que vai fazer para se divertir?

— Não consigo pensar em diversão agora.

— Tudo bem, eu penso.

Marco entrou no Philly Pride e mergulhou no cheiro de cebola grelhada. Breen decidiu não pensar em nada enquanto ele pegava a comida e flertava inofensivamente com Trace, o cara do balcão.

— Você acha que eu deveria chamá-lo para sair? — perguntou Marco quando voltou para a calçada

— Trace? Não, ele é muito novo para você.

— Ele tem a nossa idade!

— Cronologicamente. Você ficaria de saco cheio em uma semana, porque só o que ele deve gostar de fazer, além de sexo, é jogar video game. Você o chamaria para conhecer uma balada e ele diria "talvez, depois que eu aumentar minha pontuação no *Assassin's Creed*".

— Tem razão, mas que ódio, porque ele é *hmmmm*.

— Mas o *hmmm* não duraria uma semana. E você está falando disso só para me distrair.

— Deu certo.

Breen estava indo apoiar a cabeça no ombro de Marco de novo quando vislumbrou o homem – aquele de cabelo prateado, corpo alto e esbelto, de preto – do outro lado da rua.

— Está vendo aquele homem, Marco? — perguntou, segurando o braço dele e se voltando para apontar.

— Que homem?

— Ele... ele estava ali. Deve ter virado aquela esquina. Ele estava no ônibus hoje. Eu... estou com uma sensação estranha.

Marco sabia que os sentimentos estranhos dela muitas vezes se manifestavam, então a pegou pela mão e correu até a esquina para espiar na rua lateral.

— Está vendo o cara? Como ele é?

— Não, desapareceu. Não é nada. Tive uma maldita dor de cabeça e uma sensação estranha. Só achei estranho vê-lo de novo tão perto de casa. Se é que eu vi. Foi só um vislumbre, esqueça.

Andaram mais meio quarteirão até o apartamento deles; três andares de escada. Ela adorava o prédio, os tijolinhos antigos, o arco-íris que o proprietário havia pintado nas portas de entrada, a música que fluía das janelas abertas em uma feliz noite de primavera.

Valia a pena a subida até o terceiro andar.

O proprietário mantinha o prédio e os apartamentos em bom estado de conservação. Os inquilinos mantinham o edifício limpo e cuidavam uns dos outros.

Passaram pelos sons do jogo de cartas de sexta-feira à noite do 101, o bebê inquieto do 204 e uma ópera alta no 302.

Já dentro de casa, Marco foi direto para a cozinha.

— Vá tirar essa roupa; e eu não acharia ruim se você a jogasse pela janela, como sugeriu Sally.

— Não há nada de errado com esta roupa.

— A calça é larga na bunda, a blusa é bege e te deixa pálida, e nem me faça falar desses sapatos.

Meio emburrada, ela foi para seu quarto, onde estava sua cama bem-arrumada, sua mesa pequena, mas organizada, e uma única janela que dava para todas as cores daquele lado da cidade.

Breen tirou os sapatos e os guardou no armário, originariamente de vassouras. Tirou a blusa que agora odiava, mas a jogou no cesto, e não pela janela. Depois fez o mesmo com a calça.

Talvez fosse larga na bunda, mas não atraía a atenção dos alunos nem dos funcionários da escola como roupas que valorizam o corpo fariam.

Vestiu uma calça de pijama de algodão e uma camiseta. Deu uma olhada em sua mesa, onde deveria estar agora corrigindo trabalhos.

E voltou para o espaço que servia de sala de estar, sala de jantar e academia.

Não era grande coisa, mas, desde que ela deixara Marco a ajudar a decorá-la, tinha estilo.

Juntos, eles haviam pintado as paredes com uma cor quente e picante que a fazia pensar em pimentas esmagadas e colocado uma prateleira com garrafas coloridas de todos os tamanhos e formas. O tema dos quadros – pôsteres emoldurados – eram músicos. Springsteen, Prince, Jagger, Gaga, Joplin.

Haviam forrado o sofá de segunda mão de verde-escuro e colocado um monte de almofadas diferentes. A mesa da sala de jantar consistia em uma porta reaproveitada – outro achado de segunda mão – aparafusada a velhos pés de ferro.

Um amigo artista havia pintado um dragão laranja e esmeralda, em pleno voo, na velha porta, de presente de aniversário para Breen.

Marco colocou a comida na mesa e acendeu as velas nos castiçais de ferro.

— Sente-se — ordenou. — Coma. Chega de vinho enquanto não comer alguma coisa.

— Eu não deveria beber mais.

— Mas vai.

Ele ligou o iPod que dividiam e baixou o volume.

Ela se sentou e, embora não estivesse com vontade de comer, pegou seu sanduíche.

— Eu não poderia encarar a vida sem você, Marco.

— Nem nunca vai precisar. Coma.

Ela comeu. Estava sem apetite, mas a comida a fez se sentir bem.

— Quero largar meu emprego. — No instante em que disse isso, Breen deixou cair seu sanduíche e tapou a boca com a mão. — De onde veio isso? — perguntou.

— Deve ter vindo do fato de você nunca ter desejado ser professora.

Ele continuou comendo tranquilamente, mas com um sorrisinho no rosto.

— Tudo bem, pode ser que eu queira largar, mas é uma loucura e uma estupidez. Eu sei que ganhei muito dinheiro do nada, e que pode durar muito tempo, até se multiplicar, se eu tomar cuidado. Mas largar um emprego estável, estudos pelos quais paguei... ou pagarei em breve... não é jeito de lidar com isso.

— Você queria ser veterinária.

— Sim, queria ser veterinária. E queria ser bailarina. E queria ser roqueira e queria ser J. K. Rowling. Mas não sou nada disso e nem serei.

— Você é uma ótima escritora, garota.

Ela sacudiu a cabeça e voltou a comer.

— Esse é um sonho antigo. Tenho que pensar no agora e no futuro.

— Largue seu emprego.

— Marco...

— Você odeia, nunca quis ser professora. Era o que sua mãe queria que você fosse, e ela a convenceu de que era isso que tinha que ser. Como se fosse sua única opção. Pague a dívida, largue o emprego e tire um tempo para descobrir o que quer fazer, o que quer ser.

— Não posso simplesmente...

— Pode sim. Se saiu da sua boca é porque está no seu coração e na sua cabeça. É sua chance, Breen.

— Mas não sei fazer mais nada!

— Porque nunca teve oportunidade. Tire um tempo para descobrir. Você poderia escrever, eu já disse. Ou, se não for isso, pode ter um negócio próprio.

— Eu?

— Sim, você. Caramba, Breen, você é inteligente e organizada.

Carrancudo, Marco serviu o vinho, já que ela havia comido um pouco.

— Você poderia trabalhar com design, e não diga "eu" nesse tom idiota. Eu não decorei este lugar sozinho, e ficou muito bom. Nós decoramos. Você tem voz boa e toca piano, poderia fazer isso. Você deixou que sua mãe a colocasse em uma caixa — prosseguiu, mais acelerado — e agora a tampa voou. Não se atreva a fechá-la de novo.

— Eu... vou na segunda-feira e digo ao diretor que não vou voltar no próximo semestre? Assim?

— Sim, assim. E aproveite o verão para descobrir o que quer fazer, ou tentar descobrir.

— É bem assustador isso.

— Eu diria libertador. Diga uma coisa, a principal, que você gostaria de fazer agora e que pode fazer. Você tem tempo, dinheiro, o que é que mais deseja fazer? Não pense, não tente descobrir o que faz mais sentido. Fale apenas, assim como falou que queria largar o emprego. Deixe sair.

— Quero ir para a Irlanda. Jesus, é isso que eu quero. Quero ver de onde meu pai veio, o que o levou de volta para lá e para longe de mim. Quero encontrá-lo, se puder, e perguntar por quê. Por que foi embora, por que mandou dinheiro. Por quê.

— Faça isso, é importante. Passe o verão na Irlanda e use esse tempo e esse lugar para descobrir o resto.

— O verão?

— Por que não? Quando foi a última vez que você tirou férias?

— Na faculdade, quando nos formamos e pegamos um ônibus para passar uma semana em Jersey Shore.

— Nós nos divertimos muito — lembrou ele. — Mas foi há muito tempo, Breen, muito tempo.

Ela pegou sua taça e bebeu.

— Venha comigo.

— À Irlanda?

— Eu nunca faria isso sozinha. Venha comigo. Você tem razão, está certo. — Ela se afastou da mesa e girou. — Por que não? É o que eu quero. A única coisa que realmente quero. Vamos de primeira classe desta vez, e ficaremos em um castelo. Pelo menos uma noite em um castelo. Vamos alugar um carro e dirigir do lado errado da rua. Poderíamos... poderíamos alugar uma casa no campo. Uma cabana irlandesa com telhado de palha.

— Acho que você bebeu demais.

— Não bebi. — Ela riu, e seus olhos dançavam. — Venha comigo, Marco, compartilhe comigo a minha coisa mais importante.

— Não posso ficar fora o verão inteiro. Sally e Derrick até concordariam, mas eu tenho um emprego de dia que preciso manter.

— Você odeia seu emprego. Odeia trabalhar na loja de música.

— Sim, mas ninguém me deu quatro milhões. Se bem que eu poderia ficar algumas semanas, para ajudar você, no começo. Jesus, nunca estive na Europa. Seria animal!

— Fechado, então?

Ele se recostou. Ele a amava mais que a qualquer coisa ou pessoa no mundo. Não podia apagar aquela luz nos olhos dela. Mas podia barganhar.

— Tenho umas condições.

Ela se reclinou.

— Diga.

— Não posso pagar um voo na primeira classe, então isso fica por sua conta. Mas eu pago minha parte do resto.

— Não ligo de pagar.

— Porque você é milionária.

Ela jogou a cabeça para trás e uivou de tanto rir.

— Sou milionária, meu deus!

— Essa é uma condição. As outras são rígidas também. Quando acabar de comer, você vai lavar esse cabelo até essa merda marrom toda sair. E vai jogar fora aquele maldito secador com que gasta uma hora todas as manhãs alisando seus lindos cachos.

Ele sacudiu a cabeça quando ela abriu a boca para protestar.

— Você vai para a Irlanda, aposto que não vai ser a única ruiva lá.

— Eu não sou a única ruiva em lugar nenhum.

— Isso mesmo, mas se deixou convencer de que seu cabelo faz você parecer... fútil. Que chama a atenção. E por que não deveria chamar? Caralho, Breen!

— Você fica comigo pelo menos duas semanas se eu deixar meu cabelo natural.

— Ok.

— Combinado.

— Ainda não. Tenho mais uma condição.

— Você é difícil de convencer, Marco Polo.

— Não sou nada fácil. Esta é importante, talvez fundamental. — Ele se inclinou para a frente. — Amanhã vamos fazer compras porque esta noite vamos pôr num saco quase tudo que você tem no armário. Vamos doar tudo amanhã, e depois, você, sendo uma mulher de sorte cujo sonho de ter um melhor amigo gay se realizou, vai me deixar ajudá-la a comprar roupas que não me deixem triste quando as usar.

— Minhas roupas não são tão ruins.

— Tristes e lamentáveis, é o que elas são, e você não é assim. Você se convenceu de que precisa ser uma pessoa bege. Não vou falar mal da sua mãe, porque sou bem-educado, mas vou dizer que, quando for falar com ela na semana que vem, você vai se mostrar como realmente é: forte, capaz, bonita e inteligente. E vamos aproveitar e comprar maquiagem boa também.

— São muitas condições...

— Não interessa. Amo você, Breen.

— Eu sei. Então... — Ela estendeu a mão. — Fechado.

— É isso aí!

CAPÍTULO 3

Em mais uma série de atitudes inéditas, Breen não foi trabalhar no dia previsto para a chegada de sua mãe. Comprou os mantimentos da lista e os guardou. Afinal, havia concordado em fazer isso.

Abriu as janelas, regou as plantas, separou a correspondência.

Ela tinha um monólogo calmo e firme na cabeça. Na verdade, havia escrito o que pretendia dizer à mãe, e o editou e revisou várias vezes. E o ensaiou diante do espelho.

Depois ensaiou sem o espelho, uma vez que não reconhecia a pessoa ali refletida.

Ela notou o impacto da mudança só pelos olhares, mas também pelos comentários e até pelos elogios no trabalho e no ônibus.

Seu cabelo, de cachos flamejantes que chegavam bem abaixo dos ombros – Marco havia vetado a opção de cortá-los –, era como uma declaração. Ela só não sabia ainda de quê.

Sem chance de se fazer de invisível no fundo do ônibus agora, pensou. Mas ia experimentar. Veria como se sentia durante uma ou duas semanas.

Mas ela já sabia que gostava de seu novo – ainda que limitado – guarda-roupa. Algumas cores fortes, alguns tons primaveris – nada de bege. Calças justas, dois vestidos simples e bonitos. Um terninho. Sapatos novos – só aceitou comprar três pares, contra a vontade de Marco, que estava entusiasmado. E, pensando na Irlanda, um bom par de botas de caminhada.

Comprou apenas ofertas e ainda gastou mais dinheiro em um único dia do que havia gastado consigo mesma em seis meses.

Mais.

Talvez tenha sido a correria que a enfraqueceu a ponto de deixar Marco convencê-la a furar as orelhas.

Ela mexia no brinquinho de prata enquanto lia a última mensagem do amigo no celular.

Dizia: Coragem.

E, quando viu o táxi parar, tentou levar a sério o conselho. Por instinto, abriu a porta e saiu.

Como seus olhos estavam fixos em sua mãe, Breen não viu o homem de cabelo prateado olhar em sua direção enquanto atravessava a rua.

Jennifer Wilcox, como sempre, estava perfeita de calça cinza e uma jaqueta leve vermelha sobre uma camisa branca macia. Seu cabelo, de um rico castanho, habilmente realçado com luzes, complementava o rosto de feições afiadas com uma cunha.

Breen viu a surpresa — e a rápida desaprovação — enquanto descia para ajudar com a bagagem.

— Pode deixar — disse Breen enquanto pegava a alça da grande mala de rodinhas.

Jennifer pôs no ombro a bolsa combinando com a mala e a pasta de seu notebook.

— Não pensei que a veria aqui. Por que não está trabalhando?

— Tirei o dia de folga.

Lutando contra sua ansiedade instintiva, Breen foi arrastando a mala até a porta e entrou.

— Não era necessário.

— Fiz isso por mim.

— Está doente?

— Não.

Ela levou a mala até o pé da escada e percebeu que já a estava levantando. Interrompeu-se.

— Estou absolutamente bem. Na verdade, estou fantástica.

— Namorado novo, é? — Jennifer largou a bolsa e apontou para o cabelo de Breen. — É isso?

— Não, nem namorado novo nem velho. Sou ruiva — ouviu-se dizer. — Decidi aceitar.

— Você decide, claro, mas ninguém vai ver além do seu cabelo. Como espera que seus alunos a levem a sério se parece superficial assim?

— Isso não será problema por muito mais tempo. Vou terminar o ano letivo, mas entreguei meu pedido de demissão na segunda-feira.

O fato de Jennifer ficar olhando, só olhando, deu a Breen uma obscura satisfação.

— Você perdeu o juízo? Precisa voltar atrás imediatamente. Não pode jogar fora sua formação, sua segurança, seu futuro.

— Eu nunca quis ser professora.

— Ah, não seja ridícula! Não tenho tempo para esse absurdo. Preciso desfazer as malas e passar no escritório. — Ela olhou para o relógio. — Você tem tempo de sobra para voltar à escola, pedir desculpas ao diretor e consertar isso.

— Não.

Os olhos de Jennifer, de uma cor de avelã mutável, estreitaram-se de raiva.

— Como disse?

— Eu disse que não, e você vai precisar arranjar um tempo em sua agenda lotada para falar sobre o sr. Ellsworth, minha conta na Allied Investment e meu pai.

A cor que subia quente nas bochechas de Jennifer desapareceu.

— Como ousa! Você mexeu nos meus documentos particulares?

— Meus documentos. Mas não, não mexi. E não é essa a questão. A questão é que você mentiu para mim. Você mentiu.

— Eu não menti. Como mãe, fiz o que era melhor para você. Cuidei do seu futuro.

— Fazendo do meu passado e do meu presente uma mentira, algo miserável. Ele mandou esse dinheiro para mim, para mim! E você me deixou acreditar que ele simplesmente foi embora sem dar a mínima.

— Ele foi embora e eu investi o dinheiro. Você era menor.

— Não sou menor há muito tempo.

— Você nunca demonstrou habilidade nem interesse em lidar com dinheiro.

— Não vou aceitar isso. — A fúria explodiu dentro de Breen. — Você está falando merda!

— Não ouse falar nesse tom comigo.

— Eu uso o tom que quiser. Eu tive dois empregos, fiz empréstimos, passei dificuldades, tudo para ter diplomas que não queria. Para poder ser professora porque você martelou na minha cabeça que era só isso que eu poderia ser. Não que não seja uma profissão, uma vocação, fundamental, honrosa e incrível, mas quem não sabe fazer ensina. Quantas vezes já ouvi isso, mãe?

— Você não tem nenhuma outra habilidade. E é melhor se acalmar.

— Tarde demais para me acalmar. Eu poderia ter tirado um ano para explorar, para tentar descobrir o que eu queria fazer, o que eu queria ser. Poderia ter tentado escrever.

— Ora, por favor, não seja infantil.

— Você decidiu o que eu devia fazer, como devia fazer. Como devia me vestir, como devia usar meu próprio cabelo... pelo amor de Deus! E você trancou em uma gaveta aquilo que representava minha liberdade.

— Eu a protegi! Passei minha vida protegendo você.

— De quê? De viver minha vida? Você disse ao sr. Ellsworth que eu não tinha interesse em lidar com o dinheiro, deixou-o pensar que eu era incapaz disso.

— Porque você não é capaz, Breen.

Jennifer passou os dedos pelo cabelo e sua voz assumiu aquele tom de fingida paciência.

— Olhe só para você. Descobriu que tem algum dinheiro e a primeira coisa que faz é largar o emprego. Isso é ser responsável?

— Sabe o que eu acho que é ser irresponsável? Se esforçar dia após dia por um emprego que você odeia. Encobrir quem você é, ou quem poderia ter a chance de ser, porque sua mãe fez você se sentir inadequada.

— Eu nunca disse que você era inadequada. Isso não é justo.

— Não, tem razão. As palavras que você usava eram "pouco adequada". E quer saber? Talvez você tenha razão. Talvez eu seja isso mesmo. Mas vou descobrir.

Breen respirou fundo. Via claramente que sua mãe não estava bem, mas não conseguia parar.

— Você sabia o quanto a dívida estudantil me preocupava, sabia que eu tinha que fazer malabarismos com meu salário e aceitar outros trabalhos para me sustentar. E guardou em segredo o dinheiro que me permitiria respirar.

— É importante aprender a fazer um orçamento.

Jennifer se afastou e foi se sentar em uma cadeira.

— Seu pai era um sonhador, e você puxou a ele. Você precisava aprender como a realidade funciona. Eu fiz o melhor por você, sempre.

— Onde ele está?

— Não sei. — Apertou os olhos com os dedos. — Não sei; ele decidiu não voltar, lembre-se disso quando me condenar. Ele decidiu não ser um pai para você. Eu nunca o impedi de vê-la, jamais faria isso.

Ela baixou as mãos de novo.

— Fui eu que fiquei aqui, que lhe garanti um lar estável, que cuidei de você quando ficou doente, que a ajudei nos deveres de casa, que fui mãe enquanto construía uma carreira para que pudéssemos ter este lar estável.

— Sim, você fez tudo isso, mas esqueceu de uma coisa. Você investiu muito tempo e esforço tentando me moldar ao que achava que eu deveria ser, e nenhum para me deixar ser quem eu queria ser.

— Tudo que eu fiz, tudo, foi para sua segurança, para lhe dar estabilidade, para ensinar você a viver uma vida normal e produtiva.

— Como uma professora de adolescentes infeliz e ansiosa que cobria o cabelo ruivo com um tonalizante castanho e usava muito bege para que ninguém a notasse.

— Você está segura — insistiu Jennifer —, está saudável. Tem uma formação e uma profissão.

— Isso não é suficiente. Não foi suficiente para você. Você tem uma carreira, tira férias, vai para retiros e spas.

Sinais de raiva atravessaram a paciência de Jennifer.

— Eu trabalhei para isso.

— Sim, trabalhou. — Breen se sentou diante da mãe. — Ninguém a forçou a ser diretora de mídia de uma agência de publicidade de sucesso. Você tinha habilidades, determinação e foi em frente. Trabalhou, e trabalhou duro. Admiro o que você fez da vida, e você tem direito às recompensas. Mas eu tenho o direito de tentar fazer o mesmo. — Levantou-se. — Tirei seu nome da conta. O sr. Ellsworth vai entrar em contato com você amanhã para ver se você quer trocar seus investimentos de corretora. As compras que você me pediu para fazer estão guardadas. Reguei as plantas e organizei sua correspondência. E, como pode ver, as janelas ainda estão abertas. Vai ter que fechá-las sozinha. É a última vez que serei sua empregada.

Ela hesitou, mas decidiu dizer o que sentia.

— Lamento que esteja chateada, mas você foi desonesta e o que fez me magoou. Magoou muito, mãe.

— Eu nunca quis magoá-la.

— Talvez não. Talvez seja verdade, mas, como você sempre diz, é a realidade. Preciso ir embora, vou me encontrar com Marco.

— O que você vai fazer? O que vai fazer, Breen?

— Bem, para começar, assim que acabarem as aulas, Marco e eu vamos para a Irlanda. Vou conhecer o lugar de onde o meu pai veio. E tentar encontrá-lo.

— Não vai encontrá-lo. — Jennifer pressionou os dedos nos olhos de novo. — Não vai!

— Vou tentar. De qualquer forma, pela primeira vez desde que ele partiu, vou viver uma aventura.

— Não faça isso, Breen. Tire um tempo para pensar, não reaja assim.

— Feche as janelas. Parece que vem uma tempestade por aí.

Breen saiu e foi andando, passando pelo ponto de ônibus enquanto as nuvens engrossavam no céu.

O homem de preto caminhava atrás dela. Carregava um guarda-chuva preto, pois ia chover, ele sabia, em dezesseis minutos.

Ele não esperava que as coisas acontecessem tão rápido, tão suavemente. Claro que ainda tinham um caminho a percorrer, mas os primeiros passos foram dados. Ele sabia que teria que dar uns empurrões na garota, mas aquele, ao que parecia, havia sido o bastante. E, se ela hesitasse em seguir adiante, ele empurraria mais.

Por enquanto, contudo, poderia curtir a visita à Filadélfia, uma cidade que ele achava fascinante. A comida... Ele gostava particularmente dos pretzels macios, mas achou uma decepção o pretenso doce de batata irlandesa.

Gostava dos bairros, das pequenas comunidades e da arquitetura mista. Havia feito alguns tours e se divertira quando o guia falara sobre o antigo e a história.

Não sabiam nada sobre o antigo grande esquema, nem do longo, longo caminho da história.

Mas, apesar de tudo, achou encantador.

O país havia formado seu governo ali, e eles tinham muito orgulho disso. Claro que o governo era uma bagunça, mas essas coisas fluíam e refluíam ao longo do tempo. E eles eram muito jovens ainda.

E teimosos, violentos e muitas vezes gananciosos.

Mas ainda havia coração e esperança. Muito se poderia fazer com ambos.

Ele pensou que a garota tinha os dois – e precisaria deles –, embora os mantivesse enterrados a maior parte do tempo nesse mundo em que vivia.

Breen andou bastante – que bom. Ela preferia isso aos ônibus. Mas gostava de trens, e muito. O problema era que, se continuasse andando, acabaria encharcada.

Então, ela parou e observou uma loja. Saiu andando e voltou. Parou. Estava ainda pensando se ia entrar ou não quando se viu entrando com rapidez e determinação.

O homem seguiu e parou para olhar o letreiro, intrigado por um momento.

Então riu enquanto abria seu guarda-chuva. A chuva caiu – exatamente na hora certa – em uma torrente estrondosa. Feliz pelo modo como as coisas progrediram, ele foi procurar um lugar para comer. Era louco por sanduíche italiano na baguete e pensou que sentiria falta quando voltasse para casa.

❦

Duas horas depois, quando Breen entrou no apartamento, Marco a estava esperando. Sem dizer nada, ele simplesmente foi até ela e a abraçou.

— Foi terrível.

— Eu sei. Vinho ou sorvete?

— Por que não os dois?

— Pode deixar. Sente-se, deixe o tio Marco resolver tudo.

Ele passou a mão pelo cabelo dela.

— A chuva te pegou.

— Um pouquinho.

Ela se sentou. Agora que estava em casa, a exaustão caiu sobre ela como tijolos.

— Não tem que ir trabalhar?

— Ainda falta mais ou menos uma hora — respondeu ele da cozinha. — Dá tempo para um vinho, sorvete e desabafo. Imagino que ela não tenha aceitado muito bem.

— Ela começou se ofendendo por eu mexer nos seus documentos particulares e brigou comigo por ter largado o emprego, usando isso como prova de que eu sou irresponsável e não sou capaz de cuidar das minhas finanças. Disse que foi para me proteger que ela escondeu o dinheiro e o fato de que o meu pai o enviava.

Marco, sempre carinhoso, foi até Breen com duas tigelas de sorvete com cookies e duas taças de *pinot grigio* gelado em uma bandeja de bambu com guardanapos de pano.

— Proteger de quê?

— De mim mesma, suponho, já que sou burra, irresponsável e incapaz de tomar minhas próprias decisões.

Marco se sentou, pegou a colher e falou com cuidado.

— Eu amo sua mãe.

— Eu sei.

— Eu a amo porque ela sempre foi boa comigo. Eu a amo porque, quando me assumi, ela me aceitou de um jeito que minha família não conseguiu aceitar e nunca aceitou. Isso foi muito importante.

— Eu sei.

— Mas posso amá-la e ainda dizer que ela está errada, muito errada. O que ela fez não tem justificativa e eu lamento.

— Ela ficou chateada de verdade, e não só porque a peguei na mentira. Ela mentiu, por mais que tente se justificar. Mas parecia chateada e preocupada, como seu eu tivesse acabado de selar meu destino ou algo assim.

Marco sorriu enquanto tomava o sorvete.

— Não está exagerando um pouco, Breen?

— Talvez, mas foi o que me pareceu. Ela disse que não sabe onde meu pai está, e eu acredito nela. Acho que ela estava chateada demais para mentir. Nós discutimos, brigamos de verdade a maior parte do tempo, mas ela meio que desistiu, entende? Simplesmente desistiu.

— Você contou para ela que nós vamos para a Irlanda?

— Sim, e tudo o que ela disse, basicamente, foi que eu não o encontraria. — Breen pegou seu vinho. — Nem uma única vez ela admitiu que agiu errado, que estava arrependida. Por que não podia simplesmente pedir desculpas?

Ela sacudiu a cabeça antes que Marco pudesse falar.

— Simplesmente porque não acha que está errada. Ela não se desculparia por estar certa, não é? E Jennifer Wilcox está sempre certa.

— Não desta vez.

— Não importa. — Ela voltou para o sorvete. — Eu disse o que tinha a dizer, e estou fazendo o que eu tenho que fazer. O que eu quero fazer, e não tenho que provar a ela que sou capaz.

Breen notou o olhar de Marco e suspirou.

— Certo, o que uma parte de mim quer, mas a maior parte quer provar a mim mesma. Isso é mais importante. Ah — Breen balançou a colher —, ela não gostou do meu cabelo e, enquanto eu caminhava, percebi que ele é igual ao do meu pai, vermelho forte e encaracolado. Talvez isso a faça se lembrar dele, mas, quer saber?

— O quê?

— Meu cabelo é assim, e ela deveria me amar como eu sou. Portanto, ela que se acostume.

— É isso aí.

O sorriso rápido de Marco se transformou em angústia quando viu a mão dela.

— O que você fez? Está machucada!

— Não exatamente.

Breen pegou seu vinho de novo enquanto Marco levantava sua manga para examinar o curativo em seu pulso.

— O que aconteceu?

— Eu estava tão brava que passei direto pelo ponto de ônibus, e depois pelo próximo. Estava repassando toda a discussão na cabeça. Foi tudo tão insultante, Marco, ofensivo. Aí, lembrei que eu fazia balé e adorava.

— Você ficava muito fofa de collant e meia-calça.

— Eu me divertia tanto fazendo balé, e papai me chamava de pequena bailarina, e quando ele foi embora... Ela disse que não podia mais pagar as aulas, mas que eu não deveria ficar triste porque não era muito boa. Disse que eu já havia aprendido tudo que podia nas aulas; o equilíbrio, a postura... e falou que pagaria as aulas de piano por mais um ano, mas só isso.

— Você nunca me contou isso.

— Doeu muito. Não que eu tivesse ilusões de me tornar uma primeira bailarina, pelo menos não aos sete anos. Eu sabia que era mediana, mas adorava dançar, ensaiar com nosso grupinho, fazer parte dele. Mas isso não importa agora, não é a questão. É que eu me lembrei disso e de outras coisas. Lembrei que nunca lutei, nunca me defendi. E isso me deixou fula de novo.

— Então você cortou o pulso?

— Não cortei o pulso! Estava andando e pensando em todas as vezes que desisti, que não lutei. Aí, vi uma placa: "Expresse seu eu". E não era isso que eu precisava fazer? Me expressar? Então eu entrei e...

Ela encheu as bochechas e soltou o ar.

— Meu Deus, Breen, você fez uma tatuagem!

— Foi um impulso. Por raiva ou vingança, sei lá. E quando me acalmei já era tarde demais para parar.

— O que você fez aí? Quero ver! Por que não me mandou uma mensagem para eu ir também? Teríamos feito juntos. Esse era o plano.

— Nós nunca planejamos fazer tatuagem juntos.

— Mas teríamos feito se você tivesse me contado que queria fazer. O que é? Quando vai poder tirar o curativo?

— Não é bem um curativo, posso tirar já. Pensei em fazer no bíceps, mas pensei que não, que se fizesse no pulso poderia olhar a tatuagem sempre que precisasse. O que é uma imbecilidade.

Ela tirou a gaze e levantou o pulso direito.

— Que letras bonitas! Como aquelas esculpidas em pedras antigas; e gostei da cor. Verde-escuro, tão escuro que parece preto, mas não é. Mas que diabos é *misneach*?

— A pronúncia é "mishnórr". É *coragem* em irlandês, eu pesquisei. E é culpa sua eu ter feito uma tatuagem no pulso.

Ele segurava a mão dela, virando-a de um lado a outro, examinando cada letra com seus olhos grandes e lindos.

— Culpa minha por quê?

— Foi você que me mandou uma mensagem dizendo "coragem" assim que minha mãe chegou em casa. Era disso que eu precisava, e foi o que eu pensei quando vi aquela maldita placa.

— Vou aceitar o crédito porque ficou muito legal. Vamos voltar amanhã para eu fazer uma. Não, vou fazer uma na Irlanda, mais legal ainda. E você pode fazer outra.

— Acho que não estou a fim de outra. Mas faça sim.

— Doeu?

— Eu estava brava demais para notar, mas doeu um pouco, quando eu comecei a me arrepender. Mas aí era tarde demais. Talvez eu seja irresponsável mesmo.

— Não é não. Isso foi um posicionamento. Adorei. Venha para o trabalho comigo para mostrar a tatuagem.

— Vou ficar aqui mesmo e preparar minhas aulas. E começar a procurar um chalé para alugar no condado de Galway.

— Vamos mesmo para a Irlanda...

— Sim, vamos mesmo para a Irlanda.

Ela virou o pulso e pensou: Coragem.

❖

Obedientemente, como Breen acreditava no cumprimento do dever, ela ia à escola todas as manhãs e fazia o melhor que podia. Corrigia tarefas e sentia certa satisfação quando via alguma melhora em determinados alunos.

Nas noites dos fins de semana, ela se preparava para a viagem de sua vida. Encontrou uma casa de campo em Connemara – um distrito no condado de Galway –, exatamente o que estava procurando. Ficava a poucos quilômetros de uma vila pitoresca e havia muitos hectares para explorar, e vista para a baía e a montanha.

Considerou mais um sinal – como o estúdio de tatuagem – o fato de as reservas anteriores não terem dado certo. E a reservou para o verão todo.

E lutou contra a ansiedade de assumir um compromisso tão grande.

Antes que pudesse hesitar – coragem! –, reservou três noites em Clare, no Castelo Dromoland, e depois comprou as passagens.

Pronto.

Agora, tinha que esperar seu passaporte e o de Marco chegarem e comprar Dramin. Não sabia se ia enjoar, já que nunca viajara de avião. Mas é melhor prevenir do que remediar.

Comprou guias e mapas, alugou um carro – e passou uma noite sem dormir preocupada em dirigir na Irlanda.

Teve dois encontros com Ellsworth, que lhe conseguiu mil euros – meu Deus, mil euros!

Tudo parecia um sonho estranho, inclusive fazer as malas.

Quando saiu da escola pela última vez, foi como se estivesse atravessando o sonho de outra pessoa.

Foi para o ponto de ônibus – outra última vez – e pensou que era como fechar uma porta. Não trancar, não fingir que não estava lá, simplesmente fechá-la e entrar em outra sala.

Não, como sair de uma casa onde nunca se sentiu bem e esperar que na próxima se sinta.

E a essa hora no dia seguinte eles estariam a caminho do aeroporto. Pegariam um voo noturno rumo a outro mundo. E, pela primeira vez em tanto tempo que ela nem conseguia determinar, não teria que dar satisfações a ninguém além de si mesma. Nada de horários, planejamentos de aula, alarme para acordar para trabalhar.

Que diabos ela ia fazer consigo mesma?

Descubra, pensou. E virou o pulso. Cale-se e descubra.

Atendeu o telefone assim que tocou.

— Oi, Sally.

— Breen, meu tesouro, tenho que lhe pedir um enorme favor. Sei que você está ocupada...

— Que nada! Está tudo pronto.

— Assim eu me sinto menos culpado. Estou em apuros. Você poderia me ajudar esta noite? Três funcionários ligaram, estão com problema de estômago, e estou com pouca gente.

— Claro. Sem problemas.

— Abençoado seja o seu coração. Tive que pedir a Marco também. Desculpe, mas...

— Não se preocupe. Vai ser bom ver todos antes de partir. A que horas quer que eu vá?

— Pode chegar às seis?

— Pode deixar. Estou pegando o ônibus para casa agora. Vou checar obsessivamente minha lista de viagem de novo, trocar de roupa e estarei aí com Marco às seis.

— Fico devendo a vocês dois. Amo você, garota.

— Amo você também.

Que bom, pensou Breen ao entrar no ônibus. Isso não lhe permitiria pensar em viagens aéreas, na segurança do aeroporto, em uma possível queda no Atlântico, em dirigir no lado errado da rua e todas as outras preocupações que andava evocando nas últimas semanas.

Trabalharia das seis às duas, iria para casa e cairia na cama e, por favor, Deus, faça que eu durma até tarde.

E antes que percebesse estaria no avião, partindo.

Acomodou-se no ônibus e olhou pela janela.

Lá estava ele – o homem de cabelo prateado. Parado na calçada, sorrindo para ela. Breen já havia perdido a conta do número de vezes que o havia visto desde aquele primeiro dia.

No mercado, em frente à empresa de Ellsworth, até mesmo no Sally's uma outra noite em que ela ajudara no balcão.

Toda vez que ela criava coragem para se aproximar, ele acabava desaparecendo. Não assim, *puf* – isso seria ridículo –, mas ele simplesmente a evitava.

Devia ser alguém do mesmo bairro – apesar de que ela o vira na cidade também.

Não importava, disse a si mesma. Ela logo estaria a milhares de quilômetros de distância.

Mais um dia, pensou enquanto o ônibus roncava. Só mais um dia antes de começar o resto de sua vida.

CAPÍTULO 4

Já em seu apartamento, Breen fez exatamente o que disse que faria. Obsessivamente checou tudo.

As malas haviam sido compradas recentemente em uma liquidação – uma promoção pela metade do preço, talvez porque eram turquesa. Nenhuma das duas estava quase cheia, assim ela teria espaço para lembrancinhas, presentes e qualquer outra coisa que comprasse em sua estadia de quase três meses.

Decidiu usar sua mochila como bagagem de mão – uma que tinha desde a faculdade. Mesmo surrada e puída, seria útil para as caminhadas. No momento tinha dentro dela os guias, mapas, colírios, Dramin, ibuprofeno, band-aids, seu tablet, o notebook, os cabos, canetas, um caderno, dois livros, um nécessaire com produtos de higiene e maquiagem.

Breen tinha uma pequena e eficiente bolsa transversal na qual deixou organizados seu passaporte, as passagens, identidade, cartão de crédito e dinheiro.

Quando chegou ao ponto em que teve que admitir que não tinha mais nada a fazer, colocou o alarme do celular para trinta minutos e deitou para tirar uma soneca, já que serviria mesas até depois das duas da manhã.

Mas teve que desligar a cabeça primeiro, pois seus pensamentos insistiam em conjurar os piores cenários.

Ela ou Marco contrairiam uma doença grave – ou sofreriam um acidente terrível – durante a noite e teriam que cancelar.

Descobririam que todos os voos para a Irlanda haviam sido cancelados indefinidamente porque... sei lá por quê.

Iriam até a Irlanda e, chegando lá, descobririam que seus passaportes não tinham validade. E seriam deportados imediatamente.

Os aliens finalmente invadiriam a Terra.

The Walking Dead se tornaria realidade.

Como desperdiçou quase cinco minutos cogitando todas as possibilidades trágicas, não foi uma surpresa para ela que seu breve cochilo não tenha sido tranquilo nem repousante.

Breen se viu sozinha andando na grama verde e densa, sob um céu da cor do estanho. Embora cinza, carregava um brilho, como se o sol pressionasse sua luz e seu calor por trás daquelas camadas de nuvens.

Havia uma espécie de enseada tecida, como uma serpente lenta, entre a terra e a baía, mais larga. Ela viu dedos grossos e verdes perfurando a água parada, e ovelhas brancas e felpudas com caras pretas nas colinas distantes.

O ar, úmido e frio, esvoaçava por entre as árvores, estremecia sobre um jardim vivo, de cores ousadas, quase insolentes.

Ouviu o canto dos pássaros e as notas musicais dos sinos – dezenas deles – pendurados nos galhos de uma árvore à beira da mata.

Caminhou naquela direção, onde a grama densa levava a uma trilha marrom-clara, estreita como uma fita, e a luz se transformou em um verde maravilhosamente sinistro. O musgo, grosso como um tapete, cobria os largos troncos das árvores, revestia seus galhos curvos, e rochas sufocadas se erguiam do solo.

Um riacho passava correndo, borbulhando e se derramando sobre as bordas das rochas. Breen pensou ter ouvido murmúrios e risos.

A água, pensou, ou os sinos de vento no início da trilha.

Caminhou, embasbacada de admiração e prazer.

Um pássaro passou zunindo, verde como uma esmeralda. Depois outro, vermelho-rubi, e um terceiro, como se tivesse asas de safira.

Ela nunca havia visto nada parecido; eram como joias de tão iridescentes – e seguiu o caminho de seu voo.

E nas sombras verdes e na luz ouviu-os chamar; era um som jovem, mas, de alguma maneira, feroz. Com ele, ouviu o tamborilar da água batendo no riacho e na rocha.

Uma cachoeira se derramava de uma altura vertiginosa, e fez seu coração pular.

Era uma queda estrondosa, branca como a neve sobre o riacho sinuoso, onde ficava pálida, verde-clara.

Os pássaros giravam em torno da queda-d'água – aqueles três e mais outros. Topázio, cornalina, ametista, cobalto, em uma exibição deslumbrante. Mergulhavam e dançavam.

Um deles mergulhou em direção a Breen, e ficou pairando, batendo as asas, a centímetros de seu rosto. Ela viu suas asas vermelhas como rubis com pontas douradas como... como seus olhos, ela sabia.

Não era um pássaro de jeito nenhum, e sim um dragão, não maior que a palma de sua mão.

— Olá. Você é Lonrach, porque é isso que você é: brilhante.

Breen estendeu a mão e se emocionou quando ele pousou em sua palma.

— E você é meu.

Caminhou com ele, atraída pelas cachoeiras e a dança dos dragõezinhos.

Percebeu que podia ver através da água branca, como se fosse um vidro translúcido em movimento.

E, através dela, viu algo que parecia ser uma cidade, cinza e preta, com torres e topos pontudos de edifícios que subiam para um céu mais roxo que azul. Como uma ferida cicatrizada.

A maior torre, uma lança de vidro preto, crescia de uma ilha de pedras. Uma ponte, estreita e oscilante, atravessava o mar agitado para conectá-la à cidade, nos penhascos.

Ela pensou ter ouvido choro, gritos de guerra e berros desumanos, choque de aço contra aço, cascos estrondosos.

Embora seu coração batesse forte, ela se aproximou; viu explosões de remoinhos de luz.

Ela deveria passar, deixar esse lugar maravilhoso para ir a um cheio de pranto e guerra?

Por que faria isso? Por que alguém faria isso?

Mesmo assim, ela se viu puxada para mais perto enquanto os chamados do dragão se tornavam estrondosos e a queda-d'água batia no solo.

O dragão voou para se juntar aos outros. Ela tentou chamá-lo de volta, mas como ele poderia ouvi-la com tanto barulho?

Então, no riacho, em uma poça verde-clara, ela viu um brilho vermelho e dourado. Por um instante, temeu que o dragão houvesse caído e se afogado, mas ele circulava acima de sua cabeça, com aqueles olhos dourados atentos.

Era uma pedra, percebeu, do tamanho do punho de um bebê, com dezenas de pedras menores brilhando nos elos de ouro de uma corrente. E o fecho, claro através da água, era um dragão em voo.

Alguém havia perdido aquilo; alguém o deixara cair. Qualquer um podia ver que era algo importante. Ela desceria e o pegaria.

Enquanto Breen avançava pela margem, o ar começou a pulsar, a bater como um coração. Parecia que a pedra central pulsava também.

As árvores cobertas de musgo eram chicoteadas por um vento crescente. Um relâmpago brilhou, tão forte, tão feroz, que o mundo ficou branco por um instante. E o trovão seguinte a fez perder o fôlego.

Uma tempestade, pensou. Ninguém em seu juízo perfeito andaria na floresta durante uma tempestade, nem enfiaria a mão na água quando um raio caísse.

Breen decidiu voltar mais tarde. Iria para casa, onde estava quente, seco e seguro, e deixaria que outra pessoa encontrasse o pingente.

Mas, se simplesmente se abaixasse e estendesse a mão, poderia pegar a corrente de ouro e...

Ela caiu. Em vez de uma piscina rasa, aquele riacho tinha metros de profundidade, e ela caiu bem fundo na água verde-clara.

Breen tentou nadar para subir à superfície, mas sua mão encontrou uma parede, sólida como aço.

Nadou para a direita, encontrou outra. Para a esquerda, mais uma, e percebeu que estava presa em uma espécie de caixa embaixo d'água. Ela via o céu acima, a fúria da tempestade que irrompia do céu enegrecido, os relâmpagos.

Bateu contra as paredes até que seu próprio sangue escorreu pela água.

Não consigo respirar, pensou. Me deixe sair! Me deixe sair!

Você é a chave. Vire-a. Desperte!

Quando sua visão começou a escurecer, ela viu um cadeado. Era prateado, brilhante, e tinha pedras preciosas incrustadas.

Está muito longe, pensou enquanto se agitava.

Seu coração disparou; seu corpo tremeu.

Marco a puxou para cima quando o alarme de seu telefone tocou.

— Jesus, Breen! Achei que você estivesse tendo uma convulsão.

— Eu... estava me afogando. Estava no riacho, mas era muito fundo, e... Ah, meu Deus, foi horrível!

Ela passou as mãos pelo cabelo de Marco enquanto ele a abraçava.

— Eu estava em algum lugar maravilhoso. Está tudo borrado agora, mas era um lugar lindo, e aí eu caí na água. Eu precisava de uma coisa que estava na água, e aí comecei a me afogar.

— Você está tremendo, garota. — Ele, também tremendo, deu-lhe um beijo na testa. — Respire.

— Estou bem. — Ela soltou um suspiro enquanto ele a abraçava. — Sou a rainha dos sonhos provocados pela ansiedade, acho.

— Foi o pior de todos. Você estava tremendo e engasgando e seus olhos estavam bem abertos. Fiquei apavorado.

— Eu também.

O ombro de Marco, sempre disponível para ela, era o descanso perfeito para sua cabeça.

— Desculpe, sério. A culpa foi minha. Fiquei preocupada com o aeroporto, o voo, com tudo. Mas chega, porque, onde quer que fosse esse lugar maravilhoso, é para lá que vamos.

— Com certeza ficarei feliz quando chegarmos lá, mas não faça isso comigo de novo.

Ele a pegou pelos ombros e a encarou atentamente.

— Você ainda está pálida. Quer que eu ligue para Sally e diga que não pode ir?

— De jeito nenhum. Foi só um sonho ruim, bem ruim, por causa do estresse. Trabalhar lá hoje vai me fazer esquecer das dez mil coisas que podem dar errado nas minhas fantasias.

— Então, vá melhorar essa cara.

— O que tem de errado com ela, além de estar pálida?

— Ponha um pouco de brilho nesses olhos cinzentos, menina. Já não ensinei como? Eu vou vestir uma coisa sexy que diga que este barman aqui merece ganhar gorjetas. Pode usar o banheiro primeiro.

Ele saiu e a chamou de novo quando estava entrando no quarto para se trocar.

— Como foi o último dia da sua vida antiga?

— Foi tudo bem. Foi ótimo, estou pronta para a nova vida.

Mais tarde, enquanto caminhavam para o bar, Breen tinha o braço em volta da cintura de Marco.

Ele estava com uma camiseta vermelha justa que mostrava seu corpo esguio e os braços sarados, e combinava com seu cinto e seus tênis de cano alto.

O vermelho a fez pensar no sonho, mas Breen o tirou da cabeça. Tinha motivos para saber que não era a única ansiosa ali.

— Não quer me contar como foi se despedir dos seus pais?

— O que eu posso dizer? — Marco deu de ombros. — Fomos todos educados. Meu pai me desejou boa viagem e desceu para sua oficina. Minha mãe me deu uma Coca-Cola, disse que havia muitas igrejas na Irlanda e que esperava que eu frequentasse algumas. Ela ainda acha que eu posso rezar para deixar de ser gay.

— Que chato...

— Não faz mal, pelo menos fomos civilizados. Como eu sabia que isso não aconteceria com meu irmão, não fui falar com ele. Conversei com minha irmã; ela estava atolada de trabalho, mas tivemos uma boa conversa.

— Você sempre pode contar com Keisha. — Ela o apertou enquanto caminhavam. — Somos os desajustados da família, Marco, como sempre. Mas estou de boa com isso. Você sempre esteve, mas eu estou chegando lá, e até curtindo. E amanhã vamos entrar naquele avião em que ninguém nos conhece. Podemos ser quem quisermos.

— O que você vai escolher?

— Trabalho no Serviço de Inteligência Militar britânico, não posso falar sobre isso.

— Boa ideia. Eu sou um jovem bilionário filantropo, compositor de sucesso que tem um caso secreto com um músico e ator de cinema bem gato.

— Quem seria?

— Não posso dizer, é segredo. Mas o nome dele rima com Moodacris.

— Como sou agente secreto, consigo decifrar esse seu código inteligente. Ele é bem gato.

Eles se voltaram em direção ao bar e Marco parou para ver a placa de moldura de glitter ao lado da porta.

— Sally disse alguma coisa sobre ser uma festa particular?

— Não. Mas as gorjetas são sempre excelentes nas festas particulares.

Entraram. E um bar cheio de pessoas irrompeu em aplausos.

Breen achou que o Dia de São Patrício – um dos muitos feriados que Sally reverenciava – havia explodido lá dentro.

Trevos, arco-íris, fadas aladas, duendes, nenhum clichê irlandês ficou de fora.

— Puta merda! — exclamou Marco, e caiu na risada.

Derrick Lacross, o sexy amado de Sally, foi até eles com uma taça de champanhe em cada mão. Estava com um colete de couro verde sobre o peitoral impressionante e um chapeuzinho ridículo de duende dobrado sobre sua juba loura de surfista.

— Acharam que deixaríamos vocês partirem sem uma despedida?

Ele entregou champanhe a ambos, pegou outra taça de uma bandeja e se voltou para a plateia.

Quando ergueu o copo, todos gritaram:

— *Sláinte!*

Breen riu.

— Que demais — conseguiu dizer. — Simplesmente maravilhoso.

— Ainda nem começamos. Bebam, crianças.

Explodiu música irlandesa pelos alto-falantes quando Sally, com cabelo curto e espetado tingido de verde para a ocasião, entrou pairando, pois estava com um vestido branco longo e brilhante e asas verdes esvoaçantes.

— Até parece que eu ia pedir para vocês trabalharem na véspera da sua partida. — Ele revirou os olhos antes de dar beijos no rosto de ambos. — Você — entregou a Marco uma cartola preta com uma faixa verde brilhante — vá comer, beber e se divertir. E você — pegou a mão de Breen — venha comigo.

— Sally — disse Marco, abraçando-o forte —, você é sensacional. Cara, você e Derrick são os melhores.

— Sem dúvida. Sua irmã tinha uma reunião, mas estará aqui em uma hora.

— Jura? Que legal!

— Vá com Derrick. Breen ainda não está pronta para a festa.

Segurando a mão de Breen, Sally atravessou a multidão.

— Ela vai voltar, senhoras e senhores. Aproveitem, divirtam-se. — E acenou com a mão livre como se estivesse abrindo o mar.

Alguma alma inteligente colocou uma taça de champanhe na mão dele.

— Sally, esta é a melhor surpresa do mundo, muito fofo da sua parte. Muito.

— Ah, você me conhece, qualquer desculpa vale para dar uma festa. — Ele a levou aos bastidores, onde ficava o camarim comunitário. — Mas você e Marco são especiais para mim e para Derrick. E agora — acrescentou, indo até uma das araras de fantasias —, vamos fazer sua festa.

Ele pegou um vestido curto e tão verde quanto seu cabelo. O decote em V das costas descia até a cintura.

— É lindo, mas...

— É seu. Derrick, que obviamente tem um gosto requintado para tudo, escolheu para você.

— Você comprou um vestido para mim?

— Um vestido de festa que, apesar de sua sorte inesperada, você mesma não comprou. E sapatos, que eu, também com gosto requintado, escolhi.

Ele lhe entregou um par de *peep toes* dourados com tiras nos tornozelos.

— São muito altos!

— Você consegue. Você consegue encarar qualquer coisa. Agora tire a roupa, garota. A festa já começou sem nós.

Como a música, as vozes e os risos faziam as paredes do camarim pulsar, ela não pôde argumentar.

Breen tirou os sapatos, a camiseta e a calça.

— Tire o sutiã, querida. Ele me deixa triste.

Breen estava com um sutiã branco simples e calcinha branca de algodão, bem prática.

— Vou ficar sem sutiã?

— O vestido tem sustentação, e de qualquer modo seus peitos são jovens e alegres... e esse sutiã triste merece um enterro decente. Ostente esses peitos enquanto pode.

— Tudo bem. Mais uma primeira vez para mim.

Ela tirou o sutiã e pôs o vestido. Levantou o braço para que Sally pudesse fechar o zíper lateral.

— Serviu.

— Ficou perfeito. Sente-se. Os sapatos agora.

Ela se sentou, pôs os sapatos e apanhou um pouco com as tirinhas dos tornozelos.

— Você convidou os pais do Marco, né?

— Seria indelicado não convidar.

— Eles declinaram. Assim como minha mãe.

Sally se ajoelhou para ajudar Breen com as tiras.

— Azar deles. Dói meu coração ver pessoas com a sorte de ter filhos lindos, por dentro e por fora, que não conseguem aceitá-los como são.

Sally deu um tapinha no pé de Breen.

— Garota, ouça o que diz esta velha rainha: seja quem você é e dane-se o resto.

— Você ainda é jovem — disse Breen, e fez Sally rir.

— E precisa fazer o pé e pôr um pouco de cor nesses lindos dedos.

— Vou fazer na Irlanda.

— E compre umas calcinhas bonitas, garota.

Antes que Breen pudesse se defender, Sally pegou o sutiã pela alça com a ponta dos dedos e o jogou longe.

— O que vai fazer quando conhecer um irlandês gostoso e ele vir esse negócio?

— Acho melhor eu encontrar a mim mesma antes de pensar em conhecer algum gato irlandês.

— Você é uma mulher inteligente. Descubra o que deixa Breen feliz com ela mesma e depois vá atrás do resto.

— Amo você, Sally.

— Ai, minha menina, também amo você. Agora, levante-se e dê uma olhada no espelho.

Breen viu uma mulher de cabelo ruivo cacheado caindo em cascata, com um vestido verde ousado que mostrava suas pernas, e sapatos dignos de uma princesa.

— Estou... meio sofisticada.

— Linhas retas, sem frescura, é o que combina com você. — Sally girou o dedo. — Dê uma voltinha.

— Vou quebrar o tornozelo.

— Seu equilíbrio é melhor do que você pensa.

Ela deu a volta e viu um pouco da parte de trás do vestido.

— Uau — disse.

— Que voltinha sexy, gata!

Sally colocou as mãos nos ombros de Breen e sorriu, quase de rosto colado com ela.

— E aí está você, Breen Siobhan Kelly.

— Mesmo quando está sem asas, você é minha fada-madrinha, Sally.

— Meu propósito favorito como fada. Agora, pegue esse champanhe e vamos mostrar você ao mundo.

Naquela noite, Breen dormiu um sono exausto, sem sonhos, sem estresse, depois de pôr seu vestido e sapatos novos na mala para a Irlanda.

Mas todo o estresse voltou no dia seguinte. Ela checou todas as suas checagens das passagens, e conferiu de novo o conteúdo das malas. Analisou seu passaporte em busca de possíveis problemas.

Então, falou com Marco para ter certeza de que ele estava com tudo pronto também.

— Tem certeza de que suspendeu a entrega da correspondência?

— Suspendi, mesmo que não recebamos quase nenhuma. E levei todos os perecíveis – também quase nenhum – para nossa vizinha Gracie. E, sim, dei uma chave a ela para que regue as duas plantas que temos, desligue e acenda as luzes esporadicamente, para o caso de alguém querer roubar praticamente nada aqui.

— E guardou seus euros em um lugar seguro?

— Sim, sim. Incluindo os quinhentos que Sally e Derrick me deram ontem à noite.

— O quê? Eles lhe deram quinhentos euros?

— Não me deixaram recusar. É para eu usar parte deles para levar você para jantar em um bom restaurante para você poder usar seu vestido novo.

— Puxa... eles...

— Tenho mais coisas para contar, se é que você já acabou de surtar. E está começando a me fazer surtar.

— O que mais?

— Vamos de limusine para o aeroporto.

— Marco, não podemos desperdiçar dinheiro com uma limusine.

— Não vamos gastar nada. O pessoal de Sally resolveu isso. Você sabe que o irmão de Reno dirige uma limusine; eles cuidaram de tudo. E ele vai chegar daqui a uma hora, por isso vou tomar um banho e vestir minha roupa de passageiro de primeira classe. Você vai assim?

Breen olhou para sua legging preta e a blusa preta simples.

— Temos que tentar dormir no avião. Isso aqui é confortável e prático.

— Serve. Vai parecer que já está acostumada a viajar. Mas troque esses tênis pretos pelos vermelhos que eu a convenci a comprar, para dar um *tchan*.

— Tudo bem.

Ela trocou os tênis, checou sua carteira de identidade na bagagem e pegou a jaqueta preta. Havia consultado a previsão do tempo para o aeroporto de Shannon: quinze graus e nublado – quarenta por cento de chance de chuva no momento da chegada.

Marco, de jeans e camiseta verde-oliva, olhou pela janela.

— Uau! Uma limusine preta enorme está parando aqui em frente.

— Ai, meu Deus, ai, meu Deus, está na hora! Precisamos descer com as malas.

Seria um processo cheio de etapas. Quando desceram três lances com uma das malas de Breen, sua mochila, a mala e a bagagem de mão de Marco, o motorista uniformizado se aproximou.

Breen não conseguia lembrar o nome do irmão de Reno, que parecia uma Tina Turner incrível.

— Espere aí, deixe eu dar uma mão. Prazer, Frazier — apresentou-se. — Eu vou cuidar do transporte de vocês.

— Isso é que transporte — acrescentou Marco. — Desculpe, tem mais algumas malas lá em cima.

— Não se preocupe com isso — disse Frazier a Breen. — Vamos colocar a dama no carro, meu irmão, e você e eu cuidamos do resto.

Era como um sonho – aquele carro comprido, o couro liso, um botão de rosa branca em um vaso transparente... Frazier lhe ofereceu uma garrafa de água. Breen a usou para tomar o Dramin de que não sabia se precisaria.

Quando se afastaram do meio-fio, Marco começou a brincar com as luzes e o som, enquanto ela olhava pela janela.

Ficaria três meses longe da Filadélfia. Tudo e todos que conhecia estavam ali. E, se seguissem o plano, depois de duas semanas Marco voltaria para casa.

Ela ficaria sozinha, sozinha de verdade, pela primeira vez na vida.

Sem a mãe lhe dizendo o que fazer, sem seu melhor amigo, sem Sally para lhe dar apoio. Sem supervisor, sem trabalho, sem horário.

Ela poderia arranjar um emprego se precisasse preencher o tempo. Seu pai era cidadão irlandês, então ela tinha dupla cidadania desde que nascera. E isso significava que poderia trabalhar na Irlanda se...

— Pare de se preocupar — ordenou Marco. — Você está se menosprezando.

— Não, só estou pensando que, se eu quiser, posso trabalhar meio período lá. Talvez em um pub, algo bem característico. Ou em uma loja. Ou em uma loja de jardinagem. Eu queria aprender a plantar e cultivar coisas. Acho que meu pai foi criado em uma fazenda. Acho. As histórias que ele me contou se misturam na minha cabeça, mas acho que foi criado em uma fazenda, sim.

— Há muitas fazendas lá.

— De qualquer maneira, não estou preocupada. — Absolutamente não, jurou a si mesma. — Estou nervosa, é diferente. Você não está nervoso?

— Não. Estou elétrico. Você e eu, Breen, mal saímos da Filadélfia a vida toda. E veja o que estamos fazendo! Sou muito grato a você por estar me dando essa chance.

— Eu não poderia ir sem você, literalmente. Não conseguiria entrar no avião.

— Prepare-se, porque estamos quase no aeroporto.

Ela levou a mão automaticamente para sua bolsa, mas Marco a segurou.

— Está tudo aí, querida, inclusive seu passaporte. Estamos dentro de uma limusine, aproveite!

— Quer aproveitar? — Ela pegou seu celular e se aninhou ao lado dele. — Hora da selfie na limusine!

— Mande para mim. Vou postar no Instagram, e no Twitter também. Hashtag BFFs, hashtag acaminho, hashtag...

— Chega — pediu Breen, rindo.

— Nossa, você precisa fazer um diário de viagem, dia a dia. Vamos criar um blog.

— Não sei criar um blog.

— Você sabe escrever e seu sei criar um blog — disse ele, colocando seus óculos Rayban, pelos quais tinha pago o preço de um rim. — Só precisamos de um nome para ele. Depois que eu vier embora, você vai ter que continuar. Merda, chegamos, mais tarde pensamos nisso.

Se a limusine parecia outro mundo, o aeroporto se classificaria como outro universo. Tanta gente, tanto barulho, tantos letreiros...

Fizeram o check-in, e Breen tentou não entrar em pânico quando viu suas malas se afastarem pela esteira e ficou só com a mochila e a bolsinha.

Filas em todos os lugares! Passar pela segurança provocou mais pânico nela, mas nenhum dos dois foi preso.

Seguiram as placas para o lounge da primeira classe.

— Quanta gente indo para algum lugar, ou voltando de algum lugar...

— Nós também, indo para algum lugar. — Sorrindo, Marco pegou a mão dela e balançou os braços dos dois. — Vamos comer ou beber alguma coisa. Temos tempo.

— Vamos fazer o check-in no lounge primeiro. Foi o que mandaram fazer.

Ela não sabia se conseguiria comer, mas sabia que queria um lugar tranquilo para se acalmar.

Breen viu famílias inteiras – bebês, crianças pequenas, avós. Gente de negócios andando a passos largos, olhando o celular. Algumas pessoas cochilavam nas cadeiras nos portões de embarque. Muitas pareciam entediadas.

Como alguém poderia ficar entediado quando está prestes a viajar de avião?

Ela viu pessoas assistindo TV, lendo livros, lendo no tablet.

Ela viu...

O homem de cabelo prateado!

Não podia ser, mas ela o viu na fila de um dos portões.

— Marco...

— Pronto, lá está o lounge.

— Marco, eu vi...

Mas ele já estava lá na frente.

— Nada — murmurou Breen.

Sua imaginação e o estresse estavam sobrecarregando seus sentidos.

Atravessaram as portas indicadas e adentraram o silêncio e o cheiro de frutas cítricas. Uma orquídea branca florescia sobre um balcão lustroso atrás do qual uma mulher sorria, sentada.

— Boa noite. Posso ver seus cartões de embarque?

— Não sei se estamos no lugar certo — disse Breen enquanto os procurava.

— Estão sim. Anunciaremos quando for a hora de embarcar. Basta seguir em frente.

Eles entraram em uma grande sala, também silenciosa, com pessoas sentadas em cadeiras ou ao redor de mesas saboreando bebidas ou petiscos, folheando revistas.

Sem saber o que fazer, Breen se sentou e olhou para Marco com os olhos arregalados. Ele lhe devolveu o mesmo olhar.

— As pessoas vivem assim, Breen. Imagine só! Tem camarão lá em cima, você viu? Tem coquetel de camarão! Vou pegar um para nós.

Um homem uniformizado parou diante deles.

— Aceitam uma bebida?

— Eu...

— Pode nos trazer champanhe? — perguntou Marco.

— Claro.

Breen bebeu champanhe e comeu coquetel de camarão. E nem pestanejou quando Marco guardou umas maçãs na bagagem de mão junto com um saco de batata frita, uma Coca-Cola e uma garrafa de água.

A aventura está começando, pensou, e percebeu que poderia fazer um diário. Seria divertido, e ela queria registrar essas recordações.

Duas taças de champanhe acalmaram seus nervos, e ela só sentiu um anseio quando o embarque foi anunciado. Descobriu que viajar de primeira classe significava que eles simplesmente entravam direto no avião.

E, lá, viram que suas poltronas pareciam cápsulas futuristas.

— Temos TV, garota, e um monte de filmes... grátis! E veja só, as poltronas reclinam até virarem camas. E essas bolsinhas legais cheias de coisas! Escova de dentes, creme facial, máscaras para dormir... meias! Que demais!

— Nem parece real.

— Mas é real pra caralho. Selfie.

Quando ele pegou o celular, apareceu uma comissária de bordo.

— Desejam alguma bebida antes de partir?

— Champanhe — disse Breen, e sorriu. — Vamos beber champanhe o voo todo.

No terminal, o homem de cabelo prateado observou o avião se afastar do portão. E suspirou.

A tarefa completa e bem-sucedida significava que seu tempo ali havia chegado ao fim.

Ele sentiria falta da Filadélfia, dos pretzels, das cores, dos grandes grupos de pessoas.

Mas ficaria feliz por voltar para casa.

Não ainda, pensou. Tinha outra parada a fazer, outra tarefa a concluir.

Ele se afastou e se misturou à multidão que ia e vinha. E, virando uma esquina, desapareceu a caminho da próxima parada.

CAPÍTULO 5

Breen descobriu uma coisa: gostava de andar de avião. Não esperava; havia se preparado para passar horas sob tensão.

Mas achou a experiência incrível. Tinha comida, bebida, entretenimento e Marco. E adorava olhar pela janela. Só se via a noite, mas ela imaginava o oceano abaixo, navios cruzando as águas, ilhotas flutuando, e tudo isso enquanto fluía pelo ar.

Voar de primeira classe talvez não virasse rotina – Breen tinha que ser prática –, mas ela decidiu que não se sentiria mais presa ao chão. Talvez, apenas talvez, uma vez por ano ela escolhesse um lugar no mapa, fizesse as malas e partisse.

Não seria incrível?

Ela também não havia imaginado que conseguiria dormir, mas o champanhe, um filme com Marco e o leve zumbido dos motores ajudaram. Com os fones conectados em sua playlist de baladas irlandesas – não custava nada já entrar no clima –, ela reclinou sua poltrona completamente, aconchegou-se com o cobertor e o travesseiro fornecidos e dormiu.

Sonhou com campos verdes e lagos azuis, com florestas densas e altas colinas. Viu-se montando um dragão vermelho sobre aqueles campos, lagos e florestas, e o sonho foi tão intenso que sentiu o vento batendo em seu rosto.

Sonhou com uma cabana de pedra perto de um riacho, com a floresta se esgueirando por trás e um jardim revoltoso a seus pés. E ali perto, enquanto o dragão voava, uma fazenda com campos verdes e muros de pedra onde um homem lavrava faixas marrons sobre o verde conduzindo um cavalo marrom musculoso.

Intenso, tão intenso foi o sonho que ela o ouviu cantar sobre amor e perda.

Sonhou e voou pela noite com o dragão vermelho em um impressionante céu estrelado. E duas luas, uma cheia e branca, a outra uma meia-lua brilhante, vigiavam o mundo.

Quando o sol se ergueu sobre as colinas verdes, espalhando luz vermelha e dourada, Breen voou para baixo. Aterrissou à beira do lago, ao lado de um homem que tinha uma espada no flanco e em uma das mãos um cajado com uma pedra vermelha cintilante na ponta.

Na outra, ele segurava as rédeas de um cavalo preto. Seu cabelo, preto como o pelo do cavalo, caía ondulando abaixo da gola de sua blusa, com uma trança fina que corria pelo lado esquerdo. Seus olhos, verdes como as colinas, perfuraram os de Breen.

— Sonhar não adianta. Acorde e assuma, ou fique dormindo e mostre que o sacrifício dele não significa nada para você.

Fúria e vergonha, como duas cordas grossas, formaram um nó dentro dela. Acima, o céu do amanhecer se tornara preto. O vento açoitava como uma faca afiada. Um relâmpago atravessou a escuridão e o raio caiu a poucos centímetros dos pés do homem.

Nem o homem nem o cavalo se assustaram.

Mas ele sorriu.

— Então, acorde e prove que estou errado. Acorde, Breen Siobhan O'Ceallaigh, e seja.

Ela acordou grogue e desorientada. Poderia jurar que sentia o cheiro do ozônio, da grama. Ficou imóvel na cabine escura tentando recuperar os detalhes do sonho.

Precisava anotar, decidiu.

Sentou-se, acendeu a luz de leitura e pegou seu notebook. Seu cérebro ainda estava coberto por uma cortina de névoa, mas ela escreveria tudo de que se lembrava. Achou que havia sido um sonho maravilhoso, divertido. Até aquele homem – seria um soldado? Um rei? – era fascinante. Perguntou-se o que representava em seu subconsciente.

O resto ela podia descobrir com bastante facilidade. O dragão de seu outro sonho, já crescido, voava como ela estava voando agora. Representava liberdade, a verdadeira imagem da Irlanda para ela.

E as duas luas? Talvez representassem que ela havia deixado um lugar (um mundo) e ido para outro. Quem poderia saber?

O chalé era igual ao que ela havia reservado em Galway. A fazenda estava ali porque ela havia falado sobre seu pai ter sido criado em uma. O fazendeiro era seu pai? Ele cantou, e seu pai cantava. Era um tenor irlandês, como o fazendeiro, mas não, não era a voz de seu pai. Ela conhecia bem a voz de Eian Kelly, pois tinha gravações e as ouvia quando sua mãe não estava por perto.

Mas devia ser uma representação.

E o homem zangado? Alto, musculoso – mas não como Derrick, por exemplo. Aqueles olhos verdes determinados, o cabelo preto, comprido, meio ondulado, com uma trança de lado... lembrou que se vestia meio ao estilo *Game of Thrones* ou um filme do rei Arthur. O cajado representava poder, certo? Como a espada, que representava um guerreiro ou soldado. E a pedra era como a de seu outro sonho.

A tempestade devia representar seu humor ao receber ordens. Ela já estava muito além de receber ordens.

Apesar de tudo, havia sido um sonho bem legal, que valia a pena registrar.

Assim como sua jornada, pensou. Quanto àquela ideia de blog não sabia nada, mas abriu um documento novo e, depois de um momento de reflexão, intitulou-o:

Para me encontrar

Escreveu durante quase uma hora, enquanto os passageiros começavam a se mexer e outras luzes se acendiam. Os comissários passaram a circular, murmurando e oferecendo o café da manhã.

Então ela leu o texto e o editou – caramba, cinco páginas! – enquanto tomava café.

Levou seu kit de higiene de cortesia e seu nécessaire ao banheiro. Quando voltou, Marco estava tomando café e lendo o diário dela.

— Ei!

— Você deixou aí... ficou muito bom, Breen.

— Não terminei de, sabe, dar uma refinada.

— Ficou bom. Está informal, engraçado, e mostra detalhes. É exatamente assim que se escreve um blog. Vou criar um.

— Marco...

— Pedi omeletes para nós, bacon para você, linguiça para mim. Pensei em Bloody Marys ou mimosas, mas vamos ter que dirigir daqui a pouco. Carla, a comissária de bordo, disse que devemos pousar em uns quarenta e cinco minutos.

Ele mexia no notebook enquanto falava.

— Que nome de domínio você quer?

— Eu não...

— Vamos simplificar: BreenSiobhan.com. Vamos deixar seu sobrenome de fora por enquanto. Estou configurando para manter seus dados pessoais privados e você mesma vai hospedá-lo. Vou ajudar você com isso. Ele vai mandar notificações quando você receber comentários e tal. Vamos usar um visual simples e elegante, compatível com dispositivos móveis.

Ele gosta de brincar com tecnologia, pensou Breen, e deixou.

— Ninguém vai ler.

— Todo mundo no Sally's vai. É uma ótima maneira de eles acompanharem o que estamos fazendo e vendo, não é? E para todos nós quando eu voltar para casa. — Ele sorriu. — Você escreve e eu cuido da tecnologia. Vou te mostrar como subir fotos e publicar o seu diário. Se depois de algumas semanas não achar divertido, você larga. Quer escolher uma fonte?

— Pode escolher.

Ela não ia mais se preocupar. Consideraria aquilo como enviar longos cartões-postais para os amigos.

— Ótimo. Vou disparar um e-mail para todo mundo com o link assim que estiver tudo pronto.

Quando ele terminou, Breen decidiu que era hora de começar a se preocupar com atravessar o aeroporto, chegar à locadora de carros e dirigir de verdade. Embora Marco houvesse perdido no pedra, papel, tesoura e tivesse que pegar o volante primeiro.

Olhando pela janela enquanto o avião descia, através das nuvens ela viu os campos verdes e as colinas de seu sonho. Viu a colcha de retalhos formada por aquele verde impossível com o mais rico dos marrons, o mais profundo dos dourados, todos brilhando sob um céu sombrio cinza pálido.

Algo em seu coração cantou, uma nota tão doce e clara que fez seus olhos marejarem.

— Marco, olhe!

— Estou olhando. — E se inclinou com seu celular, se posicionando melhor para bater fotos. — É como nas fotografias, mas de verdade. É de verdade, Breen.

— Eu sonhei com isso, com tudo isso. E escrevi.

— Não estava no blog.

— Não, escrevi separado. Depois eu mostro. Precisamos nos preparar. Precisamos...

— Já estamos prontos. — Ele pegou a mão dela.

Não foi tão difícil. Seguir as placas, mostrar os passaportes – de novo não serem presos –, pegar as malas e ir à locadora de veículos.

Como Marco ia dirigir, ele foi pegar o carro, e Breen saiu com o carrinho com as malas para tomar seu primeiro ar irlandês.

Era diferente, mais suave, assim como a luz. A chuva havia parado, mas ela sentia um toque úmido no ar. Algumas vozes eram americanas e outras tinham aquela cadência deliciosa que a fazia pensar em seu pai.

Será que o encontraria? Ele ficaria feliz em vê-la? Será que lhe diria por que ficara longe tanto tempo?

Ela queria perdoá-lo. E esperava um dia poder perdoar sua mãe.

Mas naquele dia, disse a si mesma, naquele dia o importante era ela. Abriu uma porta e entrou, e ali estava ela.

Ela notou o carro preto subindo e viu Marco pelo para-brisa. Parecia um homem desarmando cuidadosamente um dispositivo nuclear.

Antes ele do que eu, pensou.

Ele parou e desceu.

— Cheguei até aqui e ninguém morreu.

— É assustador?

— Um pouco. Ainda bem que não estamos muito longe do castelo. Eu disse "castelo". — Ele sorriu quando começaram a carregar a bagagem. — O cara me ajudou a programar o GPS, não vamos nos perder.

— Eu tenho o mapa e imprimi as instruções.

— Então tranquilo.

Ele foi entrar no banco do passageiro, mas percebeu que estava do lado errado.

— Eu ia ser cavalheiro e abrir a porta para você — disfarçou.

— Vamos acreditar nisso.

Ela entrou, colocou o cinto de segurança e respirou fundo.

— Podemos ir bem devagar.

— Grite se eu fizer alguma merda. Não, não grite, diga calmamente: Marco, meu amigo, você está do lado errado da rua. Preste atenção.

— Entendi.

— Ok, vamos lá. — Ele ligou o carro e sorriu. — Vamos invadir o castelo!

Ele se saiu bem; melhor do que Breen esperava. Ela teve que se controlar para não se perder na paisagem e manter os olhos na rua, para o caso de ter que mandar Marco prestar atenção.

Mas ele seguiu direitinho, mesmo naqueles círculos que davam medo – rotatórias, corrigiu-se em pensamento.

— Estou dirigindo na Irlanda, garota.

— Sim. Preste atenção na rua. Estamos quase chegando.

— Você vai ter que dirigir da próxima vez. Nós combinamos.

— Tem muita coisa para fazer no castelo. Talvez fiquemos lá uns três dias.

— Sem chance. Vamos conhecer bares, fazer compras, ver coisas...

— Tem coisas para... Ah, é o Castelo Bunratty. É muito perto de onde nós vamos ficar. Acho que dou conta. Eu li sobre o lugar; podemos fazer um tour, ver coisas, fazer compras. Não sei se há um pub por aqui. É tudo tão bonito, Marco!

— Nunca vi nada parecido, só em filmes e livros.

Quando ele virou, seguindo a placa para Dromoland, árvores grandes, enormes, lindas sufocaram ambos os lados da estrada. Serpearam, até que o caminho se abriu de novo para o verde, onde havia um lago de um lado com patos rebolando.

Breen soltou um suspiro e Marco parou o carro.

— Tenho que parar. Meu Deus, Breen, isto é um castelo! Um castelo de verdade!

Orgulhoso e lindo, o castelo governava a colina com sua majestosa extensão de pedra cinzenta, suas torres pontudas, seus torreões e ameias. Suas bandeiras balançavam ao vento.

— Eu vi fotos — disse ela —, pesquisei e ainda não acreditava que seria assim.

— Que dia, Breen. Que dia!

— Vamos chegar muito cedo para fazer o check-in, mas eles guardam a bagagem. Tem milhões de acres para caminhar aqui.

Ele avançou com o carro.

— Seria legal andar um pouco. Parece que vai chover, mas não vai atrapalhar.

— Não mesmo.

Quando pararam na frente do castelo, um homem uniformizado desceu para abrir a porta do carro para Breen.

— Bem-vindos a Dromoland. Vão fazer o check-in?

— Sim, vamos fazer o check-in.

Não poderia ter sido mais tranquilo, pensou Breen. Todo mundo foi muito simpático, muito solícito.

Os lugares por onde ela andava com Marco eram mais que mágicos. Quando a chuva chegou e viram que era forte, voltaram, molhados e felizes, para explorar o castelo.

Encontraram armaduras, fogo aceso em lareiras de pedra, lindas lojas e dezenas de folhetos sobre a área, que Breen pegou.

Tomaram uma bebida no bar e fizeram um almoço leve, até que alguém foi escoltá-los a seus quartos.

Quartos encantadores, pensou Breen, com camas grandes e colchas confortáveis, uísque para quem quisesse e vista para as colinas.

— Eu sou o rei do castelo — disse Marco, e pulou na cama de seu quarto.

— Ok, Majestade, o plano é desfazer as malas, depois um cochilo de uma hora. Vamos seguir as regras de combate ao jet lag. Fizemos uma caminhada, comemos, agora uma horinha de sono. Mais um tempo para tomar banho, trocar de roupa e tal... e nos encontramos às... cinco e quinze.

— Hora dos coquetéis. Então, no bar.

— Pode ser, e vamos planejar o que faremos amanhã. — Ela se dirigiu à porta. — Desfaça suas malas primeiro e ponha o alarme.

Ele bateu continência.

— Entendido. E faça como em *Duro de matar*, tire os sapatos e feche os dedos dos pés.

Ela foi para seu quarto e ficou vagando pelo espaço, tocando tecidos, móveis... Desfez a mala que havia reservado para essa parte da viagem. Pensou em tomar um banho antes de cochilar, mas se lembrou do cabelo.

Então, esticou-se na cama grande, embaixo do cobertor macio e, com o rosto virado para a janela, adormeceu.

Teve sonhos, mas, quando o alarme tocou, ficaram difusos. Ela se sentou na cama e concluiu que os conselhos para combater o jet lag nem sempre funcionavam.

Por mais adorável que fosse o quarto, para seu corpo era como se estivesse no meio da noite. Tentou a tática de *Duro de matar* antes de se arrastar para o chuveiro. Estava louca por uma Coca-Cola, algo para lhe dar energia, e se lembrou do frigobar.

Enrolada no roupão do hotel – que luxo! –, com o cabelo parecendo cordas molhadas, ela abriu a garrafa e bebeu metade.

Melhor, pensou. Muito melhor.

Levou até as cinco e meia para ficar apresentável e encontrar o bar de novo. Lá estava Marco sentado, flertando com o barman louro.

— Aqui está minha garota! Ela não é bonita, Sean?

— É mesmo. Boa noite, senhorita, e bem-vinda.

— Obrigada. Desculpe o atraso.

— Valeu a pena esperar.

— O que quer beber? — perguntou Sean.

Ela olhou para a cerveja de Marco, sabia que não podia tomar essa quantidade toda de bebida nenhuma. Ficaria embriagada.

— Kir Royale — decretou Marco. — Breen parece uma mulher que deveria estar bebendo Kir Royale.

— Está bom para você?

— Não sei, nunca bebi.

— Então tem que experimentar. Marco me disse que é sua primeira vez na Irlanda, mas que o seu pai nasceu aqui.

— É. É muito bonito aqui, como ele sempre me falou. Ele era de Galway.

— Sean é daqui mesmo de Clare, e me deu o nome de uns lugares que precisamos conhecer. — Marco pegou o celular. — Você tem vinte e dois comentários e oitenta e quatro visualizações no blog.

— Tenho nada.

— Olhe você mesma.

Presunçoso, ele passou o telefone para ela.

— Breen está escrevendo um blog sobre a viagem e a vida.

— Jura? Adoraria ler, se me enviar o link.

— Será um prazer.

Sean colocou uma taça na frente dela, com um líquido vermelho-dourado e framboesas nadando nas borbulhas.

— São basicamente as pessoas de sempre.

— Mas não todos, nem nos comentários nem nas visualizações.

Lendo, ela pegou a taça e tomou um gole. Ergueu os olhos.

— Gostei desta bebida. Por onde andou toda a minha vida?

— Hoje é o primeiro dia do resto da sua vida — disse Marco, e bateu a caneca na taça dela.

Breen tomou dois Kir Roayles, entre água e peixe com fritas. Deram mais uma caminhada e depois ficaram olhando uma família de Baltimore jogar sinuca.

— Estou morta, Marco, mas por algum milagre consegui chegar até as dez e meia.

— Podemos tomar um drinque noturno.

— Bebi mais nos últimos dias que em um ano. Pode voltar lá e flertar com Sean sem mim.

— Menina, ele é uma graça mas é hétero convicto. Eu o estava amaciando para você.

— Não estou procurando aventura.

— Por que você me deixa tão triste?

— Vou dormir. — Ela reprimiu um bocejo. — Não esqueça, café da manhã às oito, depois saímos. Vamos encher as malas amanhã.

— E você vai dirigir.

— Na ida. Na volta é você.

— Ok. Acho que vou dormir também.

Enquanto caminhavam de volta para seus quartos, ela deitou a cabeça no ombro dele.

— Foi um primeiro dia muito bom.

— E não se esqueça de escrever sobre o dia e de falar do meu talento excepcional no volante.

— Naturalmente. E amanhã encerramos com jantar e música em um pub. Quem sabe? Talvez alguém se lembre do meu pai, ele cantava em pubs.

— Eu lembro, você disse que foi assim que sua mãe o conheceu.

— Sim, em uma viagem com amigos quando ela estava na faculdade. Aqui em Clare. Talvez ele ainda cante por aqui. Ou em Galway.

— Espero que o encontremos, mas, de qualquer forma — ele a acompanhou até a porta —, lembre-se do nome do seu blog.

— "Para me encontrar."

— Isso é o mais importante. Até amanhã.

— Boa noite, Marco.

Breen acordou às quatro e meia da manhã. Saiu da cama cambaleando, grata por ter deixado a luz do banheiro acesa para não esbarrar em nada no escuro.

Pegou o notebook e, levando-o de volta à cama, tentou anotar o sonho já desvanecido.

Eu estava em uma construção grande, uma ruína, acho. Paredes de pedra, janelas sem vidro, algumas não mais que frestas. Havia entalhes em algumas paredes e – lintéis? – sobre as portas. Não portas, só aberturas para lugares que deviam ter sido outros cômodos.

Em algumas paredes havia nichos, mas vazios. Eu podia ver o céu acima – azul – e muitas nuvens, mas brancas.

Tudo ecoava, eu ouvia meus próprios passos. Mas era mais que isso. Meio como se houvesse vozes e elas ainda ecoassem ali dentro.

Havia marcos de pedra no chão, e acho que entalhes também. Eu não via, mas sabia que eram sepulturas, como a grande pedra – caixões?

Havia uma espécie de pátio cercado por colunas de pedra onde crescia uma grama verde e alta, com flores silvestres que pareciam estrelinhas brancas.

E degraus de pedra em forma de fatias de torta, formando uma curva que subia.

Subi, não sei por quê. Eu não estava com medo, mas sentia o ar pulsar, podia senti-lo pulsar em minha pele.

Saí e vi uma torre redonda com um arremate pontiagudo, e as colinas e chalés ao longe. Vi até fumaça subindo das chaminés. Abaixo, vi ovelhas com sua lã grossa e cara preta pastando na relva.

E um cemitério com marcos de pedra, e depois dele, depois da torre redonda, um daqueles círculos de pedra. Não era como as fotos que vi de Stonehenge, era muito menor. Depois dele, um rio serpeava em direção a uma baía. O sol era forte o bastante para que sua luz dançasse sobre as águas, como as flores brancas estreladas do campo.

Tudo era lindo. Eu senti o vento em meu cabelo, mas era quente e suave.

Acho que me senti feliz.

Então, vi uma mulher a cavalo se aproximando. Ela usava um manto marrom com capuz e seu cavalo era branco com os quartos traseiros manchados de preto. Ela foi até o cemitério, a pé. Tinha flores na mão. Não lembro se eu sabia de que tipo, mas acho que eram brancas.

Ela foi até uma das sepulturas, colocou as flores e ficou ali de cabeça baixa.

Eu me senti uma intrusa, então comecei a recuar. Mas aí ela tirou o capuz e olhou para mim.

Era parecida comigo. Ou como vou ficar quando for mais velha. E eu vi em volta do pescoço dela o pingente de pedra vermelha que havia visto no sonho da floresta/cachoeira.

Ela falou comigo. Queria lembrar com mais clareza, mas acho que ela disse: você tem que procurar para encontrar. Tem que perguntar para obter respostas. Tem que despertar para ser.

Breen se recostou, refletiu. Sempre tivera sonhos vívidos e estranhos quando era criança. Unicórnios, dragões – sempre tivera uma queda por dragões – dançando no ar com borboletas. Sonhava que montava cavalos brancos, com fadas, e todas as coisas maravilhosas que seu pai colocava nas histórias que lhe contava.

Mas tudo isso havia desaparecido, pensou, antes mesmo de ele partir. Então, ela substituiu aqueles sonhos fantasiosos por sonhos de ansiedade. Trabalhos escolares, cursos universitários, magistério...

Achou interessante, até reconfortante, eles voltarem.

Talvez ela comprasse um livro sobre interpretação de sonhos.

Como ainda era muito cedo para o café da manhã, contentou-se com uma Coca-Cola e escreveu em seu blog.

Foi divertido contar o dia, a chegada a Shannon, a viagem, o castelo, tudo isso. Quando ficou satisfeita, seguiu as instruções de Marco com cuidado, carregou algumas fotos e postou tudo.

Por curiosidade, entrou no post anterior e tomou um susto.

Já tinha quarenta e seis comentários e duzentas e duas visualizações.

Mais de duzentas pessoas haviam lido o que ela escrevera, e quarenta e seis tiraram um tempo para comentar.

Porque era novo, pensou, e Sally espalhou a notícia. Mesmo assim, era simplesmente maravilhoso.

Que inferno! Em uma semana inteira de aula ela teria sorte se conseguisse que tantos alunos levantassem a mão para comentar algo.

Animada, vestiu a roupa de ginástica e escolheu um vídeo. Ela sabia que o castelo tinha academia, mas não estava pronta para isso.

Quando terminou, vestindo o que considerava uma roupa de aventura irlandesa – botas, jeans, um suéter marinho com decote V sobre uma camiseta branca –, ainda tinha tempo sobrando.

Era como se todo dia fosse domingo, só que melhor, pois não tinha tarefas a fazer. Pegou o celular, a chave, a bolsa a tiracolo e a jaqueta e saiu para dar uma caminhada ao amanhecer.

O céu, pálido, azul pastel, curvado sobre as colinas, tinha lindas nuvens raiadas de rosa e vermelho onde o sol atingia suas pontas arredondadas. Tudo cheirava a fresco, a novo e possível.

Ela caminhou pela trilha pavimentada, subiu colinas verdes e degraus de pedra, ao som de pássaros matinais que cantavam nas árvores. Caminhou curtindo o silêncio e a solidão, parando para tirar fotos do castelo enquanto o céu clareava, ou de uma árvore que parecia ter saído de um conto de fadas.

Viu-se nos estábulos, onde um cavalo marrom a observava se aproximar. Como só andava a cavalo em seus sonhos da infância, Breen manteve uma distância segura.

— Olá! Você é muito bonito!

Ela se aproximou um pouco, e quando ele soprou o ar pelo nariz, foi como se o ouvisse pensar: *Venha e me acaricie.*

Mas ela achou que já estava perto o suficiente.

— Talvez amanhã — disse.

Ela tirou uma foto do cavalo, olhou a hora e começou a caminhada de volta imaginando como seria trabalhar em um lugar assim.

Ela poderia fazer isso. Talvez se candidatasse a alguma vaga. Quando Marco voltasse para casa, ela poderia pensar nisso. Talvez ali, talvez em um hotel histórico em Galway.

Antes de voltar, decidiu fazer um desvio para ver os jardins murados.

E, ali, seu coração simplesmente disparou.

Um arco de trepadeiras a recebeu. Os canteiros ao lado dos caminhos de pedra estavam cobertos de flores. Ela reconheceu algumas, mas a maioria era um adorável mistério. Breen queria saber mais, pensou que não podia esquecer de comprar um livro sobre flores, além do outro sobre sonhos.

Ela podia aprender a plantar e cuidar de flores, não é? Podia fazer algo bonito. Enquanto observava as borboletas esvoaçando e as abelhas zumbindo, inclinou-se para cheirar.

O cheiro era doce e picante, terroso e leve, e ela ficou maravilhada com as texturas e cores, os canteiros, os talos. E com a habilidade e o conhecimento necessários para criar algo que parecia ter crescido inteiramente sozinho.

Ela podia aprender. Sem dúvida sabia estudar, uma vez que passara a vida inteira fazendo exatamente isso. Mas estudaria o que queria estudar, dessa vez.

Ela se sentou em um banco para absorver tudo, enquanto nuvens gordas e brancas como ovelhas pastavam sobre o azul. E balançou a cabeça para si mesma.

— Uma hora quero ser garçonete em um castelo, na outra quero ser jardineira.

Sem dúvida ela não sabia o que fazer consigo mesma.

Breen se levantou, relutante, para voltar e se encontrar com Marco, mas parou uma última vez para tirar uma foto de perto de uma luxuriante moita de flores roxas escuras.

Encantada, passou a mão sobre elas, que vibraram.

Ela retirou a mão depressa, imaginando abelhas ou cobras furiosas. Estou na Irlanda, recordou, não há cobras aqui.

Mas havia alguma coisa.

Mas nada se mexeu, tudo ficou bem quieto.

Com cuidado, ela tocou a moita com a palma da mão de novo e sentiu aquele zumbido estranho sob a pele.

— Que estranho... É como... se estivessem crescendo. Até eu sei que não é assim que funciona. Bem, hora do café — disse a si mesma. — Sem dúvida está na hora do café.

Esfregando as palmas das mãos, ela se afastou.

E não viu as novas flores se espalhando no canteiro em busca da luz.

CAPÍTULO 6

Breen enfrentou o volante do jeito que enfrentava provas orais: com terror e determinação. Ela agarrava a direção como se fosse um salva-vidas em um mar revolto, mas atravessou as ruas estreitas e sinuosas com concentração total.

Nunca havia sido turista, de modo que assumiu essa nova designação mergulhando de cabeça.

Tinha feito listas, planejado as rotas. Havia ruínas para explorar e admirar, as falésias de Moher para se maravilhar. Havia o limite do mundo para ser ousada no Loop Head, abadias antigas, torres redondas, cemitérios... Almoço em um pub com fogo de turfa, pão integral e manteiga da fazenda.

Breen não encontrou um livro sobre sonhos, mas achou um sobre flores quando fizeram compras em Ennis, onde pendiam cestos de flores e as calçadas estreitas e sinuosas imploravam para ser exploradas.

Comprou um cachecol com as cores do arco-íris para Sally e um verde e âmbar para ela. Tomou sorvete de morango na casquinha de açúcar e acendeu uma vela em uma linda igreja antiga que cheirava a paz.

Quando chegou sua vez ao volante de novo, conseguiu dirigir até a pequena vila de Doolin e estacionar.

— Mais vistas incríveis — declarou Marco. — Só que, antes de começar a andar, de novo, tenho que dizer, Breen, você dirige melhor do que eu.

— Minhas mãos ainda estão suadas.

— Talvez, mas você se saiu bem.

— Você é um motorista perfeito. Mas caminhar é um grande alívio.

— Prepare-se para o alívio, então.

Fora do carro, ela ergueu o rosto para a brisa do mar antes de pegar sua mochila surrada para fazer a caminhada pelas falésias. E uma coisa ela descobriu neste importante primeiro dia: não tinha medo de altura.

As falésias se erguiam, dramáticas e escarpadas, acima das águas selvagens do Atlântico de um lado, e, do outro, a linda aldeia espalhava suas cores e encanto à frente dos campos verdes e das fazendas.

Caminharam pela trilha das falésias, que subiam com firmeza, enquanto as ondas quebravam.

— Já imaginou ver isso todos os dias? — ela não se cansava de admirar. — Acho que nunca deixaria de me surpreender.

Gaivotas com penas brancas e cinza como fumaça voavam, gritando ao vento. Breen caminhou com Marco pela trilha de cascalho, subiu os ásperos degraus de lajotas e só parou para se maravilhar.

— Veja as flores silvestres! Conheço essa, acho.

Ela quase pegou o livro na mochila, mas a jogou para trás com o quadril quando lembrou.

— Armeria. É armeria marítima. — Ela se agachou para tirar uma foto. — Não é incrível como sobe pelo calcário, tão rosa e linda? Juro que vou começar a cultivar plantas... lindos vasos de plantas quando voltarmos para casa.

— Acha que vai vingar no apartamento?

Ela ergueu os olhos.

— Marco, o que eu faria sem você?

Ela se levantou e saíram andando de novo.

— Podíamos procurar outro lugar no mesmo bairro — sugeriu Breen. — Com uma varandinha. Ou um apartamento no térreo com jardim e quintal.

— Eu estava mesmo me perguntando se você pretendia se mudar, comprar uma casa, talvez.

— Uma casa... — disse ela, como um suspiro. Nunca havia sonhado tão grande. — Eu poderia comprar uma casa com quintal para fazer um jardim. E ter um cachorro!

— Agora sim você está pensando.

— É, estou pensando. Se eu comprar uma casa, você vai comigo. Mas quer saber? Hoje é hoje, e veja onde estamos! Meu Deus, olhe essas falésias! Estávamos ali há poucas horas. Olhando daqui, parece que algum gigante cortou as pedras com um machado. É tudo imponente, feroz. E contagiante. — Ela virou as costas para o mar. — E é tão pacífico, pastoril, como uma pintura feita com cores saturadas.

Breen revirou os olhos quando percebeu que Marco havia tirado uma foto dela.

Satisfeito, ele colocou seus Wayfarers de novo.

— Essa vai ser a foto de capa do blog.

Caminharam pelos campos, pelas elevações, e ela absorveu tudo.

O sol brilhava tão forte, tão claro, que ela tirou a jaqueta e a amarrou na cintura.

— Dá para ver quilômetros adiante! Veja aquelas ilhas!

— São as ilhas Aran — disse Breen quando Marco apontou. — Li que lá ainda falam gaélico, e alguns sulcam a terra com cavalos. Acho que sonhei com isso, te contei?

Ela contou a ele o sonho da floresta, e os campos e chalés, e aquele em que montava um dragão voador.

— Por que eu não sonho com essas coisas legais? Preciso dar um jeito nisso. Tudo isto é como um sonho. Nunca imaginei você e eu escalando penhascos em qualquer lugar, muito menos aqui.

— Vamos começar a viajar mais, fazer mais coisas. Pode não ser para castelos e pela Wild Atlantic Way, mas vamos sair da rotina, Marco.

— Sou a favor. — Ele estendeu o dedo mindinho. — Breen e Marco vão ver o mundo. Pelo menos a Costa Leste. Podemos alugar um carro no verão e ir até o Maine ou Key West, ou qualquer outro lugar. Mas não é só falar, temos que fazer.

— Certeza.

Nas falésias, acima das ondas batendo, juraram cruzando os dedos mindinhos.

Quando voltaram para a aldeia, haviam percorrido uns oito quilômetros.

— Como estão suas botas? — perguntou Marco.

— Tudo bem. — Ela estreitou os olhos. — E as suas?

Ele se fez de envergonhado.

— Estou com umas bolhas. Já sei, eu devia ter aceitado aquelas que você me ofereceu.

— Tenho band-aid na mochila.

— Claro que tem...

Ela apontou para o carro.

— Sente-se, tire as botas e as meias, vamos dar um jeito nisso.
— Não está ruim. Comecei a sentir no último quilômetro.
De fato, havia se formado uma bolha em cada pé.
— Isto aqui vai proteger — disse ela enquanto colocava o band-aid.
— E, como já é hora do pub, você vai poder sentar um pouco.
— Estou pronto para a hora do pub. — Ele mexeu os dedos dos pés antes de calçar as meias. — Com certeza é bom entrar em um bar sem ser para trabalhar. Vai ter música também, né?
— Claro, música também. Eu dirijo.
— É minha vez.
Ela sacudiu a cabeça.
— As chaves estão comigo.
Ela pesquisou os pubs; pensou que poderiam fazer um tour ou ficar em um só – ela beberia apenas refrigerante e água.
Breen queria a atmosfera, a música, mas também queria arriscar. Doolin era famosa pela música tradicional, e seu pai ganhava a vida tocando esse tipo de música.
Será que ele havia tocado ali em algum momento?
Talvez ainda toque, pensou.
Quando entraram no pub, Breen achou que tinham feito a escolha perfeita. Havia um longo balcão de madeira escura à frente de uma velha parede de pedra, cujas prateleiras continham uma infinidade de garrafas e jarras.
A maioria dos bancos já estava ocupada, assim como as mesas. A música de um violino tocava pelos alto-falantes enquanto as pessoas comiam, bebiam e conversavam.
Um fogo baixo queimava, vermelho no centro – um fogo de turfa, o que tornava o lugar ainda mais perfeito. Na parede havia fotos antigas, placas da Guinness, Harp e Jameson.
Tinha o cheiro exato que ela imaginava que um pub irlandês devia ter, de fumaça de turfa, cerveja e fritura.
Uma das garçonetes, com um rabo de cavalo saltitante de cabelo preto e liso, parou a caminho do balcão com uma bandeja.
— Estão procurando uma mesa?
— Sim, por favor.
— Podem escolher, menos aquela no canto, ali. É a dos músicos.

Pegaram uma mesa para dois.

— Parece um filme, né?

Breen sorriu. O almoço no pub havia sido maravilhoso, mas aquilo era um encerramento perfeito para um dia perfeito.

— É tudo que eu queria.

— Você precisa tomar uma cerveja — insistiu Marco. — É um sacrilégio não tomar. Vamos comer e ficar por aqui ouvindo música. E vamos demorar para ir embora.

— Meia caneca — concordou ela. — Meu pai bebia muito Smithwick's; vou provar.

A mesma garçonete voltou.

— Tudo certinho?

— Perfeito — disse Marco.

— Que bom. São americanos?

— Filadélfia.

— Filadélfia — ela repetiu, fazendo parecer tão exótico quanto as falésias. — Nunca estive lá, mas já fui aos Estados Unidos duas vezes. Uma vez para Nova York para visitar uns primos e outra para Wyoming.

— Wyoming?

A garçonete sorriu para Breen.

— Eu queria ver caubóis, e fui para lá. Wyoming é grande. Bem, sou Kate, e vou servir vocês esta noite. — Entregou os cardápios a eles. — Querem pedir bebidas?

— Quero uma caneca de Guinness e minha amiga quer meia de Smithwick's. Sou bartender nos Estados Unidos — acrescentou Marco.

— Ah, é? Então, quem sabe não ganham umas cervejas por conta da casa no decorrer da noite? The Cobblers Three fazem sucesso e a casa vai lotar. Vocês deram sorte, conseguiram uma mesa porque chegaram cedo. Vou buscar suas bebidas.

Marco, como era de esperar, pegou o cardápio.

— Essa caminhada me deu fome.

— Você já acorda com fome. — Mas ela mesma deu uma olhada no cardápio. — Vou experimentar a *shepherd's pie*, uma torta de carne típica.

— Vou começar com mexilhões. Quer dividir?

— Você já me viu comer mexilhão?

— Mais pra mim. Tem lasanha irlandesa. Como será? Preciso descobrir. Nossa, não vejo seu blog desde a hora do almoço.

Enquanto ele lia, Breen ficou ali curtindo o momento, suspirando.

— Breen, você recebeu mais dezesseis comentários no post de ontem, e está com cinquenta e oito no de hoje.

— Jura? O que estão dizendo? — Ela arrastou sua cadeira para ler com ele. — Parecem estar gostando.

— É. Espere até que leiam o que você vai escrever hoje. Sobre o que você vai escrever?

— Eu... não sei. Está ficando séria a coisa.

— Não comece. — Ele bateu de leve os dedos na testa dela. — Continue e pronto. É legal ter uma melhor amiga blogueira.

— Só porque eu fiz uns posts não quer dizer que sou blogueira. Vamos ver como vai ser daqui a duas semanas.

A garçonete chegou com as cervejas e, indicando os cardápios com a cabeça, perguntou:

— Já escolheram?

— Vou experimentar a *shepherd's pie*.

— Essa não tem erro. E você?

— Vou começar com mexilhões, depois vou querer a lasanha irlandesa.

— É uma delícia. Receita da minha mãe, aperfeiçoada pelas minhas duas avós. A mãe da minha mãe é italiana, e a do meu pai é daqui de Clare.

— Sua mãe é quem cozinha? — perguntou Marco.

— Sim, e meu irmão, Liam. O pub era dos meus avós, agora é dos meus pais. É da família.

— Falando em família, o pai de Breen tocava em pubs assim. Talvez até tenha tocado aqui.

— É mesmo?

Breen pretendia ir mais devagar, mas Marco gostava de ser direto.

— Sim. Ele nasceu em Galway, mas eu sei que tocava aqui em Clare, pois foi onde ele conheceu minha mãe. Foi tudo antes de eu nascer, por isso você não deve saber. Mas pode ser que tenha tocado aqui.

— Talvez meu pai se lembre.

— Não sei o nome da banda. O dele é Eian Kelly.

— Se um homem tocou em Clare, provavelmente tocou em Doolin. E, se tocou em Doolin, provavelmente tocou no Sweeney's. Vou trazer seus pedidos.

Marco ergueu sua cerveja e bateu a caneca na de Breen.

— A outro melhor dia de todos.

— Quem não brindaria a isso? — disse ela, e tomou um gole de cerveja para provar. — Quer saber o que eu planejei para amanhã?

Ele sacudiu a cabeça.

— Ainda é hoje, amanhã você pode me surpreender. Nunca pensei em vir aqui, sabia? Quando pensava aonde poderia ir um dia, geralmente era Paris, Roma ou Maui. Mas isto aqui é demais, Breen. Quem diria?

Ela diria – mas só para si mesma – desde que conseguia se lembrar.

— Nunca pensei que iria a lugar nenhum. Achei que só trabalharia durante o dia, a semana, o ano. E talvez, um dia, encontrasse alguém e me casasse, e tivesse filhos. Então enfiaríamos todo mundo na minivan e iríamos à Disney ou à praia, a qualquer lugar para que eles não se sentissem presos. — Ela olhou ao redor e viu famílias às mesas, amigos no balcão, o fogo crepitando. — Se eu tiver filhos, vou trazê-los aqui. Faz parte da herança da família, gostaria que eles conhecessem. Estou feliz por ter minha herança de volta.

Ela olhou para cima quando um homem de cabelo louro, peito largo e olhos azuis parou perto da mesa.

— Sou Tom Sweeney. Minha filha me disse que você é filha de Eian Kelly.

— Sim, sou. Você conhece meu pai?

— Ele e os amigos tocavam bem ali. — Indicou o canto. — O nome da banda era Sorcery, e era isso que eles eram, feiticeiros da música. Foi há muitos anos — contou ele, com um largo sorriso. — Como está seu pai?

— Na verdade, não sei. Ele e minha mãe...

— Ah, que triste. E você perdeu o contato?

— Sim. Espero encontrá-lo enquanto estiver aqui, ou pelo menos descobrir mais coisas com as pessoas que o conheceram.

— Bem, posso lhe contar umas histórias, se quiser.

— Eu adoraria.

— Vou pegar uma cadeira — avisou Marco, e se levantou imediatamente.

— Obrigado. Querida — Tom chamou sua filha —, traga uma cerveja para o seu velho.

— Sou Marco, ela é Breen. — Marco colocou a cadeira para o homem.

— É um grande prazer conhecê-los. Posso vê-lo em você — disse Tom a Breen enquanto se sentava. — O cabelo vermelho chamativo, os olhos cinzentos. Só podia ser filha de Eian Kelly. Você é musicista?

— Não.

— Nunca houve um instrumento que seu pai não soubesse tocar, parecia um mágico. Tinha voz forte e clara também. Eu diria que tínhamos a mesma idade quando eu cuidava do bar e ele e os amigos tocavam aqui. — Ele segurou a mão da filha quando ela levou a cerveja. — Eu tenho esta aqui, os dois irmãos e a irmã dela por causa de Eian Kelly.

Marco sorriu para Tom e para a filha dele.

— Essa deve ser uma boa história.

— Ah, boas histórias é o que não falta — disse Kate, deu um beijo na cabeça do pai e voltou ao trabalho.

— Bem, eu era tímido naquela época. Não com todo mundo, só com as mulheres. Ficava todo atrapalhado diante de uma garota bonita. E havia uma em particular que eu era louco para conhecer. Sarah Maria Nero, com seu cabelo preto e olhos de cigana. Quando ela entrava no pub ou eu a via na rua ou no mercado, mal conseguia lembrar meu próprio nome, muito menos falar com ela. Então — fez uma pausa, bebeu cerveja e soltou um longo suspiro —, ela veio uma noite com os amigos, pois tinha muitos amigos, para ouvir o Sorcery. Eu servia as cervejas dela, ouvia sua risada adorável e animada e sofria sabendo que estava fora do meu alcance.

— É duro ser tímido — observou Breen — e achar que não somos bons o bastante.

— Verdade — confirmou ele, sustentando o olhar dela com seus olhos brilhantes. — Durante um intervalo, Eian Kelly foi até o bar e me disse: "Tom, diga à garota que você gostou do suéter dela". Eu fingi não saber a quem ele estava se referindo, mas ele se inclinou mais. "Ela gosta de você", ele falou. "E fica se perguntando por que não consegue fazer você dizer mais do que duas palavras para ela." Comecei a gaguejar dizendo que ele não podia saber uma coisa dessas, que ela nem sabia meu nome. E Eian falou para eu confiar nele que não ia me arrepender.

— De que cor era o suéter dela? — perguntou Marco, e fez Tom rir.

— Azul de todos os tons, do mais pálido ao mais profundo. E ela foi até o bar. Eu podia ouvir a voz de Eian em minha cabeça. "Não seja idiota", dizia, "fale com a garota". Então, as palavras saíram e ela sorriu para mim. Ah! — Tom bateu a mão no peito. — Meu coração quase explodiu. Ela disse alguma coisa, e eu respondi, mas até hoje não lembro quais foram as palavras, porque meu coração batia alto demais. Mais tarde os amigos dela foram embora, mas ela ficou para ouvir mais música. E Eian sussurrou no meu ouvido para eu levá-la para casa. Perguntei se podia, e ela disse que sim. Oito meses, duas semanas e quatro dias depois, estávamos noivos. Estou há vinte e oito anos com o amor da minha vida porque Eian Kelly me mandou falar com a garota.

— Que história maravilhosa!

As lágrimas contidas faziam os olhos de Breen arder ao perceber seu pai real de novo.

— Eian tinha jeito não só com música, mas com pessoas também. Quando ele dizia "confie em mim", como me disse, você fazia exatamente isso. Pouco depois daquela noite, ouvi dizer que ele havia voltado para Galway, e talvez ido a outros lugares, porque levou mais ou menos um ano para voltar. Nesse meio-tempo eu queria convidá-lo para o casamento e para tocar no pub de novo, mas não conseguimos encontrá-lo. Aí ele voltou e o Sorcery tocou aqui. E foi nessa noite que ele conheceu a sua mãe.

— Aqui? — Breen passou do ar sonhador e emocionado ao choque. — Eles se conheceram aqui?

— Aqui, em uma tempestuosa noite de verão.

— Você não vai deixá-los em paz? — censurou Kate ao pousar os mexilhões de Marco na mesa, junto com uma cesta de pão.

— Esta aqui puxou à mãe dela. Vou deixar vocês comerem em paz.

— Não, por favor. — Breen pousou a mão no braço de Tom. — Eu gostaria muito de saber mais, se você tiver tempo.

— Tenho tempo e muito mais para a filha de Eian Kelly. Comam, então, enquanto conversamos.

Então, ele se reclinou na cadeira mais uma vez com sua cerveja.

— Sua mãe entrou com quatro ou cinco amigas. Pela aparência, eram universitárias de férias. Era bem tarde, se bem me lembro, e não havia mais mesas vazias. Elas ficaram amontoadas no bar. Seu pai estava cantando... "Black Velvet Band". Isso, tenho certeza. E o vento soprando, trovões rugindo e a chuva açoitando. E aconteceu de eu ver, nunca vou saber dizer por quê, o instante em que os olhos deles se encontraram. "Assim que se conheceram, olharam-se..."

— "Assim que se olharam, amaram-se" — acrescentou Breen.

— Essa canção deve ter sido escrita para eles. Houve um relâmpago. Comigo e Sarah foi um desejo lento, passos cautelosos. Mas com eles foi como um foguete sendo lançado. Quando ele voltou, três dias depois, para tocar de novo, estava com ela. E duas semanas depois também. Ouvi dizer que eles voltaram para a cidade dele para se casar, e achei que tivessem ficado por lá ou ido para os Estados Unidos, pois nunca mais o vi.

— Morávamos na Filadélfia.

— E ele ainda tocava?

— Sim, tocava, e viajava muito por isso. Acho que isso atrapalhou. Eles se divorciaram quando eu tinha uns dez anos. Então, ele voltou para a Irlanda cerca de um ano depois. Disse que voltaria, mas...

Tom pousou a mão sobre a dela.

— Que pena... e fico surpreso. Ele é um bom homem, garanto. E era amor que ele sentia pela sua mãe. Um homem tão apaixonado quanto eu reconhece isso em outro. Não só o ardor, mas o amor. Eian e eu conversávamos de vez em quando. Ele disse que ia levar... esqueci o nome da sua mãe.

— Jennifer.

— Isso. Ele a chamava de Jenny. Ele falou que ia levar Jenny de volta para casa e se casariam lá. Eu contei que seria pai em breve, e ele disse que estava louco para ter filhos, uma família. Falava de sua fazenda, de formar uma família lá com Jenny, e que queria ser um homem de família em sua própria terra. — Deu um tapinha na mão de Breen. — Espero não ter deixado você triste com toda essa história.

— Não, sr. Sweeney.

— Tom.

— Tom, você me passou uma imagem do meu pai que nunca tive. Ele é um bom homem. Lembro dele como um pai amoroso, paciente e divertido.

— Espero que você o encontre, e, se o encontrar, diga a ele que Tom Sweeney quer lhe pagar umas bebidas. E aqui está Kate com seus pratos principais. Comam bem, é por conta da casa.

— Mas...

— A filha de Eian Kelly não paga comida nem bebida debaixo do meu teto. E minha esposa vai acender uma vela para que vocês tenham uma viagem segura. Ela tem uma conexão forte com esses assuntos.

— Muito obrigada.

— É um prazer. — Ele se levantou. — Logo a música vai começar. Não são os Sorcery, mas é uma boa diversão. Marco, não é?

— Isso mesmo.

— Cuide da filha do meu velho amigo.

— Pode deixar.

Marco esperou até que estivessem sozinhos à mesa e notou que Breen olhava para a comida.

— Você está bem?

— Sim, estou ótima. É que... — Ela ergueu os olhos, e, embora estivessem cheios de lágrimas, ele sabia que não eram de tristeza. — É demais. Entramos nesta cidade, neste pub, e encontramos alguém que sabia essas coisas maravilhosas sobre o meu pai. Coisas que eu nunca ouvi. E eu posso imaginá-lo fazendo tudo isso. Parece que talvez eu possa mesmo encontrá-lo. Mas, por enquanto, ouvir alguém que o conheceu naquela época, antes de eu nascer, que o considerava um amigo, é demais.

— Saber que ele fez uma grande diferença na vida de alguém é muito legal.

Ela olhou ao redor e imaginou seu pai e os amigos enchendo o ambiente de música.

— Ele abriu mão de sua vida aqui por ela, e por mim. Talvez isso faça dele um herói, mas acredito que ele quisesse criar nossa família em sua fazenda; acredito só pelo jeito que me lembro de ele falar da sua terra natal. Até que ele parou de falar muito nisso. Ele me contava histórias quando eu era pequena. Mas eles voltaram para a Filadélfia, tentaram fazer a vida lá. Não deu certo, mas eu sei que tentaram. — Ela pegou o garfo. — Sim, estou ótima.

Comeram, ouviram música, foi um ótimo programa. Ela não imaginava que seu humor poderia melhorar ainda mais. Até que Tom voltou à mesa com uma foto emoldurada.

— Esqueci que tínhamos isto na parede todos esses anos. O seu pai e os amigos, bem naquela mesa.

O coração de Breen disparou.

Ele estava ali, com um violino no ombro e um olhar sonhador. Tão jovem, pensou ela, com aquele cabelo ruivo e as botas gastas. Mais jovem do que ela era agora, percebeu. Magro e bonito, com um suéter preto e um jeans puído na barra.

Havia copos de cerveja na mesa, três outros homens tocando instrumentos, mas ela não via nada além de Eian Kelly com seus olhos sonhadores e sorriso tranquilo, com um violino nas mãos.

— Fique com ela.

Breen apertou a foto contra o coração e se levantou, fazendo algo que normalmente acharia estranho: abraçou com força alguém que mal conhecia.

— Muito obrigada.

— Espero que possa vê-lo pessoalmente em breve. Se voltarem por aqui, venham nos visitar.

— Claro.

Naquela noite ela colocou a foto na mesinha ao lado da cama.

Teve um lindo sonho com o homem da foto, que levava um bebê ruivo apoiado no quadril, em um campo verde cheio de borboletas formando um arco-íris e dançando ao redor deles.

No sonho, ele disse: "Esta é minha casa, minha querida. Cabe a nós mantê-la segura, e tudo que há nela. Cabe a mim lhe ensinar como. É uma alegria e um dever".

Ela gritou quando ele a ergueu bem alto, quando a girou e os arco-íris esvoaçantes giraram com eles.

Quando seu pai a abraçou de novo, Breen sentiu o coração dele bater contra si e conheceu o amor absoluto.

CAPÍTULO 7

Antes do nascer do sol, Breen escreveu em seu blog. Passou momentos felizes escolhendo as fotos que tinham a ver com o texto e decidiu fazer um daqueles álbuns de fotos personalizados para Marco no Natal.

Cheia de energia, ela se vestiu e saiu para fazer outra caminhada. Ainda era surpreendente para ela que sua vida pudesse ter luxos simples como uma caminhada matinal.

Mais confiante, decidiu pegar uma das trilhas para a floresta onde a luz suave pontilhava as árvores e o ar cheirava a terra e pinho.

Estava sozinha em um país das maravilhas e, encantada, adentrou a mata mais do que pretendia. Quando avistou um rio, as brumas subindo como dedos de fumaça entre as árvores, aproximou-se.

Um barquinho de madeira com a proa pontuda descansava à margem, com os remos cruzados por dentro. Ficou imaginando como seria flutuar sobre a água, através daquelas brumas, onde alguns patos preguiçosos deslizavam. Depois da curva do rio, calculou, deveria aparecer o castelo, como acontecia havia centenas de anos.

Ela pegou o celular e tirou uma foto do rio enevoado e do barquinho. À esquerda, ouviu um ruído.

Quando se voltou, viu um pássaro empoleirado em um galho olhando para ela com olhos dourados. Um falcão – achou que era, pois nunca havia visto um de perto. Ela sabia que os terrenos do castelo abrigavam uma escola de falcoaria, por isso fazia sentido que fosse um falcão.

— Olá — disse ela, e ficou paralisada quando a ave desceu e pousou a seus pés.

Com a cabeça inclinada, o animal ficou a observando.

— Que pássaro grande! — murmurou. — E muito bonito. Ou bonita?

A fascinação venceu seu nervosismo, de modo que ela se agachou.

— Deixaram você sair? Não sei como funciona, mas você parece inteligente demais para se perder.

— Ah, ele sabe o que tem que fazer.

A voz assustou Breen e a fez se levantar. O falcão apenas observava.

Dando uma risadinha, uma mulher saiu de entre as árvores. Usava uma calça marrom rústica, uma jaqueta verde-folha e um boné sobre seu cabelo amarelo como um girassol preso em uma trança grossa e comprida. E uma luva de falcoeira na mão esquerda.

— Desculpe. Amish queria voar e eu queria caminhar, então aqui estamos. Bom dia para você.

— Bom dia. Estou onde não deveria?

— Não, pode ir e vir quando quiser. Parece que Amish gostou de você. Sou Morena e estou com ele.

— Sou Breen. Ele é maravilhoso.

— Ele sabe disso — Morena fez um sinal com a mão e o falcão pousou no galho. — Está gostando da visita ao castelo?

— Muito. É mágico.

O sorriso de Morena brilhou de novo, junto com seus olhos azuis.

— A magia está onde você a encontra, não é? — Ela pegou outra luva e a estendeu a Breen. — Quer levar um falcão para passear?

— Jura? Posso... — Ela olhou para o falcão.

— Bem, como eu disse, ele se apaixonou por você, então vamos agradá-lo.

Ela colocou a luva grossa na mão de Breen.

Sobre a luva, os olhos delas se encontraram de novo. Breen sentiu uma espécie de estalo, mas não conseguiu entender nem descrever a sensação.

Então, Morena deu um passo para trás e o momento passou como o rio.

— Vamos caminhar um pouco ao longo do rio para você ver como esse garoto faz as coisas. O tempo deve ficar bom hoje, com chuva somente em alguns pontos à tarde, mas bem claro.

— Não ligo para a chuva.

— Que bom! Tome, pegue este pedaço de frango e vire-o. Mantenha o braço assim, com o cotovelo dobrado. Muito bem — disse, posicionando o braço de Breen. — Agora, veja como ele vem.

E ele foi.

Aquela abertura de asas, aquela cor tão rica sob um golpe rápido de luz do sol a deixou impressionada. Ele planou com toda graça e poder e pousou no braço de Breen coberto com a luva.

E aqueles olhos olhavam para ela, bem de perto, brilhando.

— Muito bem mesmo — elogiou Morena. — Agora, vire a mão para cima e abra o punho. Ele quer a recompensa.

Ele gorgolejou, esperando.

— É simplesmente incrível.

— É mágico — disse Morena. — Empurre levemente seu braço para cima e veja como ele voa.

Elas fizeram isso mais duas vezes, e o falcão voava e mergulhava entre as árvores, indo do galho à luva e subindo de novo.

— Você se saiu muito bem. Isso já é suficiente de café da manhã para o nosso menino, e imagino que você esteja querendo tomar o seu agora.

— Foi a experiência mais incrível que eu já tive.

Com pesar, Breen observou o falcão pular de seu braço para o de Morena.

— Muito obrigada. Vou até a escola pagar?

— Não há nada para pagar, de jeito nenhum. Foi um agradinho para você e o meu menino.

— Mais um tesouro que um agradinho para mim.

— Muito gentil da sua parte. Aí está sua trilha — acrescentou Morena, e apontou com a mão livre. — Tenha um bom dia e uma feliz estadia.

— Obrigada, Morena, por uma manhã que jamais vou esquecer.

— Imagine, o prazer foi meu.

Ela se voltou na direção oposta, em direção às árvores, mas parou, olhando por cima do ombro.

O estalo surgiu de novo, rápido, claro, e então desapareceu.

— Amish e eu a veremos de novo quando você chegar em casa.

— Em casa?

Mas Morena e o falcão adentraram as árvores e a luz salpicada de sombras.

Como o encontro inesperado fez sua caminhada se estender, Breen teve que voltar correndo para se encontrar com Marco e tomar o café da manhã.

Correu para o salão, onde ele já estava comendo enquanto lia algo no celular.

— Estou atrasada, mas...

Ele ergueu a mão para detê-la e continuou lendo. Dando de ombros, ela se serviu de um pouco de café. Quando o garçom apareceu, pediu bacon, ovos mexidos e torradas integrais.

— Vou querer o irlandês completo — disse Marco, ainda lendo. — Eu comeria o irlandês completo todos os dias pelo resto da minha vida.

Ele largou o celular e olhou para Breen.

— Estava lendo seu blog.

— Ah. O que achou? Pessoal demais? Achei que ficou meio pessoal demais, pensei em apagar.

— De jeito nenhum. Claro, é pessoal, mas é... nossa, menina, fiquei emocionado. Eu estava lá no pub, mesmo assim fiquei emocionado quando li. Você descreveu o dia muito bem. Você dirigindo, a paisagem, as falésias e tudo o mais... me levou de volta a tudo. Mas quando chegou a parte de Tom, de ele conhecer seu pai e tudo aquilo... E a foto que ele te deu? Isso foi de matar.

— De matar de bom ou de ruim?

— Pare com isso! Você sabe que ficou bom. A única coisa que falta é a foto. Vou ver se o hotel consegue escanear para colocarmos no blog. Seria quase um milagre se o seu pai visse, mas quem sabe? Alguém que o conhece pode ver e contar para ele.

— Nunca pensei nisso. — Ela se recostou, acalentando a esperança. — Marco, nunca pensei nisso. É genial.

Ele deu uma batidinha em sua têmpora.

— Tenho neurônios. Você postou há mais de uma hora. O que andou fazendo?

— Meu Deus, a melhor coisa do mundo!

Depois de escutar, ele ergueu as duas mãos.

— Um pássaro enorme pousou no seu braço?

— Sim, e foi fantástico! Marco, ele olhou diretamente para mim. Direto nos meus olhos.

— Você não surtou? Estou pirando só de ouvir você falar. Pássaros grande têm unhas grandes...

— Garras.

— Mas afiadas, independentemente do nome, e têm bico grande que pode furar seu olho. Pássaros grandes me assustam. E os flamingos? Cor-de-rosa, e as pessoas acham fofinhos, mas aposto que são agressivos. Lembra aquele papagaio que levaram à escola quando estávamos no terceiro ano? — Ele mostrou o tamanho com as mãos, quase o dobro do verdadeiro. — Aquele pássaro falando e olhando de lado, dizendo "Hora do jantar" e "Vamos pra balada?" não é natural, menina. Tive até pesadelos.

— Eu lembro. Mas o meu pássaro não falava, era lindo e gracioso, e a falcoeira, Morena, me ensinou a chamá-lo para a luva e a dar pedaços de frango cru para ele.

— Você deu frango cru para ele?

— Não tive tempo de assar.

— Engraçadinha. Que bom que você se divertiu e que eu não estava lá. Mas vou ter pesadelos mesmo assim.

— Você é capaz de assistir ao filme de terror mais nojento do mundo, mas tem pesadelos com pássaros do tamanho de um pardal?

— Eles ficam bem no céu, onde é o lugar deles. Também não quero um pardal pousando em mim. — Ele estremeceu.

Tomaram o café da manhã e revisaram os planos para o dia.

— Antes de irmos ao próximo castelo, me dê a foto, vou pedir para alguém escanear. Se não conseguir, posso tentar tirar uma foto.

De volta ao quarto, Breen retirou a foto da moldura.

— Veja, tem os nomes atrás. Sorcery. Eian Kelly, Kavan Byrne, Flynn McGill e Brian Doherty.

— Melhor ainda. Quando colocar a foto no blog, vou pôr os nomes na legenda. Vai aumentar as chances de alguém reconhecer um deles, né?

— Acho que sim. — Ela passou a ponta do dedo no rosto do pai. — Mas já faz muito tempo.

— Estamos em um castelo que tem centenas de anos. Acho que isso quer dizer que o tempo é relativo, não é? Pense positivo, garota.

— Tudo bem, vou com você. Vamos fazer isso, depois seguimos para Bunratty e curtimos o caminho de volta.

Visitaram o castelo primeiro, a estrutura de pedra que dominava o rio. Andaram pelo enorme salão de jantar imaginando os banquetes com damas e cavalheiros de roupas elegantes, o fogo crepitando enquanto os criados serviam cerveja e hidromel e carregavam grandes travessas de carne.

Musicistas deviam ter tocado no camarote acima, e velas teriam lançado uma luz dourada sobre as pesadas mesas e cadeiras e paredes com suas tapeçarias.

Escadas curvas de pedra subiam para dormitórios, quartos de vestir, salões onde as mulheres costuravam e fiavam, e outros onde os homens planejavam batalhas.

— Dá para morrer de frio no inverno — disse Marco —, mas olhe essa vista!

— Frio mesmo. Mas, com aquecimento central e um banheiro com a descarga funcionando, já fico feliz. — Ela lhe deu uma leve cotovelada. — É romântico.

— Não posso dizer que não, ainda que pensar na descarga funcionando não tenha nada de romântico. Mas, sério, é impressionante, porque era de verdade. As pessoas viviam aqui, trabalhavam aqui e faziam todo tipo de sexo. E atiravam flechas ou jogavam pedras nos outros que tentavam invadir.

— Um clã é uma família, e as pessoas protegem sua família.

Marco passou o braço em volta da cintura dela quando saíram.

— Eu jogaria pedras em qualquer pessoa que tentasse te fazer mal, irmãzinha.

— Obrigada.

Ela amou o castelo, mas se apaixonou pelo parque folclórico. As cabanas e lojas com telhados de palha, as fantasias, a música, os sítios e as ruas das aldeias – era tudo muito real para ela. Mostrava como as pessoas – pessoas comuns como ela – viviam. Onde dormiam, como cozinhavam, como criavam seus filhos.

Gostou dos burricos e dos gansos, do violinista em frente ao pub. Tudo isso representava para ela os meandros da vida cotidiana em outro mundo, em outros tempos.

— Eu sei que não deve ter sido tão simples e charmoso como parece, mas dá essa impressão. E me parece familiar. Acho que, pelos filmes e livros, acabamos tendo uma noção, mas aqui os lugares e as pessoas são reais.

Enquanto caminhava, Breen sentia-se naturalmente entrando em uma cabana e se sentando perto da lareira, em um pub para tomar uma cerveja...

— Está me dando um déjà-vu.

— Pode ficar para você — disse Marco. — É legal de ver, mas prefiro ter internet, nachos, colchões com *pillow-top* e uma cerveja gelada em uma noite quente de verão. Sem falar dos direitos LGBTQIA+ e da penicilina.

— Por outro lado, não havia ogivas nucleares.

— Você teria que aprender a ordenhar uma vaca. Talvez uma cabra.

— Mas não haveria poluição nem mudança climática.

— Nem ar-condicionado no calor, nem piso aquecido no frio.

— Não temos ar-condicionado nem piso aquecido — ressaltou ela.

— Mas existem, não é? E minha melhor amiga rica poderia comprar os dois, se quisesse.

Ela riu quando ele lhe deu um abraço rápido.

— Acho que sim.

Entraram em uma loja de presentes, e estavam quase saindo quando ela parou e apontou.

— Veja, um broche de falcão. Vou comprar para Morena, em agradecimento.

— A moça do pássaro?

— Sim, a moça do pássaro. As asas do falcão abertas dentro do círculo... é perfeito.

— Faça isso, e depois vamos procurar comida. Faz muito tempo que tomamos o café da manhã.

Ela comprou o broche e um cartão para escrever o agradecimento.

— Mais dois itens na lista: encontrar uma vila para comer e andar por aí. Eu dirijo — ofereceu ela.

Então, ficou paralisada. Não era possível. E, por não ser possível, era aterrorizante. Mas ela o viu; ela viu o homem de cabelo prateado.

E, como havia feito naquela primeira vez no ônibus, ele olhou diretamente para ela.

— Lá está ele!

Ela agarrou o braço de Marco enquanto o homem gingava – essa era a palavra, *gingar* – para longe.

— Quem? O quê?

Ela jogou a sacola de presentes para Marco e saiu correndo. Não correndo dele, desta vez, e sim atrás dele. E isso não lhe pareceu impossível, e sim libertador.

Ela correu – ou tentou – em torno de pessoas que admiravam a vila, que faziam vídeos e fotos, e de crianças correndo para ver o burro.

Mantinha-o à vista, estava apenas poucos segundos atrás quando ele virou uma esquina.

Ela também virou.

E ele desapareceu. Simplesmente sumiu.

Não era possível, pensou ela, tentando recuperar o fôlego. Simplesmente não era possível.

— Breen! — Marco correu até ela e pegou seu braço. — Que merda foi essa?

— Eu o vi, Marco, juro que vi.

— Quem? A propósito, você acabou de me lembrar por que eu insistia para você entrar na equipe de atletismo. Você tem pés rápidos, menina.

— O homem; o homem do ônibus, e da frente do apartamento, e do Sally's. E do aeroporto também. Acabei de ver de novo.

— Breen...

— Eu sei que parece loucura, Marco. — Ela passou a mão pelo cabelo. — Eu sei, mas também sei o que vi. Ele tem cerca de um metro e oitenta, talvez um pouco mais, e é magro. Está sempre de preto e tem cabelo prateado... nem branco nem cinza, é brilhante e elegante.

Marco passou o braço em volta dela em um gesto protetor, que ela percebeu.

— Mas você não o está vendo agora?

— Não sou louca nem estou delirando. Corri atrás dele até esta esquina, ele virou e...

Desapareceu como uma nuvem de fumaça, pensou ela.

— Não sei para onde ele foi, tem muita gente aqui. Mas eu o vi, e não faz sentido.

— Tudo bem, vamos andando.

Ele manteve o braço ao redor dela enquanto andavam.

— Você está tremendo.

— Não é ansiedade. Estou furiosa — percebeu ela. — Muito furiosa. Parece que ele está me provocando. É muita arrogância.

— Vou jogar pedras nele se você o vir de novo.

Ela não riu, e apoiou a cabeça no ombro dele. Mas logo se endireitou.

— Será que minha mãe mandaria alguém me seguir?

— Não pensei nisso. — Mas agora ele passou a pensar. — Acho que sim, mas por qual motivo?

— Não sei, só para ficar de olho em mim. Se bem que isso não faz sentido, porque eu o vi no ônibus antes de descobrir sobre o dinheiro. Caramba, ela poderia ler meu blog se quisesse saber o que ando fazendo. Ou poderia simplesmente perguntar, se estivesse curiosa.

Enquanto caminhavam, Marco acariciou as costas de Breen daquele jeito tranquilizador dele.

— É muita coincidência, mas você disse que o viu no aeroporto.

— Vi.

Ou achava ter visto...

— Aposto que não somos as únicas pessoas da Filadélfia na Irlanda, nem neste parque.

— Ele me olhou como se me conhecesse — acrescentou ela, e sacudiu a cabeça. — Talvez porque ele me reconheceu como eu o reconheci. Pode ser. A primeira vez, no ônibus, parecia que ele olhava para mim, mas eu já estava nervosa porque tinha levado um pé na bunda, odiava meu trabalho e odiava estar no ônibus indo para a casa da minha mãe. Mas acho que, por mais absurdo que pareça, ele poderia ter me visto hoje e pensado que eu lhe pareço familiar.

Breen não acreditava nisso. Assim que falou, soube que não acreditava em nada disso, mas era mais tranquilizador.

— Vamos andar mais para ver se você o encontra de novo.

— Não, é bobagem. Vamos comer peixe com batata frita.

— Estou dentro.

Mas ele manteve o braço em volta dela enquanto voltavam para o carro. E ficou de olho para ver se via um homem de cabelo prateado.

Ela esqueceu aquilo e, com Marco mais animado depois do almoço, exploraram ruínas e torres redondas, e outro castelo, debaixo de uma chuva que, tão repentinamente como começou, parou.

Sentaram-se em um quebra-mar, com o vento do Atlântico em seus cabelos, caminharam pelas crateras do Burren, jantaram de novo em um pub e ouviram música antes de pegar a estrada sinuosa de volta à última noite que passariam no castelo.

— Ainda está claro, vamos beber alguma coisa no bar. Você ganhou um Kir Royale de graça por minha causa ontem — disse Marco antes que ela pudesse dar uma desculpa.

— Tem razão, e eu mereci. Vou deixar o presente de Morena na recepção e trocar de bota. Encontro você lá.

Breen se dirigiu à recepção.

— Boa noite, srta. Kelly, como foi seu dia?

— Foi maravilhoso. Gostaria de saber se posso deixar isto com você para que mande entregar na escola de falcoaria. É um pequeno agradecimento para Morena, não sei o sobrenome dela. Ela me deixou fazer um passeio informal com Amish esta manhã quando os encontrei na floresta.

— Não é adorável? — A jovem pegou a sacola de presente. — Será um prazer, claro. Tenha um bom resto de noite.

Era o que ela pretendia. Foi até seu quarto, tirou as botas e soltou um longo suspiro imaginando quantos quilômetros havia andado com elas em seus pés nos últimos dois dias.

Tinha valido cada passo.

Como era a última noite, resolveu perder mais alguns minutos para retocar a maquiagem.

Enquanto analisava o resultado, alguém bateu em sua porta.

— Só faz cinco minutos, Marco — murmurou ela. — Está bem, dez.

Mas ela abriu a porta e era a moça da recepção.

— Desculpe incomodá-la, mas falei com a escola de falcoaria... com meu primo, que por acaso trabalha lá. Ele disse que não há nenhuma Morena nem nenhum falcão chamado Amish.

— Não entendo...

— Pode ser que tenha entendido mal os nomes. Meu primo verificará amanhã de manhã se foi com outra falcoeira que você encontrou, apesar de ninguém ter mencionado algo. É melhor eu não ficar com o presente enquanto não encontrarmos a pessoa certa, entende?

— Sim, claro, obrigada.

— Posso ajudá-la em algo mais, srta. Kelly?

— Não, não, obrigada. Desculpe o incômodo.

— Incômodo nenhum. Tenha uma boa noite.

Mas ela não havia entendido mal os nomes, pensou Breen enquanto fechava a porta. E com certeza não havia imaginado a experiência.

Morena e Amish – ela podia ver e ouvir os dois perfeitamente. Podia recordar a emoção de ver o falcão voar para seu braço, e o jeito como ele a olhou bem nos olhos.

Por outro lado, Morena não havia dito especificamente que era da escola. Não poderia ter o próprio falcão e decidido voar com ele pela área do castelo?

Breen pensou que isso talvez não fosse permitido ou fosse até ilegal. Decidiu não forçar a barra e guardou a sacola em sua mala. Poderia arranjar problemas para a mulher.

E se lembrou do jeito como Morena a olhou e disse que se veriam de novo.

E depois... simplesmente desapareceu no meio das árvores.

Como o homem de cabelo prateado.

— Talvez eu esteja ficando louca.

Sentindo uma pressão no peito, fechou os olhos e se forçou a respirar.

— Talvez eu tenha imaginado tudo.

Abriu os olhos de novo.

— Mas não imaginei, de jeito nenhum.

Não se preocuparia mais com isso. Tomaria aquela bebida com Marco.

E não viu necessidade de comentar com ele.

Naquela noite, sonhou que era uma criança, de dois ou três anos. Estava sentada, chorando, dentro de uma jaula de vidro. Do lado de fora da jaula a água corria, verde-clara.

Ela chorava chamando sua mãe e seu pai, mas eles não apareciam. Chorava por alguém que ela chamava de Nan, mas ninguém apareceu.

Fora das paredes de vidro, àquela luz bruxuleante, havia uma sombra; ela sabia que era de um homem, mas não podia vê-lo. Não o chamou porque o temia, mesmo sendo uma criança de não mais de dois ou três anos.

Quando ele falou, sua voz era suave e doce como música. E falsa.

— Pronto, minha criança, meu sangue; suas lágrimas são tolas e fracas, e ninguém pode ouvi-las. Você tem lições a aprender com cuidado. Vou lhe ensinar a ser tudo que é, e você terá brinquedos cintilantes, e doces, todos os doces que seu coração desejar.

— Eu quero minha mãe! Quero meu pai! Eu quero minha mãe! Quero meu pai! Quero...

— Silêncio! — A voz não era mais suave, parecia o estrondo de um trovão. — Vou lhe ensinar o que deve querer. Vou lhe mostrar o que pode ter. Eu sou sua mãe, seu pai, seu tudo agora. Preste atenção em mim, ou vai derramar mais que lágrimas. Você tem lições a aprender, e a primeira é a obediência.

Quando a sombra se aproximou, ela gritou. Primeiro gritou de medo, depois de raiva – a raiva que só uma criança pode sentir.

E com esse grito, e com os punhos apertados de suas mãos, o vidro se estilhaçou.

Ela estava em sua cama, no quarto com teto inclinado de sua casinha na Filadélfia. Era ainda uma criança, só um pouco mais velha, e se agarrava a seu pai enquanto ele a acariciava, balançava e acalmava.

— Foi só um sonho, *mo stór*, só um sonho. Papai está aqui. Você está segura e bem, e eu estou aqui. Ele não pode machucá-la. Ele nunca mais vai tocar em você.

Mas, enquanto tentava se livrar do sonho, Breen pensou que ele poderia tocá-la, sim.

E pensou que tocaria.

CAPÍTULO 8

Ela decidiu não contar o sonho a Marco, e certamente não postaria sobre ele no blog. Mas escreveu no arquivo que agora considerava seu diário pessoal.

Como a melhor explicação para Morena e seu falcão era invasão de propriedade, não viu motivo para falar disso.

Escreveu em seu blog, focando o lado positivo e feliz, e descobriu que isso a fazia se sentir mais positiva e feliz.

Seguindo o hábito, malhou por vídeo e saiu para sua última caminhada matinal em Dromoland. Os jardins murados ofereciam paz e beleza, e ela absorveu essa positividade e felicidade.

Pesadelos eram apenas sonhos ruins, e, como fora atormentada por eles durante a maior parte da vida, não pensaria nisso em suas horas de vigília.

Não, porque tinha flores, pássaros e a suave luz do sol através de camadas de nuvens. Porém, embora o que faltasse colocar na mala fosse pouca coisa, que não lhe tomaria mais do que cinco minutos, disse a si mesma que deveria voltar e terminar de arrumar tudo antes de sair. Mas então, admitiu sua covardia e tomou o rumo da floresta.

Estava nervosa e, irritada por isso, obrigou-se a seguir o mesmo caminho que fizera no dia anterior. Mas desta vez andou sozinha.

Pegou o caminho de volta quando aquelas camadas de nuvens começaram a gotejar.

Segundo o plano, vagamente traçado, ela pegaria o volante para a primeira etapa rumo ao norte. Então, com o carro carregado e Marco a seu lado, afastou-se do castelo sob uma chuva fina e constante.

— Nós dormimos em um castelo, Breen.

— Sim, dormimos em um castelo, Marco. Agora, vamos aproveitar o tempo e nosso caminho errante e ver mais coisas até chegar à nossa aconchegante cabana irlandesa.

— Quantas pessoas conhecemos que podem dizer o que você acabou de dizer?

— Absolutamente nenhuma.

Seguiram para o norte, depois para o oeste em direção à costa, acrescentando quilômetros maravilhosos à viagem. A chuva ia e vinha, e, em uma parte do campo com sol forte manchado de sombras das nuvens, pararam onde quiseram.

A pé, atravessaram um campo de botões-de-ouro silvestres para visitar uma fortaleza em ruínas, de onde, atrás de uma cerca, um burrico cinza os observava. Quando Marco passou correndo, o burrico esticou a cabeça por cima da cerca, como se o convidasse a entrar.

Cautelosamente no início, Marco acariciou a cabeça do burro.

— Olhe só, ele gosta.

— Vire para cá, vou tirar uma foto. Cara da cidade conhece burro.

— Vou fazer melhor.

Para espanto de Breen, Marco pulou a cerca.

— Acho que você não deveria...

— Não tem problema nenhum, e veja, ele gosta.

Marco passou o braço em volta do pescoço do burro, que começou a se esfregar nele como um gato.

— Isso não se vê todo dia — murmurou Breen, e imortalizou o momento.

— Venha. Ele é muito fofo.

Hesitante, Breen se recriminou por sua covardia e foi até a cerca. Teve que se esforçar, como havia feito naquela manhã para subir a ladeira. E, quando o burro virou a cabeça, ela soltou um grito abafado que fez Marco rir.

— Pare com isso, Breen. Ele não vai morder você.

— Você não sabe. O que nós dois sabemos sobre burros?

Mas ela pousou sua mão hesitante na cabeça do animal.

— Pronto. Agora vamos voltar à estrada.

— Espere, preciso tirar uma foto sua com ele também. Pense no blog — acrescentou Marco.

— Pense no blog — murmurou ela, mas pousou de novo a mão no burro.

Ele a fitou nos olhos, exatamente como o falcão havia feito.

— É uma menina. — Passou a acariciá-la como faria com um cão. — Ela gosta de companhia. Fica sozinha aqui quando as ovelhas não estão. Não é mesmo, Bridget?

— Breen, você não vai acreditar!

— Em quê?

Sorrindo para a burrica, acariciando seus pelos ásperos, ela imaginou uma casa em uma fazenda e um menino de cabelo castanho bagunçado que saía para escová-la.

— Há uma borboleta no seu ombro. Não se mexa! Já fiz uma foto ótima, mas vire a cabeça para a esquerda. Devagar.

Com o coração batendo forte, ela virou a cabeça. A borboleta empoleirada abriu suas asas amarelas como os botões-de-ouro. Surpresa, ela ficou vendo aquelas asas salpicadas de pontos pretos se abrindo e fechando.

Então a borboleta voou, como uma delicada flor ao vento.

— Ficou muito legal. Veja as fotos que eu tirei.

Ele lhe mostrou o celular, passando as várias fotos de Breen sorrindo para a burrinha como se fossem velhas amigas, e uma borboleta em seu ombro.

E viu a que ele tirou depois que ela virou a cabeça. E nessa ela não viu choque em seu rosto, e sim um deleite absoluto.

— Não sabia que elas pousavam nas pessoas.

— Nem eu. — Ela tocou o ombro com a mão.

— Acho que eu teria surtado, mas você não.

— Por dentro, um pouco.

— Não parecia. Essa com certeza vai para o blog. Belas fotos, garota. — Ele deu mais um tapinha na burrinha e, sorrindo, olhou para Breen. — Bridget? De onde você tirou isso?

Ela não fazia a menor ideia.

— Achei que tinha cara de Bridget.

— Tudo bem. Prazer, Bridget.

Marco pegou a mão de Breen quando pularam a cerca e a balançou.

— Minha vez de dirigir.

Foram para Galway, dirigindo com considerável tensão, até um estacionamento na cidade.

— Você veio muito bem — disse Breen, esfregando a nuca tensa.

— Pelo menos chegamos. Precisamos de um descanso e de comida. E uma rua chamada Shop Street merece minha atenção.

Breen logo descobriu que a rua merecia a atenção de muita gente.

A multidão parecia enorme depois de passarem a manhã sem ninguém por perto, mas Marco mergulhou fundo. Puxada por ele, Breen passou pelas lojas e resistiu a tudo, até encontrar um pedaço de papel emoldurado com letras em *ogham*, um sistema de escrita arcaico. Embaixo, lia-se: CORAGEM.

— Parece que é um tema recorrente.

— Mas é um tema bom. E isso é pequeno, vai caber na mala quando eu tiver que voltar.

— Vou querer uma.

— Qual?

— Não, não essa de papel para pendurar na parede. Uma tatuagem. Qual devo fazer?

— Só você pode decidir isso.

— Hahahaha. Vamos falar sobre o assunto durante o almoço. Estou morrendo de fome.

— Você poderia tatuar essa frase para poder usá-la várias vezes ao dia.

— E combina com outra. Alguma coisa irlandesa — disse ele enquanto procuravam um lugar para almoçar.

Ela ficou olhando para ele; seu Marco, de pele marrom dourada, aquela profusão de tranças escuras até as omoplatas e o cavanhaque meticulosamente aparado.

— Você não é irlandês.

— Mas vou fazer a tatuagem na Irlanda.

Marco decidiu fazer uma harpa irlandesa. Ele não era irlandês, mas era músico. Além disso, gostou do jeito dela.

— Onde eu faço? Digo, em que parte do corpo. Onde fazer em Galway eu posso pesquisar no Google.

Como ainda não o estava levando a sério, Breen apenas sorriu.

— Você tem uma bunda grande.

— Sim, mas aí só uns poucos escolhidos veriam. No bíceps parece normal. Apesar de... — Flexionou-os.

— Sim, Marco, você também tem belos bíceps.

— Vou ficar com o tradicional mesmo, é uma opção viril; e olha só, esse lugar tem bons comentários. — Ficou olhando o celular. — Resolvido. Vamos lá.

Quando ele se levantou da mesa, Breen pestanejou.

— Está falando sério?

— Você não vai me deixar para trás, garota. Se você fez uma tatuagem, vou fazer também.

— Marco, você precisa de oxigênio quando vê alguém tomando injeção em um seriado de médicos.

— Você vai segurar minha mão.

※

Ela segurou a mão dele, e viu seus olhos se arregalarem à primeira picada da agulha.

— Puta merda, você vai ter que me distrair.

— Com tabuada?

— Jesus, matemática não. Cante.

Ela começou a rir, mas ele estava sentado na cadeira estofada, com os olhos arregalados, agarrado à mão dela enquanto um cara chamado Joe, com os braços fechados de tatuagens complexas e coloridas, trabalhava meticulosamente o contorno de uma harpa na pele de Marco.

Ela começou com "Molly Malone", porque achou que a melodia era calmante. Joe, o cara da tatuagem, deu um sorriso e se juntou a ela no refrão, com um belo tom de barítono.

— Está acabando?

— Não, querido.

— Você está indo muito bem, Marco — incentivou Joe.

Marco fechou os olhos.

— Continue cantando.

Ela foi de "The Wild Rover", uma música mais animada, e uma mulher de uns cinquenta anos que estava fazendo uma espiral celta no antebraço começou a acompanhar.

Como ele já havia ouvido algumas vezes e sabia a letra, Marco, com os olhos ainda firmemente fechados, acrescentou um pouco de harmonia.

— Foi ótimo! — disse outra tatuadora, uma mulher de uns trinta anos, e parou para aplaudir. — Vocês são profissionais?

Breen sacudiu a cabeça, imaginando se algum dia teria pleno uso de sua mão de novo.

— Pois deveriam. Vocês têm vozes lindas. Vamos cantar outra. Conhece alguma da Lady Gaga?

— Se nós conhecemos alguma da Gaga? — Marco sorriu, ainda de olhos fechados. — "Born This Way", Breen.

Ela cantou enquanto a harpa tomava forma, e, como olhar a deixou meio enjoada, manteve os olhos em Marco. Em algum momento ele afrouxou o aperto o suficiente para ela poder flexionar os dedos doloridos.

Mas deixou a mão ali, porque ele precisava dela.

— Pronto, companheiro. — Joe deu um leve tapinha no ombro de Marco. — Pode dar uma olhada, se quiser.

— Ok, só vou respirar primeiro.

Ele abriu os olhos e olhou para o bíceps e para a harpa com seu tom verde arrojado.

— Ficou incrível! Olhe só, Breen, eu fiz uma tatuagem incrível.

— Pode voltar para cantar a qualquer hora. Gostei da sua voz — disse Joe a Breen.

— Obrigada.

— Se um dia quiser fazer outra, é só me procurar.

— Acho que uma será suficiente.

Ele sorriu para ela.

— É o que todos dizem.

— Fiz uma tatuagem — comemorou Marco quando saíram. — Fiz uma tatuagem na Irlanda.

— Legal! Mas você parece meio desequilibrado.

— Minhas pernas ainda estão trêmulas, mas eu consegui. Você dirige agora, né?

— Pode ficar tranquilo.

— Da próxima vez nós faremos uma juntos.

— Está bem — disse ela, revirando os olhos mentalmente. — Da próxima vez.

Quando chegaram ao carro, Marco a abraçou e a balançou.

— Amo você, Breen. Você nunca me deixa na mão.

— Nem nunca deixarei.

— Não me faça parecer um frouxo quando postar sobre a tatuagem.

— Até parece.

Ela entrou e esperou que ele se sentasse no banco do passageiro.

— Talvez você precise cantar enquanto houver trânsito.

— Pode deixar.

Mas a volta não foi tão ruim como havia sido a ida.

No caminho para Connemara, atravessando e circundando as aldeias, viam-se mais ovelhas que carros.

E Marco cochilou, provavelmente exausto, pensou ela, por causa do trauma da tatuagem.

Ela curtiu o silêncio, a falta de urgência, a consciência de que poderia parar onde quisesse que ninguém lhe mandaria fazer outra coisa, estar em outro lugar.

Viu placas de trânsito indicando lugares que queria visitar, mas, enquanto Marco dormia, decidiu que ela – ou eles – poderiam voltar outra hora para passar o dia.

Ela olhou para o lago Corrib, imaginando se gostaria de fazer um passeio de barco. Poderia atravessar para Mayo, ver os pontos turísticos de lá também. Tinha muitas semanas para fazer o que quisesse, quando quisesse.

Ah, a doce e inebriante liberdade...

Se fizesse outra tatuagem – o que não era provável –, escolheria tatuar *Liberdade*.

Passou por vacas, ovelhas, colinas, campos e penhascos que aqueciam seu coração com tanta beleza.

Marco se mexeu e esfregou os olhos.

— Nossa, apaguei! Onde estam... uau!

— Chama-se Twelve Bens — disse ela, com voz suave e tensa de emoção. — Estamos em Connemara. Parece um lugar que congelou no tempo, exatamente no momento certo. Você não viu o lago. Meu Deus, é lindo, Marco. Bem-vindo de volta.

— Quanto tempo eu dormi?

— Não sei. Aqui é tudo atemporal. Ah, está vendo isso?

Ele se aprumou e olhou para onde ela apontava.

— Aquele buracão no chão? O que são essas coisas empilhadas?

— É turfa. Estão secando. Eles escavam, cortam a turfa e a deixam secar ao vento.

— Aquela coisa que eles queimam? Sério?

— Sim, meu pai me falou sobre isso. Eu havia esquecido muito do que ele me contou, mas as lembranças estão voltando. Quando vejo as coisas, vou lembrando. Havia uma turfeira na fazenda onde ele morava. Talvez até seja por aqui. Ele deve ter me falado onde era, mas não consigo lembrar.

— Aposto que vai conseguir.

— Espero que sim, mas essa sensação... é como se eu estivesse em casa.

— Memória sensorial. Já li sobre isso. — Ele pegou o celular para tirar fotos pela janela. — Está no seu sangue, né? Seu pai, seus ancestrais e tal, então você sente isso.

— É. Sinta o cheiro do ar, Marco.

Ela respirou fundo, quase bebendo o ar.

— Dá para sentir o cheiro da turfa, dos pinheiros... e, juro, dá para sentir o cheiro do verde.

— Posso dirigir se você quiser só curtir.

— Não, tudo bem. Já estamos chegando.

— Que bom, porque estou...

— Faminto.

— Uma coisinha para beliscar cairia bem. Espere aí. — Ele procurou na bolsa a seus pés. — Tenho salgadinhos e Coca-Cola. Comida de estrada.

— Quero batata. — E pegou uma. — Você tem o contato da mulher da cabana, não é?

— Tenho.

— Mande uma mensagem para ela, então. Ela disse para avisar quando estivéssemos a uns trinta minutos. Acho que estamos por aí.

— Não vamos ter que parar para comprar coisas?

— Vamos lá primeiro para fazer uma lista. Tem uma aldeia perto da casa; várias, aliás.

— Ela é rápida. — Marco leu a mensagem. — Ela vai estar lá para nos receber, disse.

— Ótimo. — Breen sorriu para ele. — Está tudo perfeito.

Quando pegaram a estrada estreita e sinuosa cercada de sebes, Marco se remexeu.

— Tem certeza de que o caminho está certo?
— Sim.
— Achei que fosse perto da água, com vista para a montanha.
— Só depois de chegar lá.
— Tudo bem... só estou pensando que deve ter algum motivo para estar disponível para o verão todo.
— Tenha um pouco de fé, Marco.

Talvez ela também estivesse meio nervosa, e não muito segura de que dois carros poderiam passar em sentidos opostos nessa estradinha, mas não tinham para onde ir além de para a frente.

— É afastado — acrescentou, para tranquilizar os dois. — Bem reservado. Eu queria um lugar reservado.

— Existem lugares afastados e o fim do mundo. Isto aqui está parecendo o fim do mundo. Você disse que tem uma vila perto?

— Sim, a poucos quilômetros. Dá para chegar tranquilo.

— Andar nesta estrada é querer morrer. Não é melhor eu mandar uma mensagem... qual é o nome dela? Finola McGill, parece inventado... só para ter certeza de que não pegamos o caminho errado no meio da trilha das vacas de alguém?

— Se você acha... Espere, a curva. Dizia para virar à direita e que haveria placas. Viu? Cabana Feérica. É aqui.

Ela virou e o mundo começou a se abrir. A estrada continuava estreita, mas um campo se estendia à direita, cheio de altas montanhas. Ela pôde ter o primeiro vislumbre da baía.

— É estranho. Antes de você virar, parecia que estávamos confinados.
— Não mais.

O campo deu lugar à floresta, verde como nos contos de fadas e ensombrada. E ali, entre a floresta e a baía e as majestosas montanhas se erguendo, estava a Cabana Feérica.

Flores encantadoras quase explodiam aos pés dela, e havia caminhos brancos serpeando por elas. As robustas paredes de pedra cinzenta tinham a altura de dois pisos sob o grosso telhado de palha. Suas janelas brilhavam como joias ao sol.

— Tudo bem, retiro o que eu disse. Não é um castelo, mas parece coisa de filme. E olhe essa vista!

Como Breen estava calada, Marco olhou para ela e a viu com lágrimas nos olhos.

— Ei, menina...

— Era exatamente o que eu queria. Eu queria o castelo, a experiência, mas isto... Era isto que eu queria. Uma cabana perto da floresta e da água, com flores por todo lado.

— E é isso que você tem aqui. — Ele levou a mão dela ao rosto dele. — Você merece conseguir o que quer.

— Tenho isto graças ao meu pai. Não vou esquecer, não importa o que aconteça.

— Você teve a chance de ter isso graças ao seu pai, e isso é muito legal. Mas você aproveitou a chance, não se esqueça.

— É verdade — concordou ela, passando a mão no rosto dele.

Assim que ela saiu do carro, a porta da frente – branca como os caminhos – se abriu.

A mulher que apareceu usava sobre seu corpo curvilíneo um suéter laranja chamativo e calça marrom. Seu cabelo, da cor de castanhas assadas, puxado para trás, deixava ver um lindo rosto rosado, cujas covinhas acompanhavam um sorriso acolhedor.

— Chegaram! Bem-vindos à Cabana Feérica. Ah, Breen Kelly...

Ela pegou a mão de Breen e lhe deu um aperto forte e confiante, e logo pousou a outra mão sobre as duas. A seguir, voltou-se para Marco.

— E Marco Olsen. Como você é bonito! Sou Finola, e estou muito feliz por conhecê-los. Foi uma longa viagem, entrem, entrem. Vou acomodar vocês rapidinho.

— Obrigada. É tão bonito! Tudo é lindo.

— Fico muito feliz de ouvir você dizer isso. Entrem, entrem, vou lhes mostrar tudo antes de cuidarmos das malas. Que dia bonito está fazendo para receber vocês em casa!

Finola os levou para a sala de estar, que tinha uma lareira de pedra no meio com troncos empilhados dentro, além de um console largo com três grandes velas brancas.

Havia um tapete com um nó celta no meio sobre um piso da mesma madeira reluzente da lareira. A estampa verde-folha combinava com a cor do sofá e suas gordas almofadas. A manta artisticamente colocada no encosto do sofá era creme e parecia macia como nuvens.

Nas prateleiras havia livros – um mundo de livros. Nas mesas, vasos de cerâmica com flores. Cristais pendiam das janelas e lançavam a luz do arco-íris na sala, e pelo vidro aberto se viam mais flores dançando ao sol e as encostas verdes que desembocavam na água.

A água era azul como o verão e tão límpida que refletia em sua superfície as colinas verdes.

Tudo exalava acolhimento e conforto.

— É maravilhoso — murmurou Breen. — Simplesmente maravilhoso.

— Está meio quente para acender a lareira, eu pensei, mas ela está pronta para que vocês possam aproveitá-la à noite. Como podem ver, o estilo aqui segue o "conceito aberto", assim quem for cozinhar não fica isolado.

Cozinhar não era seu forte, mas Breen entrou na cozinha, separada da sala principal por um balcão cor de ardósia.

Uma mesinha, já posta – encantadora – para dois, tomava o centro. No balcão havia uma cafeteira – graças a Deus –, uma tigela de cerâmica com frutas frescas, mais flores e uma torradeira.

Havia uma chaleira vermelha no fogão pelo qual Marco estava encantado.

— Esse é top de linha — comentou.

— E você cozinha? — perguntou Finola.

— Sim.

— Inteligente e bonito, então. Por acaso você não tem um amigo igual? Aqui há uma boa despensa e está abastecida, assim como a geladeira, com o que achamos que vocês gostariam.

— Ah, não esperávamos que...

— Não podíamos deixar vocês terem que resolver isso logo na chegada — explicou Finola. — Eu trouxe pão integral, acabei de assar para vocês. Está na gaveta do pão. E há biscoitos no pote, não comprados — acrescentou com o indicador estendido.

A simpatia e as boas-vindas simplesmente deixaram Breen atordoada.

— Você é atenciosa demais, muito obrigada.

— Não é muita coisa, claro. E ali está o quartinho com a máquina de lavar e secar, mas há um varal nos fundos para pendurar roupa nos dias de sol. Há outro quarto aqui embaixo, e o melhor é que tem uma porta para fora, assim, se você acordar e quiser dar uma volta, fica fácil.

Breen olhava tudo imersa em admiração e prazer. Se houvesse ela mesma projetado um chalé para ficar, teria sido exatamente como esse.

Montaria seu escritório/academia nesse quarto de baixo e, quando quisesse uma pausa, simplesmente sairia ao lindo jardim, ou mais além da água, ao redor da floresta.

Teria que aprender a cozinhar mais – e melhor. Marco poderia ajudá-la. E à noite ficaria enroladinha na frente da lareira lendo um livro.

Finola os levou para cima. Havia portas abertas em cada extremidade de um curto corredor. No centro do hall, havia uma mesa estreita com pés curvos, com mais flores e velas. Breen passou os dedos sobre a superfície intrincadamente esculpida – um dragão em voo.

— Impressionante. Que belo trabalho!

— Não é? Tenho orgulho de dizer que conheço bem o artista. Afinal, somos casados há quarenta e oito anos. Quando a dona da casa pediu algo especial, ele fez isso.

— É... — Breen, ainda com os dedos na escultura, voltou-se. — Mas como...

— Também não entendi — acrescentou Marco. — Você se casou antes de nascer?

As bochechas de Finola ficaram vermelhas e ela riu.

— Ah, quanta gentileza! Tenho uma neta da sua idade. E mais outras três.

Marco, daquele jeito dele, pegou as duas mãos dela.

— Diga qual é o seu segredo. Farei qualquer coisa, menos sacrificar uma galinha.

— Bem, eu diria que é viver feliz como puder, amar o máximo que puder. Tomar cuidado quando for necessário. E uma boa taça de vinho à noite.

— Tudo isso faz parte do meu regime diário agora.

— E isto é um bom lembrete — Finola pegou a mão de Breen e virou seu pulso para tocar a tatuagem. — Ter coragem de fazer tudo isso, pois tudo, menos o vinho, exige coragem.

— Você sabe ler gaulês?

— Sim, aprendi.

Meio nervosa pelo olhar direto – os olhos de Finola eram de um azul de aço, e fortes –, Breen afastou a mão.

— Marco fez uma tatuagem hoje à tarde.

O olhar forte de Finola se suavizou, cheio de charme, quando ela se voltou para Marco.

— Vamos dar uma olhada, então, onde quer que esteja.

Ele puxou a manga do suéter para cima.

— Ainda está meio vermelho.

— Uma harpa irlandesa! E muito bem-feita também.

Ela colocou o polegar e o indicador em ambos os lados do bíceps de Marco e deu uma apertadinha. Com uma piscada, disse:

— Uau!

Marco, normalmente imperturbável, corou.

— Agora você vai ter que aprender a tocar harpa.

— Marco é músico.

— Quando não sou bartender.

— Bonito, inteligente e músico? Um ótimo partido para um garoto de sorte. Bem, vou lhes mostrar os quartos e veremos se acertei. Imaginei que este seria seu, Marco, mas não se preocupe se eu estiver errada.

Ela voltou para o quarto no topo da escada.

A cama, cheia de travesseiros sob um edredom fofo, dava para as janelas. Sua pesada cabeceira e os pés ostentavam entalhes de flautas e rabecas, harpas e cravos, *bodhráns* e *dulcimeres*.

— Uau! — Foi tudo que Marco conseguiu dizer.

— Isso também é obra do seu marido? — Mais uma vez, Breen passou os dedos sobre as esculturas. — É fabuloso.

— Sim, obrigada. Aqui você tem uma bela vista da baía e da sua corrente para o mar, e das montanhas também. Uma cadeira boa e resistente, uma cômoda e um armário. E seu próprio banheiro, claro. O cobertor, *throw* é a palavra certa, foi feito por uma amiga querida. Acho esses tons de cinza mais quentes que sombrios.

— Marco, olhe esta vista! Você vai ver isso todas as manhãs!

Ele foi até a janela e ficou ombro a ombro com Breen.

— Parece uma pintura. Pode ficar com este quarto, se preferir.

— Não — ela apoiou a cabeça no ombro dele —, é a sua cara.

— É lindo ver uma amizade tão verdadeira. Eu mesma sei disso, e o que significa para o coração. Vamos ver o outro quarto? Acho que você ficará feliz com ele, Breen.

— Se for parecido com este, vou ficar em êxtase. Seu marido trabalha por perto? — perguntou Breen enquanto seguiam pelo corredor de novo. — Se ele puder mandar para os Estados Unidos, eu adoraria ter uma peça dele. Quero algumas coisas novas.

— Claro, não é tão longe em linha reta. Podemos conversar sobre tudo isso quando vocês estiverem instalados.

Ela fez um gesto para Breen entrar no quarto.

Fadas esculpidas dançavam na cabeceira. Dragões voavam e flores desabrochavam. O *throw* aos pés da cama misturava tons de verde que iam desde cor de folhas até do mar suave. A escrivaninha no canto tinha mais flores, um tinteiro antigo e uma tigela verde-escura com pedras coloridas. A decoração das paredes tinha o mesmo tema da cama, flores e fadas, e um quadro impressionante sobre a cama, de uma mulher de costas para o quarto e de frente para um lago enevoado, com um longo vestido branco pintado como se ondulasse ao vento, e cabelo ruivo caindo em cachos.

Mas Breen só conseguia olhar para a vista das janelas.

A floresta, cheia de gloriosos segredos; a água que rolava, e dois cisnes deslizando perto da margem.

E, sob um céu azul e brilhante de um dia de verão, as montanhas.

— Acho que ela gostou — Finola comentou com Marco.

— Ah, sim, gostou. Você tem uma lareira, Breen. Quando éramos crianças, construíamos nossas casas dos sonhos na cabeça, e a de Breen sempre tinha uma lareira no quarto.

Pequena, de pedra, com a lenha ali, murmurava noites acolhedoras.

— As fotos eram... eu vi fotos na internet.

— Ah, mudamos um pouco a decoração desde então. Nós precisávamos... como se diz mesmo? Atualizar.

Finola apenas sorriu quando Breen se voltou para ela.

— Serve para você, então?

— Sra. McGill...

— Não, Finola para você e para os seus.

— Eu chorei no carro — Breen se ouviu dizendo — porque, quando vi a cabana, era exatamente o que eu queria. E agora isto? É muito mais. Vou cuidar bem dela, prometo.

Aqueles olhos fortes e diretos se suavizaram de novo.

— Não tenho dúvidas disso. Agora, vamos dar uma voltinha rápida lá fora? Ah, tenho que lhes dar as chaves, claro — Finola foi dizendo enquanto saía do quarto e descia o corredor até a escada. — Garanto que não terão problemas aqui, mas tranquem, se forem se sentir melhor assim. Há uma hortinha, sirvam-se das verduras, flores e ervas. Seamus chegará cedo uma ou duas vezes por semana para cuidar dessas coisas — prosseguiu enquanto os conduzia de volta para a cozinha e saía pela porta dos fundos.

— As flores são simplesmente incríveis.

— Seamus tem boa mão.

— Queria aprender jardinagem. Será que eu poderia fazer algumas perguntas a ele?

— Pergunte, ele vai adorar falar. Como podem ver, há trilhas que entram na floresta e descem até a baía. Podem andar e passear por onde quiserem. Há um caminho para a aldeia vizinha atravessando a floresta. E embaixo do alpendre há bastante lenha para o fogo. Se precisarem de mais, avisem Seamus e nós cuidaremos disso.

Breen pensou que, se pudesse ter qualquer casa do mundo, com qualquer vista do mundo, seria essa.

— Nem sempre vocês terão um dia tão bom como este — prosseguiu Finola. — Afinal de contas, estamos na Irlanda. Mas, quando estiver bom, podem se sentar lá à mesinha e aproveitar o ar e uma boa xícara de chá, ou aquela taça de vinho. Ah, quase esqueço! Há internet aqui. A senha é "o mágico", tudo junto.

Marco pegou seu celular.

— Entendi. Vamos precisar. Breen tem um blog.

— Verdade?

— Estou só começando.

— Vou lhe mandar o link — disse Marco a Finola. — Pode apostar que ela vai escrever sobre a casa.

— Seria adorável. Bem, há mais alguma coisa que eu deveria dizer? Têm alguma pergunta?

— Não me ocorre nada. Na verdade — Breen olhou ao redor, tentou abarcar tudo de uma vez —, estou deslumbrada.

— Então, eu vou indo para que vocês possam descansar da longa viagem. Meu sobrinho já deve ter levado suas malas para seus quartos. Ele é um bom rapaz, chama-se Declan.

— Ah, não precisava.

Mais uma vez, Finola fez um gesto com a mão como quem diz "não foi nada". Agora havia uma garrafa de vinho no balcão.

— Aproveitem sua primeira noite de muitas — incentivou ela, deixando as chaves ao lado do vinho.

— Pode ter certeza — disse Marco. — Vamos abrir isto, e você toma uma taça conosco.

— Você é um doce, e agradeço, mas tenho que seguir meu caminho. Mas abra seu vinho, vou indo, já conheço a saída. — Acenou para eles e foi até a porta, mas parou e olhou para trás.

— *Fáilte. Déithe libh.* O primeiro quer dizer "bem-vindos", e o outro é uma bênção para vocês dois.

— Meu Deus, isto aqui é incrível! Tenho que confessar que achava que esse negócio de cabana era mais para você do que para mim, mas agora estou dentro! E vou abrir esse vinho agora mesmo.

— Abra. Isto é incrível! E ela é incrível. Viu a pele dela? Deve ter pelo menos uns sessenta anos; mesmo que tenha se casado adolescente, ela é... Achei que devia ter uns quarenta.

— Deve malhar muito, está ótima. Assim como este fogão, no qual mais tarde vou cozinhar algo maravilhoso para nós. Você precisa escrever sobre este lugar.

— Vou escrever de manhã, depois de dormir naquela cama incrível. Sirva duas taças bem grandes, Marco, e vamos andar até a água. Quero tirar os sapatos e pôr os pés na baía.

— Pois façamos isso. Vamos tirar os sapatos, beber grandes taças de vinho e dançar na baía!

— Estou dentro.

CAPÍTULO 9

Breen acordou quando a primeira luz suave da manhã entrou no quarto. Havia dormido profundamente e – pelo que se lembrava – não sonhara. Ficou imaginando se aquele cristal rosa claro pendurado sobre a cama – que ela não havia notado antes de subir para dormir – tinha algo a ver com isso.

Ela conhecera uma garota na faculdade que jurava que os cristais tinham poder. Não que ela acreditasse em nada disso.

Só o que ela sabia era que se sentia descansada, cheia de energia e feliz como uma boba. Ajeitou os travesseiros e se recostou para curtir o quarto, a vista que ganhava vida do outro lado das janelas e o fato de estar, pelo resto do verão, em casa.

Quando se pegou escrevendo no blog em sua cabeça, deu um pulo. Colocou um moletom por cima da camiseta com que dormira, meias grossas nos pés descalços e desceu para fazer café. Levou uma grande caneca branca para o quarto do andar de baixo e se acomodou diante do notebook que deixara em cima da mesa.

Então, tomou um gole de café e suspirou, olhando as flores agitadas do outro lado da porta de vidro.

Eles já haviam combinado que passariam o dia preguiçando na cabana. Marco dormiria até tarde, sem dúvida. Explorariam a área – juntos ou separados. E talvez ela tirasse algumas horas para trabalhar no que achava que poderia ser um conto, ou um romance, ou nada.

Mas queria tentar. O blog abrira a porta – como Breen agora suspeitava ser o que Marco pretendia.

Ligou seu notebook e respirou fundo. Começou:

Uma chuva fina e suave caía quando deixamos a magia e a maravilha de Dromoland.

Mais de noventa minutos depois, quase sem parar, terminou:

Eu me sinto mais em casa aqui, sentada diante desta linda escrivaninha, olhando para o jardim glorioso de que um homem chamado Seamus cuida, que em qualquer outro lugar na minha vida. Se tudo isso é realmente "Para me encontrar", acho que já comecei.

Ela pegou outra xícara de café antes de revisar tudo, escolher as fotos e subi-las. Ficou agoniada achando que poderia e deveria ter feito melhor. Brigou consigo mesma e largou mão.

Foi até o andar de cima, colocou a roupa de ginástica e desfrutou do quarto multiúso durante quarenta e cinco minutos.

Quando ouviu barulho na cozinha, deu um pulo e foi encontrar Marco todo atrapalhado mexendo na máquina de café.

— Bom dia!

Ele só grunhiu.

— Já postei no blog e malhei. Vou preparar o café da manhã, que é só o que eu consigo fazer, depois tomar banho, trocar de roupa e dar uma volta. O que você vai fazer?

— Beber café. E tentar ignorar minha amiga excessivamente alegre.

— Estou cheia de energia!

E, para provar isso, ela deu duas piruetas.

Ele respondeu com um olhar sonolento e azedo.

— Vou tomar banho e me trocar primeiro. Assim você tem tempo de acordar antes dos ovos com bacon.

— Ótimo. Suma daqui com sua alegria. Vou tomar este café... — disse, apontando para a porta.

— Lá fora.

— Isso, lá fora. — Esfregou os olhos e conseguiu dar um sorriso. — É irritante pra caralho, mas a alegria lhe cai bem.

— Muito bem. Café da manhã em trinta minutos! — ela gritou enquanto saía, saltitante.

❁

Ela serviu o café da manhã no quintal. Estava frio, mas não muito.

E não estava chovendo. Ainda.

— O blog está legal, Breen — elogiou Marco, enquanto enfiava ovos na boca como um homem faminto. — Está cada vez melhor.

— Porque tudo está cada vez melhor.

Ela olhou para a água, suavemente azul, enquanto o sol forçava a luz através das nuvens, e para os pássaros que voavam, e o barco – vermelho como um semáforo – abrindo caminho.

— Amo isto aqui. Sei que não faz nem um dia, mas amo isto aqui.

— Tem tudo a ver com você. — Ele a observou enquanto mordia uma fatia do pão integral que ela havia torrado. — Acho que aquilo que você escreveu no final do post é verdade.

— Espero que seja. Quero fazer essa caminhada, e preciso comprar um livro sobre pássaros para complementar o de flores. São tantos, e eu quero saber quais são. E é meio assustador, mas quero sentar hoje e tentar escrever. Não no blog. Quero pelo menos começar a escrever uma história.

Ele ergueu a caneca de café e a bateu na dela.

— Então, é isso que você vai fazer.

— Você me colocou nesse caminho, quero tentar.

— Pode ser. — Ele sorriu. — Posso ter dado um empurrãozinho, mas você tem que dar o passo, não é? Bem, vou ficar longe para você poder se concentrar. Acho que vou até a aldeia bisbilhotar, procurar algum lugar para quando quisermos comer fora, onde haja música.

— Legal. Há muitos lugares para ver e nós podemos planejar rotas.

— Mas não hoje. — Ele esticou as pernas e cruzou os tornozelos. — Hoje vamos ficar aqui por perto.

— Exatamente. Lembra daquela promessa que nós fizemos na noite em que nos mudamos para o apartamento?

— Lembro. Se nenhum de nós encontrar o verdadeiro amor, você e eu vamos viver juntos para sempre.

— Ainda está de pé?

— Sem dúvida!

Breen ficaria feliz com isso, pensou enquanto saía para caminhar. Sob muitos aspectos, Marco era o amor da sua vida. Menos no sexo. Mas sexo não era grande coisa, especialmente quando não se fazia.

Ela caminhou primeiro pela estreita faixa de areia, deixando o vento soprar em seu cabelo, cachecol e jaqueta. E deixou sua mente rolar em direção à história que queria contar.

Talvez ela não soubesse exatamente como começar, mas era hora de sentar e tentar. Na verdade, já havia passado da hora. Olhou com considerável desejo para a floresta, mas caminhou de volta para a cabana.

Chega de desculpas, disse a si mesma. Tinha uma casa vazia e aconchegante, sem distrações, e tempo de sobra. Talvez fosse bom que o fato de pensar em escrever, em tentar ser escritora, a deixasse ansiosa.

Talvez ela escrevesse melhor ansiosa.

Levou uma jarra de água para a mesa e abriu seu notebook.

Passou horas – foi o que pareceu – olhando para a tela com os dedos posicionados no teclado.

Até que eles começaram a se mexer.

Uma lua azul surgiu na noite em que o visitante chegou, e a vida de Clara mudou para sempre.

Essa primeira frase abriu uma represa dentro de Breen, e ela escreveu como uma enxurrada durante duas horas.

Quando emergiu, surpreendeu-se ao ver que havia enchido oito páginas com palavras.

Algumas delas – a maioria, pensou – deviam ser terríveis. Ou pior, bobas. Mas ela havia escrito.

Serviu um copo de água e bebeu. Levantou-se, andou pelo quarto, saiu, andou um pouco mais. E percebeu que não havia terminado.

Dessa vez pegou uma Coca-Cola para se fortalecer e, embalada pelo burburinho do gás, escreveu por mais duas horas.

Morrendo de medo, voltou ao início e começou a ler. Pegou-se hesitando, desacreditando, pensando até em jogar tudo fora e começar de novo.

Mas percebeu que tinha que parar, afastar-se, deixar tudo descansar. Continuaria de manhã, recomeçaria de onde tinha parado.

Era incrível seguir a corrente da história, e ela não queria abrir mão disso.

Meio tonta, foi até Marco, que estava no fogão, e algo em uma panela enchia o ar de um cheiro delicioso.

— Não ouvi você voltar.

— Você estava concentrada. Fiz uma sopa de batata e presunto para nós, acendi a lareira... está chovendo e esfriando um pouco; e estou tentando fazer pão de soda. Não seja muito exigente, sou virgem em panificação.

— Nem ajudei você... Que horas são?

— Hora de uma taça de vinho.

Ela olhou para a hora.

— Merda! Nem percebi. Não precisava fazer tudo isso, Marco. Achei que iríamos jantar na vila.

— Foi divertido, e escolhi alguns lugares para amanhã à noite. — Ele serviu uma taça de vinho para ela. — Você sabe que eu gosto de cozinhar quando tenho tempo, e este garoto da Filadélfia aqui nunca fez sopa de batata nem pão de soda.

Ela teve que admitir que Marco parecia muito feliz, e feliz ele encheu sua taça de vinho.

— Comi um sanduíche do tamanho de Utah em um pub — continuou ele — e conversei muito. Fiz algumas compras. Encontrei um livro de pássaros para você e um livro de receitas para mim, e usei o meu para testar o nosso jantar.

Quando ele tirou o pano de cima da massa fofa de pão com um profundo X no centro, ela o observou.

— Você fez pão mesmo... com... farinha de trigo.

— E soro de leite. Comprei soro de leite! Parece muito bom, não é?

— Parece ótimo, e o cheiro também. Por que ainda não estamos comendo?

— Porque a sopa precisa de mais tempo, e vamos comer sentados perto do fogo, bebendo um pouco de vinho enquanto você me conta sobre seu dia de escritora.

— Na verdade, acho que entrei em modo de fuga.

Ele cobriu o pão de novo e deu outra mexida na sopa.

Então, pegou a mão dela, a garrafa de vinho e foram à sala de estar.

— Como eu disse, você estava concentrada quando olhei.

— Escrevi quinze páginas, Marco.

— É muito! Parece muito. Posso ler?

— Eu... Ainda não. Nem eu li. Comecei, mas... — Como ele, ela apoiou os pés na mesa de centro. — Eu não sei, achei que deveria largar por enquanto, deixar tudo ali... fervendo como sua sopa, acho.

— Acho inteligente. Você tem talento.

— Não sei, mas me senti bem, e isso é o suficiente por enquanto. Eu me sinto bem com tudo.

Assim como tomando sopa e pão na cozinha, e lendo um livro em frente ao fogo. E acordando de manhã para mais um dia.

Ela escreveu no blog, vendo isso como um aquecimento, depois dedicou uma hora a seu livro. Só uma hora – usou o cronômetro. Passaria muitas semanas sozinha em breve, e não queria perder o tempo que tinha com Marco.

Saíram para novas aventuras, visitaram pontos turísticos e aldeias, depois jantaram em um pub com música em Clifden – e conversaram.

Ela conheceu duas pessoas que se lembravam de seu pai, mas não com a mesma clareza de Tom de Doolin.

Entraram em uma rotina. Breen acordava cedo para escrever, depois eles tiravam o dia para passear, comiam em um pub com música, alternando com dias mais perto da cabana e jantar em casa, e com Marco lhe ensinando receitas simples.

Por mais que ela tentasse parar o tempo, os dez dias voaram.

Em um dia chuvoso que refletia seu humor, ela levou seu melhor amigo ao aeroporto de Shannon.

— Não sei o que vou fazer sem você, Marco. Talvez eu deva...

— Nem pense em dizer que talvez devesse voltar à Filadélfia também. Você acabou de me dar as duas melhores semanas da minha vida. Não estrague tudo.

— Uma coisa é falar em passar um verão inteiro aqui sozinha. Outra coisa é fazer.

— Você vai ficar muito bem. Acha que eu conseguiria ir embora se meu coração não soubesse disso? E vou lhe dizer o que você vai fazer. Vai escrever muito e aprender a cozinhar um pouco mais; está indo muito bem.

— Porque você me impede de fazer besteira.

— Até parece. Coma um sanduíche — disse ele, dando de ombros.

— Você vai fazer aquelas longas caminhadas malucas que tanto ama, e mandar mensagens para mim todo santo dia. E se encontrar. Faça isso por mim, Breen. — Ele apertou a mão dela. — Encontre-se, aí você poderá voltar para casa, porque vou morrer de saudade.

— Já estou morrendo de saudade. Eu não poderia ter feito nada disso sem você.

— Isso vale para nós dois.

O coração dela apertou quando fez a curva para o aeroporto.

— Você vai me deixar na porta, como combinamos.

— Eu posso estacionar e entrar, e...

— De jeito nenhum. Nós dois vamos chorar como bebês. Eu fiz uma tatuagem viril, não posso chorar como um bebê.

— Vou chorar de qualquer jeito.

— Faça isso por mim, Breen.

Já fungando, ela dirigiu até o embarque.

— Você sabe que eu faço tudo por você.

— Divirta-se com tudo. Deixe rolar e divirta-se. Quero imaginar você sentada diante daquela mesa escrevendo e curtindo. E sentada do lado de fora com uma taça de vinho na mão, olhando para a água e curtindo. Talvez indo uma noite a um pub e flertando com um irlandês sexy e curtindo.

— Vou tentar.

— Vou falar como Yoda: não existe tentar. Você tem o número de Finola se precisar de alguma coisa na cabana, e sabe mexer no fogão e no forno. Mas não se esqueça de trancar a porta à noite.

— Não vou esquecer. Não se preocupe comigo, Marco.

— Merda, claro que vou me preocupar um pouco com você. Faz parte do meu trabalho.

Ela parou no meio-fio e lembrou como ambos ficaram emocionados quando chegaram.

— Está com o passaporte, as passagens, o...

— Peguei tudo.

Ele desceu para pegar as malas enquanto ela saía e tentava não retorcer as mãos.

— M-mande uma mensagem assim que pousar. Instantaneamente.

— Mando, e você me mande uma mensagem quando chegar à cabana. Estarei no lounge da primeira classe, graças à minha melhor amiga.

Ele largou as malas para lhe dar um abraço forte.

— Se não conseguir dormir ou ficar nervosa, ligue para mim imediatamente, ok?

— Ligo sim. Amo você. Vou ficar com saudade.

— Também amo você e vou morrer de saudade. Agora eu vou, antes que comece a chorar.

Ele a beijou, abraçou-a de novo e pegou suas malas.

Correu em direção às portas e se voltou mais uma vez.

— Divirta-se, garota, senão vou ficar muito chateado.

E foi embora.

Ela dirigiu na chuva, chorando, de volta à solidão, sem saber se estava pronta para isso.

O sol apareceu minutos antes de ela chegar à cabana. E o arco-íris que brilhou sobre ele fez as lágrimas rolarem de novo.

Ela queria que Marco visse, então saiu do carro e tentou capturar a imagem com o celular. Parada ali, mandou a foto para ele.

É um bom presságio para a sua viagem segura e para a minha próxima fase. Meu amor por você é valioso como um arco-íris.

Ele respondeu:

Adorei. É uma foto digna do blog. Estou sentado aqui como um rico tomando uma cerveja e comendo uns canapés. Vá dar uma volta sob o arco-íris. Amo você.

Ok, ela pensou, talvez fizesse isso.

Pegou sua bolsa para levar para dentro e colocou as clássicas botas Wellington que Marco a havia convencido a comprar.

Saiu pela porta da cozinha, deu dois passos e soltou um grito abafado.

O homem usava Wellingtons como as dela, calça marrom rústica e uma jaqueta. Tufos de cabelo amarelo com mechas grisalhas escapavam por baixo de um boné azul.

Ele era maior que um duende, mas não muito, e seu rosto redondo irlandês, olhos azuis alegres e nariz arrebitado a fizeram pensar em uma dessas criaturas.

Ele jogou um punhado de ervas daninhas – era o que ela achava – em um barril preto e tirou o boné para cumprimentá-la.

— Bom dia, moça! Sou Seamus, vim cuidar do jardim, se isso lhe agradar.

— Sim, claro! Finola disse que você viria. Acho que não nos vimos antes.

Seu sorriso, graciosamente torto, irradiava calor.

— Parece que não. Está aproveitando sua estadia?

— Muito. Acabei de deixar meu amigo no aeroporto, ele está voltando para casa.

— Ah... e isso a deixa triste, claro. A amizade é o pão da vida, não é? Bem, desejo a ele uma boa viagem.

— Obrigada. Os jardins são simplesmente lindos.

— As flores são um dos presentes que os deuses nos dão, e cuidar delas é um prazer e um dever.

— Ando tentando aprender sobre flores e plantas.

Ele apenas sorriu de novo.

— É mesmo?

— Sim. Tenho um livro.

— Livros são coisas boas, umas das melhores, com certeza. Mas a prática também é uma boa mestra.

— Se não for atrapalhar, posso lhe fazer algumas perguntas?

— Claro, pode perguntar o que quiser. As rosas de lá precisam ser podadas. Posso lhe mostrar como se faz, e você pode tentar, se lhe agradar.

Com Seamus e o arco-íris, seu humor melhorou.

— Eu adoraria tentar.

Ele passou uma hora com ela, paciente, ensinando-lhe o nome das flores e plantas, explicando os ciclos de crescimento, guiando suas mãos para arrancar uma erva daninha ou uma flor morta.

Seamus lhe mostrou quais flores colher do – como ele dizia – jardim de corte para fazer um belo arranjo para dentro de casa.

Quando ela lhe ofereceu chá, ele agradeceu, mas disse que tinha trabalho a fazer em outro lugar. Saudou-a com o boné de novo e foi embora, deixando-a com um punhado de flores e uma sensação renovada de otimismo.

Ela entrou para arrumar as flores; achou até que tinha uma mão decente para isso. Então, olhou para a cabana vazia. A tristeza quis voltar, mas ela sacudiu a cabeça.

Marco havia dito para se divertir, e ela já havia começado. Podia escrever. Talvez fosse tarde para começar, mas o dia era todo seu, afinal. O tempo era seu.

Então, abriu sua "Coca-Cola de escrever" e se acomodou à mesa.

Escreveu – não como um dilúvio, mas com um bom fluxo – até que bateu a fome. Agradeceu por Marco ter deixado algumas sobras para ela não ter que ir direto para a cozinha e esquentou um prato. E pensou em seu amigo voando sobre o oceano.

Esperava que estivesse bebendo champanhe e assistindo a filmes no voo mais suave que se pudesse imaginar.

Lavou a louça e foi dar seu passeio atrasado pela baía naquela longa noite de verão.

Quando se virou e olhou para a cabana, que cintilava com as luzes que havia deixado acesas, Breen sentiu admiração e conforto.

— Você tinha razão de novo, Marco. Vou ficar bem. É isso que eu quero. É disso que preciso. Sinto sua falta, mas estou feliz. Vou me esforçar para ficar assim.

Caminhou de volta sem pressa, enquanto a lua se elevava sobre a colina e a água.

A água da baía refletia o luar e a brisa murmurava uma promessa. Ela ouviu uma coruja, talvez acabando de acordar, gritando.

— Quem? — respondeu. — Quem sou eu exatamente? Vou descobrir.

Ela voltou para dentro, mas só mais tarde se lembrou de trancar a porta. E se preparou para passar a primeira noite de sua vida completamente sozinha.

Bem, foi o que ela pensou.

Dormindo, não viu as luzes dançando do outro lado das janelas, vigiando. Nem o falcão empoleirado em um galho próximo protegendo a filha de Eian Kelly.

Breen acordou uma vez, quando o celular em sua mão indicou uma mensagem de Marco.

Voo tranquilo, cheguei à Filadélfia. Graças à melhor amiga do mundo, depois de uma viagem incrível. Agora, volte a dormir e me mande uma mensagem amanhã.

Mas ela respondeu:

Que bom que você está em casa. Diga a todos que mandei um beijo. Voltando a dormir, como você mandou.

Já quase dormindo, deixou o telefone na mesa de cabeceira e sonhou com um arco-íris e luzes dançantes.

CAPÍTULO 10

Breen encontrou um ritmo.

Sempre madrugadora, ela geralmente acordava ao amanhecer. Sua recompensa era uma baía enevoada, um céu cintilante do leste. Abastecida com café, escrevia em seu blog de pijama e considerava isso um aquecimento para o livro.

Colocava a roupa de ginástica e exercitava o corpo antes de tomar uma segunda xícara de café e comer o que fosse mais fácil para sair e fazer sua caminhada matinal pela baía.

Aprendeu a reconhecer os pássaros, os cisnes europeus, os francelhos e as escrevedeiras-dos-caniços, e ansiava por vê-los planar e voar enquanto as brumas se dissipavam sobre a água.

Ela escrevia no silêncio, ouvia apenas a brisa e os pássaros, e sempre se surpreendia ao ver como o dia passava rápido.

Fazia um passeio no final da tarde ou à noite com as pegas e as flores silvestres na floresta. Estava sempre com o celular na mão para tirar fotos, e uma vez ficou encantada consigo mesma por conseguir enquadrar uma corça e seu filhote, que a olhava com mais curiosidade que espanto.

Em poucos dias, Breen se deu conta de que estar sozinha não significava ser solitária. Sentia falta de Marco, mas achava legal o desafio e a liberdade de estar verdadeiramente consigo mesma.

Conseguia cozinhar alguma coisa – especialmente se fosse pizza congelada. Tinha dezenas de livros para escolher e horas e horas para escrever, caminhar, pensar no que queria fazer com o resto de sua vida.

E acabou fazendo uma lista.

- Continuar escrevendo, seja para o blog, um livro ou só para mim. Não vou desistir.
- Arranjar um emprego de que realmente goste, e em que seja boa.
- Comprar uma casa. Pequena, mas com espaço suficiente para mim e Marco e um escritório para eu escrever. Com quintal.

- Fazer um jardim.
- Adotar um cachorro.
- Continuar tentando encontrar meu pai e, quando o encontrar, descobrir como perdoá-lo por ter ido embora.
- Descobrir como falar com minha mãe e encontrar um jeito de perdoá-la por... tudo.

Um dia, imaginou, começaria a riscar coisas dessa lista. E aí poderia acrescentar mais – coisas grandes, coisas pequenas. Por enquanto a lista incluía o que ela mais queria, e isso era o suficiente.

No final da primeira semana, foi de carro até a vila para comprar mantimentos e alertou a si mesma de que tinha que sair pelo menos de vez em quando. Depois de uma semana de silêncio quase total, achou chocante ver tantos carros e pessoas, e admitiu que estava quase virando uma eremita.

Para evitar isso, andou pela aldeia, entrou nas lojas e, enquanto aproveitava o tempo, deparou-se com uma loja de música, que tinha uma harpa irlandesa na vitrine da frente.

Isso a fez entrar, e lá viu uma mulher mais ou menos da sua idade, de cabelo preto curto, sentada atrás de um balcão tocando saltério.

Ela parou e sorriu.

— Bom dia.

— Estava lindo. Por favor, não pare.

— Ah, estava só passando o tempo. Posso ajudá-la?

— A harpa na vitrine. É linda.

— Ah, aquela harpinha irlandesa. É uma peça bonita. Quer vê-la?

— Sim, obrigada.

— Você toca? — a jovem perguntou enquanto dava a volta no balcão para ir até a vitrine.

— Não. É para um amigo, músico.

— Ah! Presente melhor você não poderia encontrar.

A vendedora colocou a harpa em cima de uma mesa naquele salão cheio de bandolins, banjos, acordeões, flautas e tambores.

Breen ficou se perguntando como ela e Marco não haviam visto essa loja nas visitas anteriores. Era o paraíso dele.

— É linda — disse Breen de novo. — A madeira, a forma...

— É de pau-rosa.

A mulher arrastou um dedo sobre as cordas e produziu um som angelical.

— Foi feita na Irlanda?

— Não só na Irlanda como aqui mesmo, nos fundos da loja. Meu pai que fez.

— Seu pai?

— Sim, ele fabrica e conserta instrumentos. Não todos esses — esclareceu ela com um sorriso, apontando ao redor —, mas muitos dos que estão aqui agora. Você disse que não toca, mas não quer se sentar e senti-la?

— Eu... Sim, acho que sim.

— Pegue uma cadeira, então. A propósito, sou Bess.

— Sou Breen. Obrigada.

Breen se sentou e Bess lhe entregou a harpa e mostrou como apoiá-la no joelho.

Breen teve um flash, claro como vidro – suas mãos sobre as cordas de uma harpa, as de seu pai sobre as dela, guiando-a.

— Meu pai tinha uma harpa assim — murmurou.

— É mesmo?

— Lembro dele começando a me ensinar...

Ela pousou os dedos nas cordas e fechou os olhos para recordar. E tocou uma melodia, "The Foggy Dew".

Bess aplaudiu.

— Você se lembra muito bem mesmo.

Breen não sabia por que ou como havia esquecido.

— Eu... vou levar.

— Para você mesma? — perguntou Bess com um sorriso. — Ou para seu amigo?

— Para meu amigo. Será que seu pai tem um minuto?

— Claro que sim, vou chamá-lo. Toque mais, se quiser. Volto em um instante.

Tocaria mais, pensou Breen, mas não aqui. Na cabana, sozinha, onde podia deixar suas emoções – toda a alegria e a dor – fluírem sem ninguém ver.

Mas passou os dedos sobre a madeira, lembrando muito bem seu pai lhe dizendo que não era só tocar: precisava de carinho. Que um instrumento era como um jardim, precisava de amor e cuidados.

O homem que saiu tinha uma mancha prateada no cabelo preto. Usava um avental marrom de carpinteiro sobre o corpo alto e robusto.

— Fico feliz de ver minha querida indo para alguém que sabe do que se trata. Você a abraça com amor.

Como seu pai havia ensinado, pensou Breen.

— Ela é tão bonita, e as notas são puras... ela será muito querida.

— Por isso lhe agradeço.

— Meu pai é músico. Ele tinha uma harpa muito parecida com esta quando eu era pequena. Ele é de Galway. Eian Kelly.

O homem levou as mãos aos quadris.

— Você é a filha de Eian Kelly, não é? Como não percebi isso imediatamente? Você é a cara dele.

— O senhor o conhece?

Abraçando a harpa, ela se levantou.

— Sim. Fiz uma linda caixa para ele uma vez.

— Uma caixa?

Ele sorriu.

— Um acordeão irlandês: caixa de apertar. Foi uma peça personalizada, pois ele tinha desejos bem específicos. E era capaz de tocar como uma frota de anjos ou demônios. Ele ainda a tem?

— Não sei, mas imagino que sim. Ele e minha mãe...

— Ah, lamento. Ouvi dizer que ele foi para os Estados Unidos.

— Sim, mas voltou para cá. Acho que para Galway.

— Não o vejo há... nem sei quantos anos.

— Ele foi criado em uma fazenda em Galway. Você saberia onde?

— Não, lamento — disse ele —, mas posso perguntar por aí, se ajudar.

— Ajudaria muito. Vou lhe dar meu número. Estarei aqui durante o verão.

Quando saiu, carregando a harpa em seu estojo, Breen pensou que talvez, apenas talvez, aquele homem encontrasse alguém que conhecesse alguém que soubesse de seu pai.

Ela queria voltar para a cabana, mas se obrigou a ir ao mercado para comprar mantimentos. E a guardar tudo antes de colocar as botas de caminhada.

Nada de escrever, pensou, estava com a cabeça cheia. Uma longa caminhada pela floresta pacífica poderia acalmá-la.

Mas, quando saiu, Seamus estava no quintal com um grande vaso pintado aos pés e um monte de flores esperando para serem plantadas.

— Como vai, moça?

— Feliz em vê-lo. Que lindo vaso! Vai plantar flores nele?

— Bem, pensei que você gostaria de fazer isso.

— Ah, eu adoraria, mas não saberia nem por onde começar.

Ele lhe ofereceu luvas e uma pá.

— Comece com terra e boas intenções.

Seamus mostrou a ela como encher o fundo do vaso com louça quebrada – para a drenagem – e misturar terra, turfa e adubo no carrinho de mão.

Mas não ia selecionar as flores para Breen.

— E se eu escolher as erradas?

— Não há problema nenhum. Todas são felizes neste clima. E as que sobrarem... bem, arranjaremos outro lugar para elas. Há sempre um lugarzinho esperando para ser preenchido.

Ele lhe disse os nomes das que ela escolheu – begônias-asas-de--dragão, lantanas e lobélias, sinos-da-Irlanda, *heliotrópos* e *impatiens*, e a doce flor-de-mel.

— Você tem um bom olho para cores, alturas e texturas.

Como seu pai fizera com as cordas da harpa, Seamus cobriu as mãos dela com as suas cobertas com as luvas, enquanto ela colocava uma planta.

— Isso, assim mesmo. E desejamos a ela boa sorte e uma vida longa e feliz em seu novo lar.

— Posso pôr esta? Adorei a cor, um verde tão bonito!

— Esta se chama pingo-dourado, é bom colocá-la na borda para que ela possa fluir e mostrar suas saias.

— É como um arco-íris bem vivo.

— É verdade, é isso mesmo. Você se saiu bem. Agora vamos regá--las, apesar de que vai chover um pouco esta noite. A terra tem que ficar úmida, mas não molhada. O que você faz para saber? Enfia o dedo na terra para ver.

Quando terminaram o vaso, ele a ajudou a escolher lugares para as plantas que sobraram. Breen cavava a terra com uma espécie de alegria vertiginosa.

— Vou comprar uma casa e fazer um jardim um dia. Como este, que parece espontâneo, não planejado, e é tão bonito.

— Você vai se dar bem com isso.

A voz dele, tão suave, foi como um sussurro no coração de Breen.

— Tudo está conectado, jovem Breen. A terra, o ar, a água que cai do céu, o sol que traz a luz e o calor. E tudo que cresce... as plantas, os animais, as pessoas. As abelhas que zunem, os pássaros que voam, todos unidos. Fale com as flores, cante uma música para elas de vez em quando. Elas vão recompensá-la.

Breen se sentou sobre os calcanhares e olhou sorrindo para suas luvas de jardinagem sujas.

— Eu estava meio triste quando cheguei em casa. Agora não estou mais.

— Jardins trazem alegria.

— Este com certeza trouxe.

Para Breen, que muitas vezes se sentia desconfortável com estranhos, era como se conhecesse Seamus desde sempre.

Conexão, pensou. Tudo estava unido.

— Seamus, você sempre morou por aqui?

— Não. Estou aqui agora, claro, mas Galway não é minha casa.

Então, ele não devia conhecer o pai dela, pensou Breen; não adiantaria perguntar.

— Agora vou limpar essa bagunça antes de ir embora.

— Eu ajudo. Isso faz parte, não é?

Ele lhe lançou aquele sorriso torto.

— Isso mesmo.

Depois de o quintal estar varrido, ela lhe entregou as luvas.

— Ah, não, moça, essas são suas agora, e a pá também. Essas coisas são úteis para a jardinagem.

— Obrigada. Posso lhe fazer um chá?

— Eu agradeço, mas minha esposa vai preparar o jantar daqui a pouco, é melhor eu ir. Voltarei na semana, ou antes, se for necessário. Desfrute da companhia das flores, jovem Breen, assim como elas desfrutam da sua.

— Pode deixar.

E ela começou tirando uma foto de seu primeiro vaso de flores.

Tirou duas, então pensou que gostaria de pôr uma de Seamus no blog. Mas, quando se voltou, ele já havia ido embora.

— Ele é rápido — murmurou.

Levou as luvas e a pá até a entrada da casa.

Em vez de sair para caminhar – pois admitia que ficaria matutando a maior parte do tempo –, serviu uma taça de vinho para si e se sentou à mesinha do quintal.

E admirou seu trabalho.

Nessa noite, seguiu religiosamente uma das receitas simples de Marco: frango, batata e brócolis em uma única panela. Até que deu certo.

Ela tirou uma foto para o blog, vestiu um suéter, serviu-se de outra taça de vinho e foi com tudo para o quintal de novo.

Havia se lembrado de algo sobre seu pai que a deixara feliz. Encontrara o presente de Natal perfeito para seu melhor amigo. Plantara flores em um vaso e no solo. Cozinhara e saíra uma refeição decente – bem, meio decente. Sem contar que havia escrito quase duas horas naquela manhã antes de se obrigar a sair da cabana.

— A um bom dia — disse às flores. — Sim, a um bom dia — brindou ao jardim, ao bosque, à baía. — E a muito mais. Eu consegui — concluiu. — Acho que consegui.

Mas, naquela noite, ela sonhou com uma tempestade enfurecida sobre as colinas, que varria os campos e agitava a água de um pântano escuro. As árvores balançavam aos açoites do vento.

Com o coração batendo forte, ela correu no momento em que um relâmpago brilhou com um fogo azul e um trovão rugiu em fúria.

Mas não era a tempestade que a perseguia; era algo mais sombrio, muito mais perverso. Ela podia sentir aquela escuridão a arranhando, lutando para segurá-la.

Queria sua alma. Levaria tudo que ela era e a beberia como vinho.

Você foi feita para isto, disse a tempestade. *Eu sou seu destino.*

A espada que carregava no cinto bateu em sua coxa. Ela poderia usá-la. E a usaria. Para lutar ou para acabar consigo mesma.

Acabaria consigo mesma antes que se perdesse de novo.

Quando sua mão se fechou sobre a espada, ela viu uma luz à frente. Brilhava e crescia, como uma porta se abrindo.

Como a salvação.

Na luz, outra voz a chamou.

Venha para casa, Breen Siobhan, filha do O'Ceallaigh, filha do povo feérico. Está na hora de você voltar para casa. Está na hora de despertar.

Com as garras da escuridão arranhando suas costas, ela saltou para a luz.

E acordou, brilhando de suor, emaranhada nos lençóis.

Seu instinto foi ligar para Marco. Pegou o telefone, mas, então, com muito cuidado, e deliberadamente, deixou-o de novo na mesa de cabeceira. Não ia ligar para seu amigo, a milhares de quilômetros de distância, só porque havia tido um pesadelo.

Breen estava bem. Estava acordada. Nenhuma tempestade se alastrou e ninguém a perseguiu.

Mesmo assim, ela pegou seu tablet e escreveu tudo que conseguiu lembrar.

Talvez incluísse isso em seu livro. À luz do dia, um sonho desagradável talvez mostrasse algum valor.

Como a luz do dia ainda demoraria algumas horas para chegar, ela deixou um abajur aceso para evitar a escuridão.

Retomou sua rotina feliz. Escreveu sobre a loja de música – mas não sobre a harpa, para não estragar a surpresa de Marco. Escreveu sobre as flores que plantou, a comida que fez, e teve um bom começo de dia.

Quando saiu para sorrir para seu vaso de flores, notou que havia chovido, como Seamus tinha previsto. Talvez tivesse sido uma tempestade e seu inconsciente distorcera a realidade em um sonho estranho e assustador.

Depois de sua caminhada matinal, ela passaria o resto da manhã úmida e fria escrevendo. Por força do hábito, foi em direção à baía, ainda enevoada e cinzenta sob o sol forte.

Uns latidinhos a fizeram olhar para a floresta. Se não fosse pelo barulho, ela o tomaria por um cervo pequenino e estranho, ou um coelho muito grande.

Mas, enquanto ele corria em sua direção, ela viu que era um cachorrinho – também estranho, com uma pelagem de tom púrpura bem enrolada e um rabo que parecia um chicotinho sem pelos.

— Ah, que gracinha!

Ela se agachou para recebê-lo e foi recompensada com adoráveis beijinhos caninos e arranhões das patinhas dele. Era um filhote de bom tamanho, tinha uma carinha lisa por baixo de um topete encaracolado e acima de uma barba fofa. Seus olhos, de um castanho profundo, brilhavam de excitação.

— Ah, que fofo! Olhe esses cachos! De onde você veio, fofinho? Está perdido?

Ele respondeu correndo em círculos ao redor dela e pulando para lamber suas mãos e seu rosto.

— É, também estou feliz em conhecê-lo. Mas você deve ser de alguém, e que cuida bem de você. Seu dono vai querer saber onde você está.

Ela pegou o celular para tirar uma foto. Depois de várias tentativas, conseguiu uma que não ficasse borrada.

— Vou mandar para Finola. Talvez ela saiba de quem você é.

Quando ela começou a escrever, ele correu para a floresta.

— Não, espere. Você vai se perder!

Breen assobiou para ele voltar. Ele parou e ficou abanando aquele rabo sem pelos.

Então começou a correr em círculos de novo e parou, olhando para ela.

— Tudo bem, eu vou até aí.

Talvez o certo fosse levá-lo para dentro e mandar uma mensagem para Finola.

Quando ela se aproximou, porém, ele correu para a floresta de novo. Parou de novo, olhando para trás como se dissesse: Vamos! Vamos lá!

Decidida, ela enfiou o telefone no bolso e o seguiu.

Ele devia morar perto, imaginou, pois não mostrava sinais de estar perdido ou abandonado. E, sem dúvida, sabia aonde queria ir.

— Eu queria dar uma volta mesmo, acho que pode ser por aqui.

Ele trotava à frente, recuava ou esperava, sempre de olho nela. Não ia na direção que levava à aldeia, notou Breen, de modo que não devia ter vindo de lá.

De uma fazenda distante, talvez, ou de outra cabana que ela ainda não havia visto.

Folhas e agulhas de pinheiro recobriam um caminho amaciado pela chuva da noite. E o ar estava cheio de aromas de terra úmida e verde. Mantas de musgo cobriam a casca das árvores e galhos ficavam escondidos nas sombras enquanto o sol fraco entrava por aqui e por ali para manchar a terra.

O filhote perseguiu um grande esquilo preto até uma árvore, onde recebeu chilreados indignados do bichinho.

Como nunca havia entrado tão fundo nessa direção, Breen teve o cuidado de prestar atenção e fixar pontos de referência – um galho caído, uma pequena clareira meio rodeada de flores brancas, um montinho de pedras cinzentas, outro da altura de sua cintura.

Enquanto caminhava, achou que as árvores iam ficando mais grossas e mais altas. O caminho foi se estreitando, rústico, como se poucos andassem por ali.

Mas o cachorro deu outro latido feliz e ela ouviu pela primeira vez um cuco cantar.

Breen tinha certeza de que poderia encontrar o caminho de volta. Haviam dado algumas voltas e reviravoltas, mas ela tinha pontos de referência e a cabana no GPS do celular. Ela e seu novo amigo estavam vivendo uma aventura.

Breen queria colocar um cachorro em seu livro, não queria? E agora ali estava ele.

Ela evitou os arbustos que invadiam o caminho, e o filhote também. Mas ele cheirava ocasionalmente, como se estivesse interessado, e uma vez se agachou para fazer xixi.

Ela pensou em tentar pegá-lo, mas não sabia – duvidava, inclusive – se conseguiria carregar um cachorrinho tão grande se contorcendo até a cabana.

— Já chegamos até aqui — disse ela —, agora vamos em frente.

Passaram por um pequeno riacho borbulhante e o filhote pulou na água.

Pés palmados, pensou ela, significavam algum tipo de cão de água. Era muito raso para nadar, mas ele subiu nas rochas, desceu por elas de novo, enfiou o focinho na água e se divertiu tanto que ela tirou mais fotos.

Breen decidiu que as mostraria ao dono do cachorrinho. Tinha certeza de que a floresta se abriria a qualquer momento para a tal fazenda ou cabana.

Ele saiu da água, sacudiu-se descontroladamente para secar seus cachos densos e, abanando o rabo fino, continuou trotando.

Então, ela viu e parou, pasma.

Não era uma fazenda ou cabana, nem uma abertura para a irascível luz do sol.

Era uma árvore enorme, com galhos curvados para baixo, e depois para cima de novo, como os braços arqueados de um gigante. Alguns muito grandes mergulhavam profundamente e se arrastavam pelo solo antes de se curvar para cima novamente.

O tronco, largo como a envergadura de seus braços, crescia de um monte de grandes pedras cinzentas. Ou as pedras cresciam do tronco – ela não saberia dizer. Suas folhas, maiores que a mão dela, tinham um tom verde forte e brilhante.

O cachorro se sentou diante daquela maravilha com um olhar que parecia de orgulho.

— Sim, estou vendo aonde você me trouxe, é incrível. Simplesmente incrível. Sente-se aqui para eu tirar uma foto. Nunca vi nada parecido.

Ela enquadrou a árvore, tentou um ângulo diferente, depois outro, enquanto o cachorro esperava pacientemente.

— Isso no tronco são entalhes?

Ela se aproximou e o cachorro se levantou para se esfregar em suas pernas e abanar o rabo.

— Está esculpido! Acho que é *ogham*. Parece que sim. E o que é aquilo? São símbolos.

Ela teve que subir nas rochas e se segurar em um dos galhos curvados para manter o equilíbrio e olhar mais de perto.

Breen poderia jurar que sentiu tudo vibrar – a pedra sob seus pés, a madeira sob sua mão.

E poderia jurar que a ouviu cantarolar.

— É só entusiasmo, não é? — disse ao cachorro. — Encontramos uma árvore mágica na floresta. Vou tirar umas fotos dos entalhes e pesquisar no Google depois.

Ela abriu um pouco as pernas e firmou os pés até se sentir equilibrada.

Quando as nuvens cobriram o sol, ela usou o flash. Tirou fotos das folhas, pensando que poderia mostrá-las a Seamus. Ele poderia lhe dizer que tipo de árvore era essa belezura.

Depois, agachou-se para observar a base e as rochas.

— É como se fossem uma coisa só. Não dá para ver onde as rochas começam e a árvore termina, ou o contrário.

Ela olhou para o cachorro, que havia subido nas rochas atrás dela.

— E não sei como vamos contorná-la, pois é muito mais larga que o caminho. A menos que dê para subir e rastejar, mas não acho que seja a melhor ideia.

Ele se levantou.

— Vamos voltar para a cabana, então. Vou mandar uma mensagem para Finola. E arranjar um pouco de água para você. Aposto que está com sede. Eu também estou.

Breen acariciou a cabeça encaracolada do cachorro. E, antes que ela pudesse descobrir como passar o braço em volta dele para segurá-lo enquanto descia, ele latiu de novo e correu para a frente.

— Ah, não! Droga!

Resmungando e se chamando de idiota, ela rastejou atrás dele. Passou a perna sobre um dos galhos para se sentar e se orientar.

E sentiu o mundo sumir a seus pés.

PARTE II
DESCOBERTA

Conhece a ti mesmo.
Inscrição no templo de Apolo em Delfos

*O que temos que aprender a fazer
nós aprendemos fazendo.*
Aristóteles

CAPÍTULO 11

Breen estava caída de costas na grama densa sob um céu azul brilhante. As poucas nuvens nele eram brancas e fofas como as ovelhas de cara preta que pastavam a poucos metros dali.

O cachorrinho apoiava as patas dianteiras no peito dela e lambia loucamente seu rosto.

Ela tinha caído. Batera a cabeça?

Estava na floresta, não? A árvore, e depois...

Breen não sabia que diabos havia acontecido.

— Tudo bem, tudo bem.

Ela empurrou o filhote e tentou se sentar.

Sua cabeça girou; seu estômago revirou.

E ela se deitou de novo e fechou os olhos.

— Devo ter batido a cabeça e tido uma concussão, talvez. Sei que o céu estava cinza e ameaçava chover antes de eu cair. Jesus, há quanto tempo estou estatelada aqui?

Devagar, um centímetro de cada vez, ela se levantou até se apoiar no cotovelo. Esperando, só respirando. Mas, do outro lado de uma estreita estrada de terra, via a fazenda que havia imaginado. Grandes vacas malhadas pastavam por trás de uma cerca de pedra e havia uma plantação de alguma coisa atrás de outra.

A casa – também de pedra, como o resto – ficava afastada da estrada e fumaça saía de suas chaminés.

— Aquilo é uma casa, certo? Estou bem. Sei meu nome, que dia é hoje, onde estou... Talvez tenha sido uma leve concussão.

Com cuidado, ela passou a mão pela cabeça procurando algum galo.

— Nada dói, não está inchado. Só fiquei sem fôlego quando caí. Que bom.

Ela se sentou, mas teve que fechar os olhos de novo antes de ficar em pé, trêmula.

Seus ouvidos zumbiram.

Estava meio tonta, admitiu, e meio enjoada, mas não podia ficar ali no meio das ovelhas. Bastava atravessar a estrada para chegar à casa e beber um pouco de água. Deus, como seria bom um pouco de água e uma carona para a cabana!

Ela olhou para trás para ver de que altura havia caído e viu a árvore esparramada desde o começo do campo.

Não mais de um metro, julgou, daqueles galhos curvos. Perguntou-se como diabos havia caído como uma tonta na grama.

Mas, enfim, havia caído e caminhou com cuidado – na verdade, cambaleando – até a cerca de pedra. O cachorro passou direto.

— É, para você é fácil.

Nas condições atuais, ela teve que fazer um esforço. Quando chegou à estrada, seguiu uma linha diagonal até a casa.

Um portão de ferro atravessava a lacuna na cerca de pedra, e ela fixou isso como seu alvo.

Ouviu um homem cantar e desviou o olhar.

Ele cantava enquanto caminhava atrás de um cavalo musculoso, lavrando faixas sobre a rica terra marrom.

Usava botas e calça, e seu cabelo preto escapava por baixo do boné.

Ela havia sonhado com isso uma vez, lembrou. Talvez estivesse sonhando de novo.

Quando ele virou a cabeça e a viu, parou o arado.

Para Breen, o mundo ficou cinza antes de ela desmaiar no meio da estrada de terra.

— Ai, Jesus! Levante-se, garota. Levante-se.

Ele saiu correndo, gritando:

— Aisling! Aisling, venha ajudar. Uma mulher se machucou aqui fora.

Ele nem ligou para o portão; saltou sobre as pedras e caiu ao lado de Breen no momento em que sua irmã irrompia pela porta da frente.

— Que mulher? Onde? Ah, pelos deuses, ela está respirando?

— Ela desmaiou.

— Traga-a para dentro, eu seguro o portão. Traga-a para dentro, coitadinha.

Aisling abriu o portão e pousou a mão no rosto de Breen, mas a retirou depressa.

— Harken, ela é...

— Estou vendo. Marg disse que ela viria, e ela veio. Mas isso é jeito de chegar?

— Deite-a no divã ali — pediu Aisling quando ele entrou com Breen. — Vou pegar um pano e água fria.

— Deixe que eu vou — Ele tirou o boné e passou a mão pelo cabelo grosso enquanto observava Breen. — Se ela acordar, vai ficar menos assustada se vir outra mulher, acho. Você vai checar se ela está machucada ou se simplesmente chegou rápido demais e despreparada, não é?

— Sim, sim, pode ir.

Ela pousou a mão no rosto de Breen de novo, depois na testa, na garganta e no coração, observando e sentindo. Satisfeita, passou por cima das pernas de Breen quando Harken voltou com uma tigela e uma caneca.

— Ela está bem. Só meio instável por causa da travessia.

Ela molhou o pano na tigela, torceu-o e o colocou sobre a testa de Breen. A seguir, pegou uma das mãos dela e a esfregou.

— Acorde, Breen Siobhan O'Ceallaigh. Venha devagar e com calma. Você sabe que chá vai preparar, Harken?

— Claro que sei que chá vou preparar.

— Ora, não seja tão impaciente e prepare de uma vez. Vai ajudá-la a se estabilizar. Devagar, devagar, está tudo bem.

Breen abriu os olhos e se deparou com o rosto mais perfeito que já havia visto. Uma pele de porcelana, uma boca em forma de arco e um sorriso gentil, olhos azuis como o céu, cílios grossos escuros como o cabelo cor de ébano que escapava de um coque improvisado.

— Pronto. Tome um pouco de água.

Ela deslizou um braço sob os ombros de Breen para levantá-la e levou uma xícara de louça a seus lábios.

— Obrigada. Desculpe, fiquei tonta. Acho que bati a cabeça. Havia um cachorro, um cachorrinho...

— Este aqui? Esse que está olhando para você com o coração nos olhos?

— Sim. É seu?

— Não. Não é seu?

— Não... Desculpe, sou Breen Kelly.

— É um prazer conhecê-la. Sou Aisling... Hannigan — completou após uma leve hesitação. — E este é meu irmão Harken Byrne, que a encontrou na estrada.

— Obrigada. Obrigada a vocês dois.

Ele era a cara da irmã, mas sua pele tinha um tom mais avermelhado e suas bochechas estavam sujas.

— Não foi nada — disse Harken. — Estou preparando o chá. Vai ajudá-la.

— Desculpe por tantos inconvenientes.

Tentando combater o constrangimento, Breen se levantou. E, quando a sala começou a girar devagar, apoiou a mão na almofada do divã.

— Ainda está meio tonta? — perguntou Aisling.

— Só um pouco, não tanto. Eu estava tentando levar o cachorro de volta para casa. Ele me trouxe pela floresta até aquela árvore incrível.

Recostando-se, ela fechou os olhos e não viu o olhar que os irmãos trocaram.

— Devo ter perdido o equilíbrio.

— Acontece, não é? Vou buscar o chá.

— Preciso voltar — explicou Breen quando Harken saiu.

Só então notou que estava em uma aconchegante sala de estar com lareira, piso de madeira, mesas e cadeiras.

— Não sei o que fazer com o cachorrinho.

— Posso lhe dar uma ideia, mas beba seu chá primeiro. Vai ajudar. Seu estômago ainda está instável.

— Tem razão. Sua fazenda é linda — disse quando Harken voltou com outra xícara.

— Nós cuidamos dela — respondeu ele —, e ela cuida de nós.

— Obrigada.

Grata, ela pegou o chá.

— Você estava arando... com um cavalo, é isso?

— Sim. Estava começando o plantio de verão para a colheita de inverno.

— Parecia um livro ou um filme. — Ou um sonho. — Muito charmoso. Este chá é maravilhoso. Do que é?

— Chá de gengibre com um pouco de hortelã, e mais algumas ervas — disse Aisling, sorrindo.

— Funcionou.

Aliviada, Breen pousou a xícara. Não só se sentia ela mesma de novo como também cheia de energia.

— Muito obrigada por tudo.

— Quer dar uma pequena caminhada comigo? — perguntou Aisling, olhando para o cachorro encaracolado. — Acho que sei de onde ele veio.

— Jura? Eu ficaria aliviada. Ele é uma graça, não quero que se perca ou se machuque.

— Sem chance. Não vou demorar, Harken. Os bebês precisam estar dormindo quando eu voltar.

— Não se preocupe, todos nós vamos ficar bem. Foi um prazer conhecê-la, Breen.

— Tive sorte de conhecer vocês.

A bondade que irradiava naturalmente dele diminuiu seu constrangimento.

— Obrigada de novo.

Ela saiu com Aisling e o cachorrinho em seus calcanhares.

— Você tem filhos?

— Tenho. Finian tem quase três e Kavan está com dezesseis meses. E tenho outro aqui crescendo forte — revelou, levando a mão à barriga.

— Ah, parabéns!

— É bom que seja uma menina desta vez. Estou louca para ter uma menina. Meu marido viajou com meu outro irmão... a trabalho. Lá está nossa cabana, vê? Onde a baía faz a curva em direção à terra.

Breen protegeu os olhos do sol.

— É linda.

Percebeu que devia ter mudado de sentido na floresta. Poderia jurar que a baía ficava à sua esquerda.

— Estou em uma cabana não muito longe daqui.

— Ah, é?

— Sim, vou passar o verão. Adorei o lugar.

— Vamos virar aqui. Vejo que o cachorro sabe o caminho. Acho que resolvemos o mistério dele.

Elas saíram da estrada e voltaram para a floresta por um caminho suave e marrom ladeado por arbustos cobertos de flores brancas como a neve.

Quando o caminho fez uma curva, Breen parou.

A cabana, com paredes de pedra e telhado de palha, estava confortavelmente assentada na clareira. Ao redor, um mar de flores jorrava das caixas de cobre reluzentes nas janelas. A porta, pintada de um azul forte, estava aberta, como se esperasse visitas.

Breen sentiu seu coração apertar, como se alguém o torcesse tão violentamente que teve que levar a mão até ele. Sua garganta se fechou e ela mal conseguia respirar.

— Está tudo bem — disse Aisling baixinho, passando o braço ao redor da cintura de Breen. — Use a respiração, você vai ficar bem.

Ela colocou a mão sobre a de Breen e a pressão diminuiu.

— Desculpe. Foi um déjà-vu muito forte. É linda, muito linda. Parece saída de um conto de fadas. Foi uma reação boba.

— Imagine! Vamos entrar? Aposto que Marg está com a chaleira no fogão.

Ela estava à porta, nas sombras. Seu cabelo formava uma coroa de fogo vermelha. Com o suéter cor de ameixas silvestres, a calça cinza-pedra e as botas arranhadas, era majestosa; mesmo quando o cachorro correu e plantou as patas dianteiras em suas pernas. Com sua postura de soldado, ela se abaixou para acariciar graciosamente a cabeça do cão.

Ela conhecia aquele rosto, pensou Breen. Como não, se era como se olhar no espelho e se ver uma ou duas gerações mais velha?

— Bem-vinda — disse ela. — Você é muito bem-vinda aqui.

Quando Breen conseguiu falar, sua voz não tremia, mas saiu rouca.

— Quem é você?

— Sou Mairghread O'Ceallaigh. Ou Kelly, como você diz. Sou sua avó. Vamos entrar? Faz muito tempo que não nos vemos.

— Vou deixar você aqui — anunciou Aisling.

Abalada, Breen se voltou para ela.

— Mas...

— Ela estava esperando por você, e você por ela, creio. Mas nos veremos de novo.

— Obrigada por trazê-la, Aisling.

— Foi uma felicidade para mim. Ela sofreu um pouco com a travessia, mas é uma O'Ceallaigh, afinal. Já se estabilizou. Vá, Breen, converse com sua avó.

Aisling fez um carinho rápido nas costas de Breen e se voltou para ir.

— Você deve ter muitas perguntas. Responderei a todas que puder.

Encontrar respostas. Não era isso que ela queria? Preparando-se para elas, Breen deu um passo à frente.

— Vamos tomar um chá? E você — disse Marg ao cachorro — vai ganhar um presente, se for um bom menino.

Marg deu um passo para trás; Breen entrou.

A luz do sol se derramava pelas janelas abertas, diante das quais as cortinas de renda esvoaçavam. Duas cadeiras bem fofas forradas de verde-folha estavam posicionadas em ângulo com a lareira de pedra – apagada, devido ao calor do dia.

Velas, cristais e flores decoravam a cornija de pedra.

Um sofazinho, azul como a porta, tinha almofadas roliças de bordados intrincados e uma manta em tons de azul que iam se transformando em verde.

— A cozinha é o lugar da família — disse Marg, e conduziu Breen, passando por um arco de pedra e entrando em um aposento duas vezes maior que o primeiro.

Um fogo ardia ali, perfumado pela turfa, em um fogãozinho estranho onde se aquecia uma chaleira de cobre.

Em prateleiras e armários abertos havia pratos azuis brilhantes, xícaras brancas, copos reluzentes, pequenos potes cheios de cores. Nos balcões de madeira reluzente havia mais flores, vasos de ervas, e mais jarros.

Utensílios de cozinha, frigideiras, panelas, um avental, tudo pendurado.

Ela conhecia aquele lugar, pensou Breen. Mas como era possível, se nunca estivera ali?

Porque seu pai havia descrito o lugar para ela – essa tinha que ser a resposta.

— Pensei em fazer um chá — começou Marg —, mas você está meio pálida, e é um dia importante para nós duas, não é? Por que não vinho? Sente-se, *mo stór*.

Mas ela continuou em pé.

— Meu pai está aqui?

— Em você, em mim, ele está sempre. Mas não do jeito que você está querendo dizer. Por favor sente-se. Eu também preciso me sentar.

Breen se sentou diante da mesinha quadrada, apertando as mãos no colo. Marg tirou algo de um pote e levantou o dedo para o cachorro, que a seguiu cheio de esperança.

Ele se sentou abanando o rabo. O que quer que Marg tenha lhe dado, fez o cachorro pular e correr para o canto para comer.

Ela derramou um líquido âmbar claro em taças sem haste e as colocou em uma bandeja pintada, junto com um prato com biscoitos.

— Biscoitos amanteigados. Eram seus favoritos quando criança.

E ainda eram, pensou Breen.

— Como sabe? — perguntou enquanto Marg colocava os copos e o prato na mesa. — Eu nunca a vi.

Marg levou a bandeja de volta ao balcão e se sentou.

— Minha menina, eu ajudei a trazer você a este mundo. Foram minhas mãos que a tiraram do ventre da sua mãe. Você gritava, com seus pequenos punhos tremendo e prontos para lutar, e uma penugem ruiva na cabeça, já enroladinha.

— Você foi à Filadélfia?

— Não, você nasceu aqui, na estrada da fazenda.

— Não, isso não é verdade. Eu nasci na Filadélfia. Minha mãe disse...

Disse?, perguntou-se Breen. Ou ela mesma simplesmente concluíra isso?

— Não, minha certidão de nascimento diz que nasci na Filadélfia.

— Essas coisas são fáceis de mudar, não são? Por que eu mentiria para você sobre uma coisa dessas?

— Não sei. Onde está meu pai? Ele mora perto?

Marg pegou seu vinho e bebeu lentamente. A seguir, deixou a taça e olhou nos olhos de Breen. E, como viu a dor, Breen entendeu antes que as palavras fossem ditas.

— Não. Não, ele não...

— Acha que ele não voltaria para você, se pudesse? Que a deixaria? Você, a luz e o coração da vida dele? Ele a amava incomensuravelmente, e você sabe que isso é verdade. Seu coração sabe.

— Quando? — Breen ofegou e cobriu o rosto com a mão. — Quando?

— Você não vai querer o conforto dos meus braços agora, pois só se lembra de fragmentos. Um dia, espero que possamos nos confortar. Ele era meu menino, minha vida, meu único filho.

Através de um véu de lágrimas, Breen viu a profunda tristeza dela.

— Ele voltou, como era seu dever, como era necessário. E morreu como herói, entenda isso; fez catorze anos no inverno passado. Todos, em todos os mundos, estão em dívida para com ele.

— Não entendo. Ele não era soldado.

— Não, ele era muito mais que isso. — O orgulho se juntou à dor. — Se fosse pelo desejo dele, teria sido apenas um pai, marido, filho, fazendeiro, mas ele foi chamado e atendeu.

— Minha mãe sabe?

— Não sei lhe dizer. — Marg pegou seu vinho de novo. — Eu diria que sim, no fundo, mas seria mais fácil acreditar que ele simplesmente foi embora. Ela o amava, eu sei. Quando se conheceram, casaram e fizeram você, havia amor entre eles, profundo e verdadeiro.

Memória sensorial, como dizia Marco. Ela conhecia esse lugar, a fazenda, o ar. E sabia disso em seu coração.

— Se eu nasci aqui, quando eles foram embora? E por quê?

— Essa é uma história para outra hora, mas posso dizer que sua mãe estava infeliz aqui, e começou a ficar ansiosa... ansiosa por seu próprio mundo. Ela queria você naquele mundo. E meu Eian escolheu, como um homem deve fazer, a esposa e a filha.

— Mas ele voltou para cá?

— Muitas vezes, sempre que podia.

Tomando um momento, Marg ficou olhando para seu vinho, até que ergueu seu olhar azul enevoado.

— Eu ansiava ver você, confesso com humildade. Mas ele nunca a trouxe, pois sua mãe queria que você ficasse onde estava. Eian esperava que quando você fosse mais velha, e ele pudesse lhe explicar mais coisas, você viesse junto. Mas não era para ser.

— Por que minha mãe era, e ainda é, tão resistente à minha vinda para a Irlanda?

Marg olhou para a taça intocada de Breen.

— Você prefere chá?

— Não. — Ela pegou a taça e tomou um gole. — É bom, tão... fresco.

— Eu mesma faço. — Marg abriu um sorriso, e Breen viu a luz brilhar com ele. — Vinho de dente-de-leão. Para mim, é verão na taça.

— Sim. Você nunca escreveu, nem ligou ou... Ele me falou sobre você, sobre este lugar. Mas não consigo lembrar claramente.

— Com o tempo, vai lembrar.

Uma taça de vinho à mesa da cozinha não ia preencher a lacuna de uma vida.

— Por que você não manteve contato comigo? Por que não me contou quando ele morreu?

— O combinado era que seria melhor você esquecer o tempo que passou aqui, aqueles primeiros três anos.

— Três anos? Eu vivi aqui até os três anos?

— Você era uma criança radiante e feliz. Sua mãe... não a culpe com muita severidade. Eu fiz isso, admito, mas ela se sentia deslocada aqui e tinha medo por você. Você tinha um grande dom e acabou sendo levada.

— Levada para onde? Quer dizer que... fui sequestrada?

— Sim, e ela ficou apavorada. Todos nós ficamos. Trouxemos você de volta segura e ilesa, mas para sua mãe foi demais.

Nascida em uma fazenda na Irlanda, sequestrada aos três anos? Como isso poderia fazer parte da vida dela?

— Eles nunca me contaram! Não é certo nunca terem me contado nada disso.

— Ela precisava isolar você disso tudo.

— Você me mandou dinheiro... — murmurou Breen. — Meu pai, depois você... depois que ele morreu.

— Sim. Era tudo que eu podia fazer por você até agora, quando escolheu vir. Se você escolhesse ficar como estava, bem... o dinheiro poderia facilitar sua vida. Seu pai lhe mandava dinheiro, e eu continuei mandando depois que ele morreu.

— Ela não me contou. Ela escondeu isso de mim também.

— Eu sei.

— Como sabe? — perguntou Breen. — Já conversou com ela?

— Não, não, ela não quer falar comigo. Mas há maneiras de saber e ver.

— Você é minha avó, a única avó que eu tenho. Minha mãe não era próxima dos pais dela, e eles morreram faz alguns anos. A menos que... Eu tenho um avô?

— Falaremos sobre isso outra hora.

Breen se levantou com o vinho na mão.

— Nada disso faz sentido, nem um pouco. Eu vivi aqui, segundo você, nos primeiros três anos da minha vida, mas não me lembro.

— Não se lembra mesmo? — perguntou Marg suavemente.

O sol atravessando as cortinas de renda, o cheiro de pão no forno. Música e risadas naquela casa.

E as mãos de seu pai guiando as dela sobre as cordas de uma harpa.

— Às vezes vejo imagens difusas, mas se misturam com as histórias que papai me contava. Ele está morto, e todo esse tempo ninguém me contou. Eu esperei por ele, vim procurá-lo. E sentia tanta raiva dele!

Lágrimas corriam pelo seu rosto, de raiva e de tristeza, enquanto ela andava pela cozinha.

— Tenho uma avó que me mandava dinheiro, muito dinheiro, mas nunca ligou, nunca escreveu. E sou uma mulher adulta, portanto justificar isso com o que minha mãe queria é uma desculpa esfarrapada. Você nunca disse "estou aqui, venha me visitar, ou eu vou até aí".

— Não era hora.

— Não era hora? — Ela se voltou. — Não foi hora durante vinte e tantos anos e agora, de repente, é?

— Sim, agora é. Você estava infeliz, bloqueada, afastada de seu potencial. Dei minha palavra à sua mãe e a mantive, e agora estou mantendo minha palavra para com meu filho. Pois os últimos pensamentos dele foram sobre você. E meu menino morreu...

A dor dominava o ambiente; Breen se sentou de novo e reprimiu a raiva.

— Sinto muito. Sei que isso é difícil para você.

— Eu queria ter um monte de filhos, mas só tive um. Ah, mas ele valia por mil. Era como um cometa. E, enquanto a chama dele se apagava, seu coração pedia ao meu que desse mais tempo à sua esposa. Ele a amava, Breen, e nunca deixou de amar. Mas o amor dele por você estava acima de tudo. Ele me pediu para vigiar, esperar e, se eu visse que você estava passando por mais provações que o necessário – e você estava –, para ajudar. É o que tenho feito.

— Ajudou como? Eu não sabia do dinheiro, foi por... sorte que eu descobri. Fiquei tão brava que resolvi fazer algo que sempre quis. Vim para a Irlanda porque queria ver, sentir e conhecer essa parte da minha história. Queria ver onde meu pai nasceu e esperava encontrá-lo. Eu nem sabia que você existia quando decidi vir para cá.

— Entendo. A questão é que você não está na Irlanda agora.

— Talvez você tenha bebido demais — ponderou Breen, com cuidado. — Estou sentada bem aqui. Estou hospedada em uma cabana a cerca de um quilômetro e meio de distância, em Galway, já faz mais de duas semanas.

— Sim, a cabana fica na Irlanda, é verdade. Mas você atravessou.

— Atravessei o quê? O espelho?

— Essa é uma bela história — disse sua avó. — Nós gostamos de histórias aqui. Você queria um cachorro — Marg olhou para o cãozinho, que estava tirando um cochilo —, eu lhe mandei um. Seu pai deixou os dois dele comigo quando foi embora, e você chorou tanto por eles! Por mim também, mas chorou, inconsolável, pelos cães. Eles já morreram, foram para o próximo, mas tiveram uma vida boa e longa.

— Will... Will e Lute.

— Você se lembra... — constatou Marg com um sorriso. — Eian deu a Will esse nome em homenagem ao bardo, e Lute porque ela gostava de uivar e tinha ritmo.

— Eu...

Ela se lembrava. Ambos grandes, cinza, desgrenhados. Lébreis irlandeses.

— Às vezes eu montava nas costas de Will como se ele fosse um pônei. Como posso me lembrar disso? Eu não devia ter nem um ano de idade.

— O coração se lembra.

Breen começou a ficar nervosa, então olhou para o cão adormecido. Território mais seguro.

— Então o cachorro é seu? Qual é o nome dele?

— Ele é seu; presente meu.

— Não posso ficar com ele. Vou voltar para a Filadélfia no fim do verão, e moro em apartamento. Vou procurar uma casa, mas...

— Se quiser o cachorro, isso não seria uma preocupação. Você queria um. Sempre teve afinidade com animais e... seres vivos. Eu queria lhe dar algo que o seu coração quisesse, e aí está ele.

Bem, não é mais um território seguro.

— É segurança o que você busca? — perguntou Marg. — Carrega a palavra coragem sobre o pulsar de seu próprio coração e é segurança o que você quer? — Ela bateu o dedo na tatuagem de Breen. — Seja corajosa, garota, e ouça. Você é sangue do meu sangue, e eu abri mão da alegria de ter você por razões que conhecerá com o passar do tempo. Mas isso já ficou para trás, e as escolhas agora estarão em suas mãos.

— Que escolhas?

— Muitas, e algumas já feitas, como as que a trouxeram para cá. Você chegou até a Árvore de Boas-Vindas e foi para a frente, não para trás, e assim passou pelo portal. De um lado desse portal está a Irlanda, os Estados Unidos e todo o resto daquele mundo; do outro, este mundo, sua terra natal, Talamh.

Breen empurrou seu vinho para o lado.

— Esta região se chama *Tala*? Nunca ouvi falar.

Com certa impaciência, Marg explicou.

— Não é bem essa a pronúncia. É um mundo tão real e sólido quanto qualquer outro. Mas não somos como os outros, nem eles como nós. Alguns mundos são muito antigos, outros muito jovens. Alguns abraçam a violência, outros abraçam a paz. Alguns, como o mundo em que você foi criada durante a maior parte de sua vida, desejam máquinas e tecnologia para construir e destruir. Mas, aqui, nós escolhemos abjurar essas coisas e manter as magias, seus poderes e suas belezas.

Breen não duvidava de que essa mulher fosse sua avó. A semelhança era muito grande, e a dor quando Marg falara de seu filho era inquestionável.

Mas isso não significava que sua avó não fosse meio louca.

— Você está falando sobre... um multiverso? Isso é coisa de história em quadrinhos.

Marg bateu a mão na mesa, o que fez Breen se sobressaltar.

— Por que tantos são tão arrogantes que não apenas acreditam que são tudo o que existe como também insistem nisso?

— Porque é ciência.

— Bah! A ciência muda de geração em geração e muito mais. Em certa época no reino da Terra, a ciência dizia que o mundo era plano, até que disse que não era. A ciência muda, *mo stór*. A magia é constante.

— A ciência não muda tanto, apenas encontra novos dados e informações e ajusta suas descobertas. A gravidade era gravidade muito antes de a maçã metafórica cair na cabeça de Newton. Mas... entendo que as coisas são diferentes aqui, e entendo, até certo ponto, por que você achou que não podia manter contato comigo. Sou grata, muito grata, pelo dinheiro que me enviou e que me ajudou a vir até aqui. Vou passar o verão aqui e voltarei para visitá-la. Eu... gostaria que me levasse, ou me mostrasse onde meu pai está enterrado.

— Você foi lá em sonhos. Você me viu, assim como eu a vi no lugar onde o clã dos Piedosos uma vez andou. Você ouviu o canto das pedras e o murmúrio das orações ainda ditas.

O pânico tomou conta de Breen.

— Você não pode saber o que eu sonho! Preciso ir.

Marg se levantou e deixou Breen paralisada com o olhar.

— Eu sou Mairghread O'Ceallaigh, outrora *taoiseach* de Talamh. Sou feérica, uma serva dos deuses. Sou Donzela, Mãe, Anciã. Você provém de mim, filha de meu filho, e em seu sangue vivem todos os dons.

O ar mudou. Começou a se agitar, fazendo esvoaçar o cabelo de Marg. Seus olhos ficaram escuros e profundos quando ela levantou as mãos, com as palmas para cima.

Pratos chacoalharam nas prateleiras. O cachorro adormecido acordou, sentou-se e soltou um uivo que parecia de alegria.

— Quebre as correntes que a restringem ao outro mundo. Ouça, sinta e veja a verdade.

Marg estendeu a mão, e o fogo no fogãozinho estranho rugiu quando as velas se acenderam.

— E aqui o ar açoita, o fogo queima, aqui a terra treme e a água se derrama.

Então, de sua mão, uma fonte de água jorrou, brilhando na luz.

— São todos elementais, todos ligados às magias que formam um mundo: nosso mundo e o seu. Você voltou para casa, filha de Talamh, filha dos feéricos. Você conhecerá seu direito de primogenitura. E vai escolher.

A um movimento de sua mão, a fonte de água desapareceu. As velas se apagaram e o ar e tudo mais ficou parado.

— Você... colocou algo no vinho.

Revirando os olhos, Marg pegou sua taça e bebeu tudo.

— Não seja tola. Você viveu entre mentiras durante muito tempo, eu não minto. Você é amada, Breen. Independentemente de suas escolhas futuras, sempre será amada. Mas não poderá fazer escolhas verdadeiras enquanto não despertar.

Marg foi até Breen e pousou a mão no rosto dela.

— Você ainda precisa de tempo. Vou acompanhá-la durante todo o caminho, e o cachorro a guiará de volta à cabana. Quando estiver pronta, farei o que você pediu e a levarei ao lugar onde descansa a pessoa que amamos.

— Posso encontrar o caminho de volta sozinha. Não posso levar o cachorro, nem tenho comida para ele e...

— Tudo de que ele precisa está lá. Ele será um companheiro para você, por enquanto, digamos. Faça-me esse pequeno favor e deixe-o ficar com você por um ou dois dias.

— Tudo bem, mas tenho que ir. É uma longa caminhada de volta.

— É uma jornada, e espero que a faça de novo.

— Virei visitá-la.

Ela devia muito a essa mulher. Mas, antes de voltar, leria sobre delírios e hipnose.

Marg a levou até a porta, saiu e sorriu.

— Vejo que tem outros guias esperando você.

Breen viu a falcoeira com o glorioso pássaro em seu braço.

Com um latido feliz, o cachorro correu para eles.

— Eu a conheço. Conheci em Clare.

— Ah, muito antes disso. Você e Morena eram amigas desde bebês, tão próximas quanto a avó dela e eu temos sido durante toda a nossa vida.

— Ela estava em Clare para me vigiar?

— Ah, criança, você é tão desconfiada! Ela estava lá porque é teimosa e percebeu uma chance de vê-la de novo. Vou deixar Breen com você e Amish, então — gritou Marg. — Vão levá-la de volta em segurança sem a importunar, não é?

— Vamos levá-la de volta em segurança, mas o resto não posso prometer.

— Bem, vai ter que servir.

Voltando-se, Marg pousou as mãos nos ombros de Breen e beijou suas faces levemente.

— Abra-se, *mo stór,* e veja o que está ao seu redor e dentro de você.

Então, voltou e entrou na cabana.

E no silêncio, sozinha, chorou pelo que poderia ter sido e pelo que poderia ser.

CAPÍTULO 12

Como importuná-la era exatamente o que Breen pretendia, foi até Morena.

— Por que me disse que trabalhava na escola de falcoaria?

— Eu não disse isso.

Inclinando o quadril, Morena colocou a mão livre nele. Havia sarcasmo em seu gesto.

— Você tirou essa conclusão. Não se lembrou de mim, e isso me decepcionou um pouco; se bem que Marg e minha avó me avisaram que não se lembraria. Pelo menos não imediatamente.

Ela ergueu o braço para que o falcão voasse. Saiu andando, mas se voltou.

— Está pensando em ficar ou ir?

— Ir.

— Você prometeu que voltaria quando foi embora, mas eu parei de acreditar, já que nunca tentou.

— Não vou aceitar críticas por isso. Como posso estar errada de repente se sou a única que não mentiu? E eu tinha três anos, segundo minha avó, quando fui embora da Irlanda para a Filadélfia.

— Você abandonou Talamh.

— Ah, Deus, você também? — Sem paciência, Breen jogou as mãos no ar. — O que há na água que vocês bebem aqui?

— Eu poderia perguntar o mesmo do lugar onde você esteve, pois não entendo como pode esquecer quem é, de onde provém. Ainda guardo rancor.

O tom de Morena refletia o gesto de frustração de Breen.

— Eu e você brincávamos na floresta ao redor da casa de Marg, e no quintal da casa onde você morava, até que seu pai foi embora e entregou a fazenda aos O'Broins. Fazíamos chás e piqueniques e trocávamos segredos à noite quando deveríamos estar dormindo.

— Eu tinha três anos! Lamento não lembrar. Mas você não está ajudando alimentando as ilusões de minha avó, como se tudo isso fosse uma espécie de *A lenda dos beijos perdidos*.

Como se esperasse um insulto, Morena estreitou os olhos.

— O que é isso?

— É um filme de fantasia sobre um lugar que só existe um dia a cada cem anos.

— Puxa, parece uma linda história.

Mais calma, Morena se abaixou para acariciar o cachorro que trotava com elas.

— Mas não é isso, pois estamos aqui o tempo todo.

— Ela colocou alguma coisa no meu vinho.

— Não seja idiota. Por que ela faria isso com alguém da família?

— Foi o vinho que me fez vê-la fazendo o impossível.

— Bem, não há muita coisa impossível para gente como Marg. Ela é uma bruxa muito poderosa, pelo que sei.

A loucura só aumentava ao seu redor, e Breen tinha vontade de arrancar os cabelos.

— Quer dizer que agora vocês são todas bruxas? Veja, eu entendo que a Irlanda tem seu folclore e suas lendas, mas...

— A Irlanda fica do outro lado, e eu não sou uma bruxa. Sou *sidhe*.

— Não entendi... Você é uma o quê?

— *Sidhe* — repetiu Morena. — Sou do clã das fadas.

— Clã das fadas, claro. Eu já deveria saber.

Imperturbável, Morena acenou para Harken, que conduzia uma vaca malhada para... um celeiro, supôs Breen.

— Será mais fácil voltar comigo. Harken e Aisling disseram que você passou mal ao atravessar, provavelmente porque bloqueou tudo.

Com o falcão circulando acima dela, Morena pulou a cerca de pedra.

Pela primeira vez Breen viu degraus esculpidos na elevação que levava à árvore.

— Eu caí. Perdi o equilíbrio e caí, só isso.

— Como quiser.

Sete degraus, Breen os contou enquanto subia. Degraus de pedra bruta e mica brilhando à luz do sol.

— Eu estava indo atrás do cachorro — disse Breen em sua defesa. — E distraída, porque esta árvore é fascinante.

Ela agarrou um dos galhos curvos e tentou subir de modo tão gracioso e tranquilo quanto Morena.

Sentiu que começava a cair, como se o chão desaparecesse sob seus pés. Então, Morena segurou sua mão.

Um instante depois, estava na trilha debaixo de chuva.

— Não entendo como...

— Estou achando que é porque não quer entender. — Visivelmente a raiva começou a crescer e Morena soltou tudo. — Você não quer pegar de volta o que é seu por direito, por sangue! Prefere fechar os olhos e fingir.

— Acho que estou pisando em terreno mais firme do que alguém que afirma viver em uma realidade alternativa e ser uma maldita fada.

— Terreno mais firme, é? É melhor se segurar.

Antes que Breen pudesse fugir, Morena passou um braço em volta da cintura dela e as duas se elevaram acima do solo.

— Ai, meu Deus, ai, meu Deus!

— Segure-se, eu disse. Você não é um saco de penas.

Então, Morena voou pela chuva, vários metros acima da trilha. Com a língua de fora, o cachorro corria atrás delas. O falcão gritava no alto enquanto voava.

Instintivamente, Breen estendeu a mão para se agarrar à cintura de Morena. Sua mão roçou nas asas dela. Grandes, lindas e luminosas asas violeta com bordas prateadas.

— Estou sonhando. Tudo isto é um sonho.

— Ah, cala a boca.

Voavam para baixo, para cima de novo, desviando dos galhos.

— Houve um tempo em que você nos dava impulso.

Virando a cabeça, Morena olhou nos olhos chocados de Breen.

— Isto não está acontecendo!

— Eu deveria derrubá-la de cabeça para ver se recupera o bom senso.

Mas Morena saiu da floresta, deslizou sobre a grama molhada e o jardim e deixou Breen no quintal dos fundos.

— Vou me secar um pouco.

O cachorro seguiu Morena para dentro, como se aquela fosse a casa de ambos. Amish pousou em um galho ali perto e dobrou as asas para esperar.

Tremendo, Breen sentia a chuva a encharcando. Parecia real, mas como podia ser possível se ela obviamente ainda estava na cama tendo um sonho muito longo, muito estranho, muito lúcido?

Ela entrou. Morena, que pendurara a jaqueta para secar, ofereceu ao cachorro algo de um pote que estava no balcão.

— Ele merece um — disse. — Vejo que minha avó trouxe para ele, e ali a tigela de comida e outra de água. Aquele saco é a ração dele.

— Sua avó?

— Sim, Marg deve ter pedido para ela cuidar disso. Você conhece meus avós. São Finola e Seamus Mac an Ghaill. McGill. Minha avó instalou você e seu amigo na cabana que Marg fez para vocês, e vovô está lhe ensinando de novo a cuidar do jardim.

— De novo?

— Quando éramos bebês, você já tinha jeito com as coisas vivas. Plantas, animais, pessoas... — Morena vagava pela cozinha enquanto falava. — Não tem mais um jeito tão bom com pessoas, pelo que vejo, pois ainda não acendeu o fogo para me aquecer nem me ofereceu uma bebida antes de eu ir.

Os ouvidos de Breen zumbiram. Sua pressão estava subindo, não era de admirar, pensou, com uma calma admirável.

— Você tinha asas.

— Ainda tenho.

— Como a Sininho.

— Ah, eu conheço essa história, é maravilhosa. Mas ela era uma pixie. *Sidhe* com certeza, mas pixie. Eles são muito pequenos.

— Não estou dormindo — disse Breen lentamente. — Estou pingando no chão da cozinha, com frio e molhada.

— Então acenda o maldito fogo!

— Vou acender o maldito fogo.

Como se estivesse sonhando, Breen foi para a sala de estar, onde havia deixado a lenha preparada naquela manhã.

Uma vida e um mundo atrás.

Colocou o acendedor embaixo da lenha e pegou os fósforos.

— Sério que é assim que você acende o fogo? — Morena, cheirando a chuva e floresta, agachou-se ao lado dela. — Acender uma fogueira é o primeiro poder do Sábio, por isso uma criança deve aprender, com cuidado, sobre seus poderes, seus perigos e benefícios.

— Não conheço outra maneira de acender uma lareira.

— Fico triste por você — respondeu Morena enquanto Breen riscava o fósforo.

Breen simplesmente se sentou no chão quando o fogo pegou.

— Não consigo pensar. Sei que não pode ser real, mas...

— Você sabe que é. Vi uma garrafa de vinho na cozinha, vou pegar para nós duas.

— Me diga como meu pai morreu.

— Isso é coisa para Marg. — Morena se levantou. — Não é certo eu contar coisas que ela deve contar. Posso dizer que sei que nenhum homem, em nenhum dos mundos, foi melhor que o seu pai. Vou pegar o vinho.

O cachorro se espreguiçou no colo de Breen e ela sentiu conforto acariciando seus cachos úmidos.

— Que tipo de cachorro é este?

— É um cão d'água irlandês. Pode confiar que ele tem um coração forte e verdadeiro, senão Marg não o teria escolhido para você.

— Qual é o nome dele?

— Bem, você vai ter que escolher, não é? Mas nós o chamamos de Porcaria, porque assim que desmamou já começou a se meter em confusão.

Breen abafou uma risada.

— Porcaria?

— Ele fazia jus ao nome, mas Marg o treinou bem desde que o apelidamos assim. Ele obedece ao comando de sentar, faz suas necessidades fora e não rói as botas. Se bem que já roeu as minhas.

Morena se sentou, entregou um copo a Breen e acariciou a cabeça do cachorro.

— Não é mesmo, seu canalha? Marg sentiu muita saudade de você todos esses anos. Isso eu posso afirmar. E confesso que agi contra a vontade dela quando fui a seu encontro naquele dia, na floresta perto do castelo.

— Como você chegou lá? Ah, você voou — Breen respondeu a si mesma —, com suas asas.

— Tenho amigos, e bons, mas nunca tive alguém tão fundo no coração como você. Pode ser que não nos gostemos mais agora, tantos anos se passaram. — Ela deu de ombros e bebeu vinho. — Mas eu queria ver o que você andava fazendo.

— Comprei um presente para você.

Morena pestanejou.

— Um presente?

— De agradecimento. Pensei que você fosse da escola, mas descobri que não e achei que devia ter invadido a área, porque ninguém a conhecia. Enfim.

— O que era?

— Vou pegar.

Ela teve que empurrar o cachorro de seu colo.

— Diga "Fique" se não quiser que ele vá atrás de você.

— Fique — disse Breen. — Volto já.

Tudo na cabana estava igual. Normal. Mas ela se perguntava, enquanto subia as escadas, se alguma coisa poderia ser normal de novo.

Pegou a sacolinha do presente e ficou parada um momento, olhando-se no espelho do quarto.

Parecia a mesma – não a mesma de antes de sua vida mudar na Filadélfia, mas a mesma mulher que havia ido para a Irlanda.

Mas não tinha certeza de que ainda era a mesma.

Breen voltou para o andar de baixo, entregou a Morena a sacola de presente e se sentou de novo.

— Há um cartão dentro também. Não sei se você sabe ler.

— Claro que sei ler! Já tínhamos poetas e estudiosos em Talamh enquanto o povo deste mundo mal havia saído das cavernas.

A ofensa, evidente em seu rosto, desapareceu quando ela leu o cartão.

— Que bonito! Ouvi dizer que você também é escritora, escreve bem mesmo.

Então, ela abriu a caixa e soltou um suspiro.

— Ah, é um falcão! Lindo presente, lindo presente. Agradeço, e sinto que talvez não mereça.

— Por quê?

— Eu não menti, mas não lhe contei a verdade.

— Você me deu o passeio com o falcão, e nunca vou esquecer isso. Eu não sabia que... que fadas tinham falcões.

— Nós temos um ao outro — disse Morena enquanto fixava o broche em sua blusa. — E está na hora de eu o levar para casa de novo. Entendo, agora que não estou tão ressentida, por que Marg quer lhe dar um tempo. Eu cresci sabendo, e você foi criada para esquecer. Odeio ficar com a consciência pesada. — Ela se levantou. — Odeio mais ter que dizer isto, mas desculpe por ter lhe dado um susto com o jeito como a trouxe de volta.

— Não estou entendendo nada de tudo isso.

— Eu sei. Não queria saber, mas sei. Vou deixar você em paz. Sou bem-vinda aqui?

— Claro. — Breen se levantou. — Sim, claro!

— Então, isso basta.

Ela voltou para a cozinha para vestir sua jaqueta.

— Como... como as asas passam pela jaqueta?

Morena sacudiu a cabeça.

— Porque eu quero, e elas são minhas, não é? Não se esqueça de dar comida para o cachorro — disse Morena.

Através do vidro, Breen viu o falcão descer e sobrevoar a cabeça de Morena.

Então, aquelas asas luminosas se abriram e, com o falcão, ela voou pela chuva e entrou na floresta.

— Não estou louca. — Breen passou a mão pelo topete encaracolado do cachorro quando ele se recostou em sua perna. — Não estou alucinando, sei o que é real.

Ela baixou os olhos e o viu fitando-a.

— É muito cedo para jantar, e preciso escrever sobre tudo isso. Acho que não deveria lhe dar mais um biscoito, né? Mas... dane-se. Foi um dia e tanto.

Enquanto ela pegava um biscoito do pote, ele ficou sentado com os olhinhos brilhando.

— Você sabe dar a patinha? Nossa, como sou idiota!

Mas, para testar, ela estendeu a mão. Ele ofereceu a patinha, fazendo-a rir. Ela a pegou e lhe deu o biscoito.

— Você é um bom cachorro, Porcaria.

Breen colocou água em uma das tigelas e pegou uma Coca-Cola para levar para o escritório.

Tentou reconstruir tudo em seu diário – que ela julgava ser secreto –, desde o momento em que vira o cachorro. Ao escrever, sentiu de novo o ar úmido, a luz e as sombras enquanto Porcaria a conduzia – sem dúvida, ele havia feito exatamente isso – para a árvore.

A Árvore de Boas-Vindas.

Para complementar, ela postou fotos do cachorro e da árvore.

E desejou se recompor o suficiente para aceitar um pouco o... o outro lado, Talamh.

O ar e a luz haviam mudado. Agora ela admitia isso, e podia documentá-lo. Escreveu sobre as quatro pessoas que conhecera. Harken, Aisling, sua avó e Morena.

De repente, ocorreu-lhe que estivera na casa onde seu pai vivera, onde ela mesma – segundo sua avó – havia nascido.

Recostou-se e tomou um gole de Coca-Cola, olhando a chuva lá fora. E notou que Porcaria se juntara a ela e se aconchegara na cama.

— Acho que eu não deveria deixar você fazer isso.

Mas ele parecia tão confortável, e a observava tão docemente, que ela deixou.

Seu pai estava morto. Ela não sabia como ou por quê, mas tinha que aceitar isso também. Ele não a abandonara, não a esquecera. Morrera.

Isso acontecera anos e anos atrás, mas sua dor ainda era tão recente quanto o momento. E ela não sabia o que fazer com isso. Tinha a foto dele em seu quarto, e lembranças que iam e vinham. Mas precisava de mais.

Precisava ver o túmulo de seu pai e pediria à sua avó algo dele, uma lembrancinha que ela pudesse guardar.

— Vou voltar — declarou. — Acho que eu já sabia disso, mas preciso me preparar.

Ela descreveu como Marg havia feito o ar girar e o fogo rugir, mesmo parecendo impossível. Como Morena podia criar asas e voar? Como podia...

Ela se recostou de novo, percebendo que o que escrevia seguia os mesmos temas e direções da história em que trabalhava todas as manhãs.

Não exatamente, não absolutamente, mas bem parecido.

Porque ela sempre soubera. Por mais fantástico que fosse, por mais oposto à tendência pragmática de sua vida, parte dela sempre soubera. As lembranças estavam trancadas dentro dela, mas iam saindo pouco a pouco enquanto ela se abria para contar uma história.

Enquanto fazia o que queria fazer.

Então, ela escreveu:

Não é apenas questão de descobrir quem sou – e eu fiz progressos nisso –, mas também o que sou. O que sou? Filha de Talamh, filha dos feéricos, do clã dos Sábios. As Sábias são como bruxas, e não me sinto uma bruxa.

Largou o diário e passou a pesquisar sobre o cão d'água irlandês. Porcaria se encaixava perfeitamente na descrição – e ela achou ótima a característica de que não soltam pelos.

Essa raça se caracterizava por cães inteligentes, cheios de energia e afetuosos. Curiosos, meio palhaços. E que adoram água, naturalmente.

— Segundo o folclore irlandês — leu —, você é descendente do Dobhar-chú. E que diabos é isso? — Fez outra pesquisa. — Metade cachorro, metade lontra ou peixe. Jura? Ah, e um feroz predador dos oceanos e rios. Você não parece tão feroz.

Ele desceu da cama e se espreguiçou, e ficou olhando para Breen longa e amorosamente.

— Está com fome? Eu também. Demorei mais do que imaginava.

Ele a seguiu até a cozinha.

O bilhete amarrado no saco de pano dizia quanta ração dar, e com que frequência. E que ele acharia ótimo se ela acrescentasse um ovo cru ou um pouco de iogurte à ração.

Ela escolheu o ovo, pois era o que tinha à mão, e, enquanto ele comia, preparou algo para si com pedaços de bacon irlandês, um pouco de queijo, tomate e brócolis.

Comeu com o cachorro a seus pés e ficou pensando como faria com o blog. Não podia deixar o cachorro de fora, e não queria. Poderia dizer que o ganhara de um vizinho. O que era quase verdade.

Não podia escrever sobre a morte de seu pai – pelo menos não ainda. Nem estava pronta para isso. Não podia mencionar ter estado na cozinha de sua avó, ou – Jesus – falar de mundos alternativos.

Ela daria um jeito, assim como descobriria o que dizer a Marco.

Levantou-se para lavar a louça. O cachorro também se levantou e ficou olhando para ela.

— Quer sair? Acho que sei, porque é lógico, ou porque... sei o que você pensa. Acho que é isso. Mas não importa, não é? Vamos sair.

Ele ficou todo animado quando Breen pegou sua jaqueta, e disparou como uma bala pela porta que ela abriu.

Correu pelo quintal como se houvesse escapado da prisão, depois fez festa de novo, chamando-a, até que ela foi.

Então, ele disparou como um relâmpago encaracolado em direção à baía. Latindo como um louco, pulou na água e nadou, balançando a cabeça, com os olhos cheios de alegria.

— Predador feroz dos mares — disse ela, rindo.

As aves marinhas se espalharam e a água espirrava enquanto ele corria para fora, depois para dentro de novo.

Breen ficou ali, sob o longo sol de verão que empurrava as nuvens do leste para dar brilho ao céu. E estava absoluta e perfeitamente contente.

Era feliz em sua solidão, mas o cachorro... sim, ela sempre quisera um, e ele trouxe brilho à sua vida.

Como o sol em um céu nublado.

Uma mudança na rotina doeria, disse Breen a si mesma enquanto ajustava seus horários para dar comida ao cachorro na hora do café da manhã e fazer um passeio com ele antes de se sentar para escrever no blog.

Ele dormia a seus pés na cama; isso teria que mudar.

Provavelmente.

Mandou uma mensagem para Marco para contar. Afinal, eles moravam juntos no apartamento e morariam na casa. Ele merecia saber que tinham um cachorro.

E fez questão de mandar a foto mais adorável que conseguiu tirar.

Ele respondeu.

Você o quê?! Que tipo de cachorro esquisito é esse? E por que é tão peludo? Veja só o que você faz quando eu fico longe por algumas semanas. Mande mais fotos.

Ela passou alguns minutos felizes trocando mensagens com ele até que se acomodou para – com cuidado – escrever no blog.

— Fotos de cachorrinhos nunca falham. — Ela olhou ao redor e, claro, Porcaria estava aconchegado na cama. — Vou trabalhar em meu livro durante algumas horas, depois vamos sair. Vamos comprar uma coleira, uma guia, uns brinquedos... e uma caminha.

Ele não ligava para a coleira, mas da guia não gostava. Não resistiu quando ela o prendeu, mas olhou para ela com olhos tristes.

— Não é que eu não confie em você. — Ela podia jurar que era o que ele pensava. — E não vamos usá-la na cabana. Mas vamos dar uma volta pela vila agora, e vamos precisar da guia quando formos visitar alguns pontos turísticos que ainda não conheço.

Depois da explicação, ele parecia menos insultado quando passeavam, até ficava todo vaidoso quando as pessoas paravam para admirá-lo. E cheirava sapatos, acariciava crianças com o focinho e conhecia outros cães.

Breen dizia a si mesma que estava socializando com ele – como recomendado –, mas sabia que só o estava exibindo.

Comprou brinquedos para ele mastigar, uma bola vermelha e um coelhinho de pelúcia.

A caminho de casa, ele foi no banco de trás com um osso de brinquedo entre os dentes e a cabeça para fora da janela, de modo que seus cachos balançavam com o vento.

Uma vez em casa, ela o deixou sair para correr e nadar e ficou no quintal com seu tablet. Como não havia encontrado uma cama para ele, comprou uma pela internet. E mais alguns brinquedos. E coisas para mastigar, e uma plaquinha de identificação com o nome dele e o número do celular dela.

— Meu Deus, se um dia tiver filhos, serei uma maníaca obcecada.

Recém-saído da baía, Porcaria correu até Breen. Ela jogou a bola vermelha e ele apenas a olhou com a cabeça inclinada.

— É para você correr atrás dela e trazê-la de volta para mim, para eu poder jogá-la de novo.

Ela quase o ouvia pensando: *Para quê?*, mas ele trotou até a bola, pegou-a com os dentes e trotou de volta. E Breen a jogou de novo.

Depois de algumas vezes, ele entrou mais no espírito e começou a correr mais animado.

— Isso, você entendeu! E meu braço está doendo.

Quando ela deixou a bola na mesa indicando o fim da brincadeira, ele trotou em direção à floresta. Deu um latido e olhou para ela.

— Não, não vamos para lá. Não posso. Tenho roupa para lavar e vou escrever mais. E... não posso, só isso. Vamos entrar.

Quando ele voltou, ela acariciou sua cabeça.

— Talvez amanhã.

Mas ela tinha desculpas prontas no dia seguinte e achou surpreendentemente fácil preencher seu tempo. Especialmente escrevendo um conto sobre as aventuras de um cão mágico chamado Porcaria, fazendo uma pausa em seu livro.

Ela passou o dia seguinte expandindo a história, pois percebeu que poderia ser um livro para crianças. Afinal, dera aula para essa faixa etária e sabia o que eles gostavam de ler.

Então, Breen alternava entre seu romance, o livro infantil e a nova rotina com o cachorro, feliz.

Em um dia lindo de verão, ela estava escrevendo no quintal quando Porcaria correu em direção à floresta dando latidos felizes.

Breen não se surpreendeu ao ver sua avó e Finola saindo da floresta.

CAPÍTULO 13

Pareciam mulheres comuns, pensou Breen enquanto se levantava. Talvez não tão comuns, visto que ambas pareciam ser mais novas do que eram. Mas com certeza não pareciam, sob a perspectiva de Breen, ser uma bruxa e uma fada.

Marg carregava uma bolsa e Finola uma cesta.

O cachorro as recebeu com alegria e carinho, enlouquecido, enquanto Breen tentava controlar a apreensão.

— Que lindo dia para passear — disse Finola alegremente. — E você está trabalhando aqui, querida? Estamos chegando e a interrompendo.

— Não, tudo bem. Tudo bem. — Breen fechou seu notebook. — Eu pretendia voltar lá antes, mas...

— Você é uma pessoa ocupada, não é, com a escrita. E Seamus me contou que você está mexendo com jardinagem também, e muito bem. E agora tem este patife, além de tudo.

Finola apertou a mão de Breen, em um gesto deliberado de calma e conforto.

— Se não se incomodar, vou até a cozinha fazer um chá para tomar com estes bolos que eu fiz.

— Eu...

— Não é incômodo algum.

Com sua cesta, Finola entrou direto, com o cachorro logo atrás.

Dando um sorrisinho, Marg olhou para sua amiga.

— Ela sabe que estou meio nervosa, então fica tagarelando para me dar tempo de me acostumar.

— Também estou nervosa. Eu ia voltar lá mesmo, só precisava me preparar para isso.

— Não posso culpá-la. Descobriu tanta coisa de uma só vez. É um local encantador aqui. E a deixa feliz.

Muito mais fácil falar sobre isso.

— É mesmo. É a primeira vez na vida que fico sozinha e faço o que eu quero. É a primeira vez, que me lembre, que tenho um cachorro, e ele me faz feliz também. Quero lhe agradecer por ter me dado Porcaria.

— E lhe arranjado mais trabalho.

— Mesmo assim, fico feliz. — Ela precisava demonstrar gratidão e simpatia. — Por favor sente-se.

— Você estava trabalhando... escrevendo?

— Sim. Acho que não sou muito ruim nisso e espero melhorar.

Marg se sentou e cruzou as pernas. Usava uma calça reta e um suéter azul fino.

— Você demonstra talento no blog.

— Você leu meu blog?

— À minha maneira, sim. Seu pai tinha jeito com as palavras.

— Ele me contava histórias, eu nunca me cansava. Eu ia voltar — repetiu Breen — e queria lhe perguntar se tem algo dele, qualquer coisinha que possa me dar para eu recordar. Eu tenho uma foto, o dono de um pub em Clare me deu. É dele com seus amigos tocando lá. Ele era... a banda dele era muito popular.

— A música foi o primeiro e duradouro amor dele. Eu gostaria muito de ver a fotografia antes de ir. E por acaso trouxe para você algo que era muito importante para ele.

Marg enfiou a mão na bolsa e tirou uma menor, amarrada com uma fita branca.

— Tenho mais coisas dele, claro, você pode escolher o que quiser. Mas sei que ele gostaria que você ficasse com isto.

Breen abriu a bolsinha e tirou um anel de ouro. Um anel de *claddagh*, que foi também, ela recordou, a aliança de casamento dele.

— Ele sempre a usava — disse Marg —, mesmo depois de não existir mais casamento entre os dois.

Breen passou os dedos sobre o anel.

— Ele a amava. Sabia que não deveriam ficar juntos, mas a amava. E eles me fizeram.

— Talvez o destino os tenha unido apenas para isso.

— Para mim é muito importante ter este anel. — Sentiu vergonha, porque pretendia voltar, mas não voltara. — Você está sendo mais gentil comigo do que eu mereço.

— Que bobagem! Sou sua avó e tenho mais de vinte anos de mimos para compensar. Me dê essa chance, Breen.

A voz de Marg era firme e calma, mas a súplica cintilava em seus olhos.

— Você tem um bom coração. Me dê essa chance.

— Eu tenho muitas perguntas — Breen pegou a mão de Marg.

— Levará tempo responder a todas elas.

— Nós temos tempo. Vou pegar a foto. Quando encontrar algum lugar com um scanner por aqui, farei uma cópia para você.

Ela entrou onde estava Finola mexendo no bule e nas xícaras.

— Você me conheceu quando eu era pequena?

— Conheci. Você e nossa querida Morena se entrelaçaram como hera. Ela mora conosco agora que nosso filho e a esposa, os pais de Morena, estão na Capital.

— Capital?

— Sim. Talamh não é tão grande quanto este mundo, mas é muito mais do que você viu.

Ela ergueu seus olhos fortes e diretos e olhou para Breen.

— Vai visitar de novo, Breen?

— Sim.

— Isso deixará sua avó muito feliz.

— Só vou subir para pegar uma foto do meu pai para mostrar à minha avó.

— Vou levar o chá e o bolo, então. Ela é uma mulher de muita força e poder — acrescentou Finola. — Sofreu perdas profundas e ainda está em pé. Ela é minha amiga, tão querida como uma irmã. Talvez até mais querida. É minha grande esperança que você tenha puxado a Marg.

Breen não sabia se havia puxado a alguém, mas, como só tinha uma avó, pararia de fugir.

Levou a foto aonde estavam Marg e Finola com o chá, e Porcaria deitado embaixo da mesa com um de seus biscoitos.

Breen parou ao ver os quadradinhos de bolo com cobertura.

— Os cor-de-rosa têm gosto de rosa.

— Sempre foram seus favoritos. — Sorrindo, Finola colocou dois em um pratinho. — Eu disse, não disse? A menina sempre gostou dos meus bolos. Morena preferia os azuis, com sabor de céu de verão.

Breen se sentou e entregou a foto emoldurada a Marg.

— Oh, veja meu menino, tão lindo! E Flynn com ele, Fi.

— É mesmo! Esse com o cachimbo é o pai de Morena. E Kavan, que era o melhor amigo do seu pai, Breen, e pai de Harken e Aisling, que você conheceu. E de Keegan também. E veja Brian com seu *bodhrán*. E só meu Flynn ainda está conosco.

— Eles... morreram?

— Brian há muito tempo, e Kavan também. É muito bom vê-los jovens e vivos e fazendo o que adoravam fazer.

— Farei cópias para vocês. Pode me contar como meu pai morreu?

— Quando você for lá em casa e eu a levar até onde o pusemos para descansar, vamos conversar sobre isso. Podemos não falar de coisas tristes hoje? — perguntou Marg. — Você tem outras perguntas, escolha uma a que eu possa responder que não traga dor ao nosso chá com bolo.

— Tudo bem. Você é do clã dos Sábios, que são bruxas, certo?

— Sim, sou. Houve um tempo em que pessoas como eu, como você, foram respeitadas nos mundos. Até que o medo, a ganância, a inveja e coisas semelhantes nasceram nas pessoas sem poderes. Não é assim em Talamh, onde nossos dons, habilidades e conhecimentos nos são dados para ajudar, curar e defender.

— Tudo bem. E você? — Breen se voltou para Finola. — Você é *sidhe*?

— Nós cuidamos da terra, do ar, das coisas que crescem.

— É isso? É esse seu mundo? Bruxas e fadas?

— Ah, ela se refere a outras tribos, Marg. Vivemos, trabalhamos, acasalamos, defendemos, todos como feéricos, como povo de Talamh, mas temos outras tribos. Os elfos, que também cuidam e preferem as florestas e montanhas aos campos e planícies.

— Elfos... — Fascinada, Breen indicou uma altura com a mão, a poucos centímetros do chão. — Tipo... elfos?

— Eles não são pequeninos de orelhas pontudas como os dos livros de histórias do seu mundo — disse Marg. — Nem os animórficos são assustadores quando se transformam em lobos na lua cheia para atacar e matar.

— Animórficos? Tipo lobisomens?

— Os animórficos têm um espírito animal e podem se transformar, segundo sua vontade, em lobos, falcões, ursos, cachorros, gatos etc.

— Os sereianos — acrescentou Finola, divertida, enquanto mordiscava um bolo —, que vivem nas águas e cuidam delas e as protegem. Os *trolls*, que cuidam da mineração...

— E cada um tem suas habilidades — prosseguiu Marg. — Os *trolls* às vezes têm a capacidade de se comunicar com animais, mas isso é mais comum nas bruxas, nos elfos e nas fadas. Um animórfico pode ter visões em sonhos. Nós temos o que os deuses nos dão.

Fascinante, pensou Breen. Não mais assustador, não mais impossível, simplesmente fascinante.

— Que deuses?

— Existem muitos. Em seu mundo também vocês lhes dão nomes, propósitos e tradições diferentes.

— Eles fizeram a Árvore de Boas-Vindas?

— Isso foi um acordo entre o reino dos homens, os deuses e os feéricos, uma escolha feita há mais de mil anos. Os portais eram uma maneira de viajar de um mundo a outro, mas os mundos mudam e mais escolhas precisam ser feitas.

— Que tipo de escolha?

— Neste mundo, nós começamos a ser perseguidos, caçados e assassinados.

— Caça às bruxas. — Aquilo era história, pensou Breen, sólida e indiscutível. — Eram queimadas, enforcadas e afogadas.

Marg assentiu.

— E a maioria das que sofreram esse destino não tinha nenhum poder. Acho que uma espécie de loucura tomou conta do reino dos homens. Éramos temidas e amaldiçoadas, depois passamos a ser simplesmente histórias e superstições. Este mundo, como todos, seguiu um caminho diferente. As máquinas se tornaram uma espécie de deus, a tecnologia uma espécie de feitiçaria, e a verdadeira magia desapareceu nas sombras. Os feéricos de Talamh escolheram preservar o que são, preferindo a magia a esse progresso.

— Mas eu passei para lá e vocês passaram para cá. Você disse que minha mãe morava em Talamh. Ela é feérica?

— Ela é deste mundo. — Mais à vontade, Marg se serviu de mais chá. — Ela foi de boa vontade para o nosso por amor a seu pai. Ninguém pode ser levado para lá sem seu pleno consentimento, isso é lei. E todo mundo em Talamh é incentivado a atravessar, explorar, passar um tempo em outro mundo. A pessoa pode escolher ficar em outro mundo, é seu direito, mas deve fazer o juramento mais sagrado de nunca usar seu poder para fazer mal, a menos que seja em defesa de outro. Mesmo assim, enfrentará um julgamento. Alguns, como sua mãe, vêm até nós e ficam. Alguns descobrem que não é seu lugar e vão embora.

— E eles não contam tudo às pessoas?

— E quem acreditaria neles? — disse Marg com um sorriso. — Você, que se lembra de alguns, que já viu alguns, ainda resiste a acreditar.

Mas acreditar não estava mais sendo tão difícil quanto costumava, quanto deveria.

— Vivi toda a minha vida, pelo menos desde os três anos, neste mundo. Em um lugar muito diferente deste onde estou agora. E sempre ouvi dizer que eu não era apenas comum, mas medíocre.

Algo brilhou nos olhos de Marg antes que ela pudesse controlar.

— Isso por causa do medo de sua mãe. Sei que ela estava errada, muito errada, mas não vou culpá-la. Você está longe de ser comum, em qualquer mundo, *mo stór*. Você é mais inteligente e forte do que imagina. O que está em você está adormecido. Deixe-me ajudá-la a despertar, só um pouco.

Ela se levantou e estendeu a mão. Breen estendeu a dela e foram para o jardim.

— O alecrim é uma planta muito útil. Toque-a e pense nela, como ela cresce, como se aquece ao sol, como enche o ar com sua fragrância.

Não vendo mal nenhum, Breen passou os dedos sobre as agulhas macias do alecrim.

— Suas raízes se espalham pela terra. Quando a chuva vem, ele bebe. Pense nisso, no que ele necessita, no que ele dá. Pense no que você dá a ele.

Ela pensou nisso, no cheiro do alecrim, em seus dedos perfumados quando os passava sobre ele. Como crescia em direção ao sol. Como...

— Ele cresceu!

Com olhos atônitos, Breen observou os galhos crescerem uns dois centímetros.

— Você fez isso.

Os brincos de Marg brilharam quando ela sacudiu a cabeça.

— Eu não. Foi você. Não posso contar tudo de uma vez, mas não vou mentir. Esse poder está em você, e muito mais. Tudo está ligado. Água, fogo, terra, ar, magia, tudo está em você também.

— Tudo conectado, como disse Seamus — murmurou Breen. — Tudo unido.

— É isso. Já é o suficiente para um dia. Quero lhe pedir uma coisa.

Breen se voltou e Marg segurou suas mãos.

— O quê?

— Se for à minha casa, fique um ou dois dias comigo.

— Você vai me levar ao túmulo do meu pai?

— Vou.

— Preciso escrever.

— Isso não vai funcionar lá — Marg olhou para o notebook —, mas há outras maneiras. Vou ajudá-la para que você possa fazer o que ama e necessita. Um ou dois dias, minha querida.

— Tudo bem. Amanhã.

— Estou mais do que grata. Vamos deixá-la em paz agora, não é, Fi?

— Foi uma tarde adorável. — Finola juntou suas coisas e se levantou. — Bênçãos brilhantes para você, criança.

— Obrigada... para você também.

— Amanhã, então. Vou cuidar de você.

Breen ficou onde estava enquanto elas atravessavam o gramado em direção à floresta.

Porcaria foi com elas e depois correu de volta para Breen.

— Acho que preciso arrumar minha mochila. O que tenho que levar para passar uns dias em outro mundo?

※

Ela optou por uma rotina matinal abreviada. Dedicou-se ao blog, ao romance, ao livro infantil, só que por menos tempo.

No meio da manhã, jogou a mochila nos ombros e foi para a floresta, nervosa, com Porcaria. Sentia a animação dele a cada passo, e se perguntava se ele sentia sua ansiedade.

De qualquer maneira, ele a guiou, como antes, pela luz e pelas sombras inconstantes, enquanto seu pulso batia rápido sob sua tatuagem.

Breen ficou pensando no que sua mãe diria.

Não seja boba, Breen. Você não tem condições de lidar com nada disso. Volte. Compre uma passagem e volte para onde é seu lugar. Siga as regras. Viva uma vida tranquila. Se subir muito alto, vai cair.

E ouvir tudo isso dentro de sua cabeça a fez seguir em frente e aumentar o passo até chegar à árvore.

E ali estava, pensou. Estranha, gloriosa e aterrorizante. Cada osso lógico de seu corpo insistia que uma árvore, por mais fantástica que fosse, não podia ser um portal para outro mundo.

Mas ela havia estado lá, e tinha o cachorro para provar.

— "Há mais coisas entre o céu e a Terra", não é, Porcaria? Então... lá vamos nós.

Ele tomou isso como uma ordem e subiu pelas rochas e galhos. Lembrando-se do mal-estar de antes, foi com mais cautela.

Quando mais uma vez se sentiu caindo, agarrou-se em um galho. Ficou pendurada no meio de uma enxurrada de luz e uma rajada de vento que sacudiu seu cabelo e levantou sua jaqueta. Breen teve que lutar contra um lado seu – a voz de sua mãe – que queria desesperadamente recuar.

Mas ela deu um passo à frente.

Sua cabeça girava como os dois mundos, com a densa floresta atrás e os campos verdes à frente. Mas ela estava em uma saliência de pedra firme, recuperando o fôlego, quando Porcaria pulou para correr atrás das ovelhas.

— É real. Antes de mais nada, é tudo real. Terei que ver o que acontece a partir daqui.

Suas pernas estavam meio trêmulas, mas ela conseguiu andar e atravessar o campo. Com o cachorro ao seu lado, passou por cima da cerca de pedra e pegou a estrada de terra.

Ela viu o homem – Harken, seu nome era Harken – indo para uma das construções de pedra. E Aisling capinando uma horta, talvez, com dois garotos de cabelo preto sentados na grama ali perto. O menor dava gritinhos e batia dois baldes de latão um no outro. O mais velho construía cuidadosamente uma torre com blocos de madeira.

Um enorme lebrel irlandês cinza estava sentado ao lado deles, vigilante como uma babá.

Aisling a viu, apoiou-se na enxada e acenou. Saiu da horta, pegou o menino mais novo no colo e o outro pela mão. Com o cachorro do tamanho de um pônei ao lado deles, foram em direção à estrada.

— Então você voltou! Bem-vinda.

— Sim, vim visitar minha avó.

Breen se aproximou da cerca de pedra e ficaram ela de um lado e Aisling e sua cria do outro.

— Ela vai ficar feliz, garanto. Estes são meus filhos. Finian, dê as boas-vindas à senhora Kelly.

— Bem-vinda.

— Obrigada. Pode me chamar de Breen.

Embora a mão dele estivesse suja de grama e terra, Breen ofereceu a sua.

— E este bagunceiro aqui é o nosso Kavan.

Para surpresa de Breen, Kavan soltou uma risada e estendeu os braços para ela.

— Ele é bem amigável, mas não está muito limpo no momento.

— Não faz mal.

Quando Aisling o passou por cima da cerca, ele imediatamente enrolou as mãos não muito limpas no cabelo de Breen e ficou balbuciando alegremente.

— Ele gostou do seu cabelo. Vermelho é a cor favorita dele, não é, meu selvagem? E, por último, esta é Mab. Ela é um anjo, não tenha medo.

Porcaria, com as patas dianteiras na cerca, esticou-se para lamber a cara de Mab, que o tolerava com dignidade.

— Não vamos atrasar você, sei que Marg a está esperando. Mas espero que venha nos ver enquanto estiver aqui. Meu marido e meu irmão devem voltar a qualquer momento. Adorarão conhecê-la.

— Venho sim.

— Venha com a mamãe, meu homenzinho, pois sua nova amiga já vai indo.

Aisling pegou o menino e o apoiou em seu quadril.

— Eu trouxe uma coisa para você e seu irmão.

— É mesmo?

— Sim, minha avó disse... — Breen pegou a mochila, abriu o zíper e tirou dela uma foto emoldurada. — Seu pai, com o meu e outros amigos.

— Oh! Oh, olhe só isto! — Aisling deslocou o bebê para pegar a foto. — Olhem aqui, meninos, é o avô de vocês.

— Como ele entrou aí? — perguntou Finian.

— É como um desenho de quando ele era jovem. Nossa, que presente precioso, Breen. Não sei o que dizer.

— Imagine! Eu venho ver vocês antes de... voltar.

— Venha mesmo, e mande lembranças a Marg.

— Pode deixar. Seus filhos são lindos.

O sorriso de Aisling irradiava prazer e orgulho.

— Sou abençoada. Agora, se eu pudesse ter uma menina... só uma. Vamos, meninos, vamos levar este lindo presente para dentro.

Enquanto Aisling voltava para casa, Kavan sorria para Breen por cima do ombro de sua mãe. E ela observou pequenas asinhas vermelhas esvoaçando, como se acenassem.

— Isso não se vê todos os dias... exceto aqui, talvez.

Ela seguiu pela estrada e fez a curva em direção às árvores e a cabana.

Mais uma vez, as portas e janelas estavam abertas. Fumaça subia da chaminé.

Marg havia colhido flores de seu próspero jardim que estavam na cesta em seu braço.

— Você chegou! Sim, e você também — acrescentou quando Porcaria correu para ela. — Entre e seja bem-vinda. Vou lhe mostrar seu quarto imediatamente, espero que lhe agrade.

Marg estava nervosa, Breen notou, e saber disso a acalmou.

— Como foi desta vez?

— Não desmaiei nem caí.

— Melhor, então. Por aqui — disse ela, gesticulando. — Meu quarto é do outro lado, assim você terá privacidade. Há um quarto de banho, mas não é o que você está acostumada a ver. Se tiver dúvidas, eu lhe mostro como tudo funciona.

— Está bem.

Breen entrou em um quarto cheio de luz e cortinas de renda esvoaçantes que emolduravam a vista dos jardins e das árvores. A cama com dossel era robusta e coberta de branco, com um baú aos pés com dragões pintados. Velas, flores e cristais brutos decoravam o console da lareira.

Havia uma linda escrivaninha e uma cadeira voltada para uma das janelas.

— É encantador. — Passou sua mochila para a frente enquanto andava pelo quarto. — Realmente adorável. A casa não parecia tão grande assim para ter um quarto como este.

Então, a ficha caiu e ela se voltou.

— Porque não estava aqui antes.

— Está agora, e sempre estará para você.

— Eu tento, é instintivo... tento me convencer de que tudo isto é um sonho elaborado ou, sei lá, um colapso nervoso. Mas sei que não é. E, estando aqui, não quero que seja.

— É sua casa, independentemente do que escolha no final. Será sempre sua casa. Vou pôr a chaleira no fogo. Guarde suas coisas, se quiser.

— Não trouxe muita coisa, e pode esperar. Queria que me levasse ao túmulo do meu pai. Eu trouxe isto.

Ela abriu a mochila e tirou outra foto emoldurada.

— Para você. E tenho outra para Finola. Vi Aisling na estrada e lhe dei uma também. Tenho outra. Eu não sabia se o outro amigo, aquele que você disse que morreu também, tinha família que possa querer uma.

— Tem sim, e eles vão adorar um presente desses. É muito gentil de sua parte, Breen.

Marg pegou a foto e a apertou contra o coração.

— Vou levá-la até a pedra dele. É uma longa caminhada, por isso vamos a cavalo. Eu tenho Igraine, e vamos pegar um emprestado com Harken para você.

— Não sei montar. Nunca andei a cavalo.

O rosto de Marg refletiu surpresa.

— Claro que sabe. Você tinha uma pônei chamada Birdie. E andava com seu pai no cavalo dele. Essas coisas voltarão, sem dúvida, mas por hoje vamos com Igraine e a carroça.

— Não há carros aqui?

— Não.

Marg pegou a cesta de flores e elas saíram; foram a um alpendre onde havia um cavalo mastigando preguiçosamente uma cesta de feno.

— Esta é nossa Igraine. Ela é muito boa e gentil, mas corre quando necessário. Vamos engatá-la na carroça.

O cavalo do sonho, notou Breen. Aquele branco robusto com a anca manchada de preto.

— Posso ajudar?

— Melhor você olhar e aprender, desta vez.

Marg conduziu a égua até uma carroça de duas rodas, onde ela ficou, mexendo a cauda, enquanto a mulher colocava um arreio sobre o peito e a cernelha do animal. A cinta passava sob a barriga, pelos flancos, e a maneira como Marg fazia tudo mostrava a Breen que ela já havia feito isso inúmeras vezes.

Durante todo o tempo, a égua permaneceu paciente.

— A alça do peito é toda acolchoada para não causar atrito. E isto controla a cabeça dela, mas não se pode pôr muito alto para não pressionar a traqueia. E prende no outro cavalo da parelha. E tem o selim, não como a sela de montar, e as rédeas. — Marg fez um carinho na égua. — E a sela, que precisa ser boa e bem presa. E estes são o arreio e o bridão. E minha garota está pronta.

Enquanto Breen observava, fascinada, Marg fixava e afivelava, verificando se tudo estava direitinho. Quando acabou, deu um passo para trás para levantar a carroça.

— Deixe que eu ajudo.

— Tudo bem. Os eixos de cada lado têm que entrar nos encaixes. Está vendo os laços de couro?

Marg explicou tudo, passo a passo – muitos passos –, até que a carroça e a égua ficaram prontas para a viagem.

— Você tem que fazer tudo isso — espantou-se Breen — toda vez que quiser ir a algum lugar de carroça?

— Demora um pouco, mas por que ter pressa no dia? Só para chegar o próximo?

Ágil como uma adolescente, Marg subiu no banco da carroça e esperou que Breen fizesse o mesmo.

— Você atrás — disse Marg a Porcaria.

Ele pulou e descansou a cabeça no banco da frente, entre elas.

Estalando a língua, Marg fez a égua puxar a carroça para a frente.

Breen captou um movimento com o canto do olho e se voltou. Viu um gato, brilhante como uma moeda de prata polida, serpeando pela lateral da casa.

— Você tem um gato!

— Mais ou menos.

CAPÍTULO 14

Breen achou que a experiência de seu primeiro passeio de carroça sacudiu um pouco seus ossos e dentes, mas a alegria que sentia superava isso.

O silêncio – só o som das rodas girando e o trote animado da égua na terra macia – lhe permitia ouvir o canto dos pássaros e o mugido das vacas enquanto viajavam.

Breen estava sentada ali, ao sol, e uma brisa com cheiro de grama flutuava a seu redor, e ela via outras fazendas, outras casas, e um homem com uma bengala grossa que tirou o boné para saudá-las quando elas passaram na estrada.

Viu crianças brincando, roupas esvoaçando nos varais, cavalos brincando de verdade nos campos.

— Aquilo era uma raposa? — perguntou Breen enquanto observava algo vermelho e macio cruzando a estrada.

— Sim. Nunca viu uma raposa?

— Não. Há uma torre redonda ali. Para que serve?

— Agora, só para recordar. Antigamente o clã dos Piedosos iam até lá em busca de segurança, pois eram perseguidos. Mas depois eles mesmos passaram a fazer umas perseguições.

— Você usou esse nome antes quando falou do lugar onde meu pai está enterrado.

— Era, ou deveria ser, um lugar de oração, boas obras e contemplação. Mas sempre há alguns que acham que só existe aquilo em que acreditam. E fazem o que for preciso para impor sua crença a todos. Para mim, pessoas que matam, queimam e escravizam em nome de um deus não ouvem o deus que afirmam adorar. Ou então o deus é falso e cruel.

Ela virou a carroça para pegar outra estrada, mais íngreme, e, quando chegaram ao topo de uma colina, Breen viu.

Pedras cinzentas, torres, ameias. E grama alta ao redor, com lápides e ovelhas pastando.

E ali, em outra ligeira elevação, o círculo de pedras.

— Você sonhou com isso, não é?

— Sim. Aquele lugar, você e a égua. A carroça não, você andava a cavalo e usava uma capa marrom com capuz. Não consigo me acostumar com isso — murmurou Breen. — Não sei se um dia vou conseguir.

— Este é um lugar sagrado, como deve ser. Todo sangue uma vez derramado, todo pecado cometido, já foram perdoados há muito tempo aqui.

— Por que ele está aqui, e não mais perto de onde morava?

— Ele era *taoiseach*, e esta é sua honraria. Quando chegar minha hora, vou jazer aqui também.

— O que significa *teishâ*?

Marg soletrou a palavra.

— Significa líder. Nosso Eian era o líder de todas as tribos. Foi escolhido e escolheu, como eu também já fui.

— Você foi, tipo, eleita?

— Fui escolhida e escolhi — repetiu Marg. — Assim como escolhi passar a espada e o cajado do *taoiseach* a outro quando fracassei, quando me deixei ser usada e enganada. Vou lhe explicar — acrescentou, pousando a mão na de Breen —, prometo. Seu pai era um bebê quando eu abjurei, e ele tinha apenas dezesseis anos quando assumiu a espada e o cajado.

Marg parou o cavalo.

— Pode trazer as flores para mim? — perguntou.

O cachorro pulou para farejar as ovelhas e as pedras.

Enquanto descia, Breen pegou a cesta. Marg pegou as flores e girou o dedo no ar, formando um círculo. As hastes se uniram como se estivessem amarradas com barbante.

— Já que você está aqui, vamos plantá-las para que cresçam e prosperem.

— Mas estão cortadas, não têm raiz.

— Estão frescas o bastante para plantar.

Ela pegou a mão de Breen e com ela atravessou a grama até uma lápide com o nome de seu pai esculpido e o símbolo de uma espada cruzada com um cajado.

— Ele morreu mesmo... Parte de mim não queria acreditar...

— Ele está em você, como está em mim. — Marg passou o braço pela cintura de Breen. — Nunca se esqueça disso. Ele está com os deuses agora, só suas cinzas e nossas lembranças dele estão aqui.

— Vocês o... ele foi cremado?

— Em nossa tradição, o falecido é colocado sobre um leito de flores dentro de um barco. Acendemos velas e cantamos enquanto o barco navega. E, depois, o fogo o leva. As cinzas voltam pelo ar e entram em um jarro de pedra, e o jarro é colocada na terra. E o falecido se torna uno com os cinco.

— Os quatro elementos e a magia.

— Sim. Quer que me afaste por um tempo?

— Não, não, ele era seu também.

— Então, juntas, daremos as flores a ele.

— Não sei fazer o que você está me pedindo.

— Ajoelhe-se comigo — disse Marg. — Vamos segurar as flores juntas, logo abaixo da lápide. Pense com seu coração, abra-o. Neste lugar de paz e descanso, oferecemos nosso presente a um ente querido. Flores radiantes, crescem dia e noite como antes. Para o pai, para o filho, dela e de mim. Que assim seja.

Breen sentiu uma mudança no ar e no solo. As hastes do buquê simplesmente deslizaram na terra e se espalharam até formar uma manta colorida.

— Nossa... que lindo!

— Você fez parte disso.

Lágrimas brilhavam nos olhos de Marg, mas não caíram. Apenas brilhavam como a luz sobre um mar azul coberto pela bruma.

— Está em você, *mo stór*. Se for escolha sua, vou lhe ensinar o que precisa saber. Agora, fique um pouco com ele. Você precisa disso, sabendo ou não. Há outros aqui que conheci e de quem cuidei, vou prestar meu respeito.

— Tudo bem.

Sentada ali, Breen passou a mão pela manta de flores. Não podia acreditar que havia tido participação na criação daquilo, mas não podia negar que havia sentido algo puxar e se abrir dentro dela.

Por enquanto, contudo, ela só queria estar ali.

— Sinto muito sua falta. — Muito mais agora, percebeu, do que quando era pequena. — Eu deveria ter tentado encontrá-lo antes. Deveria ter me libertado e tentado. Você já teria morrido, mas eu saberia. Eu teria vindo aqui. É lindo... as ruínas antigas, as colinas, os campos. E tão silencioso! Paz e descanso, como ela disse, e é verdade. Não sei se acredito em vida após a morte, mas espero que seja isso que você tenha agora: paz e descanso. Há muita coisa que preciso recordar, mas de uma coisa nunca me esqueci: amo você.

Ela se levantou, pestanejou e enxugou as lágrimas.

A égua soltou um relincho agudo e empinou, quase derrubando a carroça. Sem pensar, Breen saiu correndo para segurar as rédeas e tentar acalmar o animal.

Breen ouviu um assobio, como um vento forte varrendo as árvores.

Tentando segurar a égua, olhou para cima.

Um homem mergulhava do céu, com seu cabelo dourado empurrado para trás pelo vento e suas asas escuras abertas. Breen mal teve tempo de admirar aquela estranha beleza antes de perceber que vinha direto para ela.

E o olhar dele era tão escuro quanto suas asas.

Ela correu em ziguezague pelo campo irregular, tentando desviar das pedras. Algo a agarrou pelos cabelos e a puxou. Quando um braço apertou sua cintura, ela esperneou e se debateu, e gritou a plenos pulmões.

— Nan, corra! Corra e se esconda!

Ouviu a risada bem perto de seu ouvido.

— Chega de se esconder. Odran espera por você.

E ela esperneou quando ele a ergueu no ar e o chão começou a girar.

Breen ouviu um rugido e pensou que fosse seu coração em pânico. Então, uma coisa cor de esmeralda e ouro, brilhante e impossível, mergulhou do céu. Um corpo longo e sinuoso riscava o ar com um homem de cabelo preto esvoaçante montado nele. A luz do sol atingiu a espada que ele empunhava.

O homem que segurava Breen a soltou, e, quando ela caiu, atordoada demais para gritar, viu que ele sacava uma espada.

Breen desabou no chão, tonta, ouvindo o choque das lâminas logo abaixo.

— Breen! — Marg se agachou ao lado dela. — Estou aqui. Deixe-me ver onde está ferida.

— É um dragão. — Sem fôlego, Breen soltou as palavras. — É um dragão.

— E agradeça aos deuses por isso.

O dragão voltou, com seu corpo curvo e o rabo chicoteando. E seu cavaleiro desferiu um golpe de espada.

O homem alado caiu como uma pedra. Sua cabeça bateu na estrada de terra, fazendo um barulho seco, depois rolou para a grama alta.

— Ai, meu Deus, ai, meu Deus!

— Pronto, está tudo bem agora. Você está segura. Machucada, mas não quebrou nada. Sente-se e respire. Já acabou.

O dragão desceu, marcando a estrada de terra com suas garras afiadas. Observou Breen com olhos mais profundos que o dourado de suas escamas douradas que desciam até a barriga.

O homem passou uma perna sobre as costas largas do dragão e pulou com a mesma facilidade com que uma pessoa pularia em um rio frio em um dia quente. Embainhou sua espada ensanguentada enquanto caminhava em direção a Marg.

Ele não parecia particularmente satisfeito, mas nem ela estaria, pensou Breen, se houvesse decapitado alguém.

Seu cabelo voava para trás, escuro como a noite, bem acima da gola do casaco de couro, que também esvoaçava enquanto ele andava. Seus olhos, de um verde escuro e intenso, dispensaram uma breve atenção à cabeça decepada.

Ela conhecia aquele rosto, duro e bonito, de seus sonhos.

— Odran não mandou seu melhor homem. — Ele olhou para Breen com o mesmo leve desdém. — Ela?

— Sou grata a você, Keegan, mas não se comporte como um imbecil. Minha garota sofreu um choque e uma queda, e sei que teria sido pior se você não houvesse aparecido. Breen, este é Keegan O'Broin.

— Você tem um dragão...

— Nós temos um ao outro. Consegue se levantar?

Breen não tinha certeza, mas, quando ele estendeu a mão, achou que se sentiria menos idiota em pé que sentada no chão com o cachorro ganindo e lambendo seu rosto.

Ele a puxou para cima e deu a Porcaria um olhar mais gentil do que dera a ela.

— E quem é este aqui? Um dos filhotes de Clancy?

— Sim, é de Breen agora.

— Você não foi um bom cão de guarda. — Fez um carinho rápido e displicente em Porcaria. — Terá que fazer melhor da próxima vez. — E olhou para Marg. — Ela também.

— Ela ainda não teve tempo — começou Marg.

— Estou aqui, mas posso dar uma volta se vocês quiserem falar de mim pelas minhas costas.

— Até que ela tem ousadia... Vamos ver.

Ignorando Breen de novo, ele olhou para cima.

— Mahon não deve estar muito longe, e vai levá-las para casa em segurança. Esse aí devia ser um oportunista, pois Odran não mandaria um espadachim tão ruim. Vou cuidar do que resta dele.

— Você esteve fora mais de quinze dias. Vai ficar um tempo?

— Tanto quanto eu puder. Estou com saudade de casa. Veja, Mahon chegou.

— Ah, Aisling e as crianças ficarão felizes por tê-lo em casa.

Com asas da cor de mogno envelhecido e cabelo da mesma tonalidade preso em dezenas de tranças, um homem-fada deslizava pelo céu.

— Vai precisar de ajuda para colocá-la na charrete? — perguntou Keegan a Marg.

— Ora, pelo... — O insulto superou por completo o medo persistente e o contínuo espanto. — Porcaria! — chamou Breen, e foi para a charrete.

Seu tornozelo doía, mas ela se recusou a mancar.

— Porcaria? — Keegan repetiu, divertido.

— É o nome do cachorro, e pare de provocar a garota, Keegan. O que aconteceu aqui foi culpa minha.

Ela foi atrás de Breen logo antes de Mahon pousar levemente em pé.

— Você saiu voando como um vendaval e quase me derrubou — reclamou Mahon. — E parece que perdi a diversão. Era um homem-fada das sombras?

— De Odran. Ele estava com a neta de Marg a meio metro do chão quando cheguei. E ela esperneava e gritava como uma criança fazendo birra.

— A mensagem de Aisling dizia que ela havia atravessado.

— E quase foi levada de novo. Acompanhe-as até em casa em segurança, Mahon, antes de ir para a sua.

— Sim, claro.

Keegan pegou a cabeça decapitada pelos cabelos e a jogou ao lado do corpo.

— Cróga! *Lasair* — disse ao dragão.

Com um rugido retumbante, Cróga cuspiu fogo. E tão poderoso que transformou os restos em cinzas enegrecidas. Ao ouvir o som, Breen olhou para trás, e Keegan se deu conta, pela lividez dela, que deveria ter esperado até elas irem embora.

Bem, já estava feito.

— Você poderia ter sido mais delicado — comentou Mahon, apontando para a carroça. — Minha senhora. — Apesar do tratamento formal, ele deu um beijo no rosto Marg. — Lamento pelo que aconteceu, e justo aqui, em um lugar sagrado. E eu não sabia que você tinha uma irmã.

— Você não toma jeito, Mahon. Breen é minha neta, como você bem sabe. Breen, este é Mahon Hannigan.

— Conheci sua família. — Como sentia o cheiro da fumaça, Breen falou devagar para que sua voz não tremesse. — Seus filhos são adoráveis.

— É, são muitos. Está bem para viajar, minha senhora?

— Estou bem, obrigada. Estou bem.

— Logo estará em segurança em casa de novo, não se preocupe.

Suas asas se abriram e ele subiu. Breen esqueceu de se surpreender.

Marg fez a égua andar, e, quando estavam longe do fedor de queimado e fumaça, Breen se voltou para ela.

— Preciso de respostas.

— Sem dúvida. Isso que aconteceu foi culpa minha.

— Antes de chegarmos a isso, quero entender outra coisa para poder parar de pensar nisso. Aquele homem estava montando um dragão.

— Essas criaturas são lendas em seu mundo, mas fazem parte deste. Eu havia pedido que ninguém se aproximasse por um tempo, pois pensei que... você estava descobrindo tanta coisa que pensei... Mas me enganei. Eu me enganei e você poderia pagar caro por isso.

— O cavaleiro do dragão é irmão de Aisling e Harken?

— Sim. E o *taoiseach* de Talamh.

— Ele? Ora, e por que não? Agora, por que um homem-fada das sombras tentaria me levar contra minha vontade, e quem diabos é Odran?

— Eu achava que Odran ainda não a havia localizado, que eu ainda tinha tempo de prepará-la, explicar e ensinar as coisas a você. Não sei se aquele que Keegan matou foi enviado, ou se era um espião que teve sorte... ou melhor, azar.

— Isso não responde a nenhuma das minhas perguntas.

— Ele queria levar você. Certamente ganharia uma grande recompensa. Ele seria um dos de Odran. Seu avô.

— Meu... Por que meu avô, que você não mencionou, iria querer me assustar e levar por... Oh, foi ele que me sequestrou quando eu era criança!

Com uma expressão tensa, Marg incitou a égua a apertar o passo.

— A culpa disso é minha também. Nosso mundo é pacífico. Temos que trabalhar para ter paz, e às vezes temos que lutar para isso. Mas há quem viva para destruir, para tomar, para controlar os outros contra sua vontade. Odran é um desses.

Qualquer mundo, pensou Breen, mágico ou não, era igual.

— Por que ele quer me levar?

— Você tem o sangue dele, assim como o meu. E você é muito mais do que imagina, *mo stór*.

Antes que pudesse falar de novo, Breen viu o dragão pairar acima da carroça, e seu cavaleiro o desviou em direção ao oeste.

— Aonde ela está indo?

— Vai levar as cinzas do homem-fada das sombras para as Cavernas Amargas, enterrá-las profundamente e salgar o solo.

Marg foi conduzindo a carroça em silêncio durante um tempo.

— Logo estaremos em casa. Pode esperar pelo resto?

Breen queria protestar, mas notou que Marg estava tão pálida quanto ela.

— Já esperei tanto...

Olhou para cima para observar Mahon.

— Se Keegan é *taoiseach*, quem é Mahon?

— Seu amigo mais antigo e como um irmão para ele desde antes de Mahon se casar com Aisling. Ele é um bom homem, pode confiar nele. É o braço direito de Keegan.

— Ele é... *sidhe*, e Aisling, você disse, é do clã dos Sábios. Quer dizer, então... que pessoas de tribos diferentes podem se casar.

— Claro. O coração escolhe a quem amar. Harken gosta de Morena desde sempre. Mas ele é meio lento nesses assuntos, e ela é muito cabeça-dura, então ainda estão enrolando.

Marg pegou a trilha para a cabana.

— Quando eu soltar Igraine, vou dar uma olhada em você de novo; ou posso chamar Aisling, pois o maior poder dela é o de cura.

— Não estou machucada. Talvez tenha alguns hematomas, e meu tornozelo esquerdo está dolorido, só isso.

— Vamos dar uma olhada e tomar um pouco de vinho, e eu lhe direi o que precisa saber.

— Tudo — insistiu Breen —, não o que você achar que eu preciso saber.

— Tudo.

Quando pararam, Mahon desceu para ajudar Marg a sair da carroça.

— Eu cuido da égua e da carroça.

— Ah, Mahon, eu sei que você está querendo ir para casa.

— Vou em breve. — Ele deu outro beijo em Marg e fez um carinho no cachorro. — Você é muito bem-vinda em Talamh, minha senhora Breen.

— Obrigada.

Como seu tornozelo havia esfriado e inchado durante a viagem, Breen teve que se esforçar muito para não ir mancando até a porta.

— Sente-se ali, perto do fogo. — Marg agitou os dedos para que as brasas moribundas se transformassem em um fogo baixo. — Vamos levantar esse pé agora e tirar a bota.

— Eu torci quando caí. Minha bunda amorteceu a queda.

Marg franziu a testa.

— Está meio machucado e inchado. A cura não é meu maior poder, mas posso dar um jeito.

Sentada na mesinha baixa, Marg apoiou o pé de Breen no colo.

— Só precisa de gelo e elevação — disse, e gentilmente, com um toque leve, passou os dedos em círculos lentos sobre o tornozelo de Breen. — Quando você aprendeu a andar, só queria correr. Vivia cheia de hematomas, arranhões e esfolados. Mal entrava, já saía de novo.

— Gosto de correr. Corri na faculdade durante um tempo.

A massagem com os dedos frios era tão reconfortante que os olhos de Breen começaram a pesar.

— Fique aí sentada, vou pegar o vinho e um bálsamo para completar a cura.

Quando Marg se levantou, Breen abriu os olhos de novo. Não só a rigidez e a dor haviam desaparecido como também os hematomas e o inchaço.

— É algum tipo de feitiço?

— Ah, não mesmo. É só uma habilidade. Mas se fosse sério eu teria preferido Aisling ou outro curandeiro. Você tem essa habilidade. Lembro-me de uma vez que Morena queimou os dedos no fogão. Você a curou com beijos.

— Como... como eu sabia?

— Seu coração sabia. Pronto.

Ela voltou com o vinho, um prato de biscoitos e um petisco para o cachorro. Na bandeja havia um pequeno pote azul.

— Só um bálsamo. Loções, poções, bálsamos, unguentos, feitiços e afins são meu ponto forte.

— Já estou bem.

— Isto vai mantê-la assim. — Com o mesmo toque suave e circular, Marg aplicou o bálsamo. — Você me chamou de Nan... e me disse para correr e me esconder.

— Mas você não se escondeu.

— Você pensou em me proteger. Acha que eu faria menos por você?

Ela deu o biscoito ao cachorro, que se deitou em frente ao fogo para roê-lo.

— Você sempre deixa a porta aberta?

— Nem sempre, mas gosto do ar. Você fecharia?

— Não, é bom... a brisa, o fogo...

As boas-vindas, pensou. Porque uma porta aberta significava boas--vindas.

Marg se recostou com seu vinho. Ficou girando a taça nas mãos antes de beber.

— Vou contar a história do meu jeito, mas será a verdade. Toda a verdade. E responderei às perguntas que tiver para me fazer.

Ela bebeu de novo.

— Quando o *taoiseach* anterior a mim morreu... ele teve uma vida longa, e manteve a paz... eu fui com os outros até o lago. É assim que escolhemos e somos escolhidos. A espada é devolvida ao lago. Entrar no lago é a primeira escolha que fazemos. Então eu entrei. Tinha dezoito anos e nenhuma ambição de liderar. Eu queria ser uma bruxa boa, como você diria, e, quando encontrasse meu coração gêmeo, uma boa mãe para nossos muitos filhos. Esses eram meus desejos quando entrei na água. Mas ali, nas profundezas onde os outros procuravam, só eu pude ver a espada. Então, de novo, escolhi: assumir e aceitar meu destino.

— Como, de certa forma, a Dama do Lago, da lenda do rei Artur.

— As lendas provêm de algum lugar, não é? Então, assumi meus deveres também, pratiquei meu ofício e as estranhas políticas de liderança. Havia homens que desejavam compartilhar aquela posição comigo, mas nenhum que me atraísse. Até que vi Odran.

Recostando-se, ela ficou olhando para o fogo, recordando o passado.

— Ah, deuses, ele era bonito, seu cabelo era como a luz do sol e seus olhos cinzentos como uma nuvem de tempestade. Alto e forte, tão charmoso... Ele flertava comigo, longos olhares, palavras doces, toques excitantes. Pensei que fosse do clã dos Sábios. Achei que ele fosse de Talamh.

— E não era? Não é?

Marg sacudiu a cabeça.

— Eu estava cega. Era jovem, apaixonada e cheia de amor e desejo por ele. Nunca saberei se o que sentia era meu ou se ele usou seus poderes para manipular meus sentimentos. Então, eu me deitei com ele. Não foi meu primeiro, mas era a ele que eu queria. Pelo menos era no que eu acreditava.

O gato entrou. Olhou longamente para Marg e voltou para a cozinha.

— Fizemos nossos votos, primeiro na Capital, depois de novo na fazenda onde minha família trabalhou durante gerações. E, como era meu desejo mais profundo, fizemos um filho. Tão atento foi Odran enquanto eu carregava nosso filho! Trabalhava na terra com meu pai, trazia flores para minha mãe. Então, Eian nasceu. A alegria durou mais algumas semanas, pois ele queria ver o bebê gordinho com meu leite, leite de bruxa, e desenvolvendo seu poder.

— Por quê?

— Para absorver os poderes do bebê. Para drená-lo, pouco a pouco; era uma criança que carregava o sangue dele e o meu, a *taoiseach*. Certa noite, acordei de um sonho cheio de tempestades e sangue. Não estava me sentindo bem; estava tonta e fraca, então ele gentilmente me fez um chá enquanto eu amamentava meu bebê. E eu o vi, vi como era de verdade, vi a escuridão e o propósito enquanto ele segurava o bebê, dormindo também, bem fundo. Ele atraía o inocente poder do bebê para si, drenava nosso filho.

— Ele... ele estava matando o bebê? Seu próprio filho?

Marg fez que não com a cabeça.

— Matando não, mas tomando, drenando lentamente seu poder, sua alma. Bebendo-o, pode-se dizer. E a morte teria chegado, sim, quando meu doce bebê não tivesse mais nada para dar. Senti uma grande ira, e encontrei minha força com ela. Eu o detive, joguei-lhe a maldição do coração dilacerado de uma mãe. E o expulsei da casa, do mundo... achava que para sempre. Mas acontece que ele era mais do que eu sabia, mesmo naquela época, e minha preocupação com o bebê ofuscou minha visão. Pois ele voltou, com sua escuridão e seus demônios, e a longa paz acabou.

Por um momento, Marg jogou a cabeça para trás e fechou os olhos.

— Estivemos em guerra durante mais de um ano. Pessoas morreram, bons homens e mulheres que lutaram contra essas forças. Meu pai, meus irmãos tombaram naquele ano. E logo em seguida minha mãe morreu com o coração amargo e partido. Ela nunca me perdoou.

— Como pode ter sido culpa sua?

— Eu era *taoiseach*. E protegi o mundo ao qual prestara juramento?

Não. Eu cedi aos meus desejos e vontades. E assim, quando o mandamos de volta à escuridão, depois que honramos os mortos e começamos a construir uma nova paz, eu devolvi a espada ao lago para que outro fosse escolhido.

— Não meu pai. Ele era muito novo.

— Não, houve outra, e ela se saiu bem. Depois foi a vez de Eian. Só uma mãe conhece, imagino, o que é sentir um misto de grande orgulho e grande medo. Foi o que senti na manhã em que Eian saiu do lago com a espada firme na mão. Mas ele manteve a paz. E conheceu sua mãe quando fez uma de suas viagens. Aqui todos são incentivados a ver outros mundos, a aprender, a entender que não somos os únicos. Então, como já lhe contei, ele a trouxe aqui, de boa vontade, e eles se casaram e fizeram você.

Um homem de cabelo prateado entrou, foi até Marg e lhe serviu vinho.

— Você precisa de mais vinho e de uma refeição.

— Vou comer depois que contar o resto a Breen. Ela não está tão segura quanto eu acreditava.

— Eu vi você! — Breen se levantou. — Eu vi você!

— Só porque eu quis que me visse. — Ele completou a taça dela. — Na esperança de agitar o que precisava ser agitado.

— Você estava me espionando?

— Sedric é meu querido amigo e companheiro. Eu o enviei para observar você. Havia sinais, Breen, que eu não podia ignorar. Além da profunda infelicidade que sentia em você, havia sinais de que a hora havia chegado. Sedric nunca faria mal a você.

— Achei que estivesse ficando louca.

— Mas as coisas se agitaram — disse ele com um sorriso lento, e saiu da sala.

Algo no sorriso dele, nos movimentos...

— Ele é... ele é o gato!

— Ele é um animórfico, e também Sábio, por parte de mãe. Sou tão dedicada a ele quanto ele a mim, e a você, sempre a você. Sem dúvida ele tem a arrogância de seu espírito animal, mas daria a vida por mim e eu por ele.

Tudo começou a fazer sentido para ela.

— Não foi só por sorte que eu descobri sobre o dinheiro.

— Você precisava de sua independência, precisava escolher, e foi o que fez. Está arrependida?

— Não, mas não sei o que fazer com isso.

Marg se inclinou para a frente e pegou a mão de Breen.

— Você saberá quando despertar por completo. Só lhe peço que me deixe lhe mostrar as coisas, ensinar-lhe, para que você seja forte.

Ela se lembrou... podia ver.

— Ele veio à noite. Eu era só... eu era um bebezinho. Ele disse... disse que me ensinaria a voar como as fadas, como os dragões. Ele parecia um menininho, mas não era.

— Tínhamos proteção ao seu redor, mesmo assim ele passou, deslizando como uma cobra na escuridão.

— Ele me colocou em uma gaiola de vidro, uma caixa, e eu não conseguia sair. Eu chorava chamando meu pai, minha mãe, você.

— E nós ouvimos você. Ele achava que não poderíamos, achava que o poder dele era muito forte, mas desmoronou contra o seu, contra o amor de seu pai, o meu, e as lágrimas de sua mãe.

— Ele disse que vocês não podiam me ouvir, que nunca ouviriam. No começo ele tentou me tranquilizar, mas eu não parava de gritar e chorar, e ele ficou com raiva. Eu lembro. Consigo ouvi-lo, posso vê-lo.

— Se é o que você quer, pegue minha mão e olhe para o fogo comigo agora. Nossas memórias se juntarão. Vou ver o que você viu, e você verá o que eu vi. As respostas estão lá, se quiser. Mas entenda, você sentirá tudo, como se estivesse acontecendo agora.

A ideia de reviver tudo aquilo assustou Breen, mas ela estendeu a mão e pegou a de Marg.

— Olhe para o fogo, para a chama, o coração do calor. Olhe através da fumaça e dos lampejos de luz, veja o que era. Estou com você e você comigo.

Breen conheceu o medo, que gritava e se enfurecia dentro dela. Era só uma menininha, batendo os punhos em uma parede que não conseguia ver. Do outro lado, o mundo verde pálido, como as águas de um lago, girava. Profundo, profundo... a luz turva do sol mal chegava ali embaixo.

— Deixe-me sair. Papai!

— Eu sou seu pai agora, sua mãe e tudo o mais.

Essa voz, em lugar nenhum e em todos os lugares, encheu sua gaiola.

— Fique quieta, fique quieta, vou lhe dar doces. Você será como uma princesa, cheia de brinquedos de ouro e ameixas em calda.

Lágrimas rolavam. Suas mãos doíam de tanto bater.

— Quero meu pai! Quero minha mãe! Quero Nan! Não gosto de você!

— Pare de chorar, senão conhecerá a dor.

Ela sentiu um forte beliscão no braço. Gritou, assustada, e ficou enroladinha no chão, chorando.

— Boas meninas ganham docinhos. Meninas más ganham beliscões e tapas. Seja boazinha e cresça. Enquanto cresce, o que há dentro de você cresce também. O que há em você é meu! Quando estiver maduro, vou tomá-lo. E, quando eu o tomar, você viverá em um palácio no céu.

Mesmo com medo, ela entendeu que era mentira. Chamou seu pai, sua mãe, sua avó. E, enquanto gritava, algo foi crescendo dentro dela.

O que ela conhecia de seu poder até então havia lhe dado pequenas coisas e lhe mostrado beleza e diversão. Borboletas que esvoaçavam em sua mão, pássaros pousando em seu ombro para cantar...

Mas aquilo, essa coisa que crescia, era dura e afiada, como as facas que ela não tinha permissão para tocar.

E ela, que nunca conhecera o feio, gritou sua verdade.

— Odeio você! Meu pai vai vir lutar contra você! Vai machucar você por ter me machucado.

Não foi um beliscão dessa vez, e sim um tapa, duro e afiado como as facas. Ninguém jamais havia batido nela, e o choque, o insulto que representou, atravessou o medo e encontrou a raiva.

Com a bochecha ardendo e a marca vermelha como uma queimadura, Breen se levantou, com os punhos apertados. Seus olhos ficaram escuros, escuros como a noite, e o que havia crescido dentro dela explodiu.

— Você não pode me bater!

Gritando, ela estendeu as mãos e liberou o que havia nela.

Algo uivou, como se sentisse dor, quando o vidro se estilhaçou.

A água correu sobre ela e a derrubou. Ela batia pés e mãos, mas não conseguia encontrar a saída. Sabia prender a respiração embaixo d'água, seu pai lhe havia ensinado, mas não conseguia, não conseguia.

Mãos a agarraram, e, em pânico, ela esperneou, lutou e gritou. Engoliu água, engasgou, e então sua cabeça rompeu a superfície.

— Pronto, *mo stór*. Nan está aqui. Segure-se em mim, segure-se em Nan.

Ela tossiu água, agarrando-se a Marg, que a arrastava para a margem de um rio curvo.

— Fi! Ajude aqui!

Finola, com suas asas rosa-claro abertas, desceu e pegou a mão de Marg.

Puxou as duas para a margem e enrolou Breen, trêmula, com um manto.

— Pronto, coitadinha. Você está segura agora.

— Não está. — Com movimentos das mãos, Marg secou e aqueceu a neta. — Leve-a de volta, Finola, para onde ela esteja segura. Leve-a para a mãe. Eles precisam de mim aqui. Eian e os outros precisam de mim.

— Eu voltarei.

— Não, por favor. Fique com Breen e Jennifer. Fique com elas.

Ainda encharcada, Marg se agachou e abraçou Breen.

— Vá com Finola agora, meu amor. Sua mãe está esperando você.

— Você também vem! E papai.

— Daqui a pouco. Leve-a, Fi. Sou necessária aqui.

— Vou mantê-la segura.

E, pegando a criança, Finola saiu voando.

Envolta no manto, nos braços da fada, Breen olhou para trás. Teve seu primeiro vislumbre da guerra, da terrível luz e escuridão disso. E os gritos cresceram, até que ela pôs as mãos nos ouvidos e Finola a levou embora.

CAPÍTULO 15

Olhando para o fogo, Breen viu o que sua avó havia visto. A carnificina, a brutalidade, o sangue que empapava o chão e tingia o rio de vermelho.

Viu Finola voar em direção a uma cachoeira alta, carregando a criança que ela havia sido. E quando a fada atravessou a cachoeira, quando Marg soube que a criança estava longe, conseguiu se recompor.

O dragão atendeu a seu chamado, esmeralda e safira brilhando na neblina. Ela montou e ergueu sua espada e sua varinha. E, fundindo sua mente com a do dragão, voou para a batalha.

Uma dúzia de gárgulas cheias de dentes avançava pela floresta densa e enevoada em direção a uma linha de feéricos. Ela disparava com sua varinha, incendiando-os, enquanto com a espada cortava demônios alados.

Ecoavam gritos; rufavam tambores.

Ela sabia que alguns daqueles que lutavam no ar, quando no solo, haviam sido escravizados ou enfeitiçados, tirados desse mundo e de outros para construir o exército de Odran. Com a mente prisioneira, eles matavam e morriam por ele.

Ela quebrava feitiços e correntes quando podia, mas acabava com vidas quando não podia.

O ar trovejou; o solo rachou. Mais escuridão brotou, para encontrar espadas, garras, poder e chamas.

O trovão da guerra fez rolar sua violência por toda a terra.

Ela liderou um trio de cavaleiros de dragões até a cachoeira.

— Protejam a fronteira! Ninguém passa além dos nossos.

Ela atravessou a fumaça, sufocando, voou mais alto, mais alto ainda, até encontrar ar fresco. Então, puxou Eian para sua mente, seu coração, seu sangue, até que o viu com suas forças escolhidas lutando contra os guardas de Odran.

Cavalgou o vento, confiando que aqueles que deixava para trás conteriam a escuridão enquanto ela voava direto para a fonte.

No topo da ilha de pedra, do outro lado do Mar Negro, dos penhascos altos, ficava a fortaleza que a ganância e o poder de Odran haviam construído.

Suas paredes negras brilhavam como vidro, com cristais incrustados em suas torres como espinhos.

Eian, os cavaleiros e seus dragões lutaram contra os demônios de Odran, que tinham asas de morcego, enquanto, embaixo, mais soldados de Talamh abriam feridas sangrentas em gárgulas e cães demoníacos, enfeitiçados e amaldiçoados.

O poder, o choque entre branco e preto queimavam o ar, fumegante e trêmulo.

Enlouquecida de raiva, ela voou para a fortaleza, fazendo seu dragão girar para que sua cauda cortasse asas afiadas e lançasse corpos na fúria do mar abaixo.

Lutou lado a lado com o filho, com seu cabelo voando para trás e seu poder queimando como uma febre. Com ele, atraiu aqueles guardas amaldiçoados, apenas o suficiente, enquanto feéricos escalavam a fortaleza.

Com asas, com garras, com força, com cordas, eles escalavam.

Seus olhos encontraram os de Eian. Juntos, eles lançaram um poder que se espalhou, branco ofuscante, e se fundiu em fogo branco que irrompeu pelas portas gradeadas do castelo sombrio.

Os feéricos invadiram.

— Ele vai fugir — gritou Marg.

— Sim. Ele vai tentar.

Em seu dragão vermelho-sangue, Eian voou em direção à abertura, e Marg atrás dele.

Lá dentro, encontraram o caos da guerra entre as ruínas de joias e tesouros roubados ou conjurados em sangue para os prazeres de Odran.

Escravos com coleiras corriam gritando, ou se encolhiam de medo.

Eles abriram caminho para a fortaleza, através do fedor de fumaça e sangue e do lodo de demônios mortos.

Eian sabia onde o encontrar, pensou Marg. Conseguia sentir Odran; ela, não. Era sangue chamando sangue.

— Ele quer que você o encontre — aterrorizada por seu filho, ela gritou. — É uma armadilha!

Eian, com seus olhos cinza como uma tempestade, o cabelo flamejante, ergueu a espada bem alto.

— É uma armadilha apenas para quem for a presa.

Em seu dragão, com o cabelo esvoaçando, Eian voou sobre os corpos fumegantes dos demônios e entrou na fortaleza. O fedor da morte, de carne queimada, de sangue fervendo, sujava o ar.

Com os olhos ardendo por causa da fumaça, Marg protegia o flanco de Eian com sua espada, lançando uma luz branca ardente. No interior, colunas de ouro e ladrilhos de prata brilhavam por trás da bruma da guerra. Feridos, enfrentando a morte e a derrota, as forças de Odran se espalhavam em asas, escamas e garras. As tropas de Eian os perseguiam, lançando demônios ao chão, jogando-os em chamas sobre os altos penhascos.

Não haveria, não poderia haver, nenhuma rendição, Marg sabia. O mal gerado ali tinha que ser esmagado. Quem escapasse e rastejasse de volta para outros mundos levaria a história de Eian O'Ceallaigh e seus soldados de Talamh.

E tremeriam quando falassem seu nome.

Assim devia ser.

Na fortaleza, um labirinto de curvas e riquezas saqueadas, ecoavam os choques de espadas, os gritos e os impiedosos jatos de fogo. Desesperada para não perder seu filho de vista, Marg lutava para abrir caminho, mesmo quando a ponta de uma asa negra acertou seu braço antes que ela o transformasse em cinzas.

Ali, na sala do trono, estava ele sentado, incrivelmente bonito, em um trono imponente adornado com os crânios e ossos daqueles que ele havia matado em sua busca incansável pelo poder.

Seu cabelo dourado caía brilhando sobre os ombros, debaixo de uma coroa de cristal claro e pedras preciosas. Ele estava vestido de dourado – calça e túnica cingida por mais joias.

E sorria, aquele sorriso que seduzira uma jovem que buscava o amor, para brilhar sobre os poderes dela.

Inclusive nesse momento, pensou ela, nesse momento ele irradiava sensualidade e charme, quase irresistíveis no meio do fedor de sangue e morte.

— Ah, minha amada e meu filho. — Sua voz, profunda, inebriante, perigosa, parecia acariciar como os dedos de um amante. — Venham, venham. Sentem-se ao lado de minhas mãos direita e esquerda, como deve ser.

— Levante-se — ordenou Eian, e saltou de seu dragão de espada em punho. — Levante-se, ou morrerá sentado.

— Palavras duras, cujo preço foi pago com o sangue de seu povo. E tudo por uma pirralha chorona que você escolheu fazer com uma mulher fraca e impotente de um mundo abaixo de sua posição. E tudo porque desejei um pouco de privacidade com minha neta.

— Ela é mais que você — disse Marg, que continuava montada, com todos os sentidos atentos à armadilha. — Mais forte e mais inteligente.

— Acha mesmo, minha amada? — provocou Odran. — Ela é sangue de meu sangue. É minha por direito, assim como qualquer poder lamentável que ela tenha.

— Ela nunca será sua.

Odran olhou para Eian.

— Chegará o dia em que beberei cada gota do que ela é.

— Levante-se — ordenou Eian de novo, com seus olhos poderosos e cinzentos como a tempestade em um rosto manchado de sangue e fuligem. — Suas criaturas sangram e queimam, ou se esgueiram de volta a seus infernos. Seu palácio de mentiras desmorona ao seu redor. Chegou o dia de você pagar pelo que fez à minha mãe, a mim, à minha filha. Saque sua espada, Odran, o Maldito, e lute como um homem.

Lenta e deliberadamente, Odran se levantou.

— Mas eu não sou um homem. Sou um deus.

Ele lançou os braços para a frente. O vendaval que conjurou derrubou Eian e quase fez o mesmo com Marg. Apenas por um instante ela girou sem controle.

— Não sou eu a presa — disse Eian a ela. — Prepare-se.

Ela viu o súbito choque no rosto de Odran quando Eian se lançou em direção a ele. Um momento foi suficiente para que os demônios, dezenas deles, rastejassem pelas paredes douradas e os pisos prateados.

Enquanto ela gritava para que seu filho montasse de novo, dezenas de outras forças de Talamh invadiram a sala do trono.

De repente, havia uma espada na mão de Odran, obsidiana escura contra a prata de Eian. O choque sacudiu as colunas, fazendo rachar o chão.

— Leve-os para fora! — gritou Eian. — Tire todos daqui.

E, erguendo a mão, fez o telhado da fortaleza sair voando em espiral, com um rugido estrondoso.

Homens-fada se espalharam e atacaram os demônios, levando para cima todas as forças de Talamh que não voassem. Com o coração apertado, Marg fez o que seu filho ordenara.

Ela conduziu os outros pelo labirinto, lançando luz à frente para clarear o caminho.

Viu apenas fragmentos da batalha enquanto se empenhava em fundir seus pensamentos com os de Eian. Viu os olhos de Odran, mais escuros que a fumaça e vivos, cheios de ódio e fúria.

Quando as tropas já estavam a salvo e os feridos foram levados para casa, ela deu meia-volta com seu dragão.

Mas, antes que chegasse ao castelo, ele implodiu. A violência disso a impactou e atravessou.

Mesmo assim, ela conseguiu levar o dragão adiante.

Então ela o viu – seu filho, seu filho – erguendo-se acima dos escombros fumegantes. Ensanguentado, sujo de fuligem, mas vivo.

Ele correu para ela.

— A cachoeira — gritou. — Atravessem, passem todos. Quando estiverem todos seguros, bloquearemos o portal. Preciso que você me ajude a fechá-lo.

— Conte comigo. Você está ferido, está sangrando!

— Você também. — Ele pegou a mão dela. — Eu não podia deixar você ver o que pretendia fazer. Ele talvez tenha visto apenas o suficiente para se defender.

— Você é o *taoiseach*. E Odran?

— Não sei. Ele preferiria enterrar nós dois naquele lugar amaldiçoado a me deixar sair vivo. Agora está enterrado ali. Pelos deuses, que continue assim para sempre.

— Mas não continuou — disse Marg a Breen, no presente. — Anos se passaram, e começamos a acreditar que ele estava morto. Bloqueamos o portal para aquele mundo, mesmo assim ele conseguiu passar. Mas você estava segura. Seu pai cuidou disso enquanto pôde.

— Tirando-me do mundo que ele amava.

— Lançamos feitiços para sua proteção, e alguns para ofuscar sua memória a fim de que a dor não fosse tão intensa. O querido amigo de seu pai perdeu a vida naquela batalha. Kavan, pai de Keegan, Aisling e Harken. Então, ele deu a fazenda para a viúva de Kavan e seus filhos. Ficaria nas melhores mãos e eles estariam em um lar seguro. Ele teria renunciado à espada e ao cajado, mas, depois da Batalha do Castelo Sombrio, o povo implorou que mantivesse ambos. Por isso, quando ele levou você e sua mãe, através do portal, para o mundo que ela conhecia e que passou a ser seu, Breen, ele continuou sendo *taoiseach*. Voltava para cá sempre que podia, e manteve a paz enquanto conseguiu.

— Como ele voltava? Ele vivia fazendo... Ah, nunca houve shows fora da cidade, não é? Ele nunca viajou por causa da música, seu primeiro e duradouro amor.

— Tenha certeza de uma coisa — mais uma vez, Marg pegou a mão de Breen —, ele amava você além da medida. E amava Talamh. Por isso desistiu de algo que amava para ser seu pai e para servir seu povo.

— Ele era um guerreiro. Vi como se eu estivesse lá, porque você estava. Eu o vi. Nunca conheci essa parte dele.

Um guerreiro, pensou Breen. Um líder. Um herói.

— Não havia necessidade de você saber. Agora há.

— Eu quebrei o vidro da gaiola. Fui eu.

— Isso mesmo, você, uma criança de três anos.

— Como?

— O poder estava em você, mas, até então, era suave, doce e inocente. Naquele momento, quando foi necessário, você o despertou, completo e forte.

— Não sei o que isso significa. Não sei o que é isso que há em mim. Eu vi, mesmo assim... Demônios, como nos livros e filmes, gárgulas, vivas e cruéis. Tudo isso existe!

— Há mundos onde eles existem — confirmou Marg. — Ele os trouxe porque achava que nosso mundo lhe pertencia.

— Você estava... assustadora e magnífica. Montava um dragão, tinha uma espada e uma varinha. Uma varinha mágica?

— Pode considerá-la assim, sim. É uma extensão do poder. Sou do clã dos Sábios, assim como você.

— E meu pai. Mas minha mãe não.

— Não. Ela é o que desejava ser, o que precisava que você fosse: humana. Apenas humana.

— Eu preciso... — Levantando-se, Breen ficou andando pela sala bonita e aconchegante, com seu fogo ardente e os cristais cintilantes. — O que eu sou, então? Metade humana, metade outra coisa? E Odran, meu avô? Ele se dizia deus. Então, era apenas louco e malvado?

— Ele é muitas coisas. E apesar de louco por poder, não é louco. Ele é um deus.

— Espere aí, espere aí. — Ela teve que sentar de novo. — Um deus? Deus tipo... Thor?

Marg sorriu, mas foi um sorriso cansado.

— Lendas e folclore, como eu disse, têm raízes na verdade.

— Mas isso é... eu ia dizer impossível, mas todo o resto também é. Mas não é. Se Odran é um deus, meu pai era...

— Um semideus. Nascido dos Sábios e dos deuses. E você, *mo stór*, é nascida dos Sábios, dos *sidhes*, dos deuses e dos humanos. Não há ninguém neste mundo, ou no mundo onde foi criada, como você.

— Então, sou o quê? Uma aberração?

— Um tesouro.

— Mairghread — Sedric apareceu —, já é o suficiente por enquanto. Você precisa comer e descansar.

Breen notou que era verdade; sua avó estava pálida e exausta. Foi obrigada a engolir as perguntas que ainda tinha, desesperada por respostas.

— É muita coisa. Preciso pensar. Sei que não está mentindo para mim porque eu mesma vi. E ando vendo. Mas não consigo assimilar.

— Temos pão e queijo enquanto o ensopado não fica pronto — anunciou Sedric. — Comam um pouco.

Imperioso, ele se virou e saiu.

— Ele é seu familiar? Esse é o termo, não é?

— Ele é meu companheiro. Nunca me casarei de novo, mas se pudesse trocaria votos com Sedric.

— Ah. Então vocês são... Ah!

O rosto de Marg relaxou de novo, com certo humor.

— Essas coisas não acabam na juventude, minha menina. Ele lutou naquele dia. Sangrou por você. Ele daria a vida dele pela sua, se fosse necessário. Ele é meu, eu sou dele. E, assim, você é dele.

Comeram pão e queijo na cozinha quente, com a porta aberta para o ar e a noite que se aproximava.

E quando perguntas, tantas outras perguntas, incomodavam Breen, o olhar firme nos olhos de Sedric a fazia guardá-las.

— Não desfiz minha mala. Não trouxe muita coisa, mas é melhor eu já resolver isso. E você disse que havia uma maneira de eu escrever. Eu começo cedo.

— Vou lhe mostrar. — Sedric se levantou e levou a mão de Marg aos lábios. — Descanse um pouco, você teve um dia difícil. E amanhã tem mais.

— Não faça drama.

— Se eu fizesse drama, você estaria na cama depois de beber uma poção do sono. Venha, menina, vou lhe mostrar as coisas de que precisa.

— Amanhã conversaremos — concordou Breen. — Estamos todos cansados.

— Muito bem — observou Sedric enquanto conduzia Breen de volta ao quarto. — Não há nada que ela não faça por você, mas algumas coisas que deve fazer perturbam o coração dela.

— Você conheceu meu pai?

— Conheci, admirei, respeitei e amei. Ele era um filho para mim.

Um filho para ele, pensou Breen.

— Você está com minha avó há muito tempo?

— Desde que ela me aceitou. Lembro-me de você como uma criança radiante e encantadora, com uma vontade forte. Parece que seu tempo no mundo da Terra embotou essa vontade, mas não importa — disse levemente —, basta usá-la para lhe dar esse brilho de novo. Por enquanto, o que necessita para seu trabalho está aqui.

Ele indicou a mesa, onde Breen viu uma pilha alta de papel e uma caneta. Aproximou-se e pegou a caneta, prateada com um cristalzinho vermelho na tampa.

— Caneta-tinteiro?

— Mais que isso. Lembre-se de onde você está. Seus dispositivos, como são chamados, não funcionam aqui. Mas esta caneta, conjurada apenas para você, nunca ficará sem tinta. Ela transferirá seus pensamentos para a folha, seja para esse blog que você escreve, ou suas outras histórias e comunicações. É um dom muito bom de contar histórias que você tem, e essa caneta e os papéis vão ajudá-la.

— Não tenho certeza se sei escrever assim. E no blog eu incluo fotografias.

— Basta descrever a imagem que queria usar e pronto. Temos pessoas que moram do outro lado do portal. Elas pegam o que você escreve e transcrevem para seu dispositivo.

— Pessoas daqui moram na Irlanda?

— E além. Elas fazem um juramento sagrado e vivem de acordo com ele se escolherem morar fora de Talamh. Por enquanto, saiba que reverenciamos os contadores de histórias aqui, e que você tem liberdade para continuar enquanto está de visita. — Ele deu um passo para trás. — Faremos nossa refeição quando estiver pronta, mas peço que não demore muito. Marg vai se sentir melhor com uma boa tigela de ensopado.

— Dez minutos.

Com um aceno de cabeça, ele saiu e fechou a porta.

Sozinha, Breen sacudiu a cabeça olhando para a pilha de papel e a caneta que tinha na mão.

— Podia ser só uma pena de ganso...

Pensou no blog atrasado um dia ou dois, então, curiosa, destampou a caneta. Ainda em pé, apoiou a ponta no papel.

— Se era...

Ela viu as palavras, e o resto de seu pensamento aparecer no papel como se houvesse sido digitado na fonte que ela escolheu.

Se era bom o suficiente para Jane Austen... Oh, meu Deus! Como pode ser? Pare!

Ela levantou a caneta com um puxão.

Demais, decidiu. Demais para um dia só.

Tampou a caneta e a deixou na mesa com muito cuidado.

Não havia levado muita coisa, então guardou tudo no guarda-roupa que cheirava a cedro e lavanda. Depois, abriu a porta do banheiro – quarto de banho, pensou.

Isso o descrevia bem, supôs. Uma grande banheira de cobre dominava o quartinho. Observou, com certa ansiedade, o vaso minúsculo e a corrente de puxar. Sobre uma mesa, havia um grande jarro ao lado de uma tigela. A água da jarra estava quentinha quando ela mergulhou o dedo.

As impossibilidades já não a desconcertavam.

As prateleiras continham duas toalhas brancas felpudas, frascos de cristal cheios de líquidos, óleos, bolinhas que cheiravam a ervas e flores e um sabonete.

Arandelas de ferro sustentavam velas tão perfumadas quanto o sabonete.

Talvez faltasse um chuveiro, e talvez ela ainda hesitasse em relação ao vaso sanitário, mas não podia negar o charme daquilo.

Tentando ser positiva, ela usou o vaso e puxou a corrente. Não ouviu um barulho nem chiado, mas, quando se levantou, o vaso estava vazio e totalmente limpo.

— Ok, vamos chamar isso de magia prática.

Breen usou a tigela e a jarra para se lavar, depois o espelho de parede com moldura de ferro para analisar o próprio rosto.

— Como diz a canção, "você não está mais no Kansas".

Ela saiu e seguiu o cheiro da comida até a cozinha.

A mesa estava arrumada para três com tigelas de louça, pratos para pão e guardanapos de tecido branco enrolados em anéis de cobre. Sedric estava em frente ao fogão; Marg fatiava o pão integral sobre uma tábua.

O clima naturalmente doméstico mostrava a Breen que eles estavam juntos havia muito tempo.

— O cheiro está maravilhoso.

— Sedric cozinha bem. — Marg levou o pão e um pote de manteiga para a mesa. — Prometo que fome você não vai passar. Fiz este pão hoje de manhã antes de você chegar, pois sou uma boa cozinheira. E a manteiga vem da fazenda. O vinho do jantar é de fabricação de Finola e Seamus, e você não encontrará melhor nem na Capital.

— Não cozinho muito bem — disse Breen, e se sentou depois de Marg. — Estou tentando melhorar, já que não há comida fácil perto da cabana, e Marco não está aqui para cozinhar. Ele cozinha muito bem.

— Marco é um bom amigo para você. Finola ficou particularmente encantada com ele.

— Ela tem bom olho para rapazes bonitos.

Sedric colocou a panela na mesa e começou a servir o ensopado.

— Tem mesmo. Disseram-me que ele é músico, como você.

— Ah, não sou como Marco. Ele tem um talento natural. Meu pai dizia isso e nos ensinava a tocar piano, violino, flauta... Só que, quando meu pai... quando ele foi embora, Marco continuou estudando, mas eu não.

Ela não queria falar sobre isso, de modo que provou o ensopado.

— Nossa, está maravilhoso. Vocês plantam tudo aqui?

— O solo é para isso. Você tem talento com isso também.

— Parece que sim. Mas quero aprender mais. Nós moramos em um apartamento, não temos onde plantar nada, e antes eu não tinha tempo para nenhum hobby por causa do trabalho.

— Seu tempo é seu agora — comentou Sedric.

— Estou me acostumando com isso. Queria perguntar, mas, se não quiser responder ou falar sobre isso agora, pode esperar. Você me deu muito dinheiro. Para mim, é uma fortuna. De onde veio?

— É fácil conseguir dinheiro. Não temos moeda aqui, mas...

— Não têm moeda aqui? Nenhuma?

— Não precisamos. Nós fazemos permutas e as tribos e comunidades cuidam daqueles que atravessam tempos difíceis. E as pessoas podem pedir ajuda ao *taoiseach* e seu conselho por ocasião de uma morte, uma doença ou outro infortúnio que lhes cause problemas.

— Sem dinheiro? — ela teve que repetir.

— Dinheiro é apenas metal ou papel e não tem outro valor senão o que as pessoas lhe atribuem — disse Sedric, dando de ombros e passando manteiga no pão.

— Mas você me deu dinheiro.

— No mundo em que você vive, precisa de dinheiro para ter segurança, proteção, comida, um teto, uma cama. Sou sua avó, e seu pai e eu concordamos em atender às suas necessidades. Temos coisas de valor aqui que podem ser vendidas lá fora. E assim o fizemos.

— Obrigada. Ter o dinheiro mudou minha vida, deu-me uma liberdade que eu não tinha antes. Pareço superficial dizendo isso, mas é verdade.

— Cada mundo tem suas regras, leis e culturas.

— Sedric me contou que há pessoas daqui que moram fora.

— Claro! Para alguns, uma vida fora daqui pode ser mais adequada ou mais feliz. Todos são livres para escolher. Pessoas de fora escolhem Talamh, e pessoas de Talamh escolhem o lado de lá.

— Quando decidem sair, elas fazem um juramento? Você estava me explicando antes...

— Sim, o mais sagrado — concordou Marg. — O mais sagrado de tudo é não fazer mal, não tirar uma vida exceto para defender outra, com magia ou sem. Mesmo assim, se alguém matar para proteger ou defender uma vida, será julgado. Tirar uma vida e causar o mal em qualquer outra circunstância é punido com a retirada do poder e o banimento.

— Banimento para onde?

Sedric colocou a mão sobre a de Marg e respondeu.

— Existe um mundo no qual o portal se abre apenas por fora. Quem quebra o juramento e é condenado por isso é levado para lá, onde vive sem magia.

Uma espécie de prisão, pensou Breen.

— Como vocês sabem quando alguém quebra o juramento?

— Temos vigilantes, e o dom deles é a empatia. Eles sabem, e têm que contar ao conselho. Somos gente da terra, artistas e artesãos, contadores de histórias, mas também somos um mundo de leis. A maioria delas não é diferente das que você conhece. Tirar uma vida, tirar o que não é seu ou o que não lhe foi dado livremente, forçar alguém a se deitar com você, negligenciar uma criança ou animal... todos esses atos causam danos, e nossa primeira lei é não causar danos.

Cada resposta fazia mais perguntas surgirem na cabeça de Breen, mas um olhar de Sedric a fez se conter.

Era o suficiente, pensou ela de novo, para um dia.

— Quero agradecer pelo papel e a caneta. Estou ansiosa para tentar escrever com eles.

— Espero que goste e que funcionem bem. Mas também aproveite para conhecer mais Talamh. E para me deixar ensinar-lhe as coisas, para ajudá-la a despertar.

— Para despertar o que eu tinha que quebrou o vidro quando eu era pequena.

— Isso e muito mais.

— Quero ver mais e aprender mais. Posso começar aprendendo como vocês lavam a louça. Descobri que não têm água corrente.

— Temos um bom poço, mas você não vai lavar a louça esta noite. Você é visita, mesmo sendo da família. Você gosta de fazer caminhadas, e esta é uma noite maravilhosa para passear.

— Tudo bem. Se eu quiser usar a banheira mais tarde, como faço para enchê-la?

Marg sorriu.

— A jarra vai enchê-la e a água vai ficar quente até você terminar.

— Isso economiza com encanador...

Breen percebeu que precisava sair para caminhar. Precisava do ar, da noite, do silêncio para organizar seus pensamentos e conciliar tudo que já sabia.

— Obrigada pelo jantar. Estava perfeito.

Ela hesitou, mas logo seguiu seu instinto e deu um beijo no rosto de Marg.

— Obrigada, Nan.

Quando Breen saiu, Marg levou a mão ao coração.

— Há tanta coisa, Sedric, tanta coisa que tenho para dar a ela, tanta coisa para lhe pedir...

— Um mundo está lutando com o outro dentro dela, ainda.

— E talvez lute para sempre. Cuide dela. Odran pode ter espiões mais próximos do que sabemos. Vou cuidar da louça.

Ele se levantou e se inclinou para beijar suavemente os lábios de Marg. Afastou-se como um homem e saiu pela porta como um gato.

CAPÍTULO 16

Breen viu o gato se esgueirando pela grama na lateral da estrada, sinuoso, prateado entre o verde. E percebeu quase imediatamente que não o teria visto se ele não quisesse.

Ainda não tinha certeza do que achava de Sedric, mas era evidente que sua avó confiava nele; e era igualmente evidente que se amavam.

Portanto, Breen o toleraria. Afinal, parentescos à parte, ela era visita ali. Uma estranha em uma terra estranha, pensou.

O sol incendiava o céu do leste. Automaticamente, ela tirou o celular do bolso e abriu a câmera. Ficou um tempão olhando para a tela apagada, até que se lembrou.

— Os dispositivos não funcionam aqui — murmurou. — Não há tecnologia.

Guardou o celular de novo e ignorou o gato. E o imaginou rindo.

Mas observou o longo e lento pôr do sol, aquele fogo se propagando sobre as águas da baía, com suas chamas persistentes contra as colinas distantes.

O que haveria por trás das colinas?, pensou. Mais do mesmo: campos e fazendas, água e bosques? Pessoas mágicas que lavravam e plantavam, cozinhavam e faziam música?

Porque ela ouvia música, algo leve e agradável pairando no ar da noite. Um violino, talvez uma harpa, uma flauta, tudo se misturando, vivo e rápido.

É como outro tipo de sonho, pensou. A música perfeita para um fim de tarde de verão com ovelhas e gado nos campos, com cheiro de grama e fumaça de turfa no ar.

E um homem-gato acompanhando-a como um guarda-costas felino.

Um gato ajudaria muito se algum homem-fada maníaco descesse dos céus para tentar raptá-la de novo...

Recordando isso, ela olhou para cima e ficou paralisada.

Um dragão, sem cavaleiro, deslizava no céu escuro como um navio dourado sobre o mar. Nada, nada que ela já vira ou veria nesse lugar fantástico poderia ser tão magnífico, tão glorioso quanto aquele voo silencioso e dourado.

Estupefata, ela acompanhou o voo e viu duas luas naquele céu escuro. Ambas pálidas ainda, como uma estrela solitária acordando, e ambas meias-luas – uma crescente, outra minguante.

— Mas... há duas luas aqui...

— Como sempre houve.

Pronta para correr, gritar, lutar, ela se voltou.

Ela não o havia visto no crepúsculo, apoiado no pilar de pedra do portão. Todo de preto, mesclava-se com a noite que se aproximava. Provavelmente de propósito.

O *taoiseach*, o líder, o cavaleiro do dragão de ouro e esmeralda.

— Como funcionam as marés com duas luas?

— Sobem, descem, sobem, descem. Eu cuido dela, Sedric — ele disse para o gato. — A menos que ela planeje ficar vagando a noite inteira.

— Eu só queria dar uma volta antes de...

Já estava se explicando, pensou.

Tinha que parar de se sentir sempre obrigada a se explicar.

— Não quero ser vigiada.

— Desejo e necessidade são coisas diferentes, não é? E Marg não vai se preocupar se souber que você não está sozinha.

Só por isso ela não discutiu.

— Não lhe agradeci pelo que você fez hoje.

— Agradecimentos não são necessários, mas de nada.

Ela procurou algo educado para dizer, olhando para uma casa com todas as janelas iluminadas, como um sol.

— Parece uma festa.

Ele se voltou para a música e as vozes.

— É uma espécie de festa de "bem-vinda ao lar" para você. Você, Marg e Sedric foram convidados, bem como a maior parte do vale, mas ela achou que você talvez quisesse algo menos... animado em sua primeira noite. Mas se quiser entrar, vão ficar felizes.

— Não, seria estranho. Não conheço ninguém, nem... nada.

— Vai precisar conhecer e aprender.

A voz dele lhe pareceu outro tipo de música, que Breen ainda considerava uma cadência irlandesa, e ela se arrepiou.

— Aprendi o suficiente para saber que meu avô é tipo um deus louco que quer sugar de mim o que eu nem sei que tenho. E até cinco minutos atrás eu nem acreditava em deuses.

— Por que não? — perguntou ele, genuinamente curioso.

— Porque eles deveriam ser mitos. Como mundos com duas luas onde há dragões que voam e o amante de minha avó se transforma em um gato. Agora tenho uma caneta que anota meus pensamentos e uma jarra que nunca fica sem água quente. Não posso usar meu maldito celular, mas olhei para o fogo com Nan e vi meu pai travando uma guerra. Eu vi como se estivesse lá.

Ele a observava enquanto ela falava, ainda encostado no pilar, as mãos casualmente nos bolsos.

E uma espada em seu flanco.

— E você estava, pelo menos no começo. Eu era muito novo, mas implorei a meu pai que me levasse junto quando fossem atrás de você.

E ele morreu, lembrou Breen. Morreu naquele lugar horrível protegendo-a.

— Sinto muito. Lamento que você tenha perdido seu pai... desculpe, ele morreu ajudando a me salvar.

— Não foi culpa sua, já que você era quase um bebê. E lutou, não foi? Uma criança de três anos usando seu poder contra um deus! Há canções e histórias sobre a criança que derrubou os muros do deus com sua vontade.

Pensar nisso fez a garganta de Breen arder.

— Não sei como fiz aquilo.

— Você vai ter que lembrar — disse ele, como se fosse a coisa mais simples do mundo. E continuou a observá-la. — Você parou de treinar muito cedo, mas isso pode ser revertido agora que está aqui.

Instintivamente, ela deu um passo para trás.

— Eu não *estou* aqui. Só vim fazer uma visita.

Ele se afastou do pilar.

— Este é o seu mundo, tanto quanto o meu. Não vai dar nada a ele?

— O que eu devo dar? — respondeu ela. — Estou tentando me ajustar, e isso já é demais para mim. Estava só começando a descobrir o que eu quero fazer da vida e *bum*, de repente fico sabendo que tudo que eu vivi foi, se não uma mentira, no mínimo meias verdades.

— Desejo e necessidade, como eu já disse, são coisas diferentes. Você precisa aprimorar seus dons, e Marg vai ajudá-la. Precisa treinar, e, infelizmente para nós dois, serei seu instrutor.

— Treinar para quê?

— Para lutar, claro, para proteger a si mesma e aos outros. Para representar Talamh.

— Lutar? Com isso aí? — Horrorizada, ela apontou para a espada. — Não sou um soldado.

— Você aprenderá. A não ser que espere ser resgatada a cada passo. — Aquela voz musical se tornou meio sarcástica. — É assim que vê as coisas em seu mundo? Uma mulher como você simplesmente se encolhe e grita?

— Eu fiz uma aula de defesa pessoal — ela começou, mas logo perdeu a calma. — Quer saber? Não tenho que dar explicações, nem a você nem a ninguém. Toda a minha vida ouvi pessoas como você me criticando, intimidando, me fazendo sentir diminuída. Mas já chega; cansei de me retrair e me desculpar.

— Tudo bem, então. Você precisará se defender. Ele tentará pegá-la, acredite, Breen Siobhan, e eu darei minha vida para impedir que isso aconteça, assim como todos os homens e mulheres deste mundo. Você é filha de Eian O'Ceallaigh, que foi *taoiseach* antes de mim, que foi um pai para mim quando o meu faleceu. Em nome dele, eu me comprometi a protegê-la. Mas, por todos os deuses, você vai aprender a lutar!

Ela deu um passo para trás de novo, mas não com medo dessa vez.

— Você amava meu pai...

— Sim. Ele era um grande homem, e bom. Muito do que eu sou foi ele quem me ensinou. E, assim, eu lhe ensinarei. Ele não esperaria menos de mim. Nem de você.

— Não sei o que ele esperaria de mim.

— Sabe sim. Ou saberá, quando parar de fingir o contrário. Mas, por enquanto, vou levá-la para casa. Quero ir dormir.

— Eu sei voltar sozinha.

— Não precisa falar comigo, eu gosto do silêncio. Mas vou levá-la em segurança até a cabana de Marg, como ela desejaria.

— Só uma pergunta, depois ficamos calados. Eu conhecia você quando morava aqui?

— Claro que nós nos conhecíamos, mas eu nem a notava, você era uma menininha. — Ele sorriu, sorriu de verdade, e tudo nele irradiava charme. — Você ficava só chamando pássaros e borboletas e afins, e sussurrando segredos com Morena. Eu estava mais interessado em espadas de madeira e futuras batalhas, e procurando o dragão que seria meu. Um dia — acrescentou —, não hoje, vou lhe contar sobre a época em que nos conhecemos, e como isso selou meu destino. Agora, silêncio.

Breen não disse nada enquanto caminhava ao lado dele com aquelas duas meias-luas brilhantes no céu estrelado.

Tinha muito em que pensar, e assim faria. Mas, para isso, queria não só ficar calada como também sozinha.

Então, Breen não disse nada enquanto ele esperava no meio do caminho até que ela entrasse na cabana. O fogo ardia baixo no silêncio.

Mas ela olhou pela janela e o viu caminhando de volta pela trilha.

Ela decidiu experimentar a banheira, depois a caneta, e depois a cama. E com cada uma pensou em seu primeiro dia em Talamh. E no que o amanhã lhe reservava.

Dormiu profundamente, sem sonhos, como se estivesse em um casulo. Imaginou que um pouco disso se devia ao banho longo, quente e perfumado depois de uma hora escrevendo com a caneta-tinteiro mágica.

E a diversão que foi encher uma enorme banheira de cobre com um jarro sem fundo?

Como não poderia escrever sobre isso no blog, pensou que havia sido bom ter escrito antes do banho. E escreveu sobre encontrar a si mesma e aprender a viver com o que encontrasse, e descreveu a linda manhã encoberta que tinha curtido com Porcaria, em vez de falar sobre suas atividades e eventos reais.

Isso foi para seu diário pessoal.

Satisfeita por seu trabalho noturno tê-la deixado livre para se dedicar ao livro, ela pensou em café.

Obviamente não havia cafeteira, mas pensou em preparar um chá forte para fazer seus neurônios funcionarem.

Enquanto se dirigia à cozinha, ficou imaginando se teria que descobrir como acender o fogo, mas encontrou o aposento quente e o fogão aceso.

Ou alguém se levantara mais cedo que ela, ou o fogo era como a caneta e nunca acabava.

Na luz fraca do amanhecer, ela observou os potes. Não havia saquinhos de chá, claro, mas sim ervas a granel. Como nada tinha rótulo, achou que o processo poderia demorar um pouco, então abriu a porta para Porcaria.

— Vou sair assim que descobrir como fazer chá.

Ele saiu correndo e ela pegou um dos potes e cheirou seu conteúdo. Floral, notou, leve e doce, nada que ajudasse a acordar.

Foi seguindo: herbal, amadeirado, meio cítrico, picante...

Experimentou outro, achou que tinha cheiro do chá irlandês que havia comprado (em saquinhos). Mas claro que não podia ter certeza, e poderia ser algo que a transformaria em um sapo.

Nem isso a surpreenderia mais.

Mas achou que seria negligência deixar algo que transformaria alguém em um sapo na prateleira da cozinha que continha ervas e especiarias.

Disposta a arriscar, ela usou o que achou que devia ser um coador de chá e despejou água quente da chaleira sobre a erva, dentro de uma caneca.

Observou o líquido marrom-escuro, quase preto. Cheirou. Arriscou um golinho. Tinha gosto de chá, brutalmente forte, e, como não a transformou em nada, considerou todo o processo um sucesso.

De calça de pijama, camiseta e pés descalços, ela saiu para a manhã.

Não era tão diferente de uma manhã em sua cabana, pensou. A vista era da floresta e do jardim, em vez da baía e do jardim, mas era o mesmo ar suave, as brumas finas, todo aquele verde.

Pensou em levar o cachorro até a baía mais tarde, mas ouviu respingos. Indo mais além das flores e ervas – uma horta próspera – em direção às árvores, viu o riachinho agitado e Porcaria curtindo ao máximo.

— Resolvido, então.

Voltou-se para ver a cabana de sua avó desse novo ponto de vista.

Avistou um poço de pedra – simplesmente perfeito –, uma árvore com bagas de um vermelho alaranjado e outra com algo que pareciam ser maçãzinhas verdes.

Pendurados nos galhos havia vidro marinho, cristais e meias garrafas polidas, e, quando ela os tocava, tilintavam, enchendo o ar de música.

Algo branco, dourado e inebriantemente perfumado cobria totalmente uma espécie de treliça. Madressilva, notou, e perto dela outra planta subindo, com flores rosa e roxas.

Quanto à cabana, encaixava-se no pedaço de terra como se tivesse crescido ali – talvez tivesse mesmo.

Ela achou tudo lindo e, apesar da falta de café, idílico.

Encontrou as tigelas do cachorro e sua ração, e acrescentou um ovo vermelho. Como ele estava todo molhado do riacho, ela colocou as tigelas do lado de fora.

— Avise quando quiser entrar; e não vá muito longe.

Fez um carinho no topete dele e entrou.

Na casa silenciosa e adormecida, ela se sentou diante de sua mesa e pegou a caneta.

O cachorro quebrou o feitiço quando correu e pousou a cabeça em seu colo, lançando-lhe um olhar longo e adorável.

— Olá! Ou você entrou sozinho ou mais alguém acordou.

— Já estávamos acordados — Marg estava à porta.

Ela estava usando calça de novo, masculina, verde-folha, e um suéter creme.

— Você estava concentrada no trabalho, não quis atrapalhar. Mas Porcaria não teve esse cuidado.

— Tudo bem, eu já ia parar. — Porque se deu conta de que estava morrendo de fome. — Não sabia se ia conseguir escrever desse jeito, mas rolou muito bem.

— Fico feliz. Que tal tomar um chá e comer alguma coisa agora?

— Seria ótimo. Fiz chá cedinho — disse Breen ao se levantar —, pelo menos acho que era chá. Daquele pote.

Marg assentiu.

— É um chá forte para dar energia, bom pela manhã.

— Tentei adivinhar o que havia nos potes pelo cheiro. Acho que identifiquei camomila, algo com lavanda e hortelã.

— Posso lhe ensinar, se quiser, mas seu nariz estava certo. Sente-se. Farei um bom chá de jasmim para nós, uma escolha boa e leve para um dia bonito.

— Jasmim, é isso! Reconheci o cheiro, mas não consegui identificar. Não quero que você tenha que cozinhar para mim. Se me mostrar onde ficam as coisas, posso fazer um sanduíche.

— Pode mexer à vontade, mas me dá prazer cozinhar para você, e desconfio que não tenha comido nada, só tomado chá. — Ela pegou um bule azul-cobalto. — Conte sobre seu livro.

— Qual? São dois, um romance e um livro para crianças de dez a treze anos.

— Um livro infantil? Ah, você adorava que lêssemos histórias quando era criança! Como uma esponja do mar, você absorvia tudo e depois contava a história para si mesma, muitas vezes mudando algumas partes.

— Eu?

— Sim! O que está escrevendo para crianças?

— As aventuras de Porcaria. Na verdade, terminei... acho que terminei. Não sei se ficou bom, mas foi divertido escrever. É um treino. Não espero que seja publicado nem nada. Sou amadora.

Marg se afastou do fogão. Usava brincos que eram pequenos triângulos prateados, e dentro de cada um havia um trio de pedras verde-escuras.

— Isso é sua mãe falando em sua cabeça, e me deixa triste ouvir você dizer esse tipo de coisa.

— Pode ser, talvez. Mas é mais fácil escrever do que tentar publicar e enfrentar a rejeição.

— E se não tentar publicar, veja só, já está rejeitado, não é? — Sua avó olhou para a frigideira que estava no fogão. — Você escolheu tatuar coragem no pulso, portanto use-a.

— Marco disse a mesma coisa, basicamente.

— Ele é um rapaz sensato, então.

— Não deixei Marco ler, nem ninguém. É como o gato de Schrödinger. Enquanto estiver na caixa, está vivo. Se eu abrisse a caixa, você leria e seria honesta? Não me ajudaria em nada ouvir que é bom só para não me magoar.

— Eu prometi não mentir para você, e isso vale para o livro também.

Marg pôs em um prato o que estava na frigideira e o colocou na frente de Breen. Pão integral torrado coberto com bacon irlandês – Talamhish, corrigiu – e ovo frito, salpicado de ervas.

— Eu lembro disso, você fazia para mim. Eu chamava de Olho de Dragão.

— Meia fatia de torrada, era seu favorito na época. Está saindo mais. — Marg se sentou com seu chá. — Vai me deixar lhe ensinar as coisas? Podemos começar com algo simples, como os chás; como usá-los, como misturá-los para outros usos...

— Sim, eu gostaria. Podemos começar por aí, mas...

— Diga o que você quer, criança. Se estiver ao meu alcance, quero fazer por você.

— Morena me disse uma coisa. Ela disse que acender o fogo, como em uma fogueira ou uma vela, é a primeira coisa que se aprende.

— Muitas vezes, sim. É isso que você quer aprender de novo?

— É que é tão tangível, tão indiscutível. — Tão fascinante, Breen admitiu para si mesma. — Tudo que eu já vi e senti ainda é quase um sonho. Mas, se eu sentisse essa capacidade em mim, não poderia trancá-la de novo na caixa. E você não vai mentir e dizer que eu consegui se tiver sido você.

— Não vou, claro. Nem vou falar nada sobre seu livro se me deixar ler.

— Está no meu notebook. Vou imprimir e trazer para você da próxima vez.

— Ah, não precisamos esperar por isso, se eu tiver sua permissão. Posso dar um jeito.

— Tudo bem. Nossa, estou nervosa.

— Coma sua comida, beba seu chá, e depois começaremos. Ficar nervosa não é vergonhoso. Mas não agir por causa do nervosismo é, sim.

Ela sentiu o nervosismo fazendo sua pele formigar, correndo por seu sangue enquanto ficava ali, sentada, na cozinha silenciosa, com o cachorro dormindo sobre seus pés.

A vela estava entre ela e Marg, branca, cremosa e fina.

— Eu faço minhas velas, as que uso para cerimônias, feitiços e curas. Para o ofício, digo, não para iluminar a escuridão. Esta fui eu que fiz, e vou lhe ensinar essa habilidade também, se quiser.

— Do jeito que você está falando, acho que não seria apenas modelar cera derretida...

— É mais que isso. Há um propósito, que faz parte da fabricação. Esta eu fiz para celebrações, e assim a vejo.

— Se eu não conseguir...

— Ora, tire sua mãe da cabeça! — Marg ergueu a mão e respirou fundo. — Não vou dizer palavras duras sobre a mulher que lhe trouxe ao mundo, mas você precisa deixar de lado as dúvidas e a falta de confiança que ela incutiu em você. Esteja aberta, *mo stór*, para o que você é, para o que tem. Essa é a primeira lição. Uma vez aberta, você alcança, e, uma vez que alcança, você pega.

— Tudo bem. — Breen passou os dedos sobre sua tatuagem. — Esteja aberta.

— Como você apagaria a chama de uma vela?

— Soprando.

Marg sorriu como se ela tivesse resolvido alguma equação complexa.

— Então, uma maneira simples de aprender a acender a chama é inspirando. Com propósito. Abrindo, deixando o poder subir. Com foco, pois o que se tornará natural um dia requer foco para ser aprendido. Acenda.

Breen tentou várias vezes, mas o pavio continuava apagado.

— Desculpe...

— Não tem por que ficar decepcionada. O fogo está em você. Chame-o, puxe-o, sinta-o formigar dentro de você como uma leve ondulação, um fogo tranquilo. Use-o, veja o propósito, o pavio. Veja-o em chamas. Respire fundo e acenda o fogo.

Breen sentiu um calor subindo, e antes que pudesse pensar que era simplesmente o poder da sugestão, o pavio faiscou e, com um estalo, pegou fogo.

— Eu... você...

— Não, juro, não fui eu. — Marg apagou a vela. — De novo. Dê luz ao pavio.

Breen tremia de medo e entusiasmo, e de uma desesperada sede de mais. Três vezes ela acendeu a chama.

— Você ainda aprende rápido. Tem muito poder aí dentro.

— O que eu sou, Nan?

— Minha neta, meu sangue, meu tesouro. Você é uma filha dos feéricos, uma filha dos Sábios, de seu pai, de mim e de meus ancestrais. E por isso há *sidhe* em você. E o humano de sua mãe. E você carrega o sangue e o poder dos deuses. — Marg cruzou as mãos sobre a mesa e as apertou com força. — Por isso ele quer você mais do que queria seu pai. Seu pai tinha tudo que você tem, exceto o humano, e Odran quer o poder que você tem, o humano que você tem. Você é uma ponte, Breen, entre mundos; mundos fechados para ele, por enquanto.

— Quer dizer... meu mundo? O mundo de minha mãe?

— Ele quer usar você para conquistá-lo, pedaço por pedaço, coração por coração. Para destruir, escravizar, corromper, como fez com mundos menores. Você é a ponte que ele procura para atravessar, e a ponte de que precisamos para detê-lo.

— É porque eu sou humana, em parte?

— Você é única. Não se sabe de ninguém que tenha herdado o que você tem. Já tentei ver, e outros tentaram também. Só sei que Odran quer usar você, o que você é, para destruir Talamh e o mundo no qual você cresceu. Só sei que temos que usar tudo que somos para detê-lo.

— Não posso. Levei uma hora para acender uma única vela.

— Tudo começa com uma chama. — Marg ergueu um dedo e abriu as duas mãos. — Você tem uma escolha. Se voltar para o outro mundo e permanecer lá, ele não poderá alcançá-la.

— Isso é certeza absoluta?

Depois de hesitar por um instante, Marg sacudiu a cabeça.

— Tanto quanto é possível afirmar isso de qualquer coisa. Ele teria que romper a barreira.

— Mas ele poderia vir para cá?

— Sim, e certamente virá quando se sentir pronto. Vamos lutar contra ele, já o expulsamos antes e expulsaremos de novo. Se fizermos isso, o outro lado estará seguro, e você nele.

— Mas ele continuaria vindo. Como se mata um deus? — Breen

soltou um suspiro. — Com outro deus... é isso que você acha? Acha que eu posso matá-lo?

— Não consigo ver. Não sei dizer.

— Meu pai tentou impedi-lo e ele o matou. E... eu quero ter filhos um dia, sempre quis filhos. Mas, se eu tiver um filho, ele seria como eu e... isso nunca acabaria.

— Posso lhe ensinar o que eu sei e outros podem lhe ensinar o que sabem. E se, no final, você decidir voltar ou ficar, faremos tudo que estiver ao nosso alcance para manter a barreira forte.

— Estou sentada aqui, diante desta mesa, em uma casa de cartão-postal, em um campo pitoresco, e você está me dizendo que dois mundos, ou talvez mais, dependem do que eu fizer?

Tristeza, de novo, cobriu o rosto de Marg.

— É terrível carregar um peso desses, mas prometi que não mentiria a você. Senti que não podia mais fugir agora que a faísca está de novo acesa em você. O despertar virá, e em breve, acho. Você é o que é, Breen Siobhan. Mas o que vai fazer é decisão sua.

— Preciso de um pouco de ar. Vou sair com Porcaria. Parece que estou vivendo em meu livro. Talvez esteja mesmo.

— Use isto, se quiser. — Levantando-se, Marg lhe entregou uma corrente com uma pedra vermelha. — Eu lhe dei depois que você foi raptada, para sua proteção. Só depois que vocês partiram descobri que sua mãe o havia deixado aqui.

— É lindo! O que é?

— Chamamos esse cristal de coração de dragão.

Breen passou a fina corrente por sua cabeça.

— Não estou mais tão brava com minha mãe, isso já é alguma coisa. E mais: com tudo isso, não estou tendo ataques de ansiedade. Talvez porque não pareça real. — Ela foi até a porta e a abriu para o cachorro, que deu um pulo e saiu correndo. — Mas é. É real, e preciso pensar nisso tudo.

— Posso começar a ler seu livro infantil enquanto você passeia? Consigo fazer isso acontecer, se me permitir.

— Tudo bem.

Descobrir que era uma péssima escritora era, atualmente, a menor de suas preocupações. Ainda assim, ela hesitou.

— Percebo que não foi fácil para você me contar tudo isso. Acho que você me ama.

O rosto de Marg se suavizou.

— Mais do que qualquer coisa em todos os mundos.

Breen acreditava, e assentiu.

— Eu volto. Só quero caminhar um pouco, deixar Porcaria nadar na baía. Se puder pensar em outra coisa para me ensinar... mas que seja simples; não creio que esteja pronta para nada mais complexo. Vou demorar mais ou menos uma hora.

— Esperarei por você.

Já havia esperado, pensou Marg, mais de vinte longos anos.

CAPÍTULO 17

O vento soprava do mar e varria as nuvens, cinzentas nas bordas, a leste, sobre amplos campos e os promontórios rochosos.

Breen achava que era leste. Do jeito que as coisas eram por ali, o sol poderia nascer no norte. Havia uma plantação de algum grão, balançando dourado sobre o verde. Notou movimento nas torres de rochas e pensou que deviam ser cabras, até que viu criaturas bípedes, usando bonés e coletes compridos.

Enquanto Breen imaginava o que seria aquilo, um grupo de crianças que ela estimava ter mais ou menos a mesma idade de seus alunos surgiu em uma curva da estrada, todos se empurrando e acotovelando de brincadeira.

Ela contou cinco – duas meninas e três meninos. Uma das meninas, de pele escura e cabelo preto cheio de tranças pretas com pontas azuis, levantou a mão.

Quando a deixou cair bruscamente, ela e dois dos meninos saíram correndo a uma velocidade impossível, enquanto a outra menina abria suas asas de arco-íris e disparava pelo ar e o terceiro garoto caía de quatro e se transformava, diante dos olhos dela, em um jovem cavalo que saiu galopando atrás deles.

— Isso não se vê todos os dias... só aqui mesmo.

Olhou para baixo para ver o que Porcaria achava disso, mas ele já havia corrido para a água.

Ela o seguiu e, como estava com dor de cabeça, sentou-se na rocha arenosa e fechou os olhos.

O vento forte, a água batendo e os latidos e respingos do cachorro a acalmaram.

Ela havia aceitado o impossível como verdade, pensou, e agora tinha que decidir o que fazer a respeito disso.

Ouviu um grito, olhou para cima e viu um falcão circulando.

E Morena se sentou ao lado dela.

— Ele está se exibindo para você.

— Ele tem o direito de se exibir, é lindo demais.

— Nós vimos você vagando por aqui, mas parecia ensimesmada.

— Acho que estava mesmo. Vi cinco crianças. Se entendi direito, uma era fada, a outra um homem-cavalo e as outras três eram rápidas, ridiculamente rápidas.

— Elfos. Também vi. São amigos rápidos. Geralmente há outra menina com eles, mas hoje está de castigo por usar um feitiço para fazer suas tarefas.

— É dos Sábios, então?

— Não tão sábia, se você pensar que ela não conseguiu escapar de fazer as próprias tarefas.

Regras, pensou Breen, e disciplina para crianças.

— Então, usar magia para lavar a louça, por exemplo, não é permitido?

— Digamos que depende da situação. Não somos estimulados, especialmente os jovens, a tomar o caminho mais curto. Você tem que aprender a ordenhar uma cabra, plantar uma cenoura, lavar suas roupas e tudo mais. Caso contrário, vai acabar preguiçoso e descuidado, não é? Magia é coisa séria. Não que não possa e não deva ser divertida também, mas não é para conveniência. Senão, você deixa de honrar o que tem.

Simples, decidiu Breen. E, à sua maneira, puro.

— Não sei o que fazer com o que tenho. Acendi uma vela hoje. Levei uma hora treinando com Nan, mas eu a acendi inspirando.

— Tudo bem. Não vai demorar tanto da próxima vez.

— Não sei o que fazer com isso. Vi homens escalando aqueles penhascos rochosos lá atrás, como cabras.

— *Trolls* — disse Morena. — Provavelmente saindo das cavernas onde escavam minério para fazer a refeição do meio-dia ao sol.

— *Trolls*, é claro. Eu deveria ter pensado nisso. Crianças com asas, supervelocidade e cascos...

— E as crianças não correm ao ar livre em um belo dia de verão? Não há escola do tipo formal no verão, então por que não correr?

— Há escolas aqui?

— Claro que há escolas! Você acha que nós queremos ser ignorantes?

— Não. Escolas, crianças correndo, pessoas sentadas ao sol na hora do almoço, é tudo normal. O sol nasce no leste aqui?

— E onde mais nasceria?

— Normal. Mas aqui há duas luas.

— Alguns mundos têm uma, outros duas ou sete. Os astrônomos estão sempre encontrando algo novo nos céus, não é?

— Vocês têm astrônomos? Não me olhe assim. Estou tentando equilibrar o normal com o fantástico. Nan me disse tudo que sou e por que Odran me quer.

De modo amigável, Morena passou a mão na coxa de Breen.

— Ela precisava contar, e acredita que você tem a necessidade de saber e a coragem para suportar. Mas é muita coisa, eu entendo.

— Eu me lembrei de quando fui raptada, e, com Nan, vi tudo de novo no fogo. E o que ela viu também.

— Fiquei tão assustada na época! — Aproximando os joelhos do peito, Morena ficou olhando por cima deles para a água. — O alarme soou à noite. Eu nunca havia ouvido o alarme, mas sabia que era para ter medo. Eles juntaram a mim e a meus irmãos com as outras crianças, e pelas pessoas que ficaram para trás para cuidar de nós e nos proteger eu soube que você havia sido raptada. Pareceram dias e dias, mas haviam se passado apenas algumas horas quando minha avó trouxe você de volta.

— Ela cantou para mim. Ela me levou pelo portal da cachoeira e cantou para mim.

— Suas mãos estavam sujas de sangue, de seu próprio sangue. Foi Aisling quem cuidou de você antes de qualquer outra pessoa. Não sei se vai lhe incomodar ou ajudar saber que eu vi em seus olhos, em seu rosto, tanta força, tanta raiva, tanto poder... e tudo foi desaparecendo quando as mulheres lhe deram uma poção calmante para beber. E você era apenas minha amiga de novo, minha irmã de coração, que havia sido trazida para casa em segurança.

— Deve ter sido uma poção e tanto, porque eu passei a maior parte da vida calma demais.

— E agora?

— Não sei. — Preguiçosamente, Breen pegou um pedaço de pedra e jogou longe. — Eu sei que gostei do que senti quando acendi a vela. Gostei de me sentir forte. Preciso de tempo para pensar em tudo, mas também preciso aprender mais.

— Não há melhor professora sobre os caminhos dos Sábios do que Marg.

— Foi o que Keegan disse.

— Ah, você conversou com Keegan, é?

— Rapidamente. Ele estava perto da casa da fazenda ontem à noite quando saí para passear.

— Ah, você deveria ter entrado! — Morena deu um empurrãozinho em Breen. — Estou brincando. Todo mundo queria conhecer você ou vê-la de novo. Somos muito amistosos.

— Ele não me parece especialmente amistoso.

— Ah, Keegan é assim. Ele é meio sério, mas, afinal, carrega o mundo nos ombros. É uma boa companhia quando não está de cara fechada, e um *taoiseach* tão justo quanto os outros.

Breen olhou para Morena e observou o rosto dela.

— Vocês estão...

— O quê?

— Juntos?

— Claro, todos estamos juntos aqui. Ah! — Ela riu, divertida. — Está perguntando se estamos acasalando? Pelos deuses, não! Ele é como um irmão para mim. Não que não seja um bom exemplo de homem, e ouvi dizer que é bom demais na cama. Além do mais, eu me deito com Harken de vez em quando e, embora não seja proibido, acho estranho dormir com irmãos.

Enquanto Breen tentava pensar em uma resposta, Porcaria chegou arrastando um galho e abanando o rabo, esperançoso.

Morena se levantou num salto e o jogou na água. Delirando de alegria, o cachorro pulou atrás do galho.

— Vou lhe dizer uma coisa — continuou Morena —, você vai gostar de treinar com Keegan na luta corpo a corpo e com espada, pois não conheço ninguém melhor. Foi seu pai, Breen, que o treinou, e a Harken e Aisling, depois que o pai deles morreu. Portanto, não é de admirar que ele seja o melhor.

Porcaria arrastou o galho de novo; Morena o jogou.

— Eu poderia lhe ensinar o básico, mas sou péssima professora, acho. Não tenho paciência.

— Você sabe usar uma espada?

— Claro que sei. Ser um povo pacífico não é o mesmo que ser indefeso.

Havia dragões no céu, três. O que seria? Um rebanho? Um bando? Ela teria que pesquisar, mas, por enquanto, Breen pensou em família. Eram dois grandes e um pequeno, como pais com o filho.

— Já andou de dragão? — perguntou Breen.

— Sim, é maravilhoso. Não tenho vínculo com nenhum, mas montei com Harken.

— Harken tem um dragão?

— Eles têm um ao outro, esse é o vínculo. Ele a levaria, se você quisesse.

— Acho que vou ficar com os pés no chão por enquanto. Tenho que voltar, Nan está... tem alguém na água.

Com medo de que alguém estivesse se afogando, Breen começou a correr na direção da água, mas Morena a segurou pelo braço.

— É Ala. Ela é meio tímida, você vai assustá-la.

Morena acenou e, depois de um momento, um braço acenou de volta. Uma cabeça com cabelo louro esvoaçante desapareceu sob a água. Uma cauda cintilante, verde, dourada e com toques de vermelho, rompeu a superfície e depois sumiu.

— Uma sereia — murmurou Breen. — Uma sereia tímida.

— Ela só tem dez anos, acho, e é curiosa, mas meio tímida. Provavelmente vai voltar se você trouxer Porcaria de novo.

Então, Morena levantou o braço. O falcão desceu e pousou nele.

— Você não está de luva.

— Estarei quando nos encontrarmos de novo, já que você prefere. Mas Amish nunca me machucaria. Vamos com você até a estrada, também preciso ir para casa. Tenho minhas tarefas.

— Vou voltar para minha cabana amanhã — disse Breen. — Acho que preciso de alguns dias lá, para pensar em tudo. Mas depois volto para cá.

— Eu sei. Mande um oi para Marg e Sedric.

— Pode deixar. Ah, e mande um oi para seus avós.

— Claro! Acenda o fogo, Breen — acrescentou Morena enquanto se afastava.

Breen passou o resto do dia aprendendo sobre chás, plantas, raízes e ervas – como identificá-las, colhê-las, secá-las, prepará-las e misturá-las.

Achou fascinante, além de bem prático.

— Você aprende rápido.

— Estudar eu sei. Rachei de estudar para uma carreira que não queria. Mas isto é interessante e divertido, e parece produtivo. E é natural.

Ela deu comida para o cachorro, ajudou a alimentar o cavalo e tentou não cometer grandes erros enquanto ajudava a preparar o jantar naquela noite chuvosa.

— Seu problema é mais falta de confiança que falta de habilidade.

— Acho que são os dois.

Mas ela sentia o cheiro das batatas assadas que havia ajudado a cortar e temperar, e pensou que havia se saído bem.

E o gosto estava ótimo, concluiu, assim como o peixe que Sedric pescara naquela tarde e as ervilhas que ela ajudara a tirar da vagem.

Breen esperou até que todos acabassem de comer para tocar em um assunto que achava que poderia ser difícil.

— Preciso voltar amanhã — começou. — Preciso de tempo e do meu próprio espaço. Não estou me expressando direito. É que nunca morei sozinha antes de vir para cá, e preciso disso.

— A independência é uma coisa valiosa.

— Eu não sabia o quanto era importante para mim — ela disse a Marg — até que conquistei a liberdade. Sinceramente, eu não sabia que gostava tanto de solidão. Sei que tenho tendência a me fechar demais, por isso preciso ter cuidado. Bem, Marco nunca permitiria que eu me fechasse, mas ele não está aqui. Então, imaginei se, depois de alguns dias, eu... nós... poderíamos fazer... não um cronograma, nada tão rígido. Não quero ser rígida.

Perdida, Breen pegou seu vinho e ficou olhando para ele. Deixou-o na mesa de novo.

— Breen, diga o que você quer.

— Eu diria, se soubesse. Por enquanto, acho que gostaria de tentar morar na cabana, mas vir para cá. Se eu pudesse vir para cá depois de escrever pela manhã, você poderia me ensinar mais coisas e eu voltaria para casa à noite. Talvez ficasse aqui com vocês nos fins de semana. Nem sei se existe fim de semana aqui.

— Eu entendi o que você quis dizer.

— Eu sei que vai demorar mais para aprender ou treinar, mas...

— Equilíbrio é o que você busca, e é uma escolha sábia.

— Não sei se posso fazer ou ser o que você espera, mas, se eu pudesse viver um tempo assim, desse jeito, antes de voltar para a Filadélfia, acho que poderia tomar uma decisão melhor, mais embasada.

Assentindo com a cabeça, Marg se levantou e deu um tapinha no ombro de Breen.

— Espere um minuto.

— Ela ficou chateada — murmurou Breen. — Eu sabia. Não estou...

— Você está enganada. — Sedric tomou um gole de vinho. — Ela não quer lhe impor nada, essas coisas enfraquecem com o tempo. Eu mesmo a teria valorizado menos se você deixasse qualquer um lhe impor algo.

Marg voltou e pousou um livro grande sobre a mesa. Entalhado na capa de couro marrom-escuro havia um dragão.

— O dragão sempre foi seu favorito. E ele guarda a magia aí dentro. Fiz para você; comecei na noite em que você nasceu.

— Que lindo!

Breen abriu a capa, viu seu nome e a data de seu nascimento em uma bela caligrafia sobre um grosso pergaminho.

Virou uma página.

— A primeira parte é de receitas, como nós praticamos hoje.

— As ilustrações são maravilhosas. Você desenhou?

— Algumas eu e algumas Sedric. Ele é bom nisso.

Breen olhou para ele.

— Um animórfico artista?

— Digamos que sim — respondeu ele, com um sorriso lento.

— Os desenhos ajudam a identificar os ingredientes — continuou Marg —, as plantas, as raízes etc. Há receitas de chás, poções, loções e bálsamos. E informações sobre cristais e pedras e seus significados e usos. E feitiços, desde fazer um círculo ritual até os mais avançados. É seu. Espero que estude e aprenda, mas é seu independentemente de qualquer coisa. Só lhe peço que não tente fazer nenhum feitiço ou cerimônia sem minha orientação.

— Pode ficar tranquila. Obrigada, vou estudar. E...

Não foi um impulso, e sim o desejo que a fez olhar para a vela que estava no balcão. Breen inspirou e a fez acender.

— Vou aprender.

De manhã, ela caminhou pela estrada com o livro na mochila e o cachorro ao lado. Ouviu cascos se aproximando depressa e deu um passo para o lado. Sensato, pensou, pois o cavalo vinha em sua direção.

Quando Keegan parou, o primeiro pensamento de Breen foi: claro que ele tem um enorme cavalo preto reluzente, provavelmente um garanhão. Só podia ser.

Mas ela já havia visto o cavalo antes, assim como o cavaleiro.

Em sonhos.

Ele olhou para ela e ergueu uma sobrancelha.

— Está indo embora?

— Volto daqui a uns dias.

— Está indo agora?

— Já disse que sim. Veja, eu entendo que você seja rei por aqui, mas não manda em mim.

— Não sou rei. Não temos rei.

Isso claramente o irritou, mas ela deu de ombros.

— Não interessa o nome. Durante vinte e seis anos outras pessoas dirigiram a minha vida. Agora é minha vez.

Ele inclinou a cabeça.

— E de quem foi a culpa de você deixar que os outros comandassem sua vida?

— Pessoas como você não conseguem entender pessoas como eu.

Ele desceu do cavalo e a observou com curiosidade.

— Quem são pessoas como eu e pessoas como você?

Como será que ele se via? Ela sabia como. Alto, forte, gloriosamente bonito e absolutamente seguro de si.

— Pessoas como você nascem confiantes. Assumem o comando, impõem respeito, talvez um pouco de medo saudável. Pessoas como eu recebem lições e devem seguir regras, manter a expectativa baixa, não balançar o barco, não fazer onda.

— Bem, regras são importantes em um mundo civilizado, não é? Mas uma expectativa baixa não corre o risco de fracasso nem de sucesso, então para que serve? E, se você não balança o barco, nunca acaba na água para ver aonde as ondas podem levá-la.

— É verdade, mas muito literal.

O cavalo virou a cabeça e acariciou o ombro de Breen. Sem pensar, ela devolveu a carícia.

— Você tem que ir. Ele está com sede e quer uma cenoura.

Assim que disse isso, ela recuou, chocada. Como ela sabia?

Keegan meramente assentiu, olhando para ela.

— Está mesmo, nós fizemos um passeio bom e puxado.

Ele se abaixou, acariciou Porcaria e voltou para seu cavalo.

— Boa viagem, Breen Siobhan.

Quando ele partiu, ela soltou um suspiro.

— O cavalo se chama Merlin, em homenagem ao feiticeiro do rei Arthur. Sei disso tão bem quanto sei meu próprio nome. Vamos, Porcaria. Tenho muito o que estudar.

❦

O silêncio a acalmou como um banho quente, de modo que Breen passou dois dias mergulhada nele. Escrevia, estudava, cuidava do jardim tendo apenas o cachorro como companhia.

Breen acendeu velas – do jeito novo – e, depois de um esforço considerável, fez o fogo crepitar na lareira.

— Sou uma bruxa — declarou a Porcaria, sentada com ele diante daquela lareira com os ecos de poder ainda vibrando dentro de si. — E isso não me surpreende mais.

Ela acariciou a cabeça que ele colocou em seu joelho e deu um puxão suave em sua barba.

— Assim como ter um cachorro não me surpreende agora. Mas não sei o que vou fazer com você se eu voltar para a Filadélfia.

Breen disse "se", e isso a surpreendeu. Ela disse e pensou "se", e não "quando".

— Claro que vou voltar; tenho que voltar. Marco, Sally e Derrick estão lá, e minha mãe, tudo que conheço está lá. Isto aqui é apenas...

Uma ponte?, perguntou-se.

Como ela mesma.

— Não adianta pensar nisso agora. Depois de um bom dia de trabalho, nós merecemos uma caminhada antes que escureça demais.

Uma lua, pensou Breen enquanto o cachorro corria direto para a baía. Quase três quartos cheia e encoberta por nuvens.

No dia seguinte, depois de sua escrita matinal, ela trocaria sua solidão por um mundo com duas luas.

E nem isso era mais tão chocante.

⁂

Ela saiu ao meio-dia com o cachorro à frente. Levava a corrente de pedra vermelha no pescoço, onde havia colocado também o anel de seu pai. Estava com uma blusa de moletom leve, da cor da floresta, uma camiseta e um jeans.

Quando chegaram à árvore, Porcaria não hesitou. Com um latido feliz, subiu e atravessou. Breen o seguiu e adentrou uma maravilhosa garoa, fina e suave, que o sol transformara em um duplo arco-íris.

A curva de cores cintilantes caía sobre a fazenda. Enquanto ela descia os degraus, viu um dragão, vermelho como a pedra ao redor de seu pescoço, voando.

Sim, ela gostava da solidão, pensou, mas isso era um tesouro inestimável.

O cachorro pulou a cerca, correu pela estrada e pulou também a cerca da fazenda para correr em círculos, enlouquecido, ao redor da lebrel irlandesa.

Mais além, em um cercado, ela viu Harken e Mahon segurando um cavalo castanho – uma égua, obviamente, concluiu Breen – enquanto Keegan segurava a rédea de seu garanhão preto, que a cobria.

Os dois cavalos e os três homens brilhavam de suor.

Ela nunca havia visto nada parecido; achou poderoso, sensual e meio assustador, observando ali na lateral gramada da estrada de terra.

Os latidos do cachorro alertaram Harken. Ele olhou em sua direção e gritou:

— Bom dia, Breen! Estamos ajudando a dar início a uma vida. Você está convidada a participar.

Não, pensou. Mas pulou a cerca e se aproximou. E pôde sentir a luxúria, o prazer, a ferocidade dos dois animais acasalando.

Isso aqueceu seu ventre, seu sangue, e a atraiu para a cerca.

— Nossa linda Eryn está no período adequado — explicou Mahon, com as tranças amarradas, como Marco costumava fazer. — Merlin está muito feliz por participar.

— Estou vendo. Vocês têm que... ajudar? Achei que eles se virassem sozinhos.

— E eles podem. — Harken usou a mão livre para acariciar suavemente o pescoço da égua. — Nós queríamos que estes dois cruzassem, e controlar as coisas evita que eles sintam dor durante o processo.

E estavam controlando; Breen podia ver isso nos músculos de Keegan, que se contraíam com o esforço por baixo da camisa molhada de suor e chuva.

Então ela sentiu, sentiu de verdade o clímax, o gozo, e teve que se segurar na cerca enquanto os cavalos soltavam gritos retumbantes.

— Espere, espere — murmurou Keegan para o garanhão. — Dê mais um tempinho à garota. Ela lhe dará um belo potro no próximo solstício de verão.

— Como... — Breen limpou a garganta, porque sua voz saiu grossa e ofegante. — Como você pode ter certeza de que ela vai emprenhar?

Ele olhou para ela.

— Os sinais diziam que era este o dia, esta a hora, e cada um ganhou meia maçã encantada com o feitiço da fertilidade antes do acasalamento. Assim fica fácil.

Ele voltou a atenção para os cavalos quando o garanhão desceu e plantou as patas dianteiras no chão. Quando Keegan soltou as correias que usara para controlá-lo, o cavalo sacudiu a cabeça e empinou antes de dar – como Breen considerou – o galope da vitória ao redor do cercado.

— Ele está orgulhoso de si mesmo.

Keegan passou as mãos na calça, manchando-a de sangue.

— Suas mãos...

Ele deu de ombros.

— Merlin fica ansioso nessas horas. Se você veio para treinar, vou precisar de uma hora primeiro.

— Não. — Definitivamente não. — Estou indo à casa de minha avó.

— Aisling ficaria feliz em vê-la, se você tiver tempo — disse Mahon, ainda acalmando a égua.

— Vou tentar passar por lá. — Ela deu um passo para trás. — Isso foi... interessante.

Harken sorriu depois que ela se foi.

— Aposto que ela não esperava uma performance dessas.

— Ela precisa começar a treinar.

— Ah, dê um tempo a ela — aconselhou Harken, dando um tapa no ombro de Keegan. — Ela voltou, não foi? Nem todos conseguiriam.

— Atravessar não é suficiente, e não será a magia de cozinha que acabará com Odran de uma vez por todas.

— Paciência, *mo dheartháir*.

— Dane-se a paciência — retrucou Keegan, mas com certo humor. — Eu gasto a paciência de uma vida inteira cada vez que fico preso na Capital. Mas vou deixá-la com Marg, por enquanto.

⁂

A porta da cabana estava aberta, e, considerando isso convite suficiente, Porcaria entrou direto.

Breen ouviu a voz de sua avó o recebendo.

Com um pouco menos de certeza, ela bateu na porta aberta antes de entrar.

— Entre, entre! Sim, sim, tenho um biscoito para você, meu rapaz.

Breen entrou e viu Marg pegando um biscoito de um pote enquanto a chaleira fervia no fogão.

— É um prazer vê-la — disse ela enquanto erguia o dedo para o cachorro se sentar. — Acabei de descer para tomar uma xícara de chá. Agora terei companhia.

— Espero que hoje seja um bom dia para eu vir.

— Você é bem-vinda todos os dias. Sente-se. Também tenho biscoitos para nós.

— Estou lendo o livro que você fez para mim. Se tiver tempo, pensei que você poderia me mostrar como fazer alguma dessas coisas. Algo simples — acrescentou. — Andei treinando o fogo. Acendi a lareira ontem à noite.

— Que ótimo!

— Demorou — admitiu —, mas depois foi natural. É assim mesmo?

— Sim.

Marg deu uma apertadinha no ombro de Breen e colocou um prato de biscoitos na mesa.

— Preciso perguntar. Encontrei Keegan quando estava indo embora no outro dia, e ele disse que eu precisava treinar. Treinar para lutar e para usar a espada.

Marg suspirou.

— Esse menino tem mais paciência que antes, e mesmo assim não é o suficiente nem para encher um dedal.

— Então vou entender como um talvez. Eu não poderia usar uma espada para... Mesmo que eu aprendesse a usar uma, o que é improvável, eu não poderia usá-la para ferir alguém.

— Haverá tempo suficiente para se preocupar com esses assuntos, mas vou pedir que pense no que faria se alguém entrasse pela porta com o objetivo de tirar sua vida ou a minha.

— Minha primeira reação seria sair correndo.

— Não seria uma ideia ruim. — Sorrindo, Marg serviu o chá. — Mas, se correr não bastasse, você simplesmente ficaria parada e não faria nada?

Breen soltou um suspiro.

— Na escola, eu tinha que levar meus alunos, que eram apenas crianças, para fazer treinamento de segurança. Eles tinham que aprender o que fazer se alguém entrasse para machucá-los. Trancar as portas e se esconder. Sair correndo, se isso não funcionasse. E eu, sendo a pessoa que cuidava deles, teria que lutar se não houvesse outro jeito. Nunca precisei pôr isso à prova, mas acho... acredito que teria feito tudo que pudesse para protegê-los.

— Vocês treinavam para isso?

— Sim. Os professores têm que treinar.

— Aqui não é muito diferente. A espada não seria sua única arma. Você tem uma arma forte dentro de si, que pode usar como tal apenas para se proteger.

— Quero aprender mais sobre isso.

— Pois assim será. Mas, primeiro, eu também andei lendo. Seu livro.

— Ah...

— Você me deu permissão para ler, e assim eu fiz. — Ela olhou para o cachorro, sorriu. — Nossa, ela entende você, meu rapaz, até os ossos. Você tem habilidade com as palavras, *mo stór*, e isso também é uma magia. Eu o li duas vezes, ri e me emocionei com as aventuras de nosso menino. Tão corajoso e verdadeiro na história como é na vida real, e doce de coração, mesmo fazendo tolices. — Marg deu um tapinha na mão de Breen. — Essa é a verdade que eu lhe prometi, não apenas a opinião de uma avó. Você mandou para as pessoas que fazem livros?

— Não, eu... — Quando viu Marg erguer as sobrancelhas, ela assentiu. — Tem razão, só podem dizer sim se o lerem. Pesquisei sobre como mandar originais para as editoras e farei isso hoje à noite. Farei isso.

— Pronto, mais um passo dado. Agora, vamos dar outro nós mesmas. Traga seu chá.

— Aonde nós vamos?

— Ao lugar onde eu faço mais do que chás e magias de cozinha. — Marg se levantou. — Digamos que nós vamos à escola.

— Como Hogwarts?

— Ah, sem dúvida essas são ótimas histórias. Mas não. Nessa escola, seremos só você e eu.

CAPÍTULO 18

Elas saíram por uma trilha que se aprofundava na floresta, começando depois do alpendre onde o cavalo cochilava e chegando aonde o riacho fazia uma curva sob uma pequena ponte de pedra em arco.

Ali havia outra construção de pedra, com metade do tamanho da cabana. Ao contrário da cabana, porém, a porta grossa, coberta de entalhes, estava fechada. Ainda assim, flores jorravam das jardineiras nas janelas de ambos os lados da porta.

Atravessaram a ponte enquanto Porcaria, encantado, mergulhava no riacho.

Marg lhe lançou um olhar indulgente.

— Ele vai ficar bem aqui fora.

— É como uma oficina?

— Sim, pois o trabalho se faz lá dentro. Me dê sua mão, criança. — Ela encostou a mão de Breen na porta, com a dela por cima. — Agora ela se abrirá para você também.

E assim aconteceu, sem nem um ruído.

O sol que batia ali era suficiente para Breen distinguir mesas, prateleiras cheias de potes, ervas secas e plantas penduradas em varais, algumas cadeiras e bancos de madeira.

— Acenda o fogo — pediu Marg, dando um tapinha em seu peito. — Daqui.

Era um teste, pensou Breen, e teve que vencer o nervosismo enquanto se aproximava da lareira. Havia treinado, recordou a si mesma. Na noite anterior e naquela mesma manhã.

Então, fechou os olhos, visualizou o fogo e silenciou a mente até sentir o calor. E puxou esse calor da barriga para o coração e do coração para a mente.

Foi apenas uma fagulha, fraca no início, mas ela puxou mais e abriu os olhos.

A turfa se acendeu, brilhou e queimou por completo.

— Muito bem. Muito bem mesmo. Agora as velas, acima de você.

Breen olhou para cima e viu mais de uma dúzia de velas em uma argola de ferro.

— Estão muito longe.

— A distância não importa. Acenda as velas.

Ela respirou fundo, puxou o calor e as velas se acenderam.

— Veja só, você aprendeu treinando o que já sabia fazer.

— É bem interessante.

— Sim, e não há mal nenhum, desde que você mantenha seu propósito e suas promessas.

Com a luz das velas somada ao fogo crepitante e à tênue luz do sol, Breen viu a sala com seu teto de vigas e piso de tábuas rústicas, dividida em seções. Ervas e flores penduradas, tigelas e potes de raízes, pós, líquidos claros ou escuros ocupavam uma área; jarros e tigelas de cristais e pedras e outras coisas penduradas em ganchos ocupavam outra. Dezenas de velas, brancas, pretas, de todas as cores conhecidas, organizadas em prateleiras.

Em outra parte ficavam as ferramentas – vasilhas, tigelas e jarros ainda a serem preenchidos, pás e colheres, varinhas, facas com lâminas retas ou curvas. Uma espécie de cubículo sem porta continha vários tecidos, fios e fitas. E um livro, não muito diferente do que Marg lhe dera, em cima de tudo.

O ar tinha o cheiro das ervas – em vasos e na terra – que estavam no largo peitoril da janela que dava para o riacho curvo.

— São caldeirões?

— Isso mesmo. Você estudou a lista de ferramentas em seu livro?

— Sim. Caldeirões, tigelas, sinos, velas, varinhas, as facas rituais, ou *athames*, vassouras, taças e espadas.

— É hora de aprender a usá-los. Hoje faremos amuletos para acalmar a mente e o coração, para fertilidade, viagens seguras, boa sorte e proteção.

Ervas, cristais, fitas e panos e, acima de tudo, como Breen aprendeu, intenção. Parecia muito simples, mas ela logo compreendeu que o cristal errado ou as ervas erradas em um feitiço poderiam atrair o mal, em vez de repeli-lo; provocar uma noite de insônia, em vez de um sono reparador.

— Fique com este que você mesma fez.

Breen pegou o saquinho roxo que havia costurado e enchido.

— Para proteção — lembrou — eu já tenho isto. — E tocou a pedra preciosa que levava no pescoço.

— E agora esse saquinho encantado também. Lembra o que pôs dentro dele?

— Acho que sim. Betônia e sálvia, um pedaço de âmbar, um de malaquita, outro de turmalina... Turmalina negra — corrigiu. — Uma conchinha e um pelo de vassoura. E eu recitei: Como meu desejo indica, longe o mal fica. Amuleto leal, proteja contra o mal.

Com um simples movimento de cabeça, Marg deu sua aprovação.

— Muito bem. Muito bem.

— O que vai fazer com os outros?

— Dar ou trocar, conforme a necessidade. Uma jovem que conheço está esperando um bebê. Vou lhe dar de presente o amuleto da fertilidade. Mas, por enquanto, vamos purificar nossas ferramentas e deixar tudo de lado.

— Por acaso não poderia me ensinar um feitiço primeiro?

Marg riu.

— *Mo stór*, acabei de ensinar. Um amuleto não é nada mais que um feitiço dentro de um saquinho.

— Um feitiço em um saquinho. — Achando isso delicioso, ela guardou-o no bolso. — Não fizemos nenhum feitiço de amor. Acho que faria sucesso.

— Um encanto ou feitiço para chamar a atenção de outra pessoa, para ajudá-la a olhar e ver, é coisa comum. Mas um feitiço de amor verdadeiro é proibido, pois unir dois corações por meio de magia não dá lugar à escolha.

— Entendi. E funcionam mesmo?

— Às vezes muito bem, mas sempre, sempre, a um preço alto. Uma mulher pode abandonar sua família, um homem pode derrubar um rival. O enfeitiçado pode se voltar contra o feiticeiro em um ataque de ciúme, tudo distorcido pela magia. Afinal, um coração pode enlouquecer de amor.

Ela podia acreditar nisso, mesmo sem experiência pessoal.

— Tudo que você me ensinou até agora foi para cura, proteção, para dar conforto. Quando eu era pequena, queria ser veterinária, médica de animais. Não só porque amava os animais, mas também porque eles precisam de alguém que cuide deles.

— O poder de cura está em você. Posso ajudar a despertá-lo um pouco, mas Aisling é mais forte nisso.

Elas guardaram panos, cristais e velas. Breen observava enquanto Marg lavava na água tirada ao luar as tesouras e agulhas que haviam usado e as enxugava com um pano branco.

— Agora, vá tomar um pouco de ar e arejar a cabeça. Vá ver Morena, ou Aisling. Depois, posso lhe mostrar como fazer uma varinha.

— Você mesma faz?

— Posso lhe dar uma, e darei, mas fazer a sua própria a imbui de seu eu, seu coração, seu poder. Você vai escolher a madeira, as pedras, os entalhes. Sua varinha será uma extensão da magia que há dentro de você.

— Não sou muito jeitosa — disse Breen enquanto saíam — com trabalhos manuais. Para costurar esses saquinhos eu cheguei praticamente ao nível máximo da minha habilidade.

— E ficou bom, não foi? Ah, parece que temos companhia.

Breen reconheceu o garanhão preto – a menos que ele tivesse um irmão gêmeo. Parado ao lado dele em frente à cabana havia um cavalo menor, de pelo cor de camurça.

— Esse é Merlin, a beleza negra de Keegan.

— Sim, eu o vi cobrir uma égua esta manhã. Ela parecia estar de acordo.

— Ah, então ele acasalou com a Eryn de Mahon! Que coisa boa. Esse belo capão é um dos cavalos de Harken. Ele se chama Boy, de Good Boy, porque é um bom garoto. Se os dois estiverem lá dentro com Sedric, não encontraremos nem migalha de biscoitos.

Lá dentro, Keegan estava sentado perto do fogo com Sedric e Porcaria. Os homens tinham uma caneca alta na mão cada um.

— E aqui estão elas — anunciou Sedric. — Agradei Keegan com uma caneca de cerveja para evitar que ele interrompesse o trabalho de vocês.

— E foi um belo trabalho. Eu soube que o seu Merlin também trabalhou direitinho hoje de manhã.

— Sim, e com sucesso.

— Emprenhou? Que ótimo.

— Não é muito cedo para saber?

Keegan olhou para Breen.

— Harken disse que ela está prenhe, e ele sabe dessas coisas. — Ele se levantou e terminou sua cerveja. — Eu trouxe Boy, já que ela tem que aprender a montar, e Harken diz que ele serviria para isso.

— Aula de equitação? — perguntou Marg, antes que Breen pudesse objetar. — Uma aula com paciência e gentileza seria uma boa maneira de Breen tomar um pouco de ar depois de ficar trancada na oficina.

— Prefiro andar.

— Andando você não vai tão longe quanto com um bom cavalo. — Keegan inclinou a cabeça para ela. — Por acaso tem medo de montar?

— Como nunca montei, que eu me lembre, não sei.

— Melhor descobrir, então. A cerveja estava ótima, obrigado. — Keegan começou a sair, mas parou para beijar o rosto de Marg.

— Você adorava cavalgar quando era criança — apontou Marg. — Está em você.

— Pode ser.

Ao sair, Breen se lembrou que gostava cavalos. Do que não gostava era de ser jogada, ou de perder o controle sobre um cavalo em disparada e ficar quicando na sela.

— Ele sabe o que está fazendo — disse Keegan —, mas vai ficar ansioso se você montar nele toda trêmula.

— Não estou trêmula.

Talvez um pouco, por dentro. Mas ela avançou.

— É melhor montar do outro lado, a menos que queira ficar de frente para a bunda dele.

Ótimo começo, pensou ela, e foi para o outro lado do cavalo.

— Não há chifres na sela para eu me segurar.

— Você não está no Velho Oeste. Já estive lá — acrescentou ele. — É um lugar imenso, e eu entendo o propósito daquelas selas grandes e pesadas lá, mas este mundo é diferente. Você terá uma rédea em cada mão. Vai puxar a esquerda para ir para a esquerda, a direita para ir para a direita, e as duas para parar. Coloque o pé no estribo e jogue a outra perna por cima dele.

— Dê um impulso a ela, como um cavalheiro faria — gritou Marg da porta.

Mas Breen jogou a perna e conseguiu montar.

— O outro pé dentro. O comprimento está certo para você. Tome, uma rédea em cada mão. Segure assim.

Ele mostrou, e, como estava sendo paciente, ela tentou relaxar.

Keegan jogou sua jaqueta de couro para trás, montou em Merlin e o fez virar.

— Puxe a rédea esquerda devagar para ele virar.

— Só uma caminhada, Keegan, até que a garota se acostume. E traga-a de volta para o jantar.

— Ela vai ficar bem, não se preocupe. Calcanhar para baixo, joelhos para dentro.

Ela estava montando um cavalo, pensou Breen, e era... legal.

Quando chegaram à estrada, ela virou o cavalo de novo – para a direita, dessa vez. Não parecia tão difícil, pelo menos nesse ritmo, um leve pocotó sob um céu que havia ficado pálido, e um ar que havia esquentado depois que a chuva passara.

Ela olhou para baixo e viu Porcaria trotando a seu lado.

— O cachorro está indo conosco, tudo bem?

— Os cavalos não ligam para os cães, nem os cães para os cavalos.

Keegan a fez parar e sair de novo. E parar de novo e fazer o cavalo recuar, e depois ir para a frente. Saíram da estrada e pegaram uma trilha que serpeava pela floresta onde a luz era suave e o ar mais frio.

Ela viu algo sair de uma árvore enorme e passar correndo.

— Elfos jovens brincando.

— Mas... ele saiu da árvore?

— Sim.

Um urso atravessou a trilha correndo e parou para olhar para eles. A garganta de Breen se apertou e seu grito saiu como um gorgolejo. E o urso correu para as árvores.

— Aquele...

— Um jovem animórfico. Estão só se divertindo na floresta. Você precisa se acostumar a ver essas coisas.

— Como você sabe se é um animórfico ou um urso de verdade que quer devorar você?

— Ursos de verdade estão mais interessados em frutinhas do que em você. Mas, se cruzar o caminho de um e ele não for com a sua cara, você vai saber em pouco tempo.

Ele se voltou para ela, totalmente à vontade, como se estivesse em uma poltrona reclinável.

— É por isso que aprendemos a usar a espada e a flecha, a cavalgar a galope e a fazer magia. Por questão de sobrevivência e de dever.

— Eu fiz amuletos hoje.

— Feitiços, é? Nossa, isso vai manter Odran longe.

— Não desdenhe. Desdenharam de mim a vida toda, e estou farta disso. O fato é que estou aqui e estou aprendendo, e agora estou montada em um maldito cavalo.

Boy percebeu uma chance e virou a cabeça para pegar umas folhas saborosas. Em pânico, Breen soltou um grito quando escorregou na sela.

Keegan a segurou pelo braço para endireitá-la.

— Controle-o, pois ele aproveita qualquer oportunidade para comer. Boy acha que tem alguém fraco nas costas. Mostre a ele que está errado. Você tem as rédeas, use-as.

— Você podia ter me avisado que ele faria isso — ela murmurou, enquanto tentava puxar a cabeça de Boy para trás.

Enquanto seguiam em frente, ela foi fazendo o possível para interpretar o cavalo e antecipar seus movimentos. E, embora seu coração disparasse quando a trilha começou a seguir a subida e descida das colinas, não gritou de novo.

Quando a quantidade de árvores diminuiu, atravessaram um campo cheio de ovelhas espalhadas. Aproveitando a oportunidade, Porcaria as perseguiu. Breen viu outra fazenda, outra estrada de terra, mais cabanas, a maioria com roupas esvoaçando nos varais.

As pessoas trabalhavam nos campos, nos jardins, com o gado e paravam para acenar quando eles passavam.

De vez em quando Keegan também parava para trocar algumas palavras e educadamente apresentá-la.

Breen conheceu uma dúzia de pessoas, inclusive uma garotinha que timidamente lhe ofereceu uma margarida e sorriu quando Breen a colocou no cabelo.

Esse gesto rendeu a Breen seu primeiro olhar de aprovação de Keegan.

— Você sabia o nome de todo mundo — comentou Breen enquanto cavalgavam. — Conhece todos?

— Eu nasci no vale — disse ele simplesmente. — Eles precisam conhecer você... a filha de Eian O'Ceallaigh. E você a eles, e a Talamh que existe além da cabana de Marg.

Boy se interessou por uma cerca-viva, mas ela o puxou de volta, murmurando.

— Não me envergonhe. Isso é um lago?

Ela viu na distância o sol refletindo na estranha e misteriosa água verde.

Era da mesma cor, percebeu, que o rio onde Odran uma vez a prendera.

— *Lough na Fírinne*. Significa "verdade". É lá que todos que escolhem mergulham quando chega a hora de um novo *taoiseach* se erguer.

— Atrás da espada.

— Sim, de Cosantoir.

Ela olhou para a espada dele.

— Nan me contou. Você era bem novinho.

— Eu fiz minha escolha. Você está indo bem. Vamos trotar agora antes que Merlin durma de tédio.

— Não estou pronta para...

— Está pronta o suficiente. Calcanhar para baixo, joelhos para dentro. Acompanhe o passo de Boy. Ele anda macio.

Keegan cutucou Merlin para fazê-lo trotar, e, como Boy seguiu o líder, Breen não teve escolha. Sua bunda batia na sela e seus dentes uns nos outros.

— Acompanhe os passos dele — repetiu Keegan. — Sente-se ereta e levante-se e abaixe com ele, senão sua bunda ficará toda preta e azul.

Ela imaginou que já estava.

— Não sei como...

Mas conseguiu. Fosse por memória muscular, autodefesa ou pura sorte, Breen começou a acompanhar o trote rápido e animado.

— Melhor — elogiou Keegan. — Agora, vire-o para a estrada que vem à sua direita.

Virar trotando?

E a maldita estrada começou a subir de novo. Mas ela se segurou, quase relaxada, enquanto passavam por ovelhas de cara preta e vacas malhadas, vastos campos e plantações de cereais ondulantes.

Tudo parecia mais macio, então ela demorou um pouco para perceber que o cavalo havia aumentado a velocidade.

— Um galope bom e macio é tudo. Raios, mulher, sente-se ereta. Você tem coluna, use-a.

A velocidade a preocupava bastante, mas ela não queria ficar batendo a bunda na sela de couro.

Breen nem notou que haviam cavalgado em círculo. Só quando ele lhe disse para voltar a trotar, depois a andar, foi que ela viu a fazenda, a baía e a cabana de Aisling.

Sobrevivera.

— Precisa melhorar sua postura, e suas mãos ainda estão pesadas, mas você se saiu bem. Vai se sair melhor amanhã.

— Amanhã?

— E amanhã você aprenderá a selar sua montaria — ele acrescentou, enquanto os cavalos desciam na direção da cabana de Marg. — Desmonte do jeito que montou, mas ao contrário.

O chão parecia muito distante, mas ela não queria ver Keegan sorrir de deboche. No instante em que puxou a perna, começou a sentir dores por todo lado. Reprimiu um gemido e enrijeceu os joelhos trêmulos. E lhe entregou as rédeas.

— Obrigada pela aula. — A voz estava tão dura quanto as costas.

— Você se saiu bem — disse ele de novo.

E então virou Merlin e, segurando as rédeas de Boy, voltou a trote ligeiro com os dois pelo caminho.

Ela esperou até ele estar fora de vista e foi mancando até a porta aberta da cabana.

Naquela noite, Breen seguiu as instruções de Marg: mergulhou em um banho quente com uma poção de cura. Depois, passou o bálsamo em cada centímetro de pele que conseguiu alcançar. Recostada na cama, com o fogo crepitando e o cachorro dormindo, ela escreveu em seu blog.

Escreveu sobre sua primeira aula de equitação; e disse que, embora seu instrutor fosse muito durão e seus músculos estivessem chorando de dor, pretendia fazer mais aulas.

Tinha que descobrir uma maneira de tirar fotos, pensou. Seus seguidores do blog contavam com isso. Mas seria um problema para outro dia.

Nos dias seguintes, ela aprendeu a fazer um círculo ritual, velas rituais, e a fazer uma pena flutuar. Aprendeu a preparar e selar um cavalo e experimentou seu primeiro galope.

Resolveu o dilema das fotos do blog pedindo a Morena que atravessasse o portal com Boy.

Breen fez sua varinha. Sob a supervisão de Marg, escolheu madeira de um castanheiro e um cristal claro e polido que puxava e emitia luz. Limpou e imbuiu o cristal sob a luz das luas. Escolheu uma escultura de dragão, que subia pelo cabo da varinha em direção à luz, e ficou maravilhada, embora pudesse sentir – sentir por dentro – quando a imagem que tinha na cabeça se esculpiu em vermelho vivo na madeira.

Quando terminou sua primeira semana de aprendizado – uma palavra que ela preferia a treinamento –, ela fez seu primeiro passeio solo.

Seguindo as instruções de Marg, passou com Boy pela fazenda onde Harken, o filho mais velho de Aisling, Finian e um homem que ela não reconhecia trabalhavam com a lebrel irlandesa e um animado border collie reunindo as ovelhas no curral.

Como ela tinha a desagradável sensação de que aquelas ovelhas podiam acabar virando ensopado, continuou cavalgando. Mais ovelhas pontilhavam as encostas, e, no alto, um par de falcões circulava. Enquanto ela observava, um deles mergulhou, tão rápido que parecia apenas uma mancha marrom dourada.

Na grama alta, algo soltou um grito alto e curto.

Imaginando um coelho, pensando no difícil mundo de predadores e presas, continuou cavalgando.

Então, a beleza a surpreendeu.

Se a cabana de Marg era uma canção, a de Finola era uma ópera. Flores inundavam a casa entre caminhos sinuosos de pedra, formando pontes. Silvestres e maravilhosas, atapetavam o chão, nadavam em torno de arbustos e árvores, todas prenhes de mais flores.

Aqui e ali pendiam lindos comedouros para pássaros, e bebedouros de cobre em forma de flores abertas.

Um beija-flor, brilhante como uma pedra preciosa, bebia da linda trombeta laranja de um lírio. As borboletas formavam enxames de tantas que eram.

Os aromas – fortes, sutis, doces, picantes – se misturavam, inebriantes e suntuosos.

Até as pedras da cabana brilhavam, cor-de-rosa, e as jardineiras em cada janela transbordavam de flores e folhas verdes. A porta, de um azul suave e sonhador, formava um arco.

Deslumbrada, Breen segurou o cavalo como havia aprendido e ficou vagando pelos caminhos. Até que ouviu vozes. Ela as seguiu ao redor da cabana, passando por um caramanchão cheio de rosas-brancas.

O mar de flores continuava e desembocava em um jardim de ervas maravilhoso, onde as plantas formavam anéis, e logo adiante estava a horta onde Finola, com um chapéu de palha de abas largas na cabeça, colocava uma cenoura na cesta que levava no braço.

Além dela se estendia um pomar. Morena voava, colhendo limões, como Breen pôde ver claramente. Depois, voou para onde estava Seamus – que colhia o que certamente eram laranjas dos galhos baixos de outra árvore.

Como cultivavam limões e laranjas nesse clima?

Breen sacudiu a cabeça e admitiu que não fazia mais sentido perguntar como as coisas eram possíveis ali.

Finola se endireitou, apoiou a mão na lombar e viu Breen.

— Ora, bom dia, Breen.

— Esta é a casa mais bonita que eu já vi.

— Ah, imagine!

Mas seu prazer ficou evidente quando ela atravessou o jardim e pegou um caminho para chegar a Breen.

— Como vão as coisas, querida?

— Estou aprendendo. Queria ter vindo antes, mas tive muitas aulas. Queria vê-la para lhe agradecer por ter cuidado de mim no passado, por me tirar daquele lugar e me levar para a fazenda.

— Ora, qualquer um faria o mesmo.

— Mas não foi qualquer um, foi você. Enfim, só queria agradecer, não quero interromper seu trabalho. Vocês têm limões e laranjas aqui!

— Temos sim, e pêssegos e ameixas, maçãs e peras, e estamos plantando bananas agora, são umas árvores muito engraçadas.

— Bananas?

— Meu Seamus cultivou a árvore de uma muda que Morena trouxe de uma visita ao outro lado. Morena, meus meninos e eu somos habilidosos no jardim, mas Seamus, nossa, ele é...

— Ele tem um toque mágico, não é?

Finola riu.

— Ah, com certeza.

Morena voou para baixo com sua cesta de limões.

— Eu vi que você veio com Boy. Está andando por aí sozinha?

— Keegan e Mahon tiveram que ir a algum lugar, então fiz uma pausa para vir aqui.

— Por que você não pega seu Blue, Morena, e dá uma volta com sua amiga? Parem aqui na volta que haverá limonada.

— Limonada? — repetiu Breen.

— Vou preparar um pouco para você levar para Marg. Ela gosta.

— Eu não acharia ruim dar uma cavalgada, ou ter companhia.

— Vou levar Blue lá para a frente.

Em vez de ir pelas trilhas, Morena abriu as asas e sobrevoou as flores.

— Ela está querendo lhe dar espaço — disse Finola — para ficar com Marg e fazer as aulas com Keegan. Não há cavaleiro melhor, além de Harken, que possa se igualar a Keegan.

— Ele é um professor rígido, mas não posso dizer que não funciona.

— Vá se divertir com Morena, então. E volte para aquela limonada.

— Pode deixar.

Ela voltou para a frente da cabana e montou. Deixou Boy comer grama à beira da estrada enquanto observava as flores, tentando ver quantas conseguia identificar pelo nome.

Morena contornou a cabana pelo outro lado. Montava um cavalo cinza claro, com três patas brancas e olhos de um azul cristalino.

— Entendi por que ele tem esse nome.

— Meu Blue é lindo, mas feroz quando precisa. Ele gerou cinco potros.

— É um garanhão?

— Como poderíamos castrar um cavalo como este? — Sua voz transmitia amor enquanto ela acariciava o pescoço de Blue. — Onde você quer cavalgar?

— Eu queria ver o lago. Não consigo pronunciar o nome.

— Ah, o *Lough na Fírinne*. Tudo bem, então. Blue vai querer galopar, pois não saio com ele há uns dois dias.

— Disseram que tenho uma postura ruim e mãos pesadas, mas eu sei galopar. Mais ou menos.

— Palavras de Keegan. — Com certo humor, Morena revirou os olhos. — Ele é ríspido, mas cavalga como um deus. Só não deixe que ele a intimide.

Ela fez Blue sair a galope. Não muito acostumada a isso, Breen teve que se segurar quando Boy seguiu o exemplo do amigo.

Ainda era meio aterrorizante, admitiu Breen enquanto voava pela estrada. Mas emocionante também. Até uma semana antes, ela nunca havia montado um cavalo – não que se lembrasse –, e agora galopava quase como se soubesse o que estava fazendo.

Ela sentia o prazer de Boy com a corrida, a companhia, e teve que concordar com ele.

Morena diminuiu a velocidade até um trote e deu um sorriso.

— Você aprendeu bem, não importa o que Keegan diga.

— Passei as três primeiras noites depois das aulas de molho na banheira e gemendo. Agora, é praticamente como se estivesse fazendo ioga.

— E as outras aulas?

Foram emocionantes, pensou Breen. Simplesmente emocionantes.

— Fiz minha varinha. Eu sei que Nan está satisfeita com meu progresso, mas ainda não cheguei lá. Com certeza ela está esperando algo de mim, só não sei o que é.

— Você saberá quando souber. Onde está Porcaria?

— Ele preferiu ficar com Marg. Acho que vi seu falcão. Ele estava com um amigo, daí mergulhou. Tenho certeza de que matou um coelho.

— Ele é um caçador, está em seu sangue. O amigo provavelmente era uma *amiga* com quem ele anda flertando; deve ter dividido o coelho com ela.

Ela apontou para o lago e Breen viu uma família de cisnes deslizando sobre as águas.

— Os cisnes protegem o lago.

— De quê?

— De qualquer pessoa com intenções sombrias. Dizem que, há muito tempo, o lago foi formado pelas lágrimas da deusa Finnguala; minha avó recebeu o nome em homenagem a ela. A deusa, filha de Lir de Tuatha Dé Danann, foi amaldiçoada pela madrasta, Aoife, e condenada a viver novecentos anos como um cisne.

— Que dureza!

— Foi mesmo — concordou Morena enquanto passeavam com os cavalos pelas margens do lago.

Elas passavam entre juncos e tifas. Libélulas, com asas iridescentes como as das fadas, corriam para a água e para fora dela.

— O que aconteceu com a deusa?

— Ela ficou vagando ano após ano, e dizem que, em seu desespero, chorou tanto que formou o *Lough na Fírinne*.

Morena ergueu a mão e uma libélula, azul como os olhos de seu garanhão, pousou em sua palma.

— Quando ela se casou com Lairgren e a maldição por fim se quebrou, veio aqui de novo para nadar, para recordar a injustiça. E assim ela criou a espada, para a proteção dos verdadeiros, e o cajado, para justiça e julgamento, para que ninguém pudesse ser amaldiçoado como ela.

A libélula saiu voando.

— Ela os jogou no lago para que o líder digno os encontrasse e os pegasse, com seu livre-arbítrio, para servir e liderar, e proteger o mundo como seus cisnes protegem o lago.

— Você acredita nisso?

— Por que não? É assim mesmo. E, desde então, gerações de *taoisigh* empunharam a espada.

— A história é linda, e o lago também. A água é meio opaca. Como alguém consegue ver para encontrar a espada?

— Aí é que está. Quando você está lá dentro, é claro como vidro. Você mesma pode ver, se quiser nadar.

— Isso é permitido?

— Claro, por que não seria? Se você tiver propósitos sombrios, os cisnes a expulsarão. São criaturas ferozes, apesar de toda a sua graça e beleza.

— Talvez outra hora. Então, minha avó e meu pai entraram naquele lago quando eram jovens e saíram líderes... Eu queria ter visto. Você já entrou?

— Sim, claro, com todos os outros. Eu pensei, vou encontrar essa espada, e Marg vai me dar o cajado quando eu estiver diante dela. E serei a *taoiseach* mais forte, mais sábia e mais corajosa que Talamh já conheceu. — Jogando o cabelo para trás, Morena riu. — Falta de confiança eu nunca tive.

— Admiro muito isso. Essa confiança para acreditar que sou capaz, forte e inteligente, e... sei lá... digna.

— Você é tudo isso, e sempre foi. — Morena se voltou na sela e olhou para ela. — Não pode deixar que os outros tirem isso de você.

— Você ia gostar de Marco. Ele diz o mesmo. Com palavras diferentes, mas com o mesmo significado.

— Então, você escolhe seus amigos com sabedoria.

— Verdade. Como se sentiu quando Keegan encontrou a espada, e não você? Ficou decepcionada?

— Ah, deuses, não. Na água, vi Keegan com a espada na mão, olhando para ela como se pesasse mil pedras. Então eu pensei: Não, não, de jeito nenhum. Não, esse é um peso que eu não quero carregar. Mas ele a aceitou e a empunha, e empunhará até chegar a hora do próximo. E, por favor, deuses, que isso não aconteça antes de eu ter netos para pularem na água.

CAPÍTULO 19

Como Marg havia pedido, Breen foi à casa de Aisling para ter aulas de cura. Afora o tear e as espadas cruzadas sobre a lareira, ela não achou a cabana dos Hannigan muito diferente de qualquer casa com duas crianças ativas e um cachorro enorme.

Caótica, barulhenta, com brinquedos espalhados e muita agitação.

— Vocês têm os mesmos modos dos porcos do chiqueiro. Peguem essa bagunça e saiam daqui. Com as mãos — Aisling avisou ao filho mais velho —, pois foi assim que você espalhou tudo isso.

— Você está ocupada. — Breen sentiu o cheiro do pão no forno e viu lá no eixo de uma roca de verdade. — Tudo bem se não tiver tempo agora.

— Será um alívio para mim, essa é a verdade. — Aisling passou a mão por seu cabelo escuro, enrolado no alto da cabeça. — Um pouco de silêncio e uma pessoa com mais de três anos para conversar seria ótimo.

Ela fez chá – alguém sempre fazia chá – enquanto os meninos arrumavam a bagunça. O mais novo se aproximou para mostrar a Breen um pequeno pião de madeira.

Toda gentil, ela se agachou para fazê-lo girar.

— Keegan e meu marido voltaram ontem à noite, e claro que Mahon teve que brincar de lutinha com os meninos, jogá-los de um lado para o outro, virá-los para lá e para cá, cheios de entusiasmo. Eles foram dormir tarde, mas isso nunca os impede de acordar com o sol. — Ela sorriu para Breen. — Portanto, um pouco de silêncio e outra mulher são bem-vindos. Guarde o pião agora, isso mesmo, meu bom rapaz. E coloquem os bonés. Kavan, ajude seu irmão a escovar o pônei e lavem-se no poço antes de voltar.

Quando ela abriu a porta, Porcaria saiu correndo. A lebrel irlandesa ficou esperando até que os meninos saíram correndo também, e depois os seguiu com dignidade.

— Não existe babá melhor que Mab, essa é a verdade. Sente-se, Breen. Vou pôr este pão para esfriar, depois vamos tomar nosso chá.

— Como está se sentindo?

Aisling a encarou com estranheza, mas logo abriu um sorriso.

— Ah, está se referindo ao bebê! Estou ótima. Não quero provocar os deuses, mas tive uma gravidez tranquila com os dois meninos, e esta parece ser igual. Perdi o gosto pela cerveja, mas não faz mal. E fico extraordinariamente excitada. Mahon não se incomoda nem um pouco.

Ela colocou o pão sobre uma grade para esfriar, tirou o avental e se sentou para tomar o chá.

— E como vão as coisas com você?

— Eu vi e fiz coisas que, um mês atrás, achava impossíveis. E sinto coisas, não sei, se mexendo dentro de mim. Como se mais coisas estivessem por vir.

— Marg deve estar contente com você.

— Espero que sim.

— Marg está felicíssima por você vir todos os dias, não só para aprender seu ofício, mas para vê-la e ficar com ela um pouco. Nem todos em seu lugar fariam o mesmo.

— Ainda não descobri meu lugar. Você sempre soube qual era o seu?

Com a xícara na mão, Aisling olhou ao redor. Pão esfriando sobre a grade, a chaleira crepitando no fogão, uma caixa de madeira cheia de brinquedos bagunçados. A roca de fiar em frente à janela e um cesto de coisas para cerzir esperando em uma cadeira.

— Antes eu achava que me mudaria para a Capital. Não seria dona de fazenda, de jeito nenhum. Eu faria parte do conselho, compartilhando minha sabedoria, e jantaria com os eruditos, os artistas e o resto. Mas Mahon me convenceu do contrário, e não me arrependo de nada. Nem sempre terminamos como pensávamos quando começamos.

— Sua casa é feliz.

— É sim, e obrigada, pois é isso que eu quero mais que tudo na vida. Minha mãe é a líder do conselho, Keegan é o *taoiseach* e Harken e eu cuidamos da casa. Parece que estamos todos onde devemos. Assim como você; se ficar ou for, aqui é onde deve estar agora. Bem, sobre a cura, isso é mais inato que aprendido, mas o que temos por dentro pode ser aberto com aprendizado.

— Nan disse que você é a curandeira mais forte que ela conhece.

— Que bom que ela pensa assim. Todos os feéricos têm esse dom dentro de si, mas abrir-se para a dor, a doença ou a angústia de outra pessoa é uma escolha difícil. Você sente um pouco dessa dor e angústia enquanto trabalha para curar a pessoa, que pode ser um estranho, até mesmo um inimigo. E, uma vez que aceita o dom, não pode negá-lo.

— É um juramento? Igual ao que os médicos fazem em meu mundo?

— Sim, muito parecido. Eu soube que, como Harken, você se conecta com os animais.

— Sempre achei que era... sei lá o quê. Mas é verdade, e isso está mais forte desde que cheguei aqui.

— O que somos todos, senão animais, afinal? Carne, sangue e ossos, coração e músculos. Como você sabe o que seu cachorro sente, o que quer ou do que precisa?

Breen olhou pela janela. Ouviu Porcaria latindo e soube, simplesmente soube, que latia de alegria absoluta.

— Não sei como exatamente.

— Pense nele, olhe para ele. Acredite, é mais difícil não olhar e não ver do que olhar e ver. E você se abre sem pensar. Veja, um cachorrinho meigo, ou um cavalo bonito, ou um pobre passarinho com uma asa quebrada. E você pensa, e se importa, e se pergunta. E se abre. — Aisling segurou a mão de Breen. — Você me permite olhar?

— Para mim? Ou... em mim... — Ela ficou nervosa. — Eu... isso faz parte?

— Pode fazer.

— Tudo bem, então. Tenho que fazer alguma coisa?

— Nada.

E nada mudou enquanto Aisling mantinha a mão de Breen na dela. A chaleira ainda crepitava, o cachorro ainda latia.

— Você é saudável, e isso é bom. Apta também. Forte; mais forte do que a maioria pensa, e isso não é maravilhoso? Você tem preocupações, claro, mas muitas são por pensar que não é boa ou inteligente o bastante. Digo que isso é besteira, mas você tem que aprender sozinha. Mas estamos conectadas agora, não apenas pelas mãos. O que você vê em mim?

— Você é linda.

Aisling riu.

— Dei uma caprichada hoje de manhã, pois Marg me disse que você viria. Vaidade não é uma coisa tão ruim, não é?

— Quero aprender. Vejamos... eu sei que você ama sua família; posso ver isso sem magia. E deve ser habilidosa, porque há uma roca de fiar aí, e um tear ali. Deve ser uma boa mãe, porque seus filhos são felizes, saudáveis e encantadores. E... — Ela estremeceu e ficou de queixo caído. — O bebê se mexeu! Senti o bebê mexer. Como...

— Estamos conectadas, e eu me abri para ajudá-la a ver e sentir.

— É incrível. Você fica tão feliz. E...

— O quê?

— Meio presunçosa.

Aisling riu de novo.

— Sim, é verdade. Você é boa, empática, e isso ajuda. Nem todos os curandeiros são empáticos, nem todos os empáticos são curandeiros. Ter ambas as qualidades torna cada uma mais forte. Vamos ver o que temos aqui.

Aisling se levantou e foi até sua cesta de cerzir. Voltou com uma agulha. Espetou o dedo e o estendeu, pegando a mão de Breen com a sua livre de novo.

— Veja o sangue, é só uma gota. A pele rasgada. Sinta a picadinha, uma coisinha de nada. Permita-se sentir isso, assim como fez a vida se agitar em mim. Sinta, imagine fechar essa feridinha. Abra-se para isso, é a luz, seu brilho e calor, que cura o que dói.

Breen não sabia se sentira ou apenas imaginara a leve picada em seu próprio dedo. Mas pressionou o polegar no local da dor. Aisling sorriu.

— Muito bem.

— Mas eu não...

— Você fez isso, sim, com um pouco de orientação. — Aisling limpou a gota de sangue e estendeu o dedo para mostrar sua pele intacta. — Foi coisinha pouca, mas já é um primeiro passo.

Apesar das objeções horrorizadas de Breen, Aisling queimou o dedo no fogão e cortou o braço com uma faca de cozinha. E trabalhou com Breen para curar esses ferimentos.

— Você tem talento para isso — observou Aisling —, como Marg disse. Lesões mais sérias exigem mais, mas você vai desenvolver e aprender a combinar o que tem com poções, bálsamos e outros tratamentos adequados. Agora, acho que outra xícara de chá cairia bem.

Quando Aisling se levantou para fazer o chá, Keegan entrou pela porta girando seu casaco.

— Morena falou que ela estava aqui. Que bom, tenho tempo agora para começar o treinamento dela.

— Ela tem nome, faça o favor — censurou Aisling, áspera, enquanto preparava chá. — Breen e eu trabalhamos em suas habilidades de cura. Ela se saiu muito bem.

— Pois então serão úteis para os machucados que ela terá depois do treino. — Ele se voltou para Breen. — Corpo a corpo básico hoje, vamos ver do que você é feita.

Se ela pudesse ter colado a bunda na cadeira, teria feito isso.

— Não pretendo lutar com ninguém.

— Não se trata de pretender. Vai ficar só esperneando e gritando se Odran enviar uma de suas criaturas atrás de você? Vai ficar sentada e tremendo da próxima vez que ele a colocar em uma gaiola? Por que alguém se arriscaria para protegê-la se você não se esforça para proteger a si mesma?

— Saia daqui! Leve sua grosseria para fora. Ela irá em breve. — Aisling pôs as mãos nos quadris. — Saia da minha cozinha antes que eu machuque você.

Keegan deu de ombros e saiu.

— Desculpe pelo irmão cabeça-dura que o destino me deu. Keegan é meio abrupto.

— Essa é uma palavra adequada.

Com um sorriso, Aisling ofereceu o chá a Breen.

— Claro que já usei muitas outras com ele ao longo desses anos. Todas, em minha opinião, bem merecidas. *Taoiseach* ou não, ele é meu irmão idiota — ela se sentou de novo —, mas ele também tem razão. Você precisa aprender, como Keegan disse, para seu bem e dos outros. Não há ninguém neste mundo que não daria a vida para protegê-la.

— Mas não quero...

— A questão não é o que você quer, e sim o que é. — Aisling pegou a mão de Breen e a olhou profundamente, seus olhos claros e azuis nos dela. — Eu me lembro de quando você foi raptada quando criança.

Lembro dos tambores de batalha. Lembro de quantos enviamos aos deuses, que perderam a vida para ajudar a trazê-la para casa em segurança. Meu pai foi um deles.

— Lamento. — A culpa a estrangulava. — Desculpe, eu...

— Não há de que se desculpar. — Com conforto e força, Aisling apertou os dedos. — Você era uma criança, e lutou; lutou com tudo que tinha. O escudo ao seu redor não durará para sempre, e o fato é que já foi rompido uma vez. Keegan estava lá, e por isso você está sentada aqui agora. Ele se esforça para ter paciência, e a usa ao lidar com o conselho, os julgamentos, a política, o peso de seu cargo. Ele foi cabeça-dura na maneira de abordar o assunto do treinamento, como eu disse, mas isso não significa que esteja errado.

Sentada na cozinha que cheirava a pão fresco e chá, Breen se lembrou da batalha que havia visto pelos olhos de Marg e de todas as pessoas que arriscaram a vida por ela.

— Tudo bem. Ele vai ficar muito insatisfeito quando vir que não sou boa nisso.

— Você não sabe se é boa ou não. E não há ninguém melhor para lhe ensinar do que Keegan. Ele foi treinado pelo nosso pai, depois pelo seu, e vai ensinar a você, do jeito dele, o que eles lhe ensinaram.

Breen viu que tinha duas opções: dizer "não" e lidar com a culpa – e sentir-se uma covarde; ou sair e levar uma surra.

Preferia ficar com hematomas no corpo a permanecer em seu ego ainda inseguro.

Então, saiu e viu Keegan galopando sem sela pelo pasto em um cavalo marrom-escuro, com os dois meninos – o mais novo na frente dele, o mais velho atrás.

Sua primeira reação foi achar que estava indo rápido demais, mas não pôde negar a alegria absoluta no rosto dos dois meninos.

Ele a viu e diminuiu a velocidade. Quando parou o cavalo, os sobrinhos pediram mais.

— Mais tarde — disse ele. — Desça, Fin.

Com óbvia relutância, Finian desceu no cercado. Keegan girou o corpo, tirou o mais novo do cavalo e o jogou para o alto.

— Vá infernizar sua mãe.

Bagunçou o cabelo de cada um e passou Kavan por cima da cerca, pulando ele mesmo a seguir.

Ele era forte, pensou Breen, ponderando sobre aqueles músculos.

— Feche o punho.

Ela sabia como porque Marco havia ensinado: polegar para fora, não para dentro.

Ele pegou a mão fechada dela e apertou seus bíceps – o que a irritou demais.

— Você não é fracote, mas haverá momentos em que enfrentará o maior, o mais forte. Precisa aprender a usar o que tem para se defender, e usar o que o oponente tem, a força e o tamanho dele, contra ele mesmo.

— Eu fiz um curso, conheço o sistema PPNV.

Ele ficou olhando para ela.

— Curso de quê? Autoajuda?

— Não! PPNV significa plexo solar, peito do pé, nariz e virilha.

Com a cabeça inclinada, ele anuiu.

— Tudo bem. Mostre, então.

— Bem, se eu estivesse saindo da garagem, por exemplo, e você fosse um assaltante ou estuprador que chegou por trás...

Ela virou as costas para aplicar o golpe. Keegan lhe deu uma rasteira.

Breen sentiu o espanto primeiro; ninguém jamais a havia derrubado. Mas logo veio a raiva.

— Você disse para eu lhe mostrar.

— Ainda estou esperando e me perguntando por que você daria as costas a um inimigo.

Ela se levantou.

— Para demonstrar.

— E se eu a atacasse pela frente?

Quando ele avançou para a frente, ela foi para trás, cambaleando. E ele a derrubou de novo.

— O sistema poderia ser mais útil — comentou ele, puxando-a do chão.

Ela socou o plexo solar dele, encontrou uma parede sólida e acabou de bunda no chão de novo.

— Você tem mais músculos que isso.

— Não vi razão para machucar você.

Antes, pensou. Breen se levantou e o socou de novo, com vontade. No entanto, quando tentou bater com o calcanhar no peito do pé dele, Keegan deu um passo para o lado e a derrubou mais uma vez.

Ela teve que admitir que o sistema funcionava melhor na teoria.

— Esse sistema pode ter algum mérito, mas não sem velocidade e potência. Tente de novo.

Ela socou, forte o suficiente para fazer sua mão arder, pulou os passos intermediários e foi direto para o golpe na virilha. Levantou o joelho, mas, embora parte dela quisesse, não seguiu adiante.

Ele sorriu.

— Agora eu vi potencial. E se...

Ele a girou e passou o braço por sua garganta, apertando-a. Ela deu uma cotovelada para trás, como havia aprendido, mas errou o peito do pé porque ele abriu as pernas.

— Pare de se debater. Fique mole. Use sua perspicácia um pouco. Você é mulher, mais fraca. Faça seu oponente acreditar que você é mesmo mais fraca. Fique mole.

Ela era mais fraca, e a realidade da força muito superior dele a assustava bastante.

Ele poderia machucá-la, e ela não o poderia impedir.

Breen amoleceu o corpo.

— Pense nos próximos passos. Quem a atacou acha que venceu. Use o cotovelo. Isso, nada mal. Mais forte da próxima vez, e ele vai afrouxar o braço. Use-o.

Ela deslizou por baixo, conseguiu se virar e levantar o joelho de novo.

— Não foi tão ruim. Mas se eu...

Ele deu um soco em direção ao rosto de Breen, parando bem perto do nariz dela. Sacudindo a cabeça, Keegan encarou seu olhar, chocado.

— Você estaria acabada. Tem que bloquear.

Ele puxou o braço dela, fazendo-o bater em seu punho e desviá-lo.

— Firme! E contra-ataque, rápido!

Breen passou uma hora – grande parte no chão – tentando, até ouvir uma constatação não muito animadora.

— Vai se sair melhor amanhã.

Teve que chamar Porcaria, teve que controlar os gemidos. Achava que aprender a montar havia sido uma experiência dolorosa, mas não era nada comparado às pontadas, picadas e dores que sentia agora. Esperou até chegar à curva que levava ao caminho de Marg, até ter certeza de que ninguém podia vê-la, e se sentou no chão, ergueu os joelhos e baixou a cabeça neles.

Porcaria a lambeu, deixando escapar as versões caninas dos gemidos que ela reprimira.

Ela nunca enfrentara violência física, nunca ninguém deliberadamente lhe causara dor. Nem conhecera o terrível desejo de machucar outra pessoa.

Seria esse o preço do poder? De si mesma?

Pensou em sua vida de antes, tão comum, tão monótona. Limitada, sim, mas...

Breen levantou a cabeça e enxugou os olhos.

— A liberdade tem preço — disse ao cão —, e não sei quanto estou disposta a pagar.

Ali sentada, usou o que Aisling lhe ensinara para aliviar a dor.

Quanto a Keegan, ele entrou na casa de sua irmã e se serviu de um uísque.

Aisling olhou para ele enquanto cortava repolho para fazer um *colcannon*.

— É meio cedo para isso, não?

— Não no meu estado.

— Como foi, então? Descobri que não conseguiria ver você derrubá-la outra vez sem correr para dar um tapa nos seus ouvidos e fazê-los zumbir.

— Ela é forte e rápida quando não pensa demais. Aquela mulher vive mais em sua maldita cabeça que fora. — Ele bebeu um gole do uísque. — Ela vai aprender, vou lhe ensinar.

Ele ergueu a camisa para observar os vários hematomas em suas costelas.

— Ela o acertou mais de uma vez, hein? Deixe-me ver.

— Não, eu cuido disso. — Ele baixou a camisa. — Breen fica com remorso, e isso retém seu poder. Ela poderia ter machucado minhas bolas mais de uma vez, mas se conteve, fica com remorso antes mesmo de machucar.

— No fundo, não somos todos assim?

Embora quisesse discordar, Keegan não podia, pois vivia com seus remorsos todos os benditos dias de sua vida.

Mesmo assim...

— É preciso deixar o remorso de lado para manter os mundos seguros e inteiros. Mas isso é um cadeado nela, e não sei se ela vai conseguir abrir. E dentro ela guarda suas dúvidas, como uma mulher faria com sua joia favorita.

— Ela precisa de tempo.

— Todos precisamos. Mas isso não significa que o teremos.

Quando Keegan foi olhar pela janela, Aisling parou o que estava fazendo, foi até ele e o abraçou.

— Não está tudo sobre os ombros dela, Keegan. Está sobre todos nós, todos os feéricos, e todos os que estão conosco.

— Eu sei, mas jurei a Eian que a protegeria, que a ajudaria a ser. Não sei como cumprir minha promessa de outra maneira.

Ele sentiu o calor sobre suas costelas e suspirou.

— Eu disse que ia cuidar disso.

— Já cuidei. — Ela o amava, e lhe deu um beijo no rosto. — Vai jantar aqui?

Ele sacudiu a cabeça.

— Obrigado, mas não. Harken e eu temos trabalho a fazer, e preciso mandar um falcão para mamãe. Se eu conseguir mantê-la a par de tudo, não precisarei voltar à Capital por enquanto. Sinto que sou mais necessário aqui do que lá.

— Mande amor com o pássaro — disse ela, e voltou a cortar o repolho.

※

Quando conseguiu acalmar seu corpo, Breen acalmou a mente e o coração conversando com Marco por vídeo.

— Oi, menina! Que saudade desse seu rosto!

— Nos falamos por vídeo semana passada.

— Sinto falta do seu rosto mesmo assim.

— Eu também sinto falta do seu. Foi movimentada a noite no Sally's?

— Lotou. O DesDamona está com um show novo, está arrasando.

Vou capotar depois de falar com você. Todo mundo está com saudade e lendo o seu blog. Agora, conte tudo que não está escrevendo lá.

Se ela pudesse...

— Está praticamente tudo lá. Estou escrevendo, caminhando, saindo com Porcaria, aprendendo a montar...

— Não acredito que você montou em um cavalo!

— E gostei.

— Cães e cavalos. Vamos ter que começar a procurar uma fazenda, se você continuar assim. Mas alguma coisa está acontecendo — acusou Marco, estreitando seus olhos cansados. — Eu conheço essa cara. Diga o que está acontecendo.

— Ainda estou descobrindo, Marco. Tem muita coisa para descobrir.

— Você não está saindo o suficiente. Por que não li nada sobre você ter ido a um pub, cantado uma música, flertado com um irlandês gostosão?

— Flertar não está nos planos, principalmente com meu parceiro a milhares de quilômetros de distância. E você? Algum cara novo?

— Saí com alguns, mas nada muito animado. Eu ando em baixa, garota. Breen, quem conhece você melhor do que eu? Estou vendo que está acontecendo alguma coisa. Está com saudade de casa, meu amor?

— De você, de Sally e Derrick. Talvez eu esperasse ter notícias da minha mãe, mas não tive. E isso não me incomoda. Mas não gosto de não me incomodar.

— Não é isso.

Breen precisava lhe dar algo convincente, porque ele a conhecia. Como não podia falar de Talamh, escolheu outra coisa.

— Acho que estou meio ansiosa, e não quero escrever no blog porque as pessoas que leem vão ficar falando sobre isso.

— O quê?

— Sabe aquele livro infantil que eu escrevi?

— Sobre o cachorro, claro. Vou continuar reclamando até você me deixar ler.

— Então... eu consultei uma agente literária.

— Você fez o quê?

Marco se levantou, de modo que tudo que ela viu por um momento foi seu torso magro de regata branca.

— Pelo amor de Deus, por que você não me contou para que eu pudesse mandar todos os tipos de vibrações boas?

— Acho que, se um dia eu receber uma resposta, vai ser "nunca mais apareça por aqui".

— Pare com isso! — protestou Marco, indicador em riste. — Mande para mim agora mesmo.

— Amanhã. Se eu mandar por e-mail agora, você vai ficar acordado lendo porque me ama e não vai conseguir dormir. Mando amanhã, prometo.

— Estou orgulhoso de você, garota. Escreveu um livro, isso é uma grande coisa. E conversou com uma agente literária.

— Não falei com ela ainda.

— Dá no mesmo.

— Agora não me faça pensar mais nisso porque eu fico nervosa. Conte o que todo mundo anda fazendo, como estão todos. Conte tudo.

Como ele sempre tinha coisas para contar, conversaram por quase meia hora antes de desligar.

E Breen se sentiu aliviada.

Ela adorava ficar com sua avó. Quanto mais a conhecia, mais a admirava. Aprendera mais que lançar feitiços com cuidado, mais que as alegrias e responsabilidades do poder. Descobriu sobre sua herança, seu lado por tanto tempo trancado como se fosse algo vergonhoso.

No dia seguinte, foi com Marg para além da oficina, entre as árvores, para lançar seu primeiro círculo ritual ao ar livre.

— Como você consegue? — perguntou Breen. — Como não sente raiva e ressentimento em relação à minha mãe?

— Lembrando que ela amava meu filho. Conhecendo tudo que se passa no coração de uma mãe. Entendendo que meu mundo nunca foi o dela de verdade.

Marg colocou as ferramentas que levara sobre o dólmen de pedra que usava como altar.

— E mesmo assim, verdade seja dita, ainda tenho que trabalhar nisso com certa frequência.

— Eu tentei... talvez não muito, mas um pouco. Não consigo esquecer as mentiras. Não só o dinheiro, Nan, embora sem ele não veja como poderia ter vindo para a Irlanda, e depois para cá. Tanto tempo perdido...

— Perdido não. Nunca é perdido. Cada dia é uma dádiva, todos os dias nós aprendemos. Como podemos saber que você encontraria o que encontrou aqui se não tivesse vivido a vida que viveu no outro mundo?

— Ela me fez sentir diminuída, essa é a verdade. Sempre me fez sentir menos do que eu sou.

Para acalmá-la e acalentá-la, Marg pousou a mão no rosto de Breen.

— Agora que você se encontrou, respeita tudo mais do que poderia respeitar antes.

— Eu fico pensando... se tenho tantas dúvidas sobre mim, sobre o que sou capaz de fazer ou o que devo fazer, foi porque ela sempre me disse, não só com palavras, mas também com olhares e ações, que eu era medíocre. E eu acreditei nela e aceitei ser medíocre.

— Você tem a oportunidade de escolher ser o que é. — Com firmeza, Marg pousou a outra mão no rosto de Breen. — Aproveite-a, construa seu presente e lute por seu futuro. Se fracassar, bem, a grandeza surge dos primeiros fracassos. Agora, *mo stór* — deu um passo para trás —, limpe a mente e lance seu círculo ritual.

Como havia aprendido, Breen usou a vassoura para varrer a negatividade e, com determinação, fez um esforço para varrê-la de dentro de si mesma.

No ponto leste do círculo, ela colocou uma vela amarela e incenso; ao sul, uma vela vermelha e uma pedra coração de dragão; a oeste, uma vela azul e uma concha, e uma vela verde com um macinho de ervas ao norte.

Marg observava. Breen deu três voltas em torno do círculo.

— Este círculo de proteção lancei como um escudo contra o futuro e o passado malignos. Com amor e luz, formo este anel e acrescento meu juramento de não fazer o mal.

Na última volta, ela foi puxando sua luz, do chacra básico à barriga, da barriga ao coração, do coração ao topo da cabeça, e acendeu as velas – ar, fogo, água e terra.

Não ficou nervosa dessa vez, pois a luz estava forte dentro dela. Ergueu o *athame* do altar e a virou para o leste.

— Invoco os deuses do sol nascente, que me concedem poder, a ouvir meu chamado deste lugar, nesta hora. Sou sua serva. Sou sua filha.

Repetiu a oração para o sul, o oeste e o norte.

Enquanto Breen falava, o ar se agitava; o fogo das velas ardia mais alto. E ela sentiu a agitação, sentiu a chama dentro de si.

Foi ao altar para realizar o feitiço simples que Marg havia escolhido para ela, para lhe dar clareza.

Colocou as ervas e os cristais no caldeirão do altar e derramou a água do copo sobre eles. Batendo sua varinha três vezes no caldeirão, acendeu o fogo embaixo dele e ungiu seu terceiro olho com óleo.

— Suba, fumaça, suba e tire meus olhos da escuridão. Ao meu coração a visão conceda; que minha mente a luz receba. Através das brumas permita que eu veja. Segundo seu desejo, que assim seja.

A fumaça fina e branca subiu em espiral.

Breen ouviu um eco surdo, a princípio, como se a fumaça abafasse o som. Quando clareou, reconheceu o barulho do mar contra as rochas. E viu os penhascos, a ilha pedregosa, os cascalhos de pedras pretas acima daquele mar revolto.

Viu o ritual naqueles penhascos. O círculo – dolorosamente diferente do que ela havia lançado. Um círculo de velas negras com chamas vermelho-sangue, e um círculo de demônios dentro dele. No centro estava a laje do altar, preta e brilhante.

Preso ali, o menino se debatia. Seus gritos atravessaram a fumaça, e Breen viu quando uma figura de manto preto e capuz pisou no altar.

Um cântico, distorcido e denso, em uma língua que ela não conhecia, ecoava ritmicamente como as batidas de um tambor.

A figura encapuzada levantou uma mão para o céu, que começou a ferver. Com a outra, ergueu uma faca longa e curva. Quando a passou pela garganta do menino, relâmpagos explodiram como violentas bombas de luz. O trovão retumbou, e ele recolheu o sangue em um cálice de ouro.

Ela viu o rosto de seu avô levantando o cálice bem alto, quando um raio o atingiu. E, banhado em sua luz, ele bebeu.

Com a visão embaçada, graças aos deuses, Breen caiu de joelhos. Só então Marg se aproximou.

— Encerre. Agradeça e feche o círculo. Vou ajudá-la, mas você tem que encerrar. Depois, vou lhe dar uma poção... você está tão pálida... e me conte.

— Era ele, Odran.

— Sim, imaginei.

CAPÍTULO 20

Marg sentou Breen em frente ao fogo em sua oficina, que estava mais perto. Havia colocado uma poção no vinho e se sentiu grata por tê-lo feito – pelas duas – enquanto Breen terminava sua história.

— O relâmpago atingiu o cálice, e o flash... estava escuro, mas iluminado ao mesmo tempo. Então Odran bebeu, e... Ah, o pobre menino, Nan! Não devia ter mais de doze anos. Depois que Odran bebeu, os demônios... o devoraram. Simplesmente caíram sobre o corpo do menino e... — Ela estremeceu, bebeu mais vinho. — Foi horrível, mais que horrível. Deve ter acontecido há muitos anos, porque Odran parecia muito jovem.

— Ele tem a idade que quiser no momento que quiser. Não sei dizer quando foi, apenas que devia ter um propósito para fazer o sacrifício de sangue. Não há crime maior, nem pecado maior que esse.

Enquanto falava, Marg andava de um lado para o outro, ainda incapaz de se acalmar.

— Por isso, como está escrito, os deuses o expulsaram de seu reino. Você disse que o castelo sombrio estava em ruínas?

— Sim, sim, isso mesmo. Deve ter sido depois que ele me raptou.

— Depois, sim. — Marg se sentou de novo e pegou a mão de Breen, observando seu rosto. — Sua cor está melhor. Estou orgulhosa de você, Breen, por conseguir encerrar depois de uma visão tão brutal. Não era esse o feitiço que fizemos.

— Eu sei. Não sei de onde veio.

— De você. Você pediu visão, pediu para ver. Há um propósito nisso também. Pode não ser claro, mas há um propósito. Vou pedir a Sedric que diga a Keegan que você não vai treinar hoje.

— Não. Acredite, eu preferiria fazer um tratamento de canal, mas, se eu não treinar hoje, ele vai pegar ainda mais pesado amanhã.

Com um sorriso, Marg apertou a mão de Breen.

— Tudo bem. Você já o conhece, e isso também é um pouco de clareza. Mas ele aceitaria minha palavra de que você não está bem.

— Ainda estou vendo... — Suspirou. — Apanhar um pouco vai me permitir pensar em outra coisa. Prefiro acabar logo com isso a ter que me preocupar amanhã. Ele usou espadas ontem. Elas não tiram sangue, mas machucam. Eu vou. — Levantou-se. — Imagino que não poderíamos fazer um feitiço para eu o vencer, para variar.

— Melhor não mexer com isso. Quer que eu vá com você?

— Já é humilhante o suficiente sem ninguém assistindo, obrigada. — Breen deu um beijo no rosto de Marg. — Até amanhã à tarde.

— Tem o chá para um sono reparador?

— Sim.

— Beba um pouco antes de dormir. E o que vai colocar embaixo do travesseiro?

— Alecrim e ametista ou turmalina negra.

— Aprendeu direitinho.

Ela queria aprender a lutar quase tão bem, pensou Breen enquanto caminhava para a fazenda. Na verdade, não queria não, e isso devia ser pelo menos parte do problema.

Poderia facilmente passar o resto da vida sem querer socar alguém, muito menos ferir com uma espada.

Só que...

Pensou no menino gritando.

Ela não teria tentado protegê-lo de qualquer maneira possível?

Observou os campos enquanto Porcaria subia a estrada e voltava. Era tudo tão verde, tão exuberante, tão tranquilo, e, mais à frente, a água azul da baía fazendo a curva...

Doía, fisicamente doía, percebeu ela, saber que esse mal existia quando o mundo oferecia uma beleza tão simples.

Coitado do menino... Seria deste mundo, do dela, de outro? Impossível saber. Mas ela sabia que ele estava aterrorizado e, mesmo assim, tentara lutar. Até o final, ele tentara.

E ela não poderia fazer menos que isso.

Breen avistou o falcão antes de ver Morena. Amish pousou em um dos pilares de pedra que flanqueavam o portão da fazenda. Porcaria —

estava crescendo tão rápido! – correu para plantar as patas dianteiras no pilar e latir.

— Ele é digno demais para brincar com você — gritou Morena.

Seu cabelo, sem sua trança habitual, caía em ondas pelas costas até a cintura.

Ela chegou antes de Breen ao portão e se agachou para fazer carinho no cachorro, que lhe deu a barriga.

— Mas eu não sou — divertindo-se, brincou um pouco com Porcaria antes de olhar para Breen. — Pronta para enfrentar Keegan?

— Nunca estou pronta para isso.

— Ah, mas Harken me disse que você está melhorando.

— Como ele sabe?

— Ele assistiu uma ou duas vezes, de uma distância discreta.

— Meu Deus, que vergonha. — Abriu o portão.

— Vou assistir hoje.

— Não, já é ruim o suficiente. Ele me derruba o tempo todo, o que é vergonhoso. Aparentemente eu tenho os pés enterrados no pântano, o equilíbrio de um bêbado de uma perna só e as mãos de um funileiro de três dedos.

— Mais uma razão para precisar de alguém torcendo por você.

Morena passou o braço pelos ombros de Breen. Cheirava a jardim: um perfume doce, picante e terroso ao mesmo tempo.

— Aposto que você é melhor do que pensa.

— Vai perder a aposta. Oh, Cristo, ele trouxe as malditas espadas. Meu braço ficou parecendo de borracha depois de ontem.

— Borracha é aquela coisa que pula, não é? Você vai pular, então. E lá está ele, com cara de feroz e olhos de aço.

Keegan virou a cabeça e sorriu para ela.

— E aqui está ela. Veio torturar meu irmão de novo?

— Ele não parece se incomodar. — Morena ergueu uma espada com um estilo que causou inveja em Breen. — Estão enfeitiçadas?

— Claro. Não quero arrancar um pedaço dela.

Morena passou a lâmina na palma da mão e assentiu.

— Mas não se importa que ela sinta a picada.

— Se não sentir nada, não vai aprender nada. Harken está nos estábulos. Uma das éguas anda sem apetite.

— Vou até lá mais tarde. — Ela devolveu a espada. — Quero assistir um pouco.

— Fique longe.

Ele se voltou para Breen e lhe jogou a espada. Caiu no chão, já que ela pulou para trás.

Keegan revirou os olhos.

— É isso que os deuses me dão para trabalhar. Pegue a espada. Espero que se lembre de qual é o lado certo.

— É só furar as pessoas com o lado pontudo.

Ele sorriu.

— Eu li *Games of Thrones*. Arya era uma criança e aprendeu bem rápido. Você já é crescidinha. Ande, venha me furar com o lado pontudo.

Breen tentou. Ele bloqueou o golpe sem mover o corpo um centímetro, mas ela sentiu a picada na barriga quando ele a acertou.

— Tente de novo.

Dessa vez, a picada no ombro lhe mostrou que ela teria perdido um braço.

— Equilibre seu peso — gritou Morena, sentada na cerca, onde estava a jaqueta de Keegan.

— Fique quieta aí — disse ele, apontando a espada para Morena, e depois se voltou para Breen. — De novo.

— Caramba, Keegan, ela está só começando. Pegue leve um pouco.

— Está só começando e já morreu duas vezes. De novo.

E assim foi. Um ferimento mortal atrás do outro, até que o corpo inteiro dela doía por causa das picadas.

— Você é um opressor! Use o ombro, Breen. Bloqueie esse filho da mãe!

Ela tentou. O suor escorria por seus olhos, pelas costas doloridas, mas ela tentou. Conseguiu bloquear um golpe que poderia tê-la decapitado, e a batida de lâmina contra lâmina fez seu braço gritar.

— Bloqueie! — rosnou Keegan. — Se não puder fazer mais nada, pelo menos bloqueie.

Mas a espada dela deslizou pela dele sem força, e ele a matou de novo.

Em frente a ela, respirando normalmente enquanto Breen ofegava, ele a pegou pelo pulso.

— Segure essa maldita espada, você tem músculos para isso. E use os pés, mulher; e a cabeça, antes que a perca. Eu quero matá-la, isso é tudo que você precisa saber. Quero tirar sua vida. — Ele bateu a espada na dela várias vezes. — Lute para tirar a minha.

Keegan foi encurralando Breen, até que ela teve que usar as duas mãos para segurar a espada.

— Ataque!

Ela atacou, mas o bloqueio dele fez a espada girar nas mãos suadas dela. As pernas de Breen vacilaram, e ele a derrubou com um empurrão.

— Você não está treinando, só atormentando e intimidando a garota! — Furiosa, Morena se aproximou e pegou a espada de Breen. — Isso não é uma luta justa, e você sabe disso.

Ele se voltou para Morena, e os dois ficaram frente a frente, ambos armados, de igual para igual. E ambos perdendo as estribeiras.

— Não existe luta justa na batalha, e você sabe disso. Quer vê-la viva ou morta? Pois ela estará morta se isso for o melhor que tiver para mostrar. Ela é inútil com uma espada e quase tão ruim quanto com os punhos.

Ele tirou a espada de Morena e a jogou ao lado de Breen.

— Pegue, levante-se e tente de novo.

— Eu não sou inútil!

— Prove, então, se tiver entranhas para isso. Pegue a espada. Lute ou morra.

Seu corpo todo doía, mas isso não era nada comparado com a raiva que tomou conta de Breen.

Ela não era inútil.

— Morra, então — disse ele, e foi em direção a ela com a espada pronta para o golpe mortal.

Breen lançou a mão para a frente, e com ela toda a sua raiva. E sua raiva tinha calor, um ardor que a queimava e a fazia ferver.

Isso o fez voar para trás uns três metros e cair, batendo na cerca e quebrando a madeira.

Por um momento, Morena ficou paralisada, de olhos arregalados.

— Pare! Pare, Breen — pediu, e correu para Keegan.

Ele se sentou e dispensou ajuda. E olhou para Breen com uma espécie de satisfação.

— Ora, ora, alguém está reagindo, finalmente.

Breen apertou a mão trêmula no chão. Aquele jorro chocante de poder ainda vibrava dentro dela.

— Eu não pretendia...

— Tem que pretender. — Keegan se levantou. — Tem que pretender o que for preciso para derrubar o inimigo, em vez de ser derrubada por ele.

— Seu nariz está sangrando.

Sem dar importância, ele passou a mão sob o nariz.

— Já sangrou antes, e vai sangrar de novo. Pegue a espada, levante-se.

— Ela ainda está abalada, Keegan. Deuses, eu também. Deixe-a em paz.

— A força ainda está nela, posso ver isso. — Ele se agachou ao lado de Breen e levantou seu queixo. — E você sente. Use-a. Vamos trabalhar para concentrá-la, canalizá-la, controlá-la, para que venha e vá conforme a sua vontade.

Os olhos dele, tão intensos, brilhavam fixos nos de Breen. E neles ela viu prazer e aprovação.

— Era isso que você queria — percebeu ela.

— Sim, isso era necessário. Morena, vá segurar Harken. Ele saiu correndo do estábulo como se estivesse pegando fogo. E mande-o fazer o mesmo com Aisling e Mahon. Diga a todos que nós estamos bem. Levante-se. — Ele pegou o braço de Breen e a puxou. — Agora começa o verdadeiro treinamento.

Chocada com ele, consigo mesma, com tudo, ela tentou se soltar.

— Você fez tudo de propósito, ficou me provocando, me machucando.

— E demorou muito para você reagir. Você esquenta devagar, Breen Siobhan, mas tem o fogo dos infernos quando finalmente acende. Agora, vamos usá-lo.

— Não quero...

Isso não era verdade. Ela percebeu quando ele simplesmente se levantou, apertando seu braço, e ficou esperando. Por mais aterrorizante que fosse, ela queria aquilo que havia explodido dentro dela e saído. Porque havia sido glorioso.

— Não fiz de propósito. Não controlei nada e poderia ter causado algo pior que uma hemorragia nasal.

— É verdade, mas vou ajudá-la. Vou ajudá-la — ele repetiu, e pela primeira vez suas palavras não machucaram. — Tenho um pouco em mim, pois sou Sábio, mas não tenho sangue de deus, por isso você tem mais. Seu pai tinha o mesmo, e, quando o meu morreu, ele aceitou me treinar e me defendeu como um pai faria. — Ele olhou para os campos, os cercados, a resistente casa de pedra. — Esta fazenda é sua por direito de nascença.

— Não. Eu nunca...

Ele lhe lançou um olhar maligno.

— Eu não disse nem diria que a terá de volta. Eian a deu à minha família porque sabia que nós cuidaríamos dela como ele mesmo, e assim fazemos. Mas o que estou fazendo com você eu faço por ele. Faço por Talamh. Faço pela luz. Você vai fazer menos? Vai ser menos?

— Não sei o que vou fazer, não sei o que serei, só sei que menos não será. Nunca vou voltar a ser menos.

— Então, pegue sua espada. Estamos desperdiçando o dia.

Ela a pegou.

— Não me irrite assim de novo.

Ele apenas sorriu.

— Eu tenho minhas defesas. Ainda não lhe mostrei minhas habilidades.

Ele mostrou algumas, e, embora Breen não achasse graça, ela aprendeu, pelo menos um pouco. Quando um inimigo tem o poder de fazer girar o vento, você gira com ele, usa o impulso para ganhar velocidade e contra-ataca. Quando cai, você se levanta antes de ser empalada.

Ela não precisava gostar das lições para aprendê-las.

— Tenho que parar. Preciso ir, já está quase anoitecendo.

— As batalhas não param quando o sol se põe.

Será que ele nunca se cansava?, pensou Breen.

— Preciso voltar. Não quero andar quase um quilômetro e meio pela floresta no escuro.

— Os duendes iluminarão seu caminho se você pedir, mas você tem recursos para isso.

— Não me lembrei de esconder uma lanterna do outro lado — o que não seria má ideia —, e não vou correr o risco de tropeçar na floresta segurando uma vela ou um lampião.

— Use sua luz.

— Que luz?

O som da espada dele deslizando dentro da bainha refletiu impaciência.

— Dê aqui sua mão.

— Para quê?

— Ah, mulheres... — Ele a pegou e a virou com a palma para cima. — Você sabe fazer fogo.

— Sim, mas...

— O fogo não é apenas chama, e pode ser frio ou quente, como você quiser. Fogo é luz. Assim como pode puxar o fogo, você pode puxar a luz. Puxe, as raízes estão em você; puxe desde as raízes a luz fresca e brilhante. Puxe uma esfera, uma bola, um globo de luz na palma de sua mão.

Havia âmbar nos olhos dele, notou Breen. Como luz. Manchas de luz no verde do mar.

— Eu nunca...

— Concentre-se na luz, dentro e fora. Veja-a, sinta-a, conheça-a. Sinta-a fria em sua mão, branca, pura, uma bola formada por sua luz, por sua vontade.

A luz cintilou. Ela quase perdeu o foco de alegria e surpresa, mas os dedos dele apertaram seu pulso.

— Segure-a, fortaleça a luz. Puxe-a.

E ela a puxou. Tinha uma bola de luz branca na mão enquanto a dele segurava seu pulso. Breen olhou para ele enquanto a luz brilhava em sua mão, em seu coração, em seus olhos.

— É lindo...

— É suficiente para iluminar seu caminho.

Ele soltou o pulso de Breen e deu um passo para trás.

— Seu foco é lento e propenso a se romper. Precisa trabalhar nisso. Volte amanhã.

Ele pegou a espada dela, recolheu o casaco na cerca e se dirigiu à casa.

— Obrigada.

Voltando-se, Keegan olhou para ela por apenas um momento, com uma espada no flanco, outra na mão e a calmante luz do sol caindo sobre ele.

— Não por isso.

Ela chamou Porcaria e seguiu para o portão enquanto admirava a luz em sua mão.

Morena a alcançou.

— Eu ia iluminar você para voltar para casa, pois a floresta fica muito escura quando anoitece.

— Exatamente. Veja o que eu fiz!

— Muito bonita. Vou dar uma volta com você, senão Harken vai me pegar para a ordenha da noite.

— Vamos até a cabana tomar uma taça de vinho para comemorar minha sobrevivência a mais um dia.

— Aceito o vinho com prazer. Mas você fez mais que sobreviver a este dia.

— Tomei um baita susto.

Porcaria subiu os degraus e atravessou a árvore à frente delas. Na floresta do outro lado, a luz brilhava.

— Eu também. Você estava feroz, furiosa, e o estalo do poder fez meus ouvidos zumbirem. Nossa, ele voou! — Rindo, Morena jogou a mão para a frente, espalhando lindas faíscas de luz. — Parecia um pássaro no meio de um vendaval. Eu o amo como a um irmão, e por um momento temi por ele. Mas, como só sangrou pelo nariz, vou dizer que ele mereceu.

— Mas eu me assustei — repetiu Breen. — Aquilo simplesmente saiu de mim.

— Era o que ele queria que acontecesse. Mas acho que a força o pegou de surpresa, senão ele teria bloqueado pelo menos um pouco. Keegan foi duro com você, eu sei, e não gostei disso. Mas agora entendo os métodos dele. Você deve estar cheia de hematomas, aposto.

— Essa aposta você ganharia, mas estou ficando muito boa em curar hematomas.

— Foi o que Aisling comentou.

Agitando as duas mãos, Morena espalhou mais luz.

— Exibida! Acho que não preciso perguntar como você vai iluminar seu caminho para voltar para casa.

— Não precisa, mas vou voltar para a fazenda depois do vinho. — Ela jogou seus quilômetros de cabelos maravilhosos para trás. — E vou para a cama com Harken.

— Exibida — repetiu Breen, e fez Morena rir.

— Não há ninguém desejando você na cama na Filadélfia?

— Não. Já faz tempo.

— Você tem boa aparência, bom cérebro e bom coração. Acho que os homens da Filadélfia devem ser idiotas, todos.

— Eu era diferente lá. Ou sou diferente aqui.

— Muitos aqui ficariam felizes em ter a sua companhia, se quiser. Precisamos fazer um *ceilidh*, para você analisar suas opções.

— Acho que, com o livro e o blog, as aulas com Nan, com Aisling e com Keegan, e tendo que me recuperar do treinamento com ele, não sobra muito tempo para estar na companhia de ninguém.

— Ora, sempre há tempo para isso. — Com um movimento de cabeça, Morena espalhou mais luz quando chegaram à entrada da floresta. — Se não concorda, devo dizer que os homens, ou as mulheres, se preferir, lá na sua Filadélfia não devem ser muito habilidosos no assunto.

— Talvez você tenha razão. Pelo menos os homens com quem acabei ficando.

Enquanto se aproximavam da cabana, Breen manteve os olhos na luz em sua mão.

— Ele não me disse como apagá-la.

— Deseje que se apague — instruiu Morena simplesmente. — Só isso.

Demorou um pouco, mas Breen viu a bola ir escurecendo, encolhendo, até desaparecer.

— Rá! Vinho! Você serve e eu dou comida a Porcaria.

— Fechado.

Breen olhou para trás quando entraram.

— Não sinto atração sexual por mulheres.

— Como eu também não sinto, não pretendia seduzi-la.

Breen riu e sacudiu a cabeça.

— Mas eu não tinha nenhuma amiga próxima na Filadélfia.

— Algo errado com elas também?

— Não, era eu.

Admitir isso foi estranho e humilhante, notou Breen.

— Sempre tive Marco. E Sally, Derrick, e as pessoas que trabalhavam no Sally's.

— Sally é um nome feminino.

— O nome dele é Salvador. E percebi que as três pessoas de quem sou mais próxima na Filadélfia são gays.

— Amigos alegres deixam a vida com mais alegria.

— Eles são muito alegres, mas eu quis dizer... Todos eles sentem atração por homens. Sally é casado com Derrick.

— Ah, sim! Essa é uma das traduções da palavra "gay" do seu lado. Mas, em Talamh, gay é sinônimo de alegre. E não há uma palavra especial para isso a que você se refere sobre amor e sexo. São simplesmente amor e sexo.

— Isso é bem... sensato.

Breen encheu as tigelas do cachorro enquanto Morena servia o vinho.

— É muito bom me reconectar com você. Muito bom tomar uma taça de vinho com outra mulher no fim do dia.

— Verdade — concordou Morena. — Então, tomaremos duas.

Tomaram duas taças e, depois que Morena foi embora, Breen treinou puxar a luz e apagá-la.

Quando levou Porcaria para sua última caminhada da noite, ficou parada nas rochas junto à baía enquanto ele mergulhava. E, curiosa, jogou a luz sobre a água, observou-a voar e depois a puxou de volta.

Errou nas primeiras vezes, mas foi melhorando. Com a luz na mão, olhou para a lua.

Estava na Irlanda, pensou, e ainda tinha luz e poder em sua mão.

Não, ela nunca seria menos de novo.

❈

Em Talamh, sob um céu com duas luas, Keegan montou em seu dragão. Pretendia ir para a cama e ler até o dia acabar, mas podia sentir – por mais que tentasse bloquear – Harken e Morena se dando prazer. E os dois – ele tinha motivos para saber – poderiam continuar até o amanhecer, se estivessem inspirados.

Então ele voou para a Capital. Não por causa da política, de reuniões ou julgamentos – sua mãe estava cuidando disso no momento.

Ele precisava de uma mulher, e sabia onde encontrá-la.

Para evitar perguntas e conversas, fez Cróga pairar sobre uma varanda do torreão. Desceu devagar. Cróga iria embora e voltaria quando necessário para o voo de volta.

Através das cortinas finas e ondulantes, ele a viu sentada à penteadeira, passando uma escova, lentamente, por seu longo cabelo louro.

Estava vestida de branco, como era seu costume, um tecido tão fino quanto as cortinas.

Shana, cujo pai servia no conselho, cujo irmão lutava ao lado de Keegan, encontrou os olhos dele no espelho enquanto ele abria as cortinas.

— Boa noite, *taoiseach*. Não o esperávamos de volta.

Nascida e criada na Capital, ela tinha sotaque do leste e da cidade. E as maneiras elegantes de ambos.

— Sua mãe ficará feliz em vê-lo.

Ela se levantou e a luz do fogo baixo atravessou seu fino vestido branco, exatamente como ela pretendia – ambos sabiam disso.

— Não vim ver minha mãe.

— Sorte a minha, então. — Ela sorriu, devagar, com seus olhos castanhos como os de um gato. — Sinto-me honrada. Vinho?

— Sim, obrigado.

Ela se movia como uma dançarina. Seu sangue de elfo lhe permitia movimentar-se rapidamente, mas ela não tinha pressa, queria que ele pudesse olhá-la bastante.

— E como vão as coisas no oeste? — perguntou, servindo em duas taças de vidro um vinho rubi.

— Bem. A paz permanece.

— Somos gratos. Mas eu me referia à neta de Mairghread. Eu soube que você a está treinando pessoalmente.

— Sim, e Marg está lhe ensinando o ofício. É necessário.

Ela lhe entregou uma taça.

— Eu soube também que ela tem uma grande beleza. O cabelo cor de fogo da avó, os olhos de nuvem de tempestade do avô.

— Até que tem certa beleza...

Ele estendeu a mão, pegando entre os dedos uma mecha de cabelo que chegava até a cintura de Shana. Como a pele dela, cheirava ao jasmim que florescia na noite.

O que acabara de dizer era mentira, e ele odiava admitir. Keegan ainda via Breen olhando para ele, com a esfera de luz na mão, a alegria e o poder vivos em seu rosto.

— Mas você pensa nela.

Fazendo beicinho, Shana passou os dedos pelos laços da camisa dele.

— Tenho que pensar nela — ele inclinou o rosto dela para cima —, mas vim até você.

— Esperando que eu abra meus braços e minha cama para você. E se eu estivesse compartilhando tudo isso com outra pessoa?

— Por sorte, não está.

Ela riu, tomou um gole de vinho e o deixou de lado.

— Por sorte. Sempre vou me abrir para você, Keegan, mas uma mulher gosta de ser cortejada primeiro.

— Eu voei no meio da noite para você, Shana. Se isso não é cortejo suficiente...

Como a conhecia e a valorizava, ele girou o pulso e lhe ofereceu uma rosa-branca.

— Ora, existe alguma mulher capaz de resistir a você? — Ela passou a flor no rosto, olhando para ele com os olhos semicerrados. — Eu nunca soube como, não é? — Ela levou a mão ao rosto dele. — Então, tire sua espada, suas botas e o resto, e venha para meus braços, venha para minha cama. Vamos deixar o oeste para trás.

Ele podia tirar a espada, e a tirou. Podia tirar as botas e o resto. Mas nunca poderia deixar o oeste para trás.

Como ele a conhecia, sabia que ela nunca entenderia por quê.

Então ele foi para os braços dela, para a cama dela, e se entregou à pele sedosa e perfumada, aos lábios quentes, às mãos hábeis de uma mulher que conhecia suas necessidades e seu corpo como ele conhecia o dela.

Fechou sua mente por um instante, só por um instante, para todo o resto. Ali estavam seios generosos para encher suas mãos, sua boca. Ali estavam os gemidos e suspiros de uma mulher para agitar seu sangue. O pulso dela se acelerava para ele; seu cabelo caía como cortinas perfumadas ao redor dele enquanto ela o montava.

— Senti sua falta, *taoiseach* — disse ela, jogando a cabeça para trás com um gemido quando se sentou nele. — Senti falta disto.

Ela mexeu os quadris, em um prazer lento e torturante. Ele os agarrou, acompanhando seu ritmo, mas de leve, para não marcar aquela pele branca e macia.

Keegan observava o rosto, a estonteante beleza dela, viu em seus olhos quando ela se perdeu em si mesma. Deixou-a cavalgar, fechou os olhos para se concentrar apenas nisso, apenas nela, para bloquear as imagens que queriam se intrometer.

Quando ela gozou, ele a virou e a envolveu, buscando seu próprio clímax.

Quando ela sussurrou seu nome, ele se amaldiçoou por querer outra pessoa.

Ficou com ela mais uma hora. Serviu-lhe vinho, ouviu suas fofocas e acariciou seu cabelo até senti-la cair no sono.

Levantou-se silenciosamente para se vestir de novo, sentindo certo arrependimento por deixar uma mulher nua e quente em um macio colchão de penas. E culpa – que lhe fez mal – por pensar em outra mulher.

— Não vai ficar? — murmurou ela, apoiando-se em um cotovelo e fazendo o cabelo se derramar sobre seu peito quando estendeu a mão. — Durma comigo, acorde comigo.

— Tenho deveres a cumprir.

— Você tem deveres aqui também.

— E não os esqueço.

Se era culpa ou arrependimento, ele não sabia dizer, mas conjurou outra rosa para ela.

— Voltarei quando puder.

Ela lhe lançou aquele olhar mordaz que sempre o atraíra.

— Posso estar ocupada da próxima vez.

Ele pegou a mão dela e a beijou.

— Que bom que seu quarto fica no terceiro andar, assim eu posso jogar pela varanda quem o estiver ocupando. Durma bem.

Ele foi até as cortinas. Já havia chamado o dragão mentalmente, de modo que Cróga estava sobrevoando o pátio. Quando o dragão desceu, Keegan subiu na mureta da varanda e montou nele.

Shana foi até as portas da varanda, abriu as cortinas e o viu voar para longe.

Um dia, pensou ela, ele não voaria para longe. Um dia ele não voltaria para o oeste, com seus intermináveis campos e ovelhas.

Um dia ele ficaria.

PARTE III

ESCOLHA

A dificuldade na vida é a escolha.

George Moore

*Acreditar apenas em possibilidades não é fé,
e sim mera filosofia.*

Sir Thomas Browne

CAPÍTULO 21

Enquanto Porcaria cumpria sua rotina farejando, vagando, correndo de um lado para o outro, Breen caminhava pela floresta em direção ao portal.

A bela e reluzente manhã a atraíra para fora, para escrever no jardim, com a brisa quente da baía e a forte luz do sol que avivava todas as cores.

Ela teria dispensado sua visita diária a Talamh e à sua avó pelo simples luxo de aproveitar aquela tarde, que prometia ser maravilhosa.

Mas havia prometido, de modo que foi.

Ela adorava seu aprendizado e esperava fazer mais feitiços. Já havia até escrito um, seu primeiro. Era apenas uma mudança em um feitiço de iluminação que conjurava sete bolas de luz e as fazia flutuar.

Com a aprovação de Marg, poderia testá-lo.

Não queria passar suas últimas duas horas em Talamh com uma maldita espada na mão ou dando socos e chutes. Treinaria com Keegan, mas com foco na magia. Não era justamente no foco que ele insistia?

Foco e controle, pensou. Só precisava convencê-lo de que treinar nessa área fazia mais sentido que trocar espadadas enfeitiçadas.

Como sempre, Porcaria passou pelo portal à sua frente. E, se houvesse crianças ou cachorros na fazenda, ele correria direto para lá.

Ou, se os avistasse, correria um tempo com aquele grupo que ela chamava de a Gangue dos Seis – aquelas crianças de tribos diferentes que corriam pelas estradas e perambulavam pela floresta.

A elfa de pele escura, Mina – definitivamente, a líder –, frequentemente abordava Breen com perguntas sobre o outro lado. As crianças não podiam passar desacompanhadas pelos portais, só depois de completar dezesseis anos, mas Mina já tinha planos de ver tudo que pudesse.

Eram crianças animadas e curiosas – mas apenas crianças, pensou Breen, quer voassem ou entrassem nas árvores ou se transformassem em cavalos.

Se eles, ou os filhos de Aisling, estivessem fora de casa, Porcaria iria para a cabana depois de brincar o dia inteiro.

Ela subiu nos galhos grossos e curvos, sobre as rochas robustas, onde não havia luz do sol e a neblina fria gotejava.

Chateada pela mudança do tempo, colocou o capuz e fechou a jaqueta. Teve cuidado ao manobrar encosta abaixo, e logo estava atravessando a grama encharcada.

A neblina cobria a fazenda, e ela mal podia ver o contorno do muro de pedra ou a estrada mais além. Definitivamente era um dia para ficar dentro de casa, concluiu enquanto subia o muro.

E diante da fogueira, pois a umidade fazia pesar o ar.

Ela chamou o cachorro e ficou na beira da estrada. Não havia carros, claro, mas alguém poderia chegar a galope, e, com aquela neblina, mal se via meio metro diante do nariz.

Conjurou uma bola de luz e se emocionou com a rapidez com que se formou em sua mão. A maior parte da luz era absorvida pelas cortinas de neblina, mas ajudou um pouco.

Aquelas cortinas bloqueavam tanto o som quanto a visão e, para ela, davam uma estranheza atraente àquele passeio que já se tornara familiar.

Era como estar dentro de uma nuvem, pensou, sozinha e quieta. Mas com fogo e uma bebida quente no final.

Breen jogou a bola de luz para cima e a pegou, para se divertir, e cantou "The Long and Winding Road", achando que combinava.

— Que voz adorável você tem!

A mulher saiu do nevoeiro como se fosse parte dele. Usava um longo manto cinza com o capuz sobre seu cabelo grisalho. Quando Breen se sobressaltou, quase derrubando a bola de luz, ela sorriu.

— Ah, eu a assustei. Desculpe. Que neblina temos hoje! Você é filha daquele que foi *taoiseach*, neta de Mairghread. Breen, não é? Sou Yseult, e é um prazer conhecê-la, mesmo em um dia assim.

— Sim, sou eu, Breen.

A mulher carregava uma cesta, de onde saíam as folhas das cenouras. Os olhos dela, cinza como seu cabelo, tinham um sorriso fácil.

— Você mora por perto?

— Oh, ainda falta um caminho a percorrer. Troquei alguns produtos meus pelas cenouras na fazenda O'Broin, que já foi sua. Nunca tive o dom de cultivá-las.

— Estou indo ver minha avó.

— Tenho certeza de que ela está feliz por tê-la por perto depois de todo esse tempo — No ar frio, Yseult apertou mais seu manto. — Posso caminhar com você e aproveitar sua linda luz em meio a esta penumbra? Gostaria de passar por lá e cumprimentar minha velha amiga.

— Claro! Conhece minha avó? — perguntou Breen quando começaram a andar.

— Ah, sim! Todo mundo conhece Mairghread. Fomos criadas juntas, pode-se dizer. E eu conhecia seu pai desde que era um bebê. Você se parece com os O'Ceallaigh. Mas os olhos você puxou de seu pai e de seu avô.

— É, já me disseram isso.

— Você ficou muitos anos fora. — Ela passou um dedo perto da bola de luz. — Aprendeu o ofício com seu pai?

— Não. Só comecei a aprender quando cheguei aqui.

— Ah, mas que pena, não é? Seu pai tinha grande poder, dos O'Ceallaigh e do deus. Muito ele poderia ter ensinado a você. O poder está em você também, e o sangue do deus.

— Minha avó está me ensinando.

— A conjurar bolinhas de luz?

Breen notou o tom desdenhoso. Mas o sorriso fácil continuava lá, contrastante. E notou que os olhos da mulher não eram cinza, e sim quase pretos.

Escuros e profundos.

— A luz é o núcleo, o coração, a fundação.

— Acha mesmo? Mesmo que se possa apagar tão facilmente?

Ela arrancou a bola da mão de Breen e a cobriu com a sua. Quando a abriu, a luz havia desaparecido.

— É um brilho muito fraco, realmente, fácil de matar. O preto sempre sufocará o branco, minha menina. A escuridão sempre derrotará a luz. Aprenda bem essa lição, pois assim sempre será.

Não cinza, percebeu Breen quando sua cabeça começou a girar de leve. Viu a cor fluir no cabelo embaixo do capuz. Vermelho. Não um vermelho brilhante e ardente, e sim profundo e escuro. Como sangue arterial. E o manto ficou preto.

O que havia na cesta começou a deslizar e sibilar.

— Quem é você?

— Yseult, como já disse. Sou aquela que conhece bem sua avó. Sou a escuridão para a luz dela. Fui eu quem ajudou Odran a levar seu pai, aquele mau exemplo de filho, para a morte. Venha, criança, venha assistir enquanto faço o mesmo com a mulher que o deu à luz. Depois, vou levá-la até seu avô. Ele espera para envolvê-la em mantos dourados e mostrar-lhe o verdadeiro poder que há em seu sangue.

Tonta, sentindo-se mal, Breen cambaleou para trás. A beleza do rosto de Yseult, um rosto que até então havia sido agradável, comum, tornou-se aterrorizante.

Ela emanava uma luz escura, e as cobras – cobras de duas cabeças – da cesta – não de palha, e sim de ouro – começaram a sair pelas laterais.

— Não. Não vou a lugar nenhum com você. Você não vai chegar perto da minha avó.

A mulher deu um sorriso radiante, cheio de confiança.

— Tão jovem, tão tola, tão fraca. Vai fazer outra linda bola de luz para me deter?

Quando a mulher agarrou o braço de Breen, um calor escaldante tomou sua pele e quase fez dobrar seus joelhos. E, quando se soltou, uma das cobras a atacou. Essa dor a fez cair.

Mesmo assim, ela lutou para atrair a luz, o poder, para encontrar um escudo, uma arma.

Algo saiu de seus dedos e atingiu o manto de Yseult, fazendo-o queimar.

Com as sobrancelhas arqueadas, Yseult recuou. Mas logo seu sorriso voltou.

— Ora, você tem um pouco mais do que eu pensava. Mas não é o suficiente, florzinha.

Breen cruzou as mãos à frente. Dessa vez os pequenos raios de luz caíram inofensivamente no chão.

— Você quer mais, posso sentir sua necessidade. Posso lhe dar mais. Seu avô pode lhe dar mais do que sua mente fraca pode imaginar.

— Não quero nada de você nem dele.

— Mas terá. E nós sugaremos você.

Quando Yseult deu um passo à frente, Breen se preparou para lutar com o que lhe restava. E ouviu um dragão rugindo no meio do nevoeiro.

Ele abraçou Breen com a cauda enquanto Keegan pulava das costas do dragão.

Com a espada em punho, ele atacou Yseult. Ela virou a cesta e jogou as cobras na direção dele, girando.

— Ela será sua morte, *taoiseach* — gritou. — Tome o lugar dela na torre sombria enquanto Odran governar para sempre.

— E eu serei sua morte, Yseult!

As cobras gritavam enquanto ele atirava luz nelas. Quando se transformaram em cinzas, a neblina desapareceu, assim como Yseult.

Keegan embainhou sua espada.

— E eu serei a sua morte — repetiu Keegan, e se voltou para Breen.

Fez um sinal para que o dragão desenrolasse sua cauda e sacudiu a cabeça.

— Como espera lutar sentada?

Ele deu um passo em direção a ela e sua expressão mudou.

Correu para se ajoelhar ao lado dela.

— Elas a atacaram? Você foi mordida?

— Meu braço.

Sem delicadeza alguma, ele levantou a manga de Breen, praguejando. Desamparada, afogando-se na dor lancinante, ela gritou.

— Desculpe, desculpe. Não, não, fique acordada!

A cabeça dela pendeu, e Keegan a segurou pelo queixo com força suficiente para machucar.

— Você tem que ficar acordada. Precisamos queimar o veneno antes que ele a conduza ao Sono, e não há tempo para levá-la até Aisling. Vamos ter que fazer isso juntos.

— Não sei como. Estou tão cansada...

— Olhe para mim. Junte-se a mim. Luz comigo, fogo comigo, poder comigo, dois em um. Veja a escuridão correndo por seu sangue, limpe-a com fogo branco até que não haja mais. Repita comigo.

Tudo estava embaçado; seus olhos, sua mente, seus ouvidos...

— O quê?

— Fique acordada, maldição! Olhe para mim. Meus olhos são seus olhos, minha mente é sua mente, minha vontade é sua vontade. Repita as palavras comigo e conjure o fogo. Junte-se a mim — repetiu, e ela murmurou com ele.

Quando terminaram o primeiro encantamento, a dor diminuiu, fazendo-a gemer, ofegante.

— Eu sei que dói, mas use-a. Você já está mais forte. Vamos repetir agora. Vamos nos manter juntos. São necessárias três vezes. Faltam mais duas.

Não era dor, pensou Breen. Era algo que ia além da dor. Sentia-se incendiada de dentro para fora. Ela gritou, soluçou, e ele esperou.

— Mais uma vez, só mais uma vez e acabou. Prometo. — Ele a apertou mais. — Estou aqui com você. Mais uma vez.

Ela teve que recuperar o fôlego, teve que resistir sabendo que uma dor indescritível a rasgaria pela terceira vez.

Manteve os olhos fixos nos dele, naquelas luzes douradas nadando no verde.

— Junte-se a mim — disse ela, e chorou durante o resto das palavras sem constrangimento algum.

— Pronto, você é corajosa. Quero dar uma olhada. Não feche os olhos, não durma, ainda não.

Muito gentilmente, ele afastou o cabelo do rosto úmido dela.

— Nossa, ela a queimou mesmo, aquela vadia. Posso resolver isso, e não vai doer tanto. Olhe aqui. Está vendo onde estavam as mordidas, a vermelhidão, o inchaço? Sumiu. O veneno foi queimado. Ficou apenas a marca que ela colocou em você. Deixe isso comigo.

Ela deixou a cabeça cair para trás. Nem sequer teve forças para imaginar que estava apoiada na perna de um dragão.

— Onde estamos? Esta não é a estrada da fazenda, da cabana.

— Ela a atraiu. Odran não pode passar, mas ela vai e vem como quer. Pretendia levá-la pelo portal com magia sombria.

— Eu...

Breen suspirou ao sentir o imenso alívio quando seu braço esfriou e a dor desapareceu sem deixar vestígios.

— Pronto. — Ele passou a mão levemente pelo rosto dela. — Você trabalhou bem. Fez o difícil e fez bem. — Sentou-se. — Agora me diga: em que diabos você estava pensando quando saiu com Yseult?

— Eu não sabia quem ela era, estava indo para a casa de Nan. Ela perguntou se poderia me acompanhar para visitar minha avó. Disse que eram amigas... ou deu a entender. Então, tudo mudou. Ela pegou a luz. Eu tinha uma bola de luz, e ela a pegou e a esmagou.

Keegan segurou a mão de Breen, que não se esqueceria disso. Segurou porque a mão dela tremia.

— Por que estava com uma bola de luz em uma tarde clara?

— Havia muita neblina, e estava chovendo, e...

— Como quando eu cheguei?

— Sim, assim mesmo.

— Era bruxaria dela.

— Não havia neblina?

— Foi uma ilusão que ela criou para você.

— Mas... como ela me trouxe aqui? Andamos apenas uns minutos. E como você me encontrou? Como sabia?

— Ela a encantou. Você estava cantando, eu a ouvi, mas não a vi em lugar algum. Yseult é poderosa, e planejou bem.

Ele mediu a distância até o portal da cachoeira.

— Mas não bem o suficiente. Eu vi sua luz, ouvi sua voz. E, quando não vi mais, segui a luz daqui — disse, indicando o coração dela com seu dedo longo.

Ele se levantou e pegou um odre na sela.

— É só água. Você precisa beber depois da purificação. Marg dará algo para você sarar, mas não durma antes disso.

— Estou me sentindo... meio bêbada.

— Não é de se surpreender. Foi a primeira vez dos dois fazendo esse feitiço.

A água descia como magia por sua garganta. Até que ela quase engasgou.

— Você nunca tinha feito isso? Como sabia que daria certo?

— Deu, não deu? Agora, levante-se.

Ele pegou o odre e passou o braço ao redor dela para levantá-la. Teve que apertar quando ela cambaleou.

— Tonta — Breen conseguiu dizer, e deixou a cabeça cair no ombro dele. — Preciso de um segundo. Acho que ainda não consigo andar.

— Você não vai andar.

Embora ainda estivesse mole quando ele a ergueu, ela ficou rígida quando se viu sentada na sela.

— Não, acho que não...

Keegan se sentou atrás dela.

— Não vou deixá-la cair.

E o dragão simplesmente subiu, como o falcão, passando por entre as árvores.

O vento açoitava seu cabelo e seu rosto.

— Você... Não há rédeas!

— Nós sabemos aonde vamos. A sela é para o conforto do cavaleiro e para o transporte de suprimentos.

Breen queria apenas fechar os olhos até sentir os pés no chão de novo. Mas algo dentro dela queria mais. Ela olhou para o céu – azul, branco e dourado. E para baixo, as colinas e os campos, os riachos e as cabanas. Verde e mais verde, marrom e dourado de novo, a baía azul, a espuma branca. E a ascensão repentina de uma cauda iridescente.

Ela achava que já estava começando a entender a magia, até mesmo a senti-la. Mas, até aquele momento, não sabia nada.

Voltou-se e segurou a mão de Keegan.

— Eu disse que não a deixarei cair, e estamos quase chegando.

— Não, não, não. Não é isso. É que... é tudo incrível. É maravilhoso. É tudo tão lindo!

Encantada, ela soltou a mão dele e acariciou levemente as costas do dragão.

— Ele parece polido, como uma pedra precisa. E me protegeu.

— É a natureza dele, o coração dele.

Ela viu a fazenda lá embaixo e lamentou que seu primeiro voo – talvez o único – houvesse sido tão curto.

— Sou grata a vocês dois. Eu estaria morta se vocês não tivessem aparecido.

— Eles não querem você morta. Ainda.

Então, eles pousaram. E viram Marg correndo atrás de Porcaria, que gania.

— Onde ela estava? O que aconteceu?

— Yseult.

Keegan pulou, estendeu a mão e tirou Breen da sela.

— Calma — disse ao cachorro, que dava patadas em suas pernas para tentar alcançar Breen.

Em vez de colocá-la no chão, ele a levou no colo em direção à casa.

— Eu já consigo andar.

— Não muito bem, aposto. Ela tinha cobras do sono, e Breen foi mordida.

— Há quanto tempo?

— Leve-a para dentro — pediu Aisling, depressa. — Vamos purificá-la.

— Já está purificada.

— Você...

— Nós dois. — Ele parou e disse, com frustração na voz: — Não posso levá-la para dentro se você ficar no caminho, não é?

— Tenho que ver isso.

Aisling colocou uma mão sobre o coração de Breen e outra na cabeça.

— Está limpa. Está limpa, Marg, não se preocupe. Muito bem, Keegan.

— Ela vai precisar da poção depois. Minha pobre menina!

— Mahon, meu amor, leve as crianças para os fundos. Breen precisa de silêncio. Harken, a poção depois, por favor.

— Yseult — disse Keegan aos homens.

Mahon praguejou. Seus filhos o fitaram com olhos arregalados e sua esposa com cara feia. Keegan levou Breen até o sofá, e Porcaria plantou as patas no peito dela e lambeu loucamente seu rosto.

— Preciso que Mahon vá explorar a área comigo, como íamos fazer antes de isso acontecer.

— Deixe as crianças com Mab, então. Saia, Porcaria. — Aisling o afastou com o cotovelo e lhe fez um carinho. — Deixe Breen conosco um pouco agora. Vá com os meninos.

— Vá lá fora. — Para tranquilizá-lo, Breen beijou o nariz do cão. — Estou bem.

Keegan olhou para Breen outra vez.

— Treinaremos amanhã, e mais pesado. Desta vez não foi ninguém aleatório tentando a sorte, foi um ataque planejado. Odran sabe que você está aqui, sabe que despertou. Vamos treinar mais.

Harken entrou com uma xícara enquanto Keegan saía.

— Beba isso — ordenou Aisling. — Até a última gota. Depois, vai comer um pouco de ensopado. A purificação esvaziou você.

— Sim. Sinto um vazio em todo lugar.

— Eu deveria saber — ponderou Marg, sentada ao lado de Breen, levando a mão da neta ao rosto. — Eu deveria ter esperado por isso, estar preparada.

— Não é culpa sua. Você vem me preparando, e Keegan também. Odeio admitir que ele tem razão. Tenho que trabalhar mais. Eu fui fraca e estúpida. Fui — insistiu quando Marg protestou —, mas não serei da próxima vez.

— Você vai comer alguma coisa — declarou Aisling — e nos contar tudo, do começo ao fim. E veremos o que precisa ser feito. Ela tem seu sangue, Marg, e não é fraca nem estúpida. Mas Yseult é astuta e poderosa com suas malditas cobras. Vamos ouvi-la, então, e ver o que é necessário.

Quando Breen terminou e já se sentia ela mesma de novo, Harken se afastou da janela onde estava de olho nas crianças. Pegou o rosto de Breen nas mãos e a beijou levemente nos lábios.

— Presa no meio de uma névoa enfeitiçada com uma poderosa bruxa sombria, marcada por ela, mordida por uma cobra do sono, você ainda teve luz e força suficiente para guiar Keegan. Você é filha de seu pai mesmo.

Ela não havia visto a coisa por esse ângulo. Vira apenas o fracasso.

— Espero que sim. Não entendi esse negócio do sono. Keegan falou que eles não me queriam morta.

— Elas não causam a morte — disse Aisling —, mas a imitam.

— Conhece a história da Bela Adormecida? — perguntou Harken. — Só que não seria um beijo que a traria de volta. Uma pessoa mordida por uma criatura como aquela cairá em um sono escuro e profundo, e só acordará pela vontade de quem comanda o animal.

— Nós teríamos quebrado o feitiço — explicou Marg, pegando a mão de Breen —, mas teria sido difícil e perigoso para todos. Que bom que você e Keegan mataram o veneno antes que atingisse seu coração e sua cabeça.

— Ela ia me levar pelo portal da cachoeira. Como me faria passar?

— Não ouvimos falar dela em Talamh desde que fechamos o portal. Deve ter levado anos para fazer um feitiço. Ela é daqui — acrescentou Marg —, isso deve ter ajudado. Existem outros portais, claro, mas todos bem vigiados. O problema é que ainda há seguidores de Odran, como aquele que Keegan matou quando fomos visitar o túmulo de Eian.

— Ela veio sozinha — apontou Harken. — Se passou pela cachoeira, não poderia ter trazido soldados. Vou lá ver se posso reforçar uma possível brecha por onde ela conseguiu passar.

— Não vá sozinho — pediu Aisling.

— Que pouca fé você tem em mim!

— Eu diria o mesmo a qualquer um, seu imbecil. Vá com mais dois para somar três.

— A bruxa cavalga com uma fada e um animórfico — descreveu Breen. — Um elfo e um *troll* atravessam a floresta verde. E, com madeira, pedra, luz e magia, os cinco fecham o portal de novo.

Breen caiu para trás e olhou para todos a seu redor.

— O que foi isso? Eu vi você, Morena e um homem que vira urso. Uma mulher que saiu de uma árvore e um *troll* com um machado de pedra.

— Foi uma visão — disse Marg, e sorriu.

— Não tenho visões. Bem, eu tenho sonhos, e são bem lúcidos. E tenho flashes como qualquer um, mas...

— Não como qualquer um.

— Juntar seu poder ao de Keegan deve ter representado um reforço para você. Quer mais chá? — perguntou Aisling.

— Não, não, estou bem. Foi como estar lá vendo tudo, mas através de uma cortina fina.

— A cortina vai desaparecer com o tempo — esclareceu Marg. — Agora, acho que você precisa descansar. Passou por maus bocados.

— Descansar não, treinar. Preciso aprender mais e melhorar o que já aprendi.

— Tudo bem, então — Marg se levantou. — Vamos treinar.

Quando saíram, Aisling pôs a mão no braço de Harken.

— O que Breen sente? Você olhou, eu sei, por preocupação e para ter certeza, assim como eu precisava saber se o corpo e a mente dela estavam limpos e claros. Mas você viu algo.

— Vi. — Ele amarrou a espada que raramente usava. — Estava limpa e clara, mas dividida entre o medo e a fascinação, assim como entre Talamh e o mundo que ela conhece. Seus amores, suas lealdades, suas necessidades, suas dúvidas se emaranham dentro dela como videiras. — Ele colocou o boné e a jaqueta. — Não há nada que possamos fazer sobre isso, Aisling. Ela fará as próprias escolhas quando for a hora.

— Dá vontade de bater na sua cabeça por ter tanta paciência.

— E isso não mudaria nada. — Ele lhe deu um beijo no rosto. — Bem, preciso selar um cavalo e ir buscar Morena, e acho que foi Sean quem ela viu na visão. Se Mahon e Keegan não voltarem, fique para o jantar.

— Para fazer o jantar, você quer dizer.

— Claro — anuiu, com seu jeito alegre. — Mas eu gosto de sua companhia e das crianças, e de sua comida.

Ela lhe deu um tapa enquanto ele se dirigia à porta.

— E quando você vai finalmente pedir Morena em casamento para que ela faça o seu jantar?

— Ela é uma péssima cozinheira, você sabe muito bem. E eu vou pedir quando ela estiver pronta para dizer sim, não antes.

Por que não dar um empurrãozinho nela?, perguntou-se Aisling quando ele fechou a porta. E, então, suspirou e disse:

— Bendito seja, irmão. — E voltou para a janela para olhar seus filhos.

Ela seria capaz de matar por eles. E de morrer por eles, pensou, enquanto cruzava as mãos sobre a vida que crescia dentro dela. Agora, só podia esperar que Breen lutasse por eles e por todas as crianças de todos os mundos.

CAPÍTULO 22

Ela trabalhou e treinou até a lua nascer. Comeu, grata, o rosbife e os legumes que Sedric preparou. Marg insistiu que ela ficasse, mas Breen insistiu em voltar para casa.

Queria seu espaço, o silêncio, e escrever cada detalhe do que havia acontecido.

Escrever a ajudaria a recordar os detalhes para que – tomara – não cometesse os mesmos erros de novo.

Breen se acomodou na cama com Porcaria enrolado na frente do fogo, que ela agora podia acender com um pensamento – que progresso! –, e começou a colocar o alecrim embaixo do travesseiro.

No entanto, pensando na visão que havia tido na cozinha da fazenda, deixou a erva de lado. Talvez fosse hora de dar boas-vindas a seus sonhos, fossem eles quais fossem.

Ela sonhou de novo com o castelo sombrio e suas paredes que pareciam de vidro, com a ilha pedregosa na qual se erguia, e o mar revolto abaixo dos penhascos escarpados.

O deus estava em uma ampla sacada na torre mais alta. Seu manto preto rodopiava enquanto ele lançava raios escuros de luz no céu e o fazia ferver.

Os olhos dele cintilavam de raiva, inseridos na máscara de fúria que era seu rosto.

Daquele céu fervente caiu a chuva, afiada como pontas de flechas. Embaixo e nas falésias, aqueles que o serviam gritavam e corriam em busca de abrigo contra a tempestade letal.

Algumas flechas perfuravam e queimavam como ácido. Outras o vento rodopiante levantava e jogava no mar agitado.

Edifícios que haviam começado a se erguer de novo dos escombros nas falésias tombaram.

E, mesmo assim, a ira de Odran não diminuiu.

Yseult apareceu. O vendaval açoitava seu cabelo vermelho-sangue e seu vestido da mesma cor. No sonho, Breen podia ver o medo nos olhos dela, por mais que o tentasse esconder.

— Meu rei, meu suserano, meu tudo.

Ele se voltou e lhe apertou a garganta, levantando-a do chão. Ela não resistiu. Embora o medo aumentasse, ela não resistiu.

— Você fracassou! Deveria trazê-la para mim. Dê-me uma razão para eu não a jogar no mar agora! Para eu não ver seu corpo se quebrar nas rochas!

Mas ele só a jogou no chão da varanda. Breen viu a dor se misturar com o medo, mas Yseult se ajoelhou aos pés de Odran.

— Todo o poder que possuo está sob seu comando. Eu me jogaria nas rochas se você mandasse. Ela tem mais do que acreditávamos, mais força crescendo dentro dela do que sabíamos. Mas meu rei, meu senhor, esse conhecimento é para seu benefício.

— Seria bom se você cumprisse seu dever.

— Mais força despertou nela. Quando você a tiver, não terá que esperar muito para beber os poderes dela. Ela virá muito antes do que acreditávamos. E quando a sugar por completo, nesse dia glorioso, nenhuma porta estará trancada para você, nenhum mundo lhe será proibido. — Ela inclinou a cabeça. — Meu rei, meu suserano, meu tudo, sou leal apenas a você. Abandonei todos os juramentos, exceto o que fiz a você. Com a magia sombria, juntei-me a você, com o sangue de sete virgens, ajudei-o a restaurar seu castelo. E cumprirei meu juramento para ajudá-lo a reconstruir sua cidade gloriosa, a tomar seu trono acima de todos os deuses, acima de todos os mundos, e esmagar aqueles que se opuserem a você. — Ela levantou a cabeça. — Eu imploro, Odran, o Incomparável, que não tire minha vida com fúria. Se quer minha morte, tome minha vida a sangue-frio, com a mente fria, e no altar de sacrifício, para que minha morte sirva a você além de minha vida.

Ele observou Yseult com seus olhos cinzentos – como os do pai de Breen, como os dela –, calculistas.

— Você iria ao altar de boa vontade, bruxa?

— Minha vida é sua. Pode usá-la, tomá-la, fazer o que quiser. Como tem sido desde que fiz meus votos a você com sangue e fumaça.

— Levante-se.

A chuva mortífera cessou e o vento morreu. Ele se levantou, e seu cabelo dourado brilhava sobre os ombros.

— Não é de sua lealdade que duvido, e sim de sua habilidade. Você me decepcionou, Yseult.

— Não há nada que eu lamente mais.

— Mande uma escrava com vinho, uma bem graciosa. E quero a bagunça lá embaixo em ordem de novo.

— Seu desejo é uma ordem.

Ela voltou para dentro.

Odran foi até a mureta e olhou para o mar.

Por um momento – um momento terrível –, pareceu que seus olhos se encontraram com os de Breen. Ela viu algo neles – surpresa, obscura satisfação.

E acordou tremendo, como se estivesse mergulhada em gelo.

Pegou seu tablet e anotou tudo.

E colocou o alecrim debaixo do travesseiro.

De manhã, conseguiu escrever no blog, um post focado no jardim. Tudo reluzente e alegre, cheio de fotos bonitas.

Retomou seu livro. Fez um pequeno progresso, pois introduziu uma bruxa malvada que usava um pingente mágico de cobras de duas cabeças.

Mais tarde introduziria as vivas, mas ainda não estava pronta para isso. Não conseguia se concentrar na história, porém; queria voltar ao sonho, ou à névoa, ou à intensidade dos olhos de Keegan quando ele a ajudara a se curar.

Ele também sentira a dor, Breen notara, aquela dor abrasadora e desumana. Mesmo assim, não se afastara.

Misneach, murmurou, colocando a mão sobre o pulso. Ele tinha coragem.

Precisava pensar. Precisava ficar sozinha e pensar para saber se tinha mais do que a palavra em seu pulso.

Para clarear a mente, Breen decidiu encerrar mais cedo e cuidar de algumas tarefas domésticas que havia negligenciado.

Pôs roupas para lavar antes de ir ao mercado da aldeia. Notou que estava tão acostumada com o funcionamento da vida em Talamh que era a vila irlandesa que parecia outro mundo.

Com a roupa lavada, as compras guardadas e o jardim limpo, olhou seus e-mails antes de ir passar a tarde com os feéricos.

— Ai, meu Deus!

Leu o e-mail e se levantou de um salto. Ficou andando de um lado para outro, preocupando Porcaria, que corria para dentro e para fora.

Leu de novo.

— Ai, meu Deus! Pare, pare, pare. Não fique tão animada. É só o próximo passo. Ora, dane-se! Estou muito animada!

Quando Porcaria pulou nela, ela pegou suas patas dianteiras e dançou com ele.

— A agente quer ver o manuscrito inteiro. Ela não me dispensou! Não, não, ela disse que adorou o primeiro capítulo e a sinopse que eu enviei e quer ver o resto!

Ela teve que sair para respirar, e dançou com o cachorro de novo.

Mas logo se obrigou a sentar e redigir uma resposta, que leu três vezes para ter certeza de que era bem profissional.

— Ok, aí vai!

Anexou o manuscrito ao e-mail, mas ficou parada.

— Aperte enviar, pelo amor de Deus! É só clicar em enviar.

Ela olhou para o cachorro, que estava com a cabeça amorosamente apoiada em sua coxa.

— Queria que você pudesse fazer isso. Mas, como não pode...

Clicou em enviar e só então respirou de novo.

— Certo, temos que sair daqui, senão vou ficar sentada e obcecada com isso o dia todo.

Ela ficou obcecada durante a caminhada, até que trancou o assunto firmemente no fundo de sua mente. Se pensasse nele, acabaria contando a alguém, e não queria que ninguém soubesse ainda.

Nem mesmo Marco.

Breen foi direto para a casa da avó. Não comentou sobre o sonho ainda, porque isso a distrairia do que queria fazer.

Precisava melhorar, e rápido.

Passou duas horas lançando feitiços, inclusive os que ela mesma havia escrito.

Depois de limpar o caldeirão e as ferramentas e colocar os cristais para energizar, sentou-se com Marg para tomar chá com os biscoitos que Sedric havia acabado de tirar do forno.

— O cheiro está incrível.

— Biscoitos de limão — disse Sedric. — Finola mandou limões frescos.

— O gosto está incrível também. — Ela observou o biscoito. — Nunca fiz biscoitos.

— Como pode ser? — perguntou Marg. — São feitos no Yule, o Natal, é tradição. E para o pote das crianças.

— Minha mãe não cozinha e não me deixava comer açúcar. Às vezes íamos escondido à padaria — recordou. — Papai me levava à padaria. Eu ficava me perguntando por que ele sempre permitia que tudo fosse feito do jeito que ela queria. Agora entendo isso melhor.

Ela ficou pensando na excitação e alegria que sentira ao ler o e-mail da agente literária. Nas magias que praticara à tarde.

No sonho com tempestades e deuses sombrios.

— Ele vivia em dois mundos, e se sentia culpado por isso. Não podia dar tudo de si nem a ela nem a mim, porque tinha um dever para com Talamh. E porque precisava me proteger.

Levantou-se para pegar os papéis que havia guardado no bolso de sua jaqueta.

— Tive um sonho ontem à noite... ou uma visão. Anotei tudo. Acho que vai ficar mais claro se você ler, em vez de eu tentar contar. — Sentou-se de novo. — Pode ler com Nan — disse a Sedric —, eu entendo o que vocês são um para o outro. Não me lembro, mas acho que esses não são os primeiros biscoitos de limão que você fez para mim.

— Você adorava.

Sedric se sentou ao lado de Marg, e, ele com a mão no ombro dela, leram o que Breen havia escrito.

Quando terminaram, Marg cruzou as mãos sobre as folhas.

— Yseult foi astuta se oferecendo em sacrifício. Ela sabia que, quando ele esfriasse a cabeça, entenderia que precisa da habilidade e do poder dela. Mas, no fim, eles se trairão mutuamente. É a natureza deles. Ela traiu seu povo, seus votos, assim como ele. Não existe lealdade ali.

— Ela estava com medo dele, eu senti.

— E deveria mesmo. Ela se superestima. Isso e sua ambição serão sua ruína. Como foi a dele — acrescentou Marg. — Eles são praticamente a mesma criatura.

— Ele me viu naquele momento antes de eu acordar. Como é possível?

— Vocês estão ligados pelo sangue. Você se abriu para ver, e assim lhe deu um momento para ver também. Mas o poder era seu, o controle era seu. Precisa ter cuidado para mantê-lo.

— Odran quer você — apontou Sedric, escolhendo as palavras cuidadosamente — pelo que você é, essa mistura que oferece a ele o único e o poderoso, ainda mais que seu pai.

— Por causa de minha mãe, que é humana e de fora. Eu sei que você disse que eu sou a única, mas deve haver outros que...

— Não há outro que tenha sangue do exterior, sangue dos feéricos, tanto dos Sábios quanto dos *sidhes*, e sangue dos deuses. Você é a única — prosseguiu Sedric — em todos os mundos conhecidos. E é a única que tem o sangue dele. Você lhe oferece o caminho para governar ou destruir Talamh e o mundo de sua mãe. E, com isso, mais ainda.

— Drenando-me. Como uma transfusão.

— Drenando seu poder, sua luz, sua vida.

— Ele nunca terá você, *mo stór*. Desde o momento de seu nascimento nós a protegemos. E nunca deixaremos de proteger.

— Meu pai, o pai de Keegan... quantos outros morreram para me proteger? Você me trouxe aqui, me deu os meios para encontrá-la para que eu aprendesse a me proteger.

— Você fez bem — disse Marg.

— Com as magias, muito bem, porque eu gosto. Mas e com o resto? Não tão bem, porque não gosto. Mas isso tem que mudar.

E mudaria, Breen prometeu a si mesma. Começaria imediatamente.

Keegan levou as espadas ao campo próximo que ele designou como área de treinamento. Viu Breen subindo a estrada da casa de Marg. Uma coisa se podia dizer sobre ela, pensou. Era pontual, sempre.

Ela não levava jeito com uma espada, e Keegan temia que nunca levasse. Infelizmente, cairia fácil em uma batalha física. Mas era pontual.

Breen havia feito um rabo de cavalo, mas tinha cabelo demais, era difícil de segurar. Estava com uma calça que moldava suas pernas e quadris e lhe dava facilidade de movimento, e uma jaqueta aberta, embora o dia estivesse quente e claro.

Por que, perguntou-se ele, a mulher que se movia com verdadeira graça atlética em uma caminhada tinha pés que se transformavam em bolas de chumbo quando lutava?

Um mistério, pensou. Ela tinha muitos mistérios.

O cachorro o alcançou primeiro, como sempre querendo um carinho, antes de correr atrás das ovelhas e dos cavalos.

Keegan começou a falar, mas Breen tirou papéis do bolso de sua jaqueta e os entregou a ele.

— Leia isto primeiro.

E se afastou para observar os cavalos no pasto.

Ela havia escrito o sonho de tal maneira que fez Keegan entrar nele, sentir o cheiro de carne e pele queimada dos suplicantes e escravos de Odran.

Sentiu o cheiro do enxofre ao vento, ouviu o barulho do mar turbulento.

Sentir o medo de Yseult lhe deu uma profunda satisfação.

Dobrou de novo os papéis e foi até ela.

— Você deixou que ele a visse.

— Não de propósito.

— Você estava com as rédeas.

Ao contrário de sua avó, notou Breen, Keegan não suavizaria as coisas. E ela o deixara ler seu sonho porque precisava da dureza dele.

— Agora entendo isso, mas antes não. E achava que entendia o que ele queria de mim e por quê. Mas não o suficiente. Agora entendo. Entendo que, depois que eu nasci, meu pai foi mais um obstáculo que um prêmio para ele. Por isso ele o matou. Meu pai morreu para me proteger. O seu também, e tantos outros. Eu entendia isso na cabeça, mas não no coração. Até agora. Mas é muita coisa para absorver em um só verão, portanto acho que tenho direito a não entender. — Pegou os papéis de volta. — Sedric disse que eu sou única. Nossa, eu sempre quis ser especial de alguma maneira, de qualquer maneira. Agora, se é isso que eu sou, estou vendo que nem tudo que reluz é ouro. É um grande fardo e uma responsabilidade. — Voltou-se para ele. — Sou muito responsável, sou craque em fazer coisas que não quero fazer porque os outros esperam isso de mim. Talvez isso ajude nesta situação.

Ela tirou a jaqueta e a pendurou na cerca, ficando só com a camiseta preta que deixava à mostra seus braços fortes.

— Portanto, você tem que pegar mais pesado na luta: na defesa e no ataque. E me ensinar a focar e canalizar o que mais eu tenha. A coisa não pode aparecer quando estou com raiva, isso não me ajudou com Yseult ontem.

— Você foi mordida.

— Antes disso.

Ele não gostava de passar a mão na cabeça de ninguém, mas, nesse caso, ela merecia.

— Ela enfeitiçou o nevoeiro. Era como uma droga.

— Então eu deveria ter reconhecido isso e me defendido.

— Sim, deveria — assentiu Keegan. — Você tem como se defender, só não maneja isso bem ainda.

— Seu trabalho é me ensinar a manejar isso bem. — Breen voltou pisando duro e pegou a espada. — Faça seu maldito trabalho.

Ele tentou, mas não conseguiu pôr em seu sorriso um ar de escárnio enquanto voltava para pegar sua espada.

— E agora a culpa é minha...

— Já fui uma péssima professora, por isso sei reconhecer outro igual.

Ele inclinou a cabeça, visto que era considerado um dos melhores treinadores de Talamh. Mas, aparentemente, não quando se tratava dela. Teria que tentar de outro jeito, portanto.

— Quando você caminha, anda com confiança, com graça. Tem força no corpo, bons membros. Mas, quando pega a espada, fica desajeitada, inepta.

— É que não é natural para mim, não tem nada a ver comigo.

— A espada não é você, mas deve ser uma extensão sua. Senão você derrota a si mesma, não ao inimigo. Já fez aulas de dança?

— Fiz balé, mas só até os onze anos.
— Por que parou?
— Eu... Minha mãe disse que eu nunca seria mais que mediana, na melhor das hipóteses, e que não podia pagar porque tinha que me criar sozinha.

Ele pensou em sua própria mãe, que jamais teria humilhado um filho assim. E que teria acabado com quem fizesse isso.

Sentiu empatia, mas deu de ombros.

— O que você aprendeu até os onze anos está em seus músculos. Use-o. Pode... — Keegan girou o dedo.

— O quê? Fazer uma pirueta? Para quê?

— O professor sou eu. Se ficar discutindo, vamos perder tempo. Mostre. — Ele girou o dedo de novo.

Ela já se sentia uma imbecil, mas largou a espada para obedecer.

— Não, com a espada.

Ela com certeza tropeçaria e acabaria empalada, mas se posicionou e girou.

— Seu corpo sabe. Faça de novo. Ótimo. Conhece mais passos? Mostre.

Breen desenterrou os passos: um jeté, um arabesco, inclusive uns pequenos *fouetté*. Afinal, as botas não eram sapatilhas de balé.

— Então, hoje o combate é uma dança. Vamos dançar.

Ele pegou pesado, mas dessa vez as contusões e as pontadas eram como medalhas de honra ao mérito. E, uma vez, Breen surpreendeu Keegan – e a si mesma – ao incorporar uma pirueta a um golpe de espada, e depois um chute que aterrissou – sem muito impacto – na barriga dele.

— Você deixou seu corpo pensar — disse Keegan —, melhorou. Mas agora — deu um soco forte nela que a fez cambalear para trás — o que você faz?

— Eu não...

— Bloqueie!

Ele deu um soco de novo.

— Pare. Não sei quando é pouco e quando é demais.

— Bloqueie — insistiu ele, disparando uma onda de choque que correu dos dedos dos pés dela até o alto da cabeça.

Não foi bem uma resposta, e sim uma reação dessa vez. Ela ergueu a mão e os poderes dos dois se encontraram e se chocaram. Uma luz brilhou entre eles, crepitando, fazendo chover faíscas, chamuscando o ar.

— Agora empurre. Segure. Isso vem de você. É você. Empurre.

A força dela aumentou. Fluía através dela, para fora, mais quente, mais forte. E ele igualou a força dele, até que seu corpo começou a tremer por causa do esforço de manter força contra força.

— Tenho uma espada na mão — gritou Keegan por sobre os poderes em conflito. — Pretendo matar você com isso. Tire-a de mim.

— Como? Estou ocupada.

— Tire ou morra.

Com a mão livre, ele brandiu a espada.

Ela a incendiou, com cabo e tudo. Os poderes cederam quando a espada caiu no chão. Harken, que estava assistindo, saiu correndo para a frente, mas parou quando Breen saltou para ajudar Keegan.

— Ai, Jesus! Ai, meu Deus!

O contorno da empunhadura havia queimado a carne de Keegan. Mesmo com o estômago revirando, ela pegou o pulso dele.

— Desculpe, desculpe. Eu...

Antes que ele pudesse tirar a mão, ela ofegou e ficou branca como papel. E sentiu a queimadura dele queimar sua mão.

— Pare. Nem tão rápido, nem tão profundo. Olhe para mim. Olhe. — Ele segurou o queixo de Breen, gentilmente dessa vez, para erguer seu olhar. — Volte agora. Volte devagar. A luz cura, mas não em um flash. Vá devagar, senão você arrisca demais, exige demais de si mesma.

Olhando-o nos olhos, Breen assentiu. No começo nem sentiu diferença, até que percebeu o resfriamento, o alívio, a liberação.

— Deixe-me ver — murmurou, e virou a palma da mão dele para cima. — Está tudo bem agora. Coloquei fogo na espada.

— É uma ótima maneira de desarmar um oponente. Mas é uma boa espada, então apague o fogo.

Não deve ser tão diferente de acender o fogo da lareira, pensou Breen, e o apagou da mesma maneira.

— Preciso de um intervalo.

— Você disse para pegar pesado — recordou Keegan. — Ainda temos tempo antes de você voltar.

— Preciso de um intervalo — repetiu Breen. — Cinco minutos, caramba! Machuquei você, e foi a segunda vez. Talvez isso não tenha importância para você, em seu mundo machista onde você é o-grande--*taoiseach*, mas para mim tem. E se eu pusesse fogo em você? Não posso fazer isso enquanto não aprender a controlar meus poderes.

Como precisava daqueles malditos cinco minutos, ela se sentou no chão. Keegan se agachou diante dela.

Ela se saiu bem, ele pensou, melhor do que esperava.

Mas foi aí que ele se enganou.

— Não pensei que você pudesse fazer isso, portanto a culpa foi tanto minha quanto sua.

— Você se controla porque sabe como, aí eu acabo com alguns hematomas, mas só isso.

— Não me dá prazer deixá-la cheia de hematomas.

— Até parece. Mas não é essa a questão — acrescentou Breen. — Não posso fazer isso tendo medo do que possuo. Se tiver medo, farei algo que não poderá ser consertado ou curado.

— Não é tão fácil me matar. Mas com certeza podemos contornar isso. — Dando de ombros, ele se sentou de pernas cruzadas. — Posso treinar você para ser mais que competente com a espada, com seu corpo.

Ela lhe lançou um olhar duro.

— Competente é sua versão de mediana?

— Você era mediana até hoje, mas melhorou, e vai melhorar mais, pois não sou, como você disse, um péssimo professor. Você precisa ter essas habilidades, mas elas não são suas verdadeiras armas. Elas estão em você, e você sabe disso, por isso as teme. E deve mesmo temer, pois o que você tem, assim como eu, é ótimo. Se os mundos fossem como desejamos, a luz seria apenas para dar alegria e beleza, cura e ajuda. Mas os mundos não são como desejamos. Por isso nós usamos a luz para proteger e blindar, para combater a escuridão, inclusive para matar. Eles nos apagariam como a chama de uma vela. Devemos deixar que façam isso?

— Não. Eu vi, em outra visão, o que ele fez com um menino, uma criança, amarrada em um altar. Eu vi o que ele fez. Não podemos permitir.

Mas não se pode dar uma arma na mão de uma criança. E isso é o que eu sou aqui ainda. Sou uma criança com uma arma na mão.

— Pare com isso! Você deixou muita gente dizer que não era capaz, que não estava pronta. Isso é um defeito seu. — Ele se levantou, pegou a mão dela e a puxou para cima. — Mas podemos contornar sua preocupação e seu medo por enquanto.

— Como?

— Com outro inimigo. Com um oponente que você não vai ter medo de machucar.

— Não quero machucar ninguém.

— Espere.

Ele estendeu as mãos e as movimentou para cima e para baixo, várias vezes. Falou ao vento, enquanto seu cabelo esvoaçava. Breen sentiu o chão tremer sob seus pés.

— Aqui agito a terra e o ar. Cinco gotas de água ele vai compartilhar. Formo a imagem de alguém que quis fazer o mal. Venha, fogo, o feitiço selar, até que o espectro ao inferno possa retornar.

Ele estendeu os dedos e o fogo brilhou. A seguir, surgiu fumaça. E, quando esta se dissipou, surgiu um homem, de espada em punho.

— De onde ele saiu? Você não pode simplesmente fazer uma pessoa!

— É um espectro. Bastante real, mas não vivo. Dei a ele o rosto de um inimigo para... inspirar você.

— Um inimigo? Eu não... É aquele que me atacou no túmulo de meu pai? Mas você o matou!

— Você não escuta? É uma imagem, um espectro, não uma coisa viva. Mas sabe se mexer e lutar. Ele vai desaparecer ao pôr do sol, se você não o destruir primeiro. Acho que será uma ótima ferramenta de treinamento. Tem medo de machucá-lo?

— Não, mas...

— Então lute.

Keegan estalou os dedos e o espectro saltou.

Ele a matou três vezes antes que ela começasse a conseguir se defender.

Então, passou o braço ao redor dela, com as asas abertas, e a levantou do chão. Ela esqueceu que não era real e, movida pelo medo, atacou.

Seu poder atingiu o espectro como um machado. Quando ele virou fumaça, ela caiu na grama, ofegante.

— É isso aí. — Keegan a puxou para cima de novo. — Mais uma vez.

Com um movimento dos dedos, Keegan formou o espectro de novo.

— Como você fez isso? Não falou o feitiço.

— Já está conjurado. De novo.

— Quero aprender a fazer.

— Depois.

Em resposta, ela cortou o ar com a mão e transformou o espectro em fumaça de novo.

— Agora.

Keegan ergueu as sobrancelhas.

— Ora, ora, está ficando ousada! Mate-o mais duas vezes, em combate, e lhe mostrarei como fechar o feitiço.

— E amanhã vai me ensinar a conjurar um espectro.

— Combinado.

Keegan a observou lutar. Ela nunca seria excelente com uma espada, mas se sairia bem o bastante. Sim, o bastante. E, agora que não se continha, Breen mostrava a confiança que lhe faltara antes, uma graça que combinava com ela. Era quase magnífica em seu jeito estranho e interessante.

Haviam trabalhado o foco e o controle, não é? E por Talamh, pelos feéricos, e em homenagem ao pai dela, ele a faria chegar ao formidável e além.

CAPÍTULO 23

Durante três dias, Breen trabalhou do amanhecer ao nascer da lua, começando a escrever cada dia mais cedo para poder passar mais tempo em Talamh.

Ficar na casa da avó teria sido mais fácil, mas ela optou pelo mais difícil, para poder ficar um tempo longe e sozinha. Para ter tempo em ambos os mundos.

Seu pai havia feito essa escolha também, e agora Breen sabia como havia sido doloroso para ele. Ele abrira mão de muita coisa por ela, e mesmo assim honrara seus deveres para com os feéricos.

Breen não faria menos. Não seria menos.

E, se guardava alecrim e um saquinho de feitiço debaixo do travesseiro para evitar sonhos e visões, era por simples praticidade.

Sem uma boa noite de sono, não poderia fazer o trabalho que havia escolhido.

Eram quinze para a meia-noite quando ela acordou com o celular tocando.

Toda atrapalhada, pensou: Marco.

— Oi.

— Breen Kelly?

Não era Marco. Com o coração disparado, tentou acender a luz. Alguém devia estar ferido; alguma coisa devia ter acontecido.

— Sim.

— Aqui é Carlee Maybrook, da agência literária Sylvan. Espero não estar atrapalhando sua noite.

— Não, não. Olá. — Breen não tinha ideia do que dizer. — Que bom que ligou.

— Acabei de sair de uma reunião e queria falar com você imediatamente. Eu e a agência Sylvan gostaríamos muito de representá-la.

— Como é?

Ela sentiu o estômago revirar e a pele formigar.

— Pode repetir, por favor?

— Adorei *As mágicas aventuras de Porcaria* e tenho certeza de que posso colocá-lo na editora certa. Espero que me diga que vem mais por aí, Breen. O público-alvo desse livro adora séries.

Todas as outras palavras ela ouviu por entre um zumbido em seus ouvidos. Porcaria, que acordara ao ouvir a voz dela, levantou-se e se espreguiçou, e plantou as patas na lateral da cama, olhando-a com amor.

— Você... você seria minha agente?

— Esse é o plano, pelo menos de minha parte. Será um prazer lhe enviar uma lista de clientes e responder às perguntas que tenha para fazer.

Perguntas? Ela deveria ter uma lista de perguntas, mas mal conseguia se lembrar de seu nome.

— Posso apenas dizer sim e obrigada?

Carlee riu.

— Tudo bem por mim. Vou lhe mandar o contrato por e-mail. Leia e me mande suas dúvidas ou preocupações. Quando, e se, estiver satisfeita, assine e me devolva, e nós começamos. Eu adoraria ver outras obras em que esteja trabalhando.

— Comecei outro livro com Porcaria, mas é só um esboço, porque estou escrevendo um romance adulto, uma fantasia. Não é...

— Pode me mandar os primeiros dois capítulos do romance?

Seria fisicamente possível um coração explodir?

— Você quer ler esse? Mesmo?

— Sim, quero. Você é muito talentosa, Breen. Seu estilo é leve e divertido, e Porcaria é uma joia rara.

— Sim — murmurou Breen, acariciando a cabeça do cachorro. — Ele é mesmo.

— Quero ajudar você a construir sua carreira. Estou me antecipando, mas tenho certeza de que posso vender seu infantojuvenil como série, com um contrato inicial de três livros. Se o romance adulto tiver a mesma voz revigorante, domínio de construção de mundo e condução de narrativa, vou fazer de tudo para colocá-lo nas mãos da editora certa.

— Obrigada. Nunca esperei chegar tão longe.

— Ah, estamos só começando, eu garanto. Vou redigir tudo isso em uma carta de apresentação para que você tenha por escrito, e vou anexar o contrato. Você pode me chamar a qualquer hora, com qualquer dúvida. E me mande os capítulos.

— Pode deixar.

— Tenha uma ótima noite, e nos falamos em breve.

— Sim. Obrigada. Tchau.

Breen ficou olhando para o telefone.

— Não estou sonhando. Isso aconteceu. Aconteceu de verdade. — Saiu da cama para abraçar o cachorro alegre. — Veja só o que você me deu! — Emocionada, ela escondeu o rosto nos cachos do cachorro. — Você é uma joia. Minha joia mágica. Meu amuleto da sorte. Como vou dormir agora? Vamos descer, vou te dar um presente e mandar os capítulos. Tenho que ligar para Marco! Não, não, as coisas podem acabar dando errado. Não vou contar a ninguém. Só você e eu sabemos, por enquanto, meu muso canino.

Ela leu o contrato e, imersa em uma nuvem de felicidade, achou cada palavra emocionante. Enquanto lia a carta de apresentação, bebeu uma taça de vinho, tanto para ajudar a dormir quanto para comemorar. Devolveu o contrato assinado e, com um misto de apreensão e esperança, enviou os dois primeiros capítulos de seu romance.

Teria que ir à vila para enviar a cópia impressa do contrato, mas, por enquanto, tomou o resto do vinho e levou o cachorro para fora.

O ar frio da noite em seu rosto e todo o seu futuro se desenrolavam à sua frente, como o mar.

※

Ela notou os lampejos de luz dançando no escuro como vaga-lumes no início, mas logo percebeu que eram duendes. Será que apareciam todas as noites depois que ela dormia? Acaso faziam parte de sua guarda, sua proteção?

Breen estava ali, e a apenas um quilômetro e meio de distância outros dançavam no escuro, ou dormiam em suas camas, ou embalavam um bebê inquieto.

Dois mundos, ambos dela, de alguma forma. Como poderia equilibrá-los?

— Tenho que encontrar um jeito, mas não será esta noite. Vamos, Porcaria. Vamos tentar dormir um pouco.

Como só conseguiu ter quatro horas de sono e seu rosto refletia isso, pela primeira vez se maquiou para ir à casa de sua avó – não por vaidade, mas para evitar perguntas e preocupações.

Do mundo onde só havia uma lua, onde toda magia ficava abaixo da superfície, dirigiu-se à terra dos feéricos.

— Você está distraída hoje.

Breen estava com Marg no círculo que havia lançado. Acendera o fogo do caldeirão e selecionara os ingredientes. E, com a ajuda de Sedric, já que ela mal conseguia desenhar bonecos de palito, havia esboçado a imagem do *athame* que criaria para si.

Como havia dito Marg, algumas ferramentas podiam e deviam ser passadas adiante ou dadas de presente, mas outras deviam ser feitas por quem as usaria.

— Cometi um erro?

— Não, mas vejo que sua mente está divagando. Você disse que não sonhou.

— Não. Mas não dormi muito. Fiquei escrevendo.

Não era mentira, pensou, pois havia escrito a carta de apresentação e uma breve sinopse para acompanhar os dois capítulos.

— Você exige muito de si mesma.

— Será?

— Minha querida — gentilmente, Marg passou a mão pelo braço de Breen —, você tem suas histórias, e isso é trabalho. Pede para eu pegar pesado, e eu pego. Pede a Keegan para treiná-la mais, e ele o faz. Sei disso porque Morena passa o tempo assistindo a seu treino.

— Ela é minha líder de torcida.

— E ela me disse que você melhorou, mas a um preço alto. Você deveria tirar um dia de alegria.

— Isto me dá alegria. O que você me ensina me dá alegria. Não posso esperar alegria de meu treinamento com Keegan, mas estou ficando satisfeita com ele. Destruí dois demônios fantasmas ontem. Um de cada vez, mas consegui. — Ela hesitou, mas se abriu. — Essa parte de luta ainda é surreal para mim. Como uma brincadeira física que eu particularmente não gosto de fazer. Mas isto que eu faço com você é tão natural para mim quanto respirar.

— Então respire, *mo stór*, e faça o feitiço.

Seria complexo, Marg lhe avisara, e exigiria precisão e concentração.

Deixando tudo de lado, ela silenciou sua mente e abriu seu coração. Tudo fluiu naturalmente, então, como a chuva, como o sol. E ela ficou feliz.

— Primeiro, a prata extraída das profundezas por *trolls* que vão aonde os dragões dormem. — Colocou sete bolas no caldeirão. — E de sete se formará uma. Para luz e força, cristais energizados pelas luas; e para sabedoria, três runas. Agora, misturo tudo no caldeirão. Uma pena de pomba, o símbolo da paz. E para beleza, urze do brejo. Misturo para ferver o que eu comecei.

Ela deu um passo para trás para pegar o *athame* de sua avó.

Sentia-se fora do corpo, além de si mesma, e ao mesmo tempo mais autocentrada do que nunca.

— Suba, fumaça, quero vê-la branca levantar, para minhas palavras à luz levar. Uma gota de sangue meu para o feitiço selar, e três vezes o sino vou tocar. E, por último, o formato desejado lanço ao fogo abençoado. Queime e brilhe na luz, perfeito, e meu feitiço está feito. O que vier, usarei fielmente. Como é meu desejo, que assim seja.

Breen deu três voltas ao redor do caldeirão e apagou o fogo.

— Você está radiante. — Lágrimas cheias de orgulho e amor deixaram a voz de Marg trêmula. — De poder, sim, mas também de alegria. Pegue o que é seu, filha de meu filho, filha dos feéricos, sangue de meu sangue. E saiba que você provou seu poder neste dia.

Breen enfiou a mão no caldeirão e tirou a faca. A palavra em *ogham* – coragem – descia pela lâmina e, na empunhadura, no círculo central do nó celta de cinco voltas, uma única pedra coração de dragão vermelha brilhava.

— É linda. Nunca achei uma faca bonita, mas esta é. Parece minha.

— E é.

Ainda no feitiço, Breen virou a faca.

— Nan, há um dragão esculpido na parte de trás da lâmina. Nós não esboçamos isso. Você acrescentou?

— Eu não.

Colocando a mão no pulso de Breen, Marg observou o dragão em voo.

— É um presente dos deuses. Você fez muito bem. Ande, feche o círculo. Precisa comer antes de ir treinar com Keegan.

Marg a abraçou forte. Breen se sentiu não apenas centrada, mas também amada.

Do sublime ao doloroso, pensou Breen enquanto caminhava para a fazenda. Parou um pouco, com a mão na cabeça de Porcaria, a fim de olhar para cima e ver o falcão voar.

Ela sentia Porcaria vibrando sob sua mão, podia ouvi-lo pensar: Não pare. Vamos lá. Cães, crianças, diversão.

— Pode ir — disse, e fez um carinho nele. — Alcanço você depois.

Dois dragões pairavam acima, um prateado polido e o outro verde-folha. Ambos carregavam cavaleiros. Sentiu inveja deles por poderem voar de dragão, mesmo estando grata por ter seus pés no chão.

Enquanto ela observava, Morena desceu.

— São maravilhosos.

— E corajosos. Estão patrulhando. Parecem Deaglan e Bria Mac Aodha, conhecida como Magee. São gêmeos. Você não deve tê-los visto antes, porque moram mais perto da Capital. Como foi com sua avó hoje? — perguntou Morena quando começaram a andar.

— Foi incrível, especialmente a última parte. Eu fiz um *athame*. — Breen tirou a faca da bainha de seu cinto. — Ia deixá-la na oficina, mas Nan disse que eu deveria carregá-la comigo por um dia, para criar vínculo.

— Claro! Você a conjurou?

— Faz uma hora, mais ou menos. Ainda estou emocionada.

Morena sacudiu a cabeça quando Breen lhe ofereceu a faca.

— Durante um dia inteiro ela deve conhecer apenas sua mão. É brilhante, essa é a verdade. Além disso, a maioria não consegue chegar a esse nível de alquimia sem anos de estudo e prática. — Morena fitou Breen com um olhar avaliador. — Você deve estar muito orgulhosa. Sem dúvida Marg está.

— Estou mais feliz que orgulhosa. Tive um dia incrível. E agora você vai me ver passar vergonha.

— Eu não teria certeza disso, você já está se controlando bem. Mas não posso assistir hoje. Primeiro porque vi Keegan selando cavalos, então acho que vocês vão cavalgar em algum lugar. E segundo porque prometi a Harken que o ajudaria a tosquiar a próxima rodada de ovelhas. Que os deuses me ajudem. Nunca faça uma promessa a um homem enquanto estiver se desmanchando embaixo dele.

— Não vou me esquecer disso, caso tenha oportunidade de novo.

Morena lhe deu uma cotovelada.

— Eu já disse, você pode escolher.

— Depois que Keegan acaba comigo todos os dias, não tenho energia para me desmanchar embaixo de ninguém. Boa sorte com as ovelhas.

— Engraçadinha.

Separaram-se; Morena seguiu em direção aos campos e Breen aos estábulos. Mas não foi muito longe antes de Keegan aparecer com os dois cavalos.

— Você precisa treinar mais cavalgada.

— Olá para você também, obrigada pelo convite.

Ela cumprimentou seu cavalo habitual com um carinho, e logo Porcaria apareceu.

— Estava sentindo falta de cavalgar.

— Vamos ver se vai dizer o mesmo depois de hoje — provocou Keegan, e lhe entregou a espada e o cinto. — Você tem que aprender a lutar e se defender a cavalo também.

— Ah... — O prazer que antecipara desapareceu, mas Breen começou a prender o cinto.

— O que é isso? — perguntou ele, dando um tapinha na bainha de Breen.

— A razão pela qual você não vai estragar meu dia. Fiz meu *athame* hoje.

Ela a tirou e a segurou na curva do dedo. Assim como Morena, ele não a tocou, mas pegou o pulso dela para girá-lo e observar a faca por todos os lados.

— Você mesma fez o feitiço?

— Só não fiz o esboço. Não sou capaz de desenhar nada. Sedric desenhou a maior parte, mas o resto eu fiz. Exceto o dragão. Não estava no esboço, mas apareceu na lâmina.

— Então é para ser. — Ele desviou o olhar para o rosto dela. — Bom trabalho, muito bom mesmo. Você escolheu bem seus símbolos.

Ele montou e esperou que ela embainhasse a faca e fizesse o mesmo.

— Se você não escolheu nenhum lugar específico, podemos ir até as ruínas, ao clã dos Piedosos? Não voltei à sepultura de meu pai desde aquele primeiro dia.

— Pode ser.

— Se vamos trabalhar com um espectro, gostaria de tentar conjurar um eu mesma. Sinto que estou em um bom momento.

— Veremos.

— Eu vi os dragões e os cavaleiros — continuou, enquanto conduziam os cavalos até a estrada. — Morena disse que eram patrulheiros.

— Exato.

Keegan havia conversado com eles antes de partirem para o leste. Ele teria que fazer o mesmo, junto com Mahon, muito em breve.

O que não só levava embora o marido de Aisling, pai das crianças, como também a deixava carregando outra no ventre com todo o trabalho da fazenda sobre seus ombros e os de Harken.

Isso o incomodava e sempre incomodaria.

— Morena está ajudando Harken a tosquiar ovelhas. Você...

— Menos conversa e mais cavalgada.

Merlin saiu a galope.

Ela revirou os olhos, mas o seguiu.

Bem diferente de ficar sacudindo em uma carroça atrás de um cavalo que se arrasta, pensou. A velocidade era emocionante, mas não lhe dava tempo de apreciar a paisagem, e ela temia que Porcaria ficasse muito para trás.

— Temos que desacelerar. Porcaria está nos seguindo e estamos indo rápido demais para ele.

— Diga a ele para onde estamos indo.

— Não me lembro como chegar lá.

— Caramba, mulher! — Keegan diminuiu a velocidade, mas só para meio galope. — Coloque a imagem do lugar na mente dele. Ele esteve lá com Marg, encontrará o caminho.

— Não sei como você espera que eu faça tanta coisa de uma vez.

Colocando o bem-estar do cachorro em primeiro lugar, ela diminuiu a velocidade. Quando Porcaria a alcançou, ela invocou a lembrança do cemitério, da grande ruína de pedra, do campo de ovelhas, tudo de que conseguiu se lembrar, e transferiu para o cãozinho.

Ele balançou aquele rabo magrelo e foi trotando, feliz, à frente dela.

— Talvez seja muito longe para ele. Eu deveria ter parado na casa de Nan e o deixado com ela.

— Pelos deuses, mulher, ele é descendente do cão demônio. Não precisa mimá-lo. E, como vê, ele está cortando caminho e economizando tempo. Porcaria não é nenhum tolo. Agora, use os joelhos, segure as rédeas com uma mão e desembainhe a espada.

Quando Keegan puxou a dele, Breen chegou perigosamente perto de um de seus antigos ataques de pânico.

— Não, espere.

— O inimigo não espera, e busca a fraqueza. E é isso que você está demonstrando. Defenda-se!

Ele a matou antes que ela desembainhasse a espada.

— Rédeas na esquerda, espada na direita. De novo.

Ela pegou a espada, mas largou as rédeas. Keegan as fez voltar à mão dela com um movimento da sua.

— Quero aprender a fazer isso. Como as jogou de volta?

— Desejei isso. Pare de falar e defenda-se. Use os joelhos para guiar o cavalo.

Breen tentou, até conseguiu um débil bloqueio, mas o golpe a desequilibrou e quase a derrubou do cavalo. Ela sentiu o ar a empurrando, como se fosse uma mão, endireitando-a de novo.

Ela queria perguntar como Keegan havia feito aquilo, mas não conseguia recuperar o fôlego. E ele a matou de novo.

Estava ali, sem fôlego, sob um lindo céu de verão, tentando tirar o cabelo dos olhos enquanto Keegan fazia cara feia.

— Lamentável. Sua postura, seu braço da espada, seu foco... seu cavalo também é uma arma, mas você não o usa. Bem, já demos um pouco de vantagem ao cachorro, vamos indo.

Embainhando a espada, ele virou o cavalo e a deixou comendo poeira.

Breen começou a resmungar. Afinal, havia acabado de aprender a montar e a empunhar uma espada!

Mas recordou que o tempo estava se esgotando. O verão não duraria para sempre.

Enfurecida, fez seu cavalo sair a galope. Nunca teria alcançado o garanhão, mas Keegan havia diminuído um pouco o ritmo.

Sentiria o gostinho de seu próprio veneno, pensou Breen.

Ela segurou as rédeas com uma mão só e puxou a espada.

— Defenda-se! — gritou.

Mais tarde, admitiria que o pegara completamente desprevenido. Mesmo assim, a espada de Keegan praticamente pulou na mão dele. Com as rédeas na mão, ela deu um soco, com força.

Com isso, empurrou a espada dele para trás o suficiente para atacar com a sua.

Para um homem morto, Keegan sorria demais, pensou Breen, e ela queria xingá-lo porque a fazia querer sorrir também.

Ela gostava do poder que tinha quando se irritava.

— Bem menos ruim desta vez — disse Keegan.

Ainda furiosa, guardou a espada e saiu galopando.

— Você passou a curva! — gritou Keegan, e ela notou o riso na voz dele.

— Caramba, que inferno! — resmungou.

E, com sua saída triunfal estragada, virou seu cavalo e o seguiu.

Ela morreu mais três vezes na viagem, uma vez sob os aplausos alegres de uma criança loura que pulava no quadril da mãe.

❖

Ficou comovida ao ver o cachorro deitado ao lado do jardim que ela ajudara a plantar sobre o túmulo de seu pai. Ele se sentou quando se aproximaram, mas ficou ali mesmo.

— Vou levar os cavalos até o riacho. Eles estão com sede, e você deve querer ficar um pouco a sós com seu pai.

Primeiro o sorriso irônico, agora a gentileza simples. Qualquer esperança de continuar furiosa desapareceu.

— Obrigada.

Ela desmontou e lhe entregou as rédeas.

— Esta área está bem patrulhada agora, não precisa se preocupar. E não fique toda chorosa. Espero você lá. — Ele estalou os dedos para o cachorro. — E você vai dar um mergulho.

Então, ele a deixou diante do túmulo, com as flores desabrochando e formando um lindo tapete em frente à lápide.

Por um momento, ela ficou ali, à brisa leve, recompondo-se e organizando seus pensamentos.

— Já sei mais sobre o que você fez e por quê. Muito mais. Estou aprendendo com Nan, e não vou abrir mão dessa parte de mim nunca mais. A parte que você me deu. Queria poder falar com você, conversar de verdade, como fazíamos antes. Entendo por que você não me contou, mas, agora que sei...

Agachando-se, ela passou os dedos sobre o nome dele.

— Seu coração estava em dois mundos. Acho que eu... acho não, eu sei que comigo é igual agora. E você tinha deveres para com ambos os lados.

Levantando-se, ela olhou para as lápides sobre o gramado, as colinas... ouviu o vento sussurrar, ribombando pelas ruínas onde o clã dos Piedosos um dia andara.

Ouviu o balido das ovelhas e o latido feliz de Porcaria.

— Você nunca teria saído daqui se não fosse por mim. Seu coração nunca esteve do outro lado, mas eu estava. Meu Deus, não quero decepcioná-lo. Vou tentar com todas as minhas forças não o decepcionar. Amo você — sussurrou. — Sinto sua falta, e não sou a única.

Ficou olhando para o riacho onde estava Keegan, de costas, enquanto os cavalos bebiam água. Andou pelo gramado, ao redor das sepulturas, passando pela ruína, que lhe provocou um calafrio.

Olhou para o antigo edifício, sua entrada. Era larga, notou, e imaginou as duas portas grossas que um dia a fecharam.

Que fechavam tudo que entrasse lá.

Ainda havia algo andando por ali, Breen sentia isso em seus ossos.

Afastou-se, indo em direção a Keegan.

— Vou ficar com os cavalos agora. Você também precisa de um momento.

Ele não disse nada a princípio, apenas olhou para ela com aquele seu jeito direto e inquisitivo.

— Ah, sim... obrigado.

Keegan lhe entregou as rédeas.

— Há um cervo, bem grande, com uma galhada de doze pontas, ali entre as árvores, mais para o sul. Se ele se mexer um pouco, poderá vê-lo. É uma belezura.

Keegan conhecia aquele calafrio, já o sentira muitas vezes perto da ruína. Assim como conhecia os sussurros que atravessavam os arcos, ao longo da escada curva.

Conhecia a pulsação, como um forte batimento cardíaco, no ar.

E algumas vezes – horríveis vezes – a pulsação era acompanhada pelos gritos dos torturados e os pedidos de misericórdia não atendidos.

Outro dia ele teria entrado com Breen para ver o que ela sentia e ouvia.

Mas não nesse dia.

Embora o céu estivesse limpo, Keegan viu nuvens escuras se formando no norte. Haveria uma tempestade naquela noite.

Ele não acharia ruim.

Suspirou enquanto olhava para o túmulo de Eian.

— Ela está melhor do que eu imaginava. Há um caminho a percorrer ainda, claro, mas está se saindo melhor. Melhor ainda quando ela se lembra que tem espinha dorsal e espírito. Eu me lembro da mãe dela, mas acho que mudou, que aquela que a criou do outro lado ficou diferente. Lamento por você, por Breen, mas é o que temos, não é? Pelos deuses, Eian, eu daria um braço em troca de um conselho seu. A maldita política é capaz de enlouquecer um homem. Agradeça a esses deuses por minha mãe e sua cabeça fria e inteligente. Terei que levar sua filha à Capital quando ela estiver pronta. E o que vão fazer com ela não sei dizer.

Keegan olhou para onde ela estava, onde ele mesmo havia estado antes, de costas para o cemitério.

— Sua filha é cheia de surpresas. Uma hora dá a impressão de que o poder dela está maduro, mas depois vejo que está verde. Mas ela não para. Depois que começa, vai até o fim.

Como Breen havia feito, ele se agachou e passou o dedo sobre o nome de Eian.

— Não posso decepcionar você; esse é meu maior medo no mundo. E eu juro, de *taoiseach* para *taoiseach*, de homem para homem, de feérico para feérico, que darei minha vida para protegê-la. E não só porque ela é a chave do cadeado, mas porque é sua filha.

Levantando-se, Keegan colocou as mãos nos bolsos antes de prosseguir.

— Ela é linda. Tentei não notar, mas tenho olhos. Quando o espírito brilha, ela fica mais bonita que qualquer outra mulher que já conheci. Bem, é isso, fique em paz.

E voltou para Breen.

— Eu vi o cervo — disse ela sem se voltar. — É magnífico. E fiquei pensando: como você sabe que é um cervo, e não um animórfico transformado?

— Um feérico reconhece seu semelhante, e ninguém atiraria uma flecha sem antes se certificar. As pessoas de fora que vivem entre nós só caçam com um feérico ao lado. Essa é a lei.

— E você faz as leis.

— O conselho faz as leis, e o *taoiseach* faz parte do conselho. Leis como essa estão vigentes há mil anos, e estarão por mais mil. Mas não estamos aqui para falar de leis e política, e sim para treinar. O campo do outro lado da estrada servirá.

Ele pegou as rédeas para conduzir os cavalos e ela o acompanhou.

— Se eu não conhecer as leis, posso acabar infringindo uma.

Quando ele voltou a cabeça, ela achou ter visto diversão, em vez de impaciência. Podia ser.

— Você pretende matar alguém que não seja inimigo da luz? Ou pegar o que não é seu? Causar prejuízo deliberado a alguém ou à propriedade? Forçar alguém sexualmente? Vai abusar de um animal?

— Nada disso está em meus planos atuais. É só isso?

Ele usou pedras para prender as rédeas e deixou os cavalos livres para pastar ao lado da estrada.

— Existem leis dentro das tribos reconhecidas por todos. Lançar um feitiço, usar magia para o mal, roubar etc.

— Quais são as punições?

— Devem ser condizentes com o delito.

— Mas como você decide?

Ele não suspirou nem praguejou, como gostaria. Porque Breen estava certa; ela precisava saber.

— Para a maioria das questões menores, brigas entre vizinhos, artesãos ou amantes, eu, ou minha mãe, que me representa, ouço o que têm a dizer e julgo.

— E para assuntos sérios, tipo estupro ou assassinato?

— Somos um povo pacífico. — Ele olhou para os campos e viu um menino e seu cachorro pastoreando ovelhas. — Essas coisas são raras. Tanto que nunca presidi uma audiência nem fiz um julgamento sobre crimes assim. E agradeço aos deuses por isso, pois o castigo é o banimento. Se eu os considerar culpados, serão enviados ao mundo das trevas. Alguns dizem que a morte é mais gentil. Talvez tenham razão.

— Meu pai já baniu alguém?

A impaciência venceu.

— Como pode não saber disso?

— Porque ninguém me conta. — Ela manteve os olhos nos dele. — Poderia me dizer?

Keegan indicou a mureta e se sentou. Ficou observando o menino, o cachorro e as ovelhas. A brisa carregava a canção do menino, doce e clara.

— Isso é o que nós somos. — Apontou para o menino. — Cuidamos da terra, dos animais, uns dos outros. Honramos nossos dons e abraçamos a luz. Mas há pessoas que abrigam a escuridão interior. Depois que você foi raptada e trazida de volta para casa, descobrimos que Odran havia recebido ajuda. Yseult e mais três. Dois tentaram se esconder à vista de todos. Sabe o que isso significa?

— Sim.

— Quando a cumplicidade deles foi descoberta, ficaram presos enquanto seu pai e os escolhidos dele perseguiam os outros. Yseult e o terceiro fugiram. Ela escapou, mas Eian pegou o terceiro.

— Ele... ele o matou?

Keegan olhou para ela e inclinou a cabeça quando notou o horror na sua voz, claro como o dia.

— Não tenho dúvidas de que a tentação deve ter sido grande. Mas ele era *taoiseach* e cumpria a lei. Dizem que o homem, Ultan era o nome dele, e você não encontrará ninguém que carregue esse nome desde então... Dizem que se rendeu. Pode ser que ninguém criticasse o *taoiseach* se acabasse com a vida de Ultan, mas Eian O'Ceallaigh cumpriu a lei.

Estranho e maravilhoso, percebeu Breen, estar sentada ali, em uma mureta de pedra, sob a luz do sol e a brisa do verão, com um homem que carregava uma espada como outros carregavam uma maleta. Ouvir sua voz, normalmente tão abrupta, era como ouvir um contador de histórias.

E a história que ele contava era a dela. Dela e de seu pai.

— O que meu pai fez?

— Levou Ultan à Capital, onde realizaram o julgamento dos três capturados. Como meu pai havia sido morto e aqueles três eram cúmplices, minha mãe levou a mim e meus irmãos ao julgamento, para mostrar como funcionavam a justiça e as leis.

Viúva, pensou Breen, com três filhos pequenos. Certamente sofrendo a dor do luto.

— Deve ter sido dolorosamente difícil para ela.

— Minha mãe é forte. E sábia. Foi bom para nós ver o *taoiseach* sentado na Cátedra da Justiça, ouvir suas palavras e ver as leis funcionarem. Dois imploraram — ele prosseguiu — e choraram, alegando que haviam sido enfeitiçados. Mas há maneiras de descobrir se isso é verdade, e era mentira. Ultan, seguidor da ala radical do clã dos Piedosos, continuava desafiador. Dizia que Odran era um deus e, como deus, era o verdadeiro governante, a verdadeira lei. E a criança, você, era dele e ele podia fazer o que quisesse. Dizia que você era uma aberração, mistura de muitas raças, nem pura nem natural.

— É assim que pensa o clã dos Piedosos?

— É como muitos deles pensavam. — Keegan olhou de novo para a ruína. — E quem não acreditava eles matavam, torturavam, escravizavam, tudo em nome dos deuses; qualquer deus, o que fosse mais conveniente. Essa é uma mácula sangrenta e vergonhosa em nossa história, e a maioria já morreu. Foi há centenas de anos. Mas é uma história para outro dia.

— Tudo bem. Minha mãe foi ao julgamento?

— Eian levou você e ela à Capital por segurança, mas vocês ficaram isoladas nos aposentos dela.

— Não como sua mãe — murmurou Breen.

— Não conheço ninguém como minha mãe além dela mesma.

— Ele sorriu de leve ao dizer isso, e Breen viu amor. — Então, o julgamento durou uma semana inteira, pois os crimes eram terríveis, assim como a punição. Tínhamos quartos lá no castelo também. Um dia seu pai levou você aonde nós estávamos. Acho que para tirá-la de seu quarto um pouco, mas também para nos mostrar pelo que o nosso pai havia morrido.

— Quantos anos você tinha?

— Já tinha idade suficiente para notar como você se agarrava a Eian. Mas você foi com minha mãe quando ela estendeu os braços. E acariciou o cabelo dela, como se a quisesse confortar. Eu me lembro bem disso, pois você a confortou.

— Não me lembro. Algumas coisas vão voltando em flashes, mas não me lembro de nada disso.

— Mas nós lembramos — observou ele simplesmente. — No dia do julgamento, seu pai disse que aqueles três haviam trazido a escuridão para Talamh. Que haviam conspirado com um deus caído e condenado para roubar a mais preciosa de todas as coisas: uma criança. Que haviam conspirado para fazer mal, para causar a morte, inclusive a uma criança, sendo que somos obrigados, a qualquer custo, a fazer tudo que estiver ao nosso alcance para manter nossas crianças seguras, cuidar delas de todas as maneiras, ensinar a elas o certo e o errado e dar-lhes amor e alegria. Por esse pecado, o mais grave de todos os pecados, eles causaram a morte de homens e mulheres bons e deixaram famílias de luto. Ele olhou para mim quando disse isso, não com raiva, mas com tristeza.

Keegan parou por um instante.

— Eu me lembro daquele olhar. Ali, vi que nossa dor era a dor dele, e mais, vi a tristeza pela sentença que ele era obrigado a dar. Então os três foram banidos, e, quando o *taoiseach* pegou seu cajado para selar a sentença e encerrar o julgamento, não se ouviu nenhum som, nenhuma palavra foi dita.

O menino pastor chegou ao topo da colina e sumiu de vista.

— Achei que me sentiria triunfante. Meu pai havia sido vingado, e eu me sentiria triunfante. Mas, em vez disso, senti uma espécie de alívio e pensei, enquanto olhava para Eian, como era difícil liderar, ser o responsável por julgar. E, embora o julgamento fosse certo e justo, aprendi naquele dia que muitas vezes não há alegria no certo ou no justo. E que eu não gostaria jamais de me sentar naquela cadeira nem de segurar aquele cajado.

— E agora, veja só você.

— Pois é, ironias da vida. — Ele se levantou. — Agora você sabe, da melhor maneira que pude contar.

— Obrigada. — Ela desceu da mureta. — Você me ajudou a vê-lo. — Olhou para o túmulo. — Recebo pequenos flashes dele em Talamh, andando comigo por um campo na fazenda, tocando música ao lado do fogo. Mas a maior parte do que me lembro dele aconteceu do outro lado.

— Não há o que agradecer. Agora...

Ele começou a conjurar um espectro.

— Espere. — Ele não lhe dera nem um minuto para acalmar suas emoções. — Quero conjurar um.

Ele continuou formando uma gárgula com dentes e garras afiados como navalhas.

— Mate este primeiro.

CAPÍTULO 24

O tempo passava, e Breen usava toda a sua energia para aprimorar suas habilidades, aprender o ofício, concentrar seu poder. Dia exaustivo após dia exaustivo.

Em um dia chuvoso, passou horas agradáveis na oficina de Marg fazendo feitiços, poções e bálsamos. O fogo fervia, dourado e vermelho, o ar fragrante rodopiava, e seu poder batia como uma pulsação, natural e constante.

Devido ao aguaceiro, Breen achou que Keegan cancelaria o treino ou que treinariam em um lugar fechado.

Mas ela o encontrou esperando, encharcado e sem boné, no local de sempre.

— Você está atrasada.

— Está chovendo.

— Não diga. Mandei seu cachorro para a casa de Aisling. As crianças vão adorar.

Ela olhou para Porcaria, que deu uma lambida em sua mão e saiu trotando.

— Mandou como?

— Com o pensamento.

— Legal.

Ele se voltou e conjurou três espectros.

— Três de uma vez? Não posso...

Ele ergueu o dedo para silenciá-la.

— Pare de falar. Eles vão ficar aí até você aprender. Com um, use poder; com outro, a espada, e com o terceiro, punhos e pés. Você escolhe. Faça uma escolha sábia.

Resignada, embora contasse com o dia de folga e uma visita a Morena e seus avós, Breen pegou a espada.

Havia uma mulher, gordinha com um rosto agradável, um cão demônio e... um elfo, pensou.

Já que o cachorro a preocupava mais, explodiu-o com poder e, com a espada, atacou o elfo e o derrubou. Mas, quando se voltou para dar um soco na mulher, ela se transformou em um urso, com garras e dentes longos e afiados.

— Ai, merda!

Ela deu socos mirando o meio do corpo, para se esquivar dos dentes e garras. Foi como bater em uma parede de tijolos: o tijolo não sente nada e a pessoa quebra a mão.

— Não foi muito sábia.

Seu cabelo, selvagem e molhado, caía sobre o rosto. Contrariada, na defensiva, ela respondeu:

— Ataquei a maior ameaça primeiro, e o elfo quase simultaneamente, porque ele seria rápido. Isso foi sensato. E ela parecia uma velha leiteira.

— Você sempre acredita que as coisas são como parecem? — Ele bateu os dedos levemente na cabeça de Breen. — Você é feérica, mas não prestou atenção.

— Não sei como.

— Mas reconheceu o elfo.

— Imaginei que fosse... ou senti.

— Você sabia. Agora...

Ele dissolveu os espectros e conjurou mais três. Todos pareciam comuns. Duas mulheres dessa vez, uma com cabelo grisalho e uma cesta de maçãs, uma jovem com um avental branco sobre um vestido rosa, e um homem com um sorriso encantador e cabelo castanho-dourado.

— Olhe. Observe. Aja.

— Eu...

— Depressa.

A voz dele a fez estremecer, e talvez o susto tenha liberado alguma coisa, pois ela olhou, observou e agiu.

— Bruxa! — E atingiu a velha com poder.

— Animórfico! — Extirpou com sua espada o cervo enorme em que o homem se transformara, e imediatamente girou chutando, atingindo o torso da jovem. — Fada do mal.

— Boa.

Keegan dissolveu esses e conjurou outros, de novo e de novo. Parecia ter um suprimento infinito.

— Ótimo. — Ele dissolveu o último trio. — Amanhã, um vai se mexer.

Sem fôlego, pingando, ela se curvou, apoiando as mãos nos joelhos.

— Só um?

— Por enquanto.

Breen se preocuparia com isso no dia seguinte. Além disso, discutir com Keegan era desperdiçar fôlego, coisa que ultimamente ela não tinha de sobra.

— Tudo bem.

Ela ia largar a espada, mas ele ergueu a dele.

— Mas eu me mexo.

Encharcada até os ossos, Breen o fitou.

— Não está a fim de uma cerveja perto do fogo?

— Sim, e tomarei algumas... quando terminarmos. Defenda-se!

Ela bloqueou. Principalmente porque, ela sabia, ele não atacara com força. Assim como sabia que essa pequena cortesia não duraria.

Ela tentou dar um golpe forte no flanco de Keegan, mas ele o bloqueou e deu-lhe um choque.

Já que esse teria sido um ferimento mortal, ela deu um passo para trás.

— Estou lutando nessa maldita chuva faz quase uma hora — reclamou —, e você aí todo descansado.

— Assim como um inimigo.

Ela lutou. Havia batido de verdade nele. Conseguia acertar alguns golpes, quando ele não se esforçava muito, ou como aquela vez que estavam a cavalo e ela o pegara de surpresa.

Na maioria das vezes, porém, seu objetivo era continuar viva e em pé o maior tempo possível.

Seria uma delícia derrubá-lo. Com habilidade, com astúcia, com poder.

Ela começou com astúcia, fingindo mais cansaço do que sentia. Aos poucos ele se afastou. Bloqueando sem muita força, ofegando mais do que precisava, Breen procurou uma abertura.

Então atacou com poder e espada ao mesmo tempo, e sabia que havia abalado o equilíbrio dele. Quando ela recuou para dar o golpe mortal, ele revidou, mas ela bloqueou o soco.

E ficou tão animada que girou rápido demais e escorregou no chão lamacento. Praguejando, caiu em cima dele.

E ambos foram ao chão.

Keegan a segurou para que não batesse no chão primeiro. E, antes que Breen pudesse pensar em agradecer por ele ter levado a pior na queda, ele a fez rolar e colocou a espada em sua garganta.

— Mais uma vez, você está morta.

— E molhada, e enlameada. Escorreguei.

— Você acha que as batalhas só acontecem em dias claros e em solo seco?

— Nunca estive em uma batalha. Nunca tive inimigos.

— As coisas mudam.

Ele retirou a espada, mas não o corpo. E a observou sem pressa.

— Você fingiu estar cansada para eu relaxar.

— Estava dando certo, até eu escorregar.

— Você escorregou porque se esqueceu dos pés. Mas foi uma boa jogada.

— Mas continuo morta. E molhada e enlameada.

— Está melhor que antes. Não havia muito como piorar, mas, ainda assim, você melhorou.

— E você acha que isso é um elogio.

— Elogios são para salões de baile e encontros ao luar. Mas eu posso lhe fazer um elogio verdadeiro. Você pode não ter a habilidade ou a mentalidade de um guerreiro, mas tem o corpo de um. Você tem força, resistência. Já tinha quando começamos, mas agora tem mais.

Esse cabelo que a chuva transformou em longas cordas vermelhas molhadas... esses olhos cinzentos como o céu encoberto e lábios cheios como um coração alegre...

Essa beleza. Não uma beleza de tirar o fôlego como a de Shana, mas mais interessante para Keegan. Um rosto, pensou ele, feito para ser estudado e lembrado.

E ele a estudava, enquanto Breen olhava firme para ele. Firme ou não, o calor tomou conta de suas bochechas e ela corou – a maldição das ruivas, corar como um jardim de rosas.

Ela o sentia, pensou Keegan, e sentiu aquele calor também.

E ela pensou o mesmo.

— Estou viva de novo? — murmurou.

— Parece que sim.

Ele foi baixando a cabeça, ansioso pelo gosto daqueles lábios carnudos, quando um choque percorreu suas costelas.

E foi a vez de aqueles lábios carnudos se curvarem em um sorriso.

— Agora você está morto, molhado e enlameado.

— Esperta — murmurou Keegan, dividido entre a frustração e a admiração. — Uma mulher sempre deve usar suas artimanhas, pois são armas mais afiadas que a maioria das lâminas.

— Você é o primeiro a afirmar que eu tenho artimanhas para usar.

— Tem o suficiente. — Ele rolou de cima dela e se levantou, puxando-a pelo braço. — A chuva traz a escuridão mais cedo. Alguns patrulheiros inimigos tentaram romper a linha no sul.

— Nossa...

Tudo se tornou real de novo. Bem real.

— Não se preocupe, nós os impedimos e os mandamos de volta, e selamos tudo. Mas vou levá-la para casa mesmo assim. Marg não esperaria menos de mim — apontou antes que ela pudesse argumentar. — Bem como minha mãe. E aí sim você vai me dar uma cerveja perto do fogo como recompensa.

— Não tenho cerveja.

Perplexo de verdade, ele a fitou.

— Que coisa mais triste e lamentável!

— Mas tenho vinho.

— Vai ter que servir. Chame seu cachorro.

Através da chuva e da escuridão, Breen viu as luzes brilhando na cabana de Aisling.

— Nunca o chamei de tão longe.

— Distância não significa nada. O que importa é a conexão.

Ela conectou mente e coração com os do cachorro.

Hora de ir para casa, Porcaria. Volte, rapaz.

Ela sentiu o estalo, a conexão. Em menos de um minuto, ouviu o latido feliz dele.

— Ele a ama. — Keegan jogou seu cabelo pingando para trás enquanto observava o cachorro correr na chuva. — Sempre vai ouvi-la, sempre irá até você.

Porcaria pulou nela para cumprimentá-la com lambidas e a cauda abanando, e o mesmo fez com Keegan, com a mesma generosidade, antes de pegarem a estrada.

— Houve um tempo em que eu nunca seria pega desprevenida sem um guarda-chuva. Estava sempre preparada. — Ela sacudiu a cabeça. — Estava nublado quando saí esta manhã, e deve ter chovido do outro lado, mas nem pensei em pegar um guarda-chuva.

— Você não vai derreter se se molhar. — Porcaria saltou a cerca e Keegan pegou Breen pela cintura e a levantou. — Como na história da bruxa malvada de rosto verde.

— *O Mágico de Oz*.

— Essa mesma. A água do balde não a teria derretido, mesmo assim é uma boa história. Cuidado com os degraus.

— Tem algum livro favorito?

— Por que um favorito se há tantos, e eu não li todos?

Ele girou a mão e conjurou bolas de luz na escuridão da floresta. Insegura, Breen ficou puxando conversa.

— Vamos tentar outra coisa. Já veio a este mundo?

— Já.

— E do que gostou?

— Gostei das montanhas e da vastidão aberta de Montana, e das florestas e das altas montanhas brancas no extremo oeste. Aqui, na Irlanda, gosto do verde familiar e do sossego das colinas.

— E das coisas?

— Coisas? — Com seu jeito fluido, ele pegou um pedaço de pau e o jogou para o cachorro. — Ah, são tantos livros, e tanta música para ouvir. Gosto de algumas coisas da televisão. E pizza, é maravilhosa. Comi a melhor na terra da Itália, acho, e lá eles têm uma arte maravilhosa que abre o coração.

Na floresta, a chuva caía como se tamborilasse. Breen gostava de ouvir a voz dele através da água.

— Também adoro pizza, mas, de todas as comidas do mundo, qual é sua preferida?

— Sorvete, na casquinha. E burritos. — Ele deu de ombros. — Há muita comida boa neste mundo, e muitas coisas de valor. Vocês construíram grandes cidades, com sua beleza característica, mas muito barulhentas. Barulho constante. Vocês têm uma arte excelente, mas muitos que a cobiçam e a querem só para si. E as pessoas que têm bondade e generosidade, que amam seus filhos, ajudam seus vizinhos. Mas muitos têm raiva, ganância e inveja. Alguns têm ódio fervendo como veneno no sangue. Atacam com violência sem motivo, fazem guerras, muitas ao mesmo tempo. Governantes que se agarram ao poder, mas não para o bem comum. Isso não tem nada a ver conosco.

— Não mesmo. Mas alguns de Talamh escolhem viver aqui.

— Sim. Tenho um primo que mora em Paris, na França. Ele tem uma padaria lá e está feliz. Construiu uma família e fez a vida lá. — Os dois saíram da floresta. — Foi a escolha certa para ele.

Ela entrou com Keegan em casa.

— Só preciso dar comida para Porcaria.

— Veja primeiro se ele está com fome.

Keegan tirou a jaqueta encharcada e a pendurou em um gancho. E então, em um gesto de cavalheiro que ela não esperava, estendeu a mão para pegar a dela.

— Ele estava com minha irmã e as crianças.

— Verdade. — Ela olhou para Porcaria e viu que ele havia comido, e bem. — Um mimo então, por ser um cachorro tão bonzinho. Vou pegar o petisco e o vinho e você acende o fogo.

Ele acendeu de onde estava e a seguiu até a cozinha.

— Marg fez tudo direitinho aqui. — Olhou ao redor com interesse e atenção. — É uma casa agradável, com vista boa e proteção.

— Os duendes vêm à noite.

— Sim. Aqui você está protegida, mas eles vigiam. E avisariam a mim ou a Marg se você precisasse de nós. — Ele apontou para o fogão. — Você cozinha nisso?

— Não muito. — Ela suspirou enquanto dava o biscoito para Porcaria. — E bem mal. Eu ia tentar aprender a cozinhar neste verão, mas...

— As coisas mudam.

Ela pegou o vinho e serviu as taças.

— É verdade. — Breen franziu a testa ao olhar para ele. — Por que está seco? Até o cabelo!

Ele foi até ela, colocou as mãos em seus ombros e, observando-a, desceu-as, bem devagar, até chegar aos quadris.

Ela sentiu o calor de suas mãos.

— Melhorou?

— Aham.

O celular, que estava carregando no balcão, tocou. Suspirando, ela se voltou.

— Desculpe. — Viu o nome de sua agente, sua agente!, na tela. — Preciso atender.

Dando de ombros, ele foi para a sala de estar, perto do fogo, para beber seu vinho.

Ele nunca incluiria telefones, especialmente desses que as pessoas carregavam nas mãos, na lista das coisas de que gostava. Nem o cheiro e o barulho dos carros. Não conseguia entender por que as pessoas escolheriam voar em uma máquina fechada. Ou viver em caixas empilhadas umas sobre as outras.

Como alguém encontrava paz mental?

Uma cabana como essa ele podia entender. Oferecia espaço, tranquilidade e conforto. Será que Breen sabia que grande parte dela havia sido criada em Talamh e mandada para a Irlanda?

Ele bebeu mais vinho. E, quando achou que ela já o fizera esperar o suficiente, voltou.

Ela estava sentada à mesa, chorando, com a cabeça do cachorro no colo.

Ver isso foi como levar uma facada no coração.

— Não, não chore. — Ele empurrou o cachorro para longe e se agachou para acariciar o cabelo de Breen. — O que aconteceu? Recebeu uma notícia ruim?

Com lágrimas escorrendo, ela ergueu a cabeça e negou.

Perplexo, ele a levou no colo até o fogo.

— Diga o que a está machucando e daremos um jeito.

Ainda chorando, ela aninhou o rosto no ombro dele.

— Meu livro. Vendi meu livro.

— Não se preocupe, vamos recuperá-lo para você.

— Não! Eu escrevi uma história e alguém comprou e vai transformá-la em livro. E as pessoas vão ler.

Ele levantou o queixo de Breen.

— É isso que você quer?

— Mais que tudo.

— Ah, então são lágrimas de coração feliz. — Keegan enxugou uma lágrima de Breen. — Sente-se, então, e chore quanto quiser. Vou buscar seu vinho.

Quando ele voltou, ela estava com as mãos no colo.

— Eu não deveria ter contado a você.

— Por quê?

— Porque prometi a mim mesma que, se isso realmente acontecesse, contaria a Marco primeiro. Ele é meu melhor amigo, da vida inteira. E eu vou contar para ele pessoalmente.

— É o que veio da Filadélfia e que mora com você?

— Sim. Eu deveria ter contado a ele primeiro.

— Bem, ele será o primeiro deste lado a quem você vai contar. Seria uma pena se não contasse a Marg, para que ela pudesse ter orgulho e alegria por você. E mesmo assim ele ainda será o primeiro deste mundo com quem você compartilhará isso.

— Verdade. — Breen secou uma lágrima. — Foi ele que me incentivou a escrever, porque eu queria, mas não acreditava que era capaz. E agora... — Ela cobriu a boca com a mão. — Vendi um livro. Três, na verdade, mas não escrevi os outros dois.

Curioso, e aliviado porque ela parara de chorar, Keegan se sentou no braço do sofá.

— Como você vende algo que não tem?

— Você faz uma promessa, um voto. E eu... — Tomou um grande gole de vinho. — Que inferno, vou contar tudo. Estou escrevendo outro livro, para adultos. O que eu vendi é para crianças. Minha agente... foi ela quem vendeu o livro. Ela me representa. Pediu para ver uma parte do outro que escrevi e gostou. Não está terminado, está mais ou menos pela metade, mas ela gostou.

Ela ficou pulando e girando pela sala.

— Tudo em minha vida mudou. Tudo. Nesta mesma época, no ano passado, eu estava empacada. Acreditava nisso. Era tão infeliz, tão maçante...

— Maçante?

— Sim, maçante — confirmou —, acredite. Agora eu sou — estendeu a mão e acendeu todas as velas da sala — mágica! Sou uma bruxa. Sou escritora. E, nesta época, no ano que vem, serei uma escritora publicada, e ninguém pode tirar isso de mim. Ninguém pode dizer que isso não é importante.

Confuso, ele franziu a testa.

— E por que alguém diria isso?

— Você não conhece minha mãe. Tudo mudou. Eu mudei. — Ela brilhava, como as velas, e girava. — Vamos comer pizza!

Keegan não sabia como conseguia falar depois de tudo que ela despertara nele.

— Você tem pizza?

— Não vai ser como a que você comeu na Itália, mas é pizza. Vamos comer pizza e tomar mais vinho.

Ela correu para a cozinha e abriu o freezer.

E, de repente, estava de costas contra a geladeira com as mãos de Keegan, tensas, em seus quadris.

Quando se deu conta do significado daquilo, ela murmurou:

— Oh...

— Depressa. — Ele pressionou seu corpo, não tão levemente, contra o dela. — Sim ou não.

— Sim ou...

Ele colou os lábios nos dela, duros e famintos. Cada célula do corpo de Breen entrou em erupção, como uma reação em cadeia de prazer, pânico e paixão por tanto tempo reprimidos.

Ele se afastou, mas manteve as mãos nela.

— Eu ouvi sim.

— Eu não... Sim. — Ela puxou a boca de Keegan de novo para a dela. — Sim, você ouviu sim.

Keegan a pegou no colo.

— Mostre-me seu quarto, ou pense nele.

— Ah, é... — Ela gesticulou vagamente enquanto subia mentalmente as escadas e fazia a curva.

Ninguém nunca a havia levado no colo para a cama. Ninguém jamais a havia beijado daquele jeito na cozinha. Ninguém jamais olhara para ela com um desejo tão abrasador.

Ela ia dizer que não era muito boa nisso, e que estava enferrujada, mas se conteve e se deixou levar pelo momento.

Ah, sim, sem dúvida. Ela havia mudado.

Keegan descobriria sozinho, mas Breen curtiria o momento. Torcendo para que tudo desse certo, ela levou os lábios ao pescoço dele, para provar sua pele, respirar seu cheiro.

Ele cheirava a chuva e couro, grama verde e terra rica.

De Talamh, percebeu. Ele cheirava a magia.

Quando entrou no quarto, Keegan olhou para a lareira, que se acendeu. E deixou Breen em pé ao lado da cama.

— Você é uma alma ordeira — observou. — Tudo no lugar.

As velas sobre a lareira, as mesinhas de cabeceira, as mesas, tudo ganhou vida.

— Acho que sou.

— Eu gosto de ordem.

A janela se abriu uns centímetros e a brisa entrou com a noite.

— Você não vai ficar com frio — disse Keegan, passando as mãos pelos flancos dela, subindo de novo pelos seios, pelo cabelo, pelas costas.

Breen sentia ondas de prazer pelo corpo, e levou um momento para perceber que estava nua.

— Você não é guerreira — ele pegou a mão que ela instintivamente ergueu para se cobrir —, mas tem corpo de guerreira. Um corpo que eu quero e que você vai me dar.

Ele passou a mão livre sobre o seio de Breen, a palma áspera sobre a carne tenra.

— Quer que seja rápido ou lento, *mo bandia*?

— Tanto faz. — Desde que ele continuasse a tocá-la. — Tanto faz — repetiu, e travou os braços em volta do pescoço de Keegan, fundindo sua boca na dele.

Ela o despiu com o pensamento e o ouviu rir quando a espada bateu no chão.

— Você esqueceu as botas — avisou ele, e as tirou enquanto a deitava de costas na cama.

— É a primeira vez que tiro a roupa de um homem com magia.

Breen passou as mãos pelas costas dele, pelos músculos de ferro. Era o corpo de um guerreiro, pensou. Um guerreiro, um homem que a queria.

E parou de pensar quando as mãos dele correram sobre ela.

Ele encontrou pele macia, músculos firmes, curvas encantadoras, ângulos fascinantes. Sentiu a pulsação dela como golpes de martelo enquanto conhecia seu corpo. Era muito fácil, percebeu, descobrir o que a agradava, o que a excitava.

Ele imaginara muitas vezes como seria tê-la sob suas mãos, como o corpo dela se moveria sob o dele, e agora sabia e queria horas, dias, noites com ela.

Que boca ávida a dela em buscar a dele... que mãos gananciosas o percorriam...

Ele sabia que ela ia ofegar um instante antes que ofegasse. O leve gemido de Breen ecoava em sua mente antes de ela o soltar. Quando seus dedos, seus lábios, a faziam estremecer levemente, ele ficava ali até que o tremor se intensificava.

Ela se entregou de corpo e alma, sem fingimento nem malícia. Mostrou a ele abertamente que o queria, com mãos cada vez mais exigentes, com a pelve que se esfregava na dele até ele não querer nada além de lhe dar tudo e ainda mais.

Fazia muito tempo que alguém não a tocava, mas nunca, nunca ninguém a tocara assim. Mãos ásperas a destruindo e, ao mesmo tempo, fazendo-a se sentir preciosa. A barba rala dele em seu rosto marcava sua pele e acendia chamas impossíveis dentro dela.

Ela esqueceu a timidez e as dúvidas na radiante sede de desejo de mais.

Nada nele era macio, liso ou polido. E tudo nele era excitante. Quando a mão dele tocou seu sexo, um choque glorioso a percorreu e a rasgou, até que seu corpo estremeceu.

Ela gritou ao sentir um orgasmo insuportável, e mesmo assim ele não parou. Indefesa, ela colocou os braços ao redor dele e tentou segurá-lo.

— Meu Deus, Keegan, espere.

— Você é forte — murmurou ele, e sua voz grossa e ofegante a fez abrir os olhos. — Tenho mais para você. É tudo seu.

Ele entrou nela devagar, quase gentilmente no início.

Ela viu luzes girando pelo quarto, refletidas nos olhos dele.

— Você é forte — repetiu ele —, e delicada. E, pelos deuses, esse seu calor...

Ele começou a se mexer e ela gozou de novo, tão forte que seu corpo se arqueou e fez a mão dela voar para o ombro dele.

— Não pare. Não pare.

— Nem todos os deuses poderiam me fazer parar. Cavalgue comigo agora. Cavalgue comigo.

Ela cavalgou em um galope duro, imprudente, desesperado e emocionante. A luz pulsava mais rápido, mais rápido ainda enquanto a cama balançava pela ação da velocidade.

Tudo ficou difuso, menos ele. Por um momento, o rosto dele, tão perto do dela, entrou em foco.

E todas as luzes giraram e se tornaram uma só no quarto, nela, nele.

Quando o corpo de Keegan desabou sobre o de Breen, ele enterrou o rosto no cabelo dela. Ela estava mais que mole, parecia cera derretida ao sol, mas sua pulsação ecoava a dele.

No quarto agora silencioso, ele ouviu o crepitar do fogo, a leve música do vento e o longo, longo suspiro de Breen.

— Sou pesado — murmurou ele, sem intenção de se mexer ainda —, mas você é forte.

Ele sentiu as mãos dela em seu cabelo, sentiu os dedos correndo por sua trança tribal.

— Eu não esperava.

— Então não estava prestando atenção, não é? Precisa corrigir isso.

Ela suspirou de novo.

— Não imaginei que você gostasse de mim de um jeito especial, levando em conta quantas vezes me mata, ou me insulta, ou xinga.

— Não gosto de você de um jeito especial no campo de treinamento porque devo treiná-la. E a mato, insulto e xingo porque você precisa disso.

Ele levantou a cabeça e olhou para ela, para aqueles cachos de fogo espalhados sobre o travesseiro.

— Mas gosto de você fora de lá.

— Acho justo, porque também não gosto de você no campo de treinamento, porque é opressor. Mas gosto de você fora de lá.

Ela olhou para o fogo, diante do qual Porcaria dormia em sua caminha.

— Porcaria dormiu.

— É um cão sábio, pois isso não era da conta dele.

Ela sorriu e olhou para Keegan.

— Não estou acostumada com isso.

— Com o quê?

— Ir para a cama com um líder mundial, para começar.

— Você está deitada embaixo de um homem que a quer. O que importa o resto?

— Também posso dizer que não estou acostumada a ficar nua com alguém tão... em forma — definiu. — Com um corpo tão firme.

Ela o divertia e seduzia ao mesmo tempo, e essa combinação pareceu a Keegan tão única quanto ela mesma.

— Você escolhia amantes delicados e fracos?

— Em comparação com você, sim.

Para seu próprio prazer, ela passou a mão no peito dele. De fato, muito em forma.

— Foi um dia estranho e maravilhoso. Memorável.

— Concordo. — Ele enrolou uma mecha do cabelo dela no dedo e logo a desenrolou. — Ainda vamos comer aquela pizza?

Ela riu e o abraçou com tanta liberdade e intimidade que fez o coração dele disparar.

— Com certeza! Estou morrendo de fome.

CAPÍTULO 25

Embora não pretendesse, Keegan passou a noite com ela. Dormir juntos depois de acasalar somava importância e risco à situação, mas ele ficou.

E de manhã, antes de o sol romper a noite, acasalaram de novo. E, depois, café – coisa que ele só tomava em suas raras visitas ao outro lado.

Breen fez ovos mexidos com torradas, e Keegan achou mais que suficiente. Comeram fora, à mesa sob o sol fraco, enquanto o cachorro mergulhava alegremente na baía.

Não houve queixas quando voltou a seu mundo e seus deveres, e ela continuou – pela manhã – no dela.

Mas ele continuou sendo duro com Breen no treinamento; afinal, a vida dela poderia depender disso. E ele resistiu ao desejo de ir para a cama dela nas duas noites seguintes, dizendo a si mesmo que devia manter certa distância e usando como motivo a necessidade de fazer a patrulha noturna.

Na terceira noite ele lançou um círculo. Usou um feitiço que ele mesmo inventara para ver através do portal, através dos cadeados que ele ajudara a pôr. Os patrulheiros e espiões de Odran continuavam abrindo brechas, e alguns, como Keegan sabia, haviam conseguido passar.

Se ele pudesse ver o castelo sombrio, se pudesse se conectar o suficiente para ler as tramas e os planos na mente do deus sombrio, poderia defender melhor Talamh e tudo que havia dentro dele.

Mas, embora o poder do feitiço fosse grande, tanto que quase queimava em seu sangue, ele só podia ver sombras inconstantes no escuro, ouvia apenas murmúrios, e uma vez o grito horrível dos torturados e condenados.

Isso pesava sobre Keegan enquanto ele encerrava o feitiço, enquanto fechava o círculo.

Se não pudesse penetrar a escuridão, se continuasse fora de seu alcance, ele teria que pôr mais espiões em risco.

E nem todos voltavam.

Keegan chamou seu dragão com a intenção de sobrevoar as águas e deixar os restos do feitiço ecoando dentro de si.

Mas, em vez disso, atravessou o portal e voou por sobre as árvores rumo à cabana de Breen.

Já lhe dera espaço suficiente, pensou. Esqueceria o fracasso do feitiço com ela e dormiria.

Uma única luz se via pela janela, embaixo do quarto dela, quando ele pousou. Disse a si mesmo para deixá-la em paz, deixá-la dormir, mas passou pelos duendes esvoaçantes e abriu as fechaduras e a porta com um aceno de mão.

Entrou e olhou para Cróga.

— Vá descansar onde quiser, *mo dheartháir*. Darei um jeito de voltar.

No instante em que fechou a porta, Keegan a sentiu.

Dormindo sim, mas com visões que provocavam medo e dor.

Lançando luz à sua frente, ele correu escada acima. Encontrou-a estremecendo na cama, com os olhos arregalados e vidrados. O cachorro estava na caminha ao lado dela, ganindo de angústia e lambendo seu rosto.

— Já estou aqui, amigo. Estou com ela. Mas ela tem que passar por isso. As visões têm razões para vir.

Ele se ajoelhou na cama ao lado de Breen, acariciando o cabelo dela.

— Mas você não está sozinha agora, *mo bandia*.

Keegan pegou a mão dela para lhe transmitir conforto.

E se viu na visão com ela.

O mundo – seu mundo –, o comovente verde das colinas e campos estava preto, queimado, e a fumaça que subia era tão densa que bloqueava o sol e o céu.

Cinza, tudo cinza, e um fedor de morte.

Um relâmpago, negro como breu, rasgou a fumaça e transformou a fazenda confiada à sua família em escombros fumegantes.

Entre as explosões e rugidos, ele ouviu os gritos dos moribundos, o pranto de dor. Corpos – homens, mulheres, crianças, animais – cobriam o chão, encharcando a terra queimada com as poças de seu sangue.

Essa visão rasgou seu coração em pedaços que nunca se poderiam colar.

Keegan puxou sua espada, puxou seu poder, que, alimentado pela raiva e pela tristeza, fez o aço em sua mão pulsar, incandescente. Matou um cão demônio que havia parado para se deliciar com o que restava de um jovem homem-fada.

Atravessando a fumaça, derrubou uma dúzia com lâmina, fogo e raiva. Mas eles continuavam chegando. Fez um grande esforço para chegar à casa de sua irmã, onde até a centelha de esperança havia morrido. Nada restava além de ruínas de pedras enegrecidas.

Ele, um homem de poder, um homem de dever, gritou com uma fúria que nunca esfriaria, com uma dor que nunca descansaria.

Keegan ainda sentia débeis flashes de luz de outros que lutavam com o que lhes restava. Chamou seu dragão, mas já sabia que Cróga nunca mais iria até ele.

Esse vínculo rompido, mais uma dor, mais uma fúria.

Cróga não mais existia, assim como a fazenda.

Sem cavalo nem dragão, ele nunca chegaria à Capital, à sua mãe, a tempo de lançar uma defesa. Isso se a Capital ainda existisse.

Tomou o caminho de volta. Se Marg estivesse viva, se conseguisse encontrar Breen, eles poderiam unir seus poderes e achar uma maneira – tinha que haver uma maneira – de salvar o que restava.

Quase tropeçou em um casal de velhos, elfos, gravemente feridos, enroscados nos braços um do outro.

Tentou curar a mulher primeiro, mas, enquanto espalhava sua luz através dela, os olhos dela escureceram e morreram. Quando se voltou para o homem, o velho elfo sacudiu a cabeça.

— Não. Minha companheira de vida partiu para os deuses, eu escolho ir com ela. Eles chegaram muito rápido e trouxeram a escuridão. Vá, lute, *taoiseach*. Salve-nos.

Ele saiu correndo lançando golpes de espada e de poder.

E a esperança cintilou de novo. Embora os jardins houvessem murchado, a cabana de Mairghread estava em pé.

— Breen! — gritou, correndo para a cabana, e a viu saindo da fumaça, cambaleando.

Havia sangue nas mãos e no rosto dela.

— Não! — Ela jogou seu poder nele, mas muito debilmente. — Eu vi você morrer. É mais um truque. Você, Nan, Morena, estão todos mortos. Eles mataram Porcaria. Mataram tudo.

— Não é um truque. Estou aqui.

Quando ele foi em direção a Breen, Odran surgiu atrás dela. Passou os braços ao redor dela e sorriu para Keegan.

— Você perdeu, rapaz. Este mundo é meu agora. Ela é minha agora.

— Ela nunca será sua. Talamh nunca será sua. Afaste-se dele, Breen. Ele não pode atacar com poder nem com espada, pois machucaria você também.

— Eu não pude detê-los.

Odran falou no ouvido dela.

— Você não é suficiente. Nunca será suficiente.

— Eu não fui suficiente — disse ela, embotada. — Nunca fui suficiente.

— Mentira.

Keegan percebeu que tudo aquilo era uma mentira, uma visão fabricada pelo deus das trevas.

— Volte para seu inferno, sua ilusão acabou.

— Em breve será verdade.

— Acorde — Keegan ordenou, e, embora um pouco do poder de Odran se infiltrasse na visão para chamuscar sua pele, ele pegou a mão de Breen.

— Acorde, venha comigo.

Ele a puxou de volta; puxou os dois de volta.

— Mortos, todos mortos.

A cabeça de Breen pendeu, e Keegan a sacudiu.

— Não, foi um artifício, uma ilusão. Esqueça isso.

— Ele matou você na minha frente. Seu sangue está em minhas mãos. Não fui forte o suficiente para detê-lo.

— É mentira. Estou aqui, não estou? — Ele a sacudiu de novo. — Veja!

Quando ela o viu, começou a tremer.

— Isto é real? Você é real?

— Sim, isto é real, eu sou real. O resto era mentira.

— Eles vieram tão rápido, eram tantos... Os gritos, os incêndios, a fumaça... não pude detê-los. Não fui o suficiente.

— Mais mentiras. Você deixou que Odran visse sua fraqueza e ele a usou para manipular a visão. A minha também — admitiu. — Quando fui até lá com você, eu acreditei. Veja só, você assustou o cachorro.

— Porcaria! — Ela abraçou o cachorro e chorou. — Ele o matou. Ele apenas estalou os dedos e incendiou Porcaria. Não pude salvá-lo. Não pude salvar ninguém.

— Pare! — Keegan a puxou de volta. — Ele quer vê-la fraca, com medo, cheia de dúvidas. Vai dar a Odran o que ele quer, assim tão fácil?

— Parecia tudo real. E se foi uma visão do que vai acontecer?

Keegan não sabia, não tinha como saber, mas disse o que ela precisava ouvir.

— Não foi, e, quando eu percebi a mentira, o poder dele se rompeu. Mas está tudo dentro de você agora, e isso não pode acontecer. Você precisa de uma poção. Onde as guarda?

— Não, eu preciso ver.

Ela correu para a janela e a abriu.

— Está vendo? A lua, os duendes, a sombra das colinas, as árvores se mexendo e sussurrando na noite?

Quando ele a fez se virar, Breen deitou a cabeça no peito dele.

— Ele disse que todos morrerão se eu não for com ele. Disse que me faria uma rainha, e que eu poderia escolher o mundo que quisesse governar.

— Mais mentiras. — Keegan acariciou o cabelo de Breen, pensando nos duendes, que não mandaram nenhum aviso. — Odran deu um jeito de manter tudo fechado aqui. Eu só senti a escuridão dele quando entrei. Se ele encontrou uma maneira de fazer isso, encontraremos outra de contra-atacar.

— Não usei o amuleto nem o alecrim. Achei que, se tivesse uma visão, um sonho, alguma coisa, poderia aprender algo.

Ela foi corajosa, pensou Keegan. Talvez tola também, mas corajosa.

— E com certeza aprendeu, assim como eu. Ele tem medo de você.

Ela teria rido disso se tivesse condições.

— Não foi isso que eu aprendi.

— Então, mais uma vez, você não prestou atenção. Odran usou poderes para tentar fazer você se sentir fraca e se culpar por tudo. Ele faz isso porque sabe que você é forte, mas que tem dúvidas. Sua mãe fez o mesmo durante toda a sua vida porque ela tem medo de você.

— Ela... o quê?

— Pense bem.

Breen olhou para Keegan e viu a verdade como ele acreditava.

— Ela tem medo do que você é, do que tem. Esse medo pode ser porque ela teme por você; não sei o que se passa no coração dela. Mas ela sempre fez o mesmo, fez você se sentir fraca, menos do que é e poderia ser, para que esquecesse o poder que ela teme. E agora esse poder está enterrado tão fundo que você não consegue encontrá-lo e usá-lo. E ele também fez isso para enfraquecê-la, para fazer mal a seu espírito.

Ele a soltou e ficou andando de lá para cá, para se acalmar.

— Se não vai tomar uma poção, pode ser vinho?

Ela recusou.

— Bem, eu vou.

Ele mentalizou onde ela guardava a garrafa e as taças e, como não queria deixá-la sozinha, trouxe a taça de vinho até sua mão.

— Aceito uma água.

Ele ergueu a sobrancelha. Mimá-la não a ajudaria.

— Mentalize e traga a água.

Ela suspirou e fechou os olhos. Não adiantaria dizer que sua cabeça estava explodindo. Ele a mandaria fazer a dor passar.

Quando ela abriu os olhos de novo, estava segurando um copo. Vazio.

— Acertei metade.

Breen concluiu que devia estar tão mal quanto se sentia porque, com um movimento de mão, Keegan encheu o copo com água.

— É só água?

— Só água.

Ele andava de um lado para o outro, bebendo vinho, enquanto ela ficava sentada bebendo água.

— Ele não furou a proteção — murmurou Keegan. — Não passou pelos elfos nem pelos feitiços. Ele entrou por meio de você. — Parou, observando-a. — Foi só aqui dentro, pois você estava aqui dentro. Sim, foi assim que Odran conseguiu. Você disse que ele a sentiu, talvez a tenha visto quando você teve a visão do castelo sombrio, certo? E com certeza ele inventou aquele feitiço de Yseult e está esperando você abrir o suficiente para que ele possa entrar.

— Como faço para impedir? É só usar feitiços para bloquear sonhos e visões?

— Você poderia fazer isso, mas é melhor não. — Precisamos de mais astúcia, mais cálculos, ele pensou. — Você deixará uma janela aberta quando for dormir e quando estiver sozinha aqui. Isso não vai impedir as visões, mas haverá um alerta. Quanto a negar a ele o controle de suas visões, tenho algumas ideias. Vou trabalhar nisso.

— Vamos trabalhar juntos, por favor.

— Tudo bem — Keegan assentiu —, você tem esse direito. Mas agora está cansada, então volte para a cama.

Ela não discutiu, pois sua cabeça latejava e sentia o corpo vazio.

Quando ele tirou a espada, ela teve vontade de chorar de novo. De alívio.

— Você vai ficar...

— Não para acasalar. Para dormir. — Ele parou e olhou para ela. — Você acha que eu a deixaria sozinha depois de tudo que passou?

Evitando o simples sim que surgiu em sua cabeça, ela entrou na cama.

— Estou cansada demais para pensar.

— Então durma.

No instante em que Breen colocou a cabeça no travesseiro, ele começou a tratá-la.

— Para que tenha um sono tranquilo — começou, acalmando a mente dela. — Caramba, por que não me falou que estava com dor?

Ele aplacou a dor de cabeça, e depois se sentou para tirar as botas.

— Ela é um mistério para mim, amigo — disse ao cachorro, que observava e esperava. — Normalmente as mulheres são um enigma para os homens, mas ela é mais intrigante que a maioria, em minha opinião.

Keegan não se despiu, mas se deitou, olhando para o teto, pensando na melhor forma de ajudá-la a controlar suas visões.

Perto do fogo, o cachorro deu três voltas em sua cama, como de costume, e se acomodou para dormir.

Muito tempo se passou antes que Keegan conseguisse adormecer.

Eles trabalharam em um feitiço noturno para ajudar Breen a reconhecer e combater sonhos ilusórios. Fizesse chuva ou sol, fosse noite ou dia, ela deixava uma janela aberta.

Breen achava que não era sua maldita insegurança lhe dizendo que já havia atingido seu máximo na habilidade da luta com espada. Até sentia que estava acima da média na maioria das circunstâncias nessa área. Mas, se chegasse a um combate real, sabia que teria que se esforçar muito para atingir pelo menos a média.

Não achava que era uma ilusão sua melhora – grande – em lançar feitiços e outras magias, ou em foco e controle.

Percebeu que tinha mais habilidades na cama do que seus dois amantes anteriores lhe haviam creditado. Mas nenhum deles havia sido Keegan. Sem dúvida, ter um parceiro de cama excepcional fazia diferença.

A confiança em seu trabalho de escritora oscilava, mas a alegria que ele lhe dava nunca diminuía.

Quando parou depois de uma manhã produtiva, suspirou, contente. Já podia ver o final do livro – faltavam semanas ainda, mas podia vê-lo. E a próxima aventura de Porcaria começava a tomar forma.

Que sorte ela tinha, pensou, por ser capaz de pular de uma história para outra, de um mundo para outro. De uma vida – de verdade – para outra.

Quando ia se preparar para aquele outro mundo, seu tablet indicou uma chamada do FaceTime.

Embora não fosse o horário habitual, ela aceitou a chamada de Marco.

— Oi! Estava indo... fazer uma caminhada.

— Estava torcendo para você ainda não ter saído — Marco sorriu. — Garota, você está ótima!

— E me sinto ótima. É muito cedo para você. — Tão cedo, notou, que ele ainda estava com a camiseta do Homem-Aranha que usava para dormir. — O que está fazendo acordado?

— Não aguentei esperar. Breen, acho que encontrei a casa.

— A casa?

— Você queria um lugar com um pouco de terra para ter um jardim, e agora tem um cachorro. Andei fuçando, nada muito difícil, e achei uma que é meio *boom*! Tem quatro quartos, assim você poderia ter um espaço para escrever, e talvez pudéssemos ter uma sala de música. Uma cozinha muito legal também, e todo aquele negócio de conceito aberto. Não fica tão perto da cidade como o apartamento, mas tem um acre! Você ainda quer um jardim e essas coisas, não é?

Ela teve que se forçar a ignorar o nó na garganta e falar.

— Sim.

— Dá para eu ir trabalhar, sem problemas. Também fica em um bairro legal; não é um bairro gay, mas só existe um desses mesmo. Também não é um daqueles bairros super arrumadinhos, que parecem ter saído do filme *Mulheres perfeitas*. A melhor amiga do primo de Derrick é corretora e me avisou. Ainda não está à venda. Eles tinham uma proposta, mas não deu certo, então os donos estão resolvendo umas coisas e em poucos dias vai estar no mercado. Vou mandar um link para você ver as fotos e pensar, e talvez falar com o cara que cuida do seu dinheiro. Você vai voltar daqui a uma semana, então eu quis te contar logo.

— Uma semana.

Ela sabia disso, mas nunca o havia dito em voz alta. Ainda não o tornara real.

— Dê uma olhada. Talvez eu esteja enganado, mas acho que acertei. — Ele franziu a testa. — Você ainda quer comprar uma casa, né?

— Sim. Sim, eu quero uma casa.

Mas onde?

— Acho que peguei você de surpresa. É que eu fiquei animado. Eu sei que está se divertindo muito aí, mas sinto sua falta.

— Também estou com saudade. — Sobre isso, ela podia falar a verdade absoluta. — Sinto muito sua falta, Marco. E de Sally e Derrick, e de todo mundo do Sally's.

— Não vá se apaixonar por aí!

Tarde demais, pensou Breen. Estava apaixonada por um mundo inteiro.

— Mas devia fazer um pouco de sexo celta.

— Na verdade...

— O quê? — Ele levantou os braços e agitou as mãos. — Conte tudo!

— Quando eu voltar.

Certas coisas, como o sexo e a venda de um livro, precisavam ser contadas no cara a cara.

— Conte só algum detalhe. Eu conheço você, então deve ser um cara normalzinho. É lindo? Ai, meu coração! Mande uma foto.

— Não tenho.

— Jesus, menina, tire uma.

— Veremos. — Ela precisava parar de falar, senão falaria demais. — Preciso passear com Porcaria.

— Vá lá, então. Vou mandar o link. Sete dias, minha amada.

— Sete dias. Amo você, Marco.

— Também amo você, ao quadrado.

Ela encerrou a ligação e se recostou na cadeira.

Sete dias.

Ela trabalhou mais, estudou mais, treinou obsessivamente. Com Keegan e sua avó, criou um feitiço para ajudá-la a controlar suas visões e sonhos. Como envolvia uma poção, um feitiço e um encantamento, ficou preocupada com a complexidade.

— Você está disputando o controle com um deus, *mo stór* — ponderou Marg. — Precisa de mais que poder e habilidade. Precisa de fé, na luz e em si mesma.

Elas estavam sozinhas na oficina de Marg, e Breen pensou no quanto sentiria falta disso quando voltasse à Filadélfia. Sentiria falta de passar uma tarde tranquila com sua avó fazendo o que considerava magia elementar.

Breen preparou uma poção para se acalmar enquanto Marg terminava um bálsamo para dores nas articulações. O ar cheirava a ervas e cera de vela.

E paz, pensou. Se a paz tinha uma fragrância, ela a encontrara ali.

— Eu acredito na luz. Vi e fiz coisas demais neste verão para não acreditar.

— E em si mesma?

— Mais do que nunca ou que achava que poderia. Eu sei os motivos, até os entendo, mas ainda me chateia não ter conhecido você antes deste verão. Eu não conhecia a mim mesma, Morena, Talamh, tudo, todo mundo. Não sabia quem tinha sido meu pai, o que fazia, o que fez por mim.

Marg selou a tampa do bálsamo e o rotulou.

— E agora que sabe?

— Estou dividida entre duas direções, dois mundos.

Marg assentiu e se levantou. Colocou o bálsamo em uma prateleira e foi até o fogão para preparar o chá. Isso, como Breen sabia, indicava um intervalo no trabalho, a hora da conversa.

— Você é dos dois, tem lealdade para com ambos. Isso por si só a torna única. E a atormenta.

Marg usava um vestido longo, azul-claro, com um avental branco por cima. Com seu glorioso cabelo preso formando uma coroa, parecia uma foto em um livro de história. Uma mulher fora do tempo.

Mas ela não está fora tempo, pensou Breen. Eu estou.

— E então — continuou Marg —, vai falar comigo agora? Nos últimos dias você enterrou esse problema no trabalho e no treinamento, mas eu o sinto. Você é minha — disse Marg enquanto levava o chá para a mesa de trabalho. — E eu sinto seu coração e sua mente perturbados.

— Nan. — Breen sacudiu a cabeça e olhou para o chá.

— O verão está acabando. Logo a luz vai mudar, o outono vai despertar e a colheita começar. A roda gira como tem que girar.

— Qualquer escolha que eu faça vai magoar pessoas de quem gosto.

— Aqueles que gostam de você honrarão suas escolhas.

A ansiedade tomou conta da voz de Breen e encharcou seus olhos.

— Eu tenho que voltar. Não posso deixar tanta coisa pendente. Se sou de dois mundos, tenho que encontrar uma maneira de fazer o que é certo para ambos.

— Mas o que é certo para Breen?

Ela havia pensado nisso. Havia pensado e desejado.

Era amor.

— Ainda não sei, tenho que descobrir, e há muita coisa... eu vendi meu livro, o livro de Porcaria.

— Oh! — O rosto de Marg se iluminou, e lágrimas de orgulho encheram seus olhos. — *Mo chroí!* — Ela pegou as mãos de Breen. — Que notícia mais feliz! Estou tão orgulhosa!

— Você teve participação nisso. Foi você que mandou aquele cachorro atrás de mim.

Marg soltou uma risada, cheia de prazer.

— É verdade, mas a história é sua. Provém de seu coração, sua mente, sua habilidade e coragem. Quando chegar a hora, veremos seu livro na grande biblioteca da Capital, e eu terei um aqui. Porcaria será famoso por toda parte. Nos dois mundos.

— Eu quero escrever, ser lida, ter meu livro... meus livros — corrigiu-se — em bibliotecas e lares e escolas. Quero mais agora do que quando comecei. Para isso, preciso do outro mundo. Tenho pessoas que amo do outro lado, Nan, e não posso excluí-las da minha vida. Eu tenho que ir e resolver o que deixei pendente. E tenho que ir para ter certeza. — Apertou mais as mãos de sua avó. — Mas eu prometo, juro que vou voltar. Por você, por meus amigos daqui, por Talamh. Voltarei por amor e por dever.

— Seu pai jurou o mesmo e manteve o juramento. Não tenho dúvidas de que você fará o mesmo.

— Farei sim. Tenho dois favores a lhe pedir.

— O que eu não daria à filha de meu filho?

— Pode ficar com Porcaria até eu voltar? Não quero tirá-lo daqui. Ele é feliz e livre aqui. E, bem, há muitas razões práticas para não o levar comigo.

— Claro que sim. Ele vai sentir muito sua falta. Assim como eu, como todos.

Breen sentiu um peso sair de seus ombros.

— Obrigada. Eu não poderia deixá-lo dentro de um apartamento na cidade. Marco está procurando casas... umas das coisas que deixei pendente. E pode cuidar da cabana para mim até eu voltar? Não sei exatamente quando, mas...

— Minha querida filha, a cabana é sua. Eu a fiz para você. Sempre será sua. Seu cachorro, sua casa e toda Talamh vão esperar até que você faça sua escolha. E prometo que nunca vou atrapalhar. — Marg se levantou de novo. — Tenho um presente para você.

— Você já me deu tanta coisa, fez tanta diferença em minha vida...

— É um presente para mim também.

Ela levou Breen até um espelho de fundo prateado com uma pedra coração de dragão no centro.

— É um espelho de clarividência, foi de sua bisavó. Quando precisar de mim, quiser falar comigo ou me ver, basta olhar para o espelho e me chamar.

FaceTime mágico, pensou Breen.

— É lindo. Eu preciso de você, Nan. — Abraçou Marg. — E não vou decepcioná-la. Vou encontrar uma maneira.

— Agora, precisa encontrar uma maneira de contar aos outros que gostam de você, assim como contou para mim.

Breen suspirou. Não esperava que mais alguém fosse tão compreensivo quanto sua avó.

Ela esperava que Aisling entendesse, mas se enganara.

— Faça o que achar que deve — disse Aisling brevemente, enquanto carregava um balde de água do poço para a cozinha. — Meu pai morreu para que você fosse livre para fazer o que quisesse.

— Aisling...

— O pai dos meus filhos luta e voa para manter Talamh segura — continuou enquanto despejava água em uma panela. — E um dia, enquanto você mora do outro lado, onde pega água ao girar uma torneira e anda em carros que sujam o ar, meus filhos podem ser chamados a fazer o mesmo.

— Não vou voltar para usar carros ou pegar água da torneira. Eu também tenho obrigações lá.

— Vida e morte são suas obrigações lá? — perguntou Aisling. — Luz ou escuridão, escravidão ou liberdade?

— Não. Lá não sou importante. Eu voltarei, prometi a Nan e estou prometendo a você. Mas tenho pendências...

Ela parou quando Harken entrou.

— Ela vai embora — disse Aisling, e começou a descascar ferozmente uma cenoura.

— Ah, está bem.

Ele tirou o boné e ficou olhando para Breen.

— Mas vou voltar, juro. É que eu tenho que... — Que inferno, pensou, e segurou a mão dele. — Leia minha mente e meu coração. Não estou indo embora porque quero, e sim porque preciso tentar fazer o que é certo. E vou voltar para tentar fazer o que é certo.

— Isso a machuca. Ter amor e dever puxando de ambos os lados dói. — Ele olhou para a irmã. — Mahon muitas vezes sente isso quando precisa deixar sua família em nome do dever. Desejo a você uma viagem segura, Breen Siobhan, e um retorno seguro para nós. — Ele pousou os lábios na testa dela. — Morena está ali fora com as crianças. Keegan ainda está se preparando para o treinamento de hoje. Você deve contar a ambos.

— Eu sei. — Olhou para Aisling. — Desculpe.

— Ela está deixando a maior parte do coração aqui — disse Harken quando Breen saiu.

— A maior parte do coração dela não é suficiente para enfrentar Odran.

Ele foi até Aisling e a abraçou. Ela enrijeceu, tentou empurrá-lo, mas cedeu.

— Não se pode abrir ou fechar um cadeado sem a chave, Harken.

— Ela ficará mais forte quando voltar.

— Se voltar. — Pela janela, Aisling viu Breen indo até Morena. — Se voltar.

CAPÍTULO 26

Como arrancar um band-aid, pensou Breen, é preciso puxar de uma vez só.

Mas ela esperou enquanto Morena ajustava o braço de Kavan para que ele pudesse chamar o falcão.

Que voo magnífico, pensou Breen, que majestosa abertura das asas quando o falcão voou do alto de um galho da árvore até o braço do garotinho!

E estoicamente suportou os gritinhos felizes do menino.

— Vocês dois serão bons falcoeiros um dia. Darei outra aula da próxima vez que eu vier, mas agora Amish está caçando.

— Papai disse que, se eu aprender bem, posso ganhar um falcão em meu próximo aniversário.

Morena sorriu para Finian.

— Se for assim, terei prazer em ajudá-lo a treinar um. Agora ande, Kavan, deixe-o voar.

— Tchau! Tchau! Tchau! — E Kavan ergueu o braço, como havia aprendido.

— Muito bem, muito bem mesmo, vocês dois. — Ela os ajudou a tirar as luvas de tamanho infantil que havia feito para eles. — Agora, guardem suas luvas no lugar certo.

Os meninos correram para casa. O rosto de Finian ainda brilhava quando chegou a Breen. E Kavan, como sempre, ergueu os braços. Quando Breen o pegou no colo, percebeu que morreria de saudade deles.

— Morena fez luvas para nós — contou Finian. — Fizemos o falcão voar, revezando. Vou ganhar um falcão em meu aniversário.

— Quando é seu aniversário?

— No Samhain. Mamãe disse que eu escolhi esse dia para que minha alma e a de meu avô se encontrem quando o véu afinar. Vamos, Kavan, temos que guardar as luvas.

— Tchau! — gritou quando Breen o colocou no chão. — Tchau! Tchau!

— São bons meninos — comentou Morena. — Eu sei que Aisling quer uma menina, mas ela e Mahon fazem bons meninos.

— É mesmo. Você é tão boa com eles...

— Ah, isso é bem fácil. E é um treino também, para quando eu decidir deixar Harken plantar um em mim.

— Ah...

— Estou mais preocupada com os bebês do que com todo esse negócio de casamento, no momento. E ele vai querer os dois, claro. Bem, ainda há tempo para ver para que lado o vento me sopra. Está pronta para o treino de hoje?

— Tenho escolha?

— Na cabeça de Keegan, não. Mesmo assim, você tem se esforçado muito nos últimos dias. Ou passou a gostar ou só quer enchê-lo de pancadas.

— Não, não gosto de espada nem de punhos. Eu... podemos dar uma volta? Preciso conversar com você.

— Claro. De qualquer maneira, pretendo assistir um pouco e xingar o homem. Sobre o que você quer falar?

— Somos amigas. Você foi minha primeira amiga. Embora minhas lembranças ainda estejam embaçadas, eu sinto isso.

— Você está com problemas. Consigo sentir sem o dom de Harken.

— Tenho amigos do outro lado também. Tenho um que é como uma mãe para mim, que me deu carinho, compreensão e apoio, pois a minha não me deu, ou não podia. E tenho Marco.

— Aquele que minha mãe conheceu. Bonito, ela disse, com um bom coração e muito charme.

— Sim, tudo isso. Ele tem sido uma presença constante em minha vida. Um companheiro, um irmão, um ombro amigo, um líder de torcida desde que me lembro. Tem sido difícil não contar tudo isso a ele, não me abrir com ele. É duro saber que não posso dizer a verdade a ele.

— Eu entendo. — Empática, Morena passou um braço sobre os ombros de Breen enquanto caminhavam. — Quando visitei o outro lado, foi difícil não procurar você. Mas a verdadeira amizade nem sempre é fácil, não é?

— Não, e não estou no caminho mais fácil agora. Morena, tenho que voltar.

— Voltar? Voltar para... Mas você é necessária aqui, e é feliz aqui. Você despertou.

— Sim, é verdade, mas tenho que ir, por muitas razões. Tenho que fazer, dizer e resolver umas coisas. Não posso simplesmente me afastar das pessoas de quem gosto e que gostam de mim.

Com o rosto inexpressivo, Morena ergueu o braço.

— Mas das pessoas daqui pode?

— Não. É por isso que eu vou voltar para cá. Só preciso de um tempo. Preciso resolver coisas pendentes. Preciso ver tudo de novo sabendo que Talamh existe, sabendo tudo que aprendi.

— Você passou a maior parte da vida lá antes de vir para cá. Deveria saber qual é o seu lugar.

— Preciso de tempo — repetiu Breen —, mas voltarei. Pela amizade, por tudo que me chama para cá, por minha avó e pelo dever.

— Quando você vai embora?

— Tenho três dias. Mais dois — corrigiu —, fora hoje.

— E quando vai voltar?

— Não sei exatamente. Mas vou.

— Da última vez que disse isso, mais de vinte anos se passaram até você voltar.

— Não desta vez. Desta vez a escolha é minha, não sou mais criança.

Morena olhou para a fazenda e se voltou para Breen.

— Talvez você ainda não saiba, mas eu sei. Esta é sua verdadeira casa. Você vai voltar, mas tenha cuidado, Breen, não demore muito. Já contou a Marg?

— Sim. E a Aisling, e a Harken, pois ele entrou enquanto eu estava lá.

Morena assentiu.

— Então, deixou Keegan para o final. Como você é minha amiga, desejo-lhe boa sorte nisso, de coração. Mas é melhor eu a deixar a sós com ele.

— Tudo bem.

— Vejo você antes de ir.

Breen ia falar de novo, mas Morena já estava voltando para a cabana de Aisling.

Então, quando Porcaria voltou, Breen seguiu caminho para o campo de treinamento, onde Keegan estava polindo metodicamente uma das espadas.

— Está atrasada mais uma vez, e com certeza não teve pressa. Conheci mulheres em mais de um mundo que acham que um homem não tem nada melhor para fazer que esperar por elas. Não poderiam estar mais erradas.

— Não acho isso e nunca achei, mas tinha coisas para resolver hoje. E ainda tenho.

Ela se sentou em um dos blocos que Keegan colocara ali para breves descansos ou como parte da pista de obstáculos na qual ele pegara pesado mais de uma vez.

— Eu precisava falar com Nan, e... outras pessoas. E tenho que falar com você.

Ele olhou para o rosto dela. Breen notou as persianas baixarem sobre os olhos dele como se fossem janelas.

— Você vai voltar, então.

— Sim, mas...

— Em questão de dias. Hoje e mais dois. Ou seja, em poucas horas.

— Sim — disse ela de novo, surpresa por ele saber.

— Você acha que eu não sabia quando o tempo que você determinou estava acabando? Mas você não falou nada. Imagino que tenha sido mais fácil me deixar acreditar, deixar que todos nós acreditássemos que pretendia ficar.

— Não, não é nada fácil. Acho que foi mais fácil, por um tempo, não pensar nisso, então eu não pensei. Ignorei o fato. E, quando pensei, não contei nada porque não sabia como.

— Mas agora contou. — Keegan se levantou. — Então, não adianta eu perder meu tempo treinando você se decidiu voltar para o outro lado.

— Não é justo. — Ela também se levantou. — Não é justo. Não sei por que pensei que você seria justo ou ouviria o que eu tenho a dizer.

— Você está indo embora, está tudo dito. Meu mundo espera que eu defenda a fronteira contra Odran, que impeça que aquela visão de morte e destruição que compartilhamos se torne verdade. Eu levantei a espada do lago como você me disse para fazer.

— Eu o quê? Eu nunca... eu nem estava aqui.

— Você apareceu. Eu a vi na água quando pensei não, não, não quero; não quero ser líder. Mas você apareceu na água e falou comigo. Então eu levantei a espada, e todos os fardos que ela carrega. E você, que nasceu com o poder de proteger mundos, joga fora o fardo.

— Não é nada disso. Eu voltarei. Você não sabe quem eu era antes de vir para cá. — Passando as mãos pelo cabelo, ela se voltou. — Você não gostaria de quem eu era. Eu mesma não gosto. Tenho que voltar como estou agora.

— Para quê?

— Para provar que eu posso ser quem sou agora. Para provar que eu sou o que quero ser. Para fazer a escolha sabendo o que eu sei. Porra, Keegan, você e todos aqui em Talamh viajam, são encorajados a ir, conhecer, ver e sentir, e depois fazer sua escolha. E eu não tenho direito a fazer o mesmo?

— Você morava lá.

— Não. — Ela se voltou e bateu a mão sobre o coração. — Quem morava lá era uma mulher que fazia de tudo para não ser notada. Que seguia as regras que os outros estabeleciam para ela. Uma mulher que acreditava que o pai não a amava e por isso foi embora. Mas não é essa que vai voltar. Não falo com minha mãe há meses, e ela nunca tentou entrar em contato comigo. Mas a mulher que vai voltar vai ter uma bela conversa com ela.

— Então, vai voltar para mostrar à sua mãe que você é forte?

— Esse é um dos motivos, sim. E o que há de errado com isso? Você não me treinou todo esse tempo para ser forte? Todas essas semanas, não foi isso que você fez?

Com um giro, ela pegou uma espada.

— Ela me treinou para ser fraca. — E golpeou o ar com ela. Uma luz quente saiu da lâmina, chiando. — Vou mostrar a ela que não sou fraca. Tenho pessoas que me amam e preciso vê-las, preciso dizer a elas que não vou ficar, que vou voltar para a Irlanda, já que não posso dizer que vou voltar para cá. Vou dizer que vou voltar para a Irlanda para terminar meu livro, isso vai funcionar e não é uma mentira completa. — Ela suspirou e abaixou a espada. — Mas há uma pessoa que me entristece mais: Marco, meu amigo; nós íamos comprar uma casa. Ele encontrou uma que é exatamente o que eu queria antes... antes de tudo mudar. Sou obrigada a decepcioná-lo porque não posso fazer isso até... não sei quando.

— Então, está pensando em casas e em seu orgulho, e esquece a visão, os gritos e a fumaça?

Ela ergueu o rosto e fitou aqueles olhos duros e escuros.

— Nunca esquecerei isso.

— Você entende que Odran sabe que você despertou? Ele continuará violando os portais, mandando seus patrulheiros e demônios. Ele fará o que puder para entrar em seus sonhos.

— Eu tenho o feitiço...

— Mas não tem ninguém para ajudá-la caso você falhe.

— Então, não poderei falhar.

— Mas, se falhar e ele conseguir usar o que você tem, Talamh está perdida. E quando isso acontecer o seu mundo também ruirá, pois você é a ponte.

— Então, não poderei falhar — repetiu Breen. — Antes de eu vir para cá, algumas pessoas achavam que eu era boa o suficiente, mas eu não acreditava.

E doía profundamente perceber que ele também não.

— É mais difícil ir do que ficar. Você não vai entender isso, mas essa é minha escolha. Vou embora, vou fazer o que preciso fazer, depois voltar e dar tudo que tenho aos feéricos.

— Então, não vou perder meu tempo nem meu fôlego. E, já que não adianta treinar você agora, vou gastar os dois onde sejam mais úteis.

— Ainda tenho hoje e amanhã, e...

— Não é provável que precise de uma espada na Filadélfia. — Ele embainhou a dele com decisão e pegou a dela. — Então vá, Breen Siobhan, e faça o que acha que deve, pois parece que seu lado humano queima mais forte que o feérico.

Keegan se afastou, e, momentos depois, ela viu o dragão dele mergulhar do céu. Ele montou e, sem olhar para trás, os dois subiram e desapareceram entre as nuvens.

Ela não voltou para a fazenda. Como duvidava de que seria bem-vinda, passou a maior parte do tempo restante com sua avó e Sedric.

Visitou Morena e os avós dela e viu jovens feéricos correndo pelas estradas e bosques.

Na noite anterior à sua partida, ela deixou Porcaria com Marg.

Ele ficou ganindo, e esse som lamentoso a acompanhou a caminho da cabana, pelos jardins e a estrada.

Breen esticou seu dia até o anoitecer, quando a luz passou a um cinza perolado e as colinas distantes já estavam envoltas em sombras.

Ela sabia que esse era um momento em que Talamh ficava quieta, depois de um dia de trabalho e a refeição noturna terminados. Um momento, pensou, para ler perto do fogo ou conversar enquanto as crianças dormiam. Para a música – e ela ouvia agora os adoráveis e tristes acordes de um violino provenientes da fazenda.

Pareciam lágrimas. Nada poderia ser mais adequado ao seu humor.

Luzes brilhavam nas janelas da casa onde Breen havia nascido, e seu pai antes dela. Seu coração apertou quando ela passou pela casa e a melodia triste, que a seguia como um fantasma.

Morena estava sentada na mureta, com a Árvore de Boas-Vindas atrás, e se levantou quando Breen apareceu.

— Pensei em lhe dar um último adeus.

Sem dizer nada, Breen foi até ela e a abraçou.

— Dói partir, qualquer um pode ver. Portanto, a necessidade de ir deve ser feroz.

— É mesmo. Não sei explicar, mas é.

— Você me explicou bem o suficiente. — Com um último abraço, Morena se afastou e olhou para a casa da fazenda. — Acho que para todos.

— Harken toca como um anjo. Um anjo sofredor.

— Harken toca mais que bem, mas esse é Keegan.

— Keegan? Não sabia que ele tocava.

— Seu pai, Breen, ensinou a Keegan, a Harken e a Aisling também. Suponho que ele não tenha mencionado o assunto quando vocês dois estavam na cama.

Ela sabia, pensou Breen. Claro que sabia. Provavelmente todos sabiam.

— Não comentou nada. E ele está zangado demais comigo agora para dizer qualquer coisa.

— Ele tem mundos nos ombros, no coração e nas mãos também.

— Eu entendo, de verdade. É por isso que não posso sentir raiva. Seria muito mais fácil se sentisse.

— Tudo vai se ajeitar quando você voltar.

— Eu vou voltar, mas as coisas se ajeitarem é outra história. — Ela tentou dar de ombros e sorrir. — Acho que sou a única mulher na história a ser despejada de dois mundos.

— Os homens são criaturas frágeis.

— São? — perguntou Breen, melancólica.

— Pode acreditar. Bem, você me deu um presente quando veio, agora tenho que lhe dar outro antes de você ir embora.

Ela entregou a Breen uma caixinha de madeira com símbolos mágicos entalhados.

— É linda!

— Ah, a caixa é bonita, mas o verdadeiro presente é o que está dentro.

Quando Breen a abriu, Morena acendeu umas luzes feéricas para que sua amiga pudesse ver claramente o que tinha na palma da mão.

— É a casa de Nan! Uma miniatura perfeita da cabana de Nan, com o jardim na frente e a porta aberta, como ela gosta.

— Primeiro pensei em fazer a cabana do outro lado, onde você está morando.

— Foi você que fez? Incrível!

— Obrigada. Pensei na fazenda também, já que você tem laços lá. Mas, no fim, achei que, por sentimento, seria a casa de Marg que você deveria levar em sua jornada.

— Amei demais. Você não sabe o que isto significa para mim. Ah, Morena, vou ficar com saudade.

— Então não demore. Estarei aqui quando você voltar.

Com cuidado, Breen colocou a miniatura de volta na caixa aveludada por dentro.

— Cuide de Nan e de Porcaria por mim.

— Claro!

— Tenho que ir.

— Eu sei. Faça uma boa viagem.

Breen atravessou o campo, subiu os pequenos degraus e se virou para trás, onde Morena ainda estava.

— Acho que sou a única mulher que tem os melhores amigos do mundo nos dois mundos.

Então, pressionando a caixa contra o coração, passou de um mundo a outro.

O dia da partida transcorreu como um sonho. Ela carregou o carro, checou a cabana uma última vez e depois dirigiu debaixo de uma chuva suave que fazia o verde brilhar como esmeraldas molhadas.

Quando por fim entrou no aeroporto, o barulho, a multidão, o movimento a atingiu como um duro choque cultural que quase a despertou. Mas ela se concentrou em simplesmente seguir todos os passos e estágios. Quando finalmente se sentou no relativo silêncio do lounge para esperar seu voo, bebeu só água. Já se sentia fora do corpo, e suas mãos tremiam quando ela levantou o copo.

Ao embarcar, Breen pensou no voo de dragão que fizera uma vez, e havia sido real. Respondeu à mensagem alegre de Marco para tentar se ancorar no que era real agora.

Enquanto o avião subia, não olhou pela janela. Não suportava olhar para o que havia deixado para trás. Não queria ver um filme nem ler, então tentou se perder escrevendo por um tempo.

Ajudou um pouco, e, quando a história escapou, Breen foi ao banheiro para tomar a poção e fazer o feitiço, e, com o amuleto no bolso, dormiu o tempo todo.

Passos e estágios, recordou a si mesma quando aterrissou, e passou por todos até que saiu com sua bagagem para um mundo de barulhos e correria que fez seus ouvidos zumbirem e seu estômago revirar.

Ela poderia ter dado meia-volta ali mesmo e fugido, mas lá estava Marco, agitando as duas mãos. Marco, sorrindo de orelha a orelha. Marco, lhe dando um abraço tão forte que a levantou do chão.

— Aqui está você!

— Aqui está você — murmurou Breen, e, rindo e chorando ao mesmo tempo, descansou o rosto no ombro dele.

— Quero dar uma olhada na minha melhor amiga. — Ele estendeu os braços e pestanejou. — Garota, você estava malhada quando vim embora, mas está magra demais. O que você fez?

— Eu? Trabalhei muito.

Fiz treinamento de combate, espada, equitação, caminhada...

— Ficou ótima. E o seu cachorro? Onde temos que ir pegá-lo?

— Não pude trazê-lo agora. — E começou a chorar para valer. — Eu o deixei com... vou explicar.

— Está tudo bem, querida, está tudo bem. Maldito apartamento.

— Quero sair daqui, Marco.

— Com certeza. Vou tirar essa montanha de gente da frente. — Começou a empurrar o carrinho. — Peguei emprestada a minivan do meu primo. É uma vergonha para minha raça, mas quebra o galho. Espere aqui, vou buscar.

— Obrigada.

— Você deve estar exausta.

— Acho que sim. É tudo tão estranho... menos você.

Ela segurou o braço de Marco e o acompanhou enquanto ele empurrava o carrinho.

— Fiquei fora do fuso vários dias quando voltei. Você está bem?

— Sim, tudo bem.

Não, pensou enquanto seguiam. Não está nada bem. O ar cheira mal, o céu parece errado. Muita gente falando ao mesmo tempo. Muitas pessoas e carros em todos os lugares. O barulhão de aviões decolando e pousando...

Ele parou ao chegar a uma minivan vermelho-cereja e abriu as portas de carga.

— Sente-se e descanse, vou guardar as malas.

— Não, estou bem. E preciso me mexer depois de um voo tão longo.

No instante em que se sentou no banco do passageiro, sua cabeça começou a latejar.

— Você vai estranhar me ver dirigir pela direita, aposto. — Ele arrancou com o carro. — Tenho a noite de folga, vou fazer um bom jantar para você. Eu sei que vai querer guardar tudo no lugar, mas espere até amanhã para desfazer as malas. Relaxe.

— Pode ser. Tenho tanta coisa para te contar...

— Quero ouvir tudo. Especialmente sobre o gato irlandês com quem você ficou.

— Acabou.

— Ué, talvez ele venha te visitar.

Ela sacudiu a cabeça.

— Eu tive que vir embora, ele teve que ficar.

— Não se esqueça de Sandy e Danny. Um amor de verão pode durar. — Diante do olhar vazio dela, ele revirou os olhos. — *Grease*, Breen, essa é a palavra. — E a fez rir.

Ela fez de tudo para não pensar em nada além de Marco na viagem de carro até a cidade. Conhecia tudo aquilo, pensou, tudo lhe era familiar. Mas agora se sentia tão distante quanto as duas luas.

Os dois levaram todas as malas para o apartamento.

— Tenho que devolver a van. Relaxe aí, eu volto em meia hora. Mas relaxe mesmo, ouviu?

— Sim.

Ele lhe deu outro abraço forte.

— Bem-vinda de volta, Breen.

Quando ele saiu, ela olhou ao redor. Tudo familiar, também.

Mas não mais seu lar. Não importava quanto da pessoa que ela fora ainda havia ali, não importava quanto de Marco havia ali, aquele nunca seria seu lar de novo.

Ela desfez as malas. Espremeu os presentes que trouxera em seu armário pequeno. Na cômoda, guardou a caixinha de madeira, a miniatura e o espelho de clarividência. E, sentindo-se culpada, guardou nas gavetas sua varinha, os cristais, as poções e o livro de feitiços.

Não quisera correr o risco de viajar com o *athame* no avião, então a deixara com sua avó.

Quando ouviu Marco voltar, saiu de seu quarto.

— Você desfez as malas, não foi? — disse ele, com as mãos nos quadris.

— Não resisti.

— Menina! — Ele soltou um suspiro exagerado. — Sente-se, vou pegar uma bebida para adultos e depois vamos jogar conversa fora antes de eu fazer meu famoso frango com arroz.

— Senti falta da sua comida.

— Ficou claro no seu blog que você não estava cozinhando muito.

— Sou péssima nisso.

Ele serviu o vinho e se sentou com ela.

— Ainda bem que você tem a mim. Agora, conte tudo.

— É tanta coisa que nem sei por onde começar.

— Escolha uma.

— Deixei muita coisa de fora do blog porque era muito íntimo. E não te contei quando conversamos por vídeo ou por mensagem porque não era íntimo o suficiente. Vou começar pelo meu pai.

— Jesus, você o encontrou?

— Ele morreu, Marco, há muitos anos. Ele teria voltado, mas...

— Ah, minha menina. — Ele se levantou para abraçá-la. — Sinto muito. Breen, sinto muito. Queria ter estado lá com você. Você não deveria ter passado por isso sozinha.

— Eu não estava sozinha. Encontrei minha avó, mãe dele.

Ele se afastou com os olhos arregalados.

— Onde? Como?

— Eu... me perdi um dia, e acabei em uma fazenda, uma linda fazenda. Eu nasci nessa fazenda, Marco.

— Você o quê?

— Eu não sabia, mas nasci lá, não aqui. E eles conheciam o meu pai. A casa da minha avó fica perto. Passei muito tempo com ela. Você ia gostar dela, de verdade.

— Breen, parece destino, não é?

— Sim. — Simples assim, pensou. — Parece destino.

Breen contou a ele o que podia, misturando Talamh com Irlanda.

— Então, como foi ela que me deu o cachorro, eu o deixei lá até...

— Seu pai nunca te falou sobre isso?

— Acho que sim, nas histórias que ele contava. Mas eu achava que eram só histórias. E minha mãe apagou tudo.

— Que loucura... — Ele levou as mãos às laterais da cabeça, fazendo um som de explosão. — Você poderia escrever um livro.

— Falando nisso — ela soltou um suspiro —, sabe aquele que eu escrevi sobre Porcaria?

— Sei, eu li e adorei.

— Estou escrevendo a continuação e um romance adulto.

— Não acredito! Quero dizer, uau! Isso é fantástico, menina!

— Ainda tem mais. Lembra daquela agente? Ela vendeu o livro do Porcaria e mais dois que eu ainda vou escrever. Uma série.

Ele pestanejou.

— O que foi que você disse?

— Eu tenho uma agente e uma editora. Porcaria vai ser lançado no próximo verão.

Ele deixou o vinho sobre a mesa, levantou-se e começou a andar pela sala.

Ela sentiu seu coração apertar e começou a balbuciar.

— Eu não quis te contar por vídeo. Eu queria...

— Cale a boca. Cale a boca.

Ele a arrancou da cadeira e a fez girar duas vezes. A seguir, aninhou o rosto entre o cabelo dela.

— Estou tão orgulhoso de você! Tão feliz por você! Tão orgulhoso!

Ele foi beijá-la e ela enxugou as lágrimas do rosto dele.

E seu coração se encheu de amor e transbordou.

— Você é responsável por isso — murmurou.

— Não, Breen, é você.

Ela pegou a mão dele e a passou de leve sobre sua tatuagem.

— Você me ajudou a encontrar coragem. E amanhã eu vou usar essa coragem para falar com minha mãe.

— Estou vendo! Agora vai mergulhar de cabeça. Quer que eu vá com você?

— Não. — Ela deitou a cabeça no ombro dele e descobriu que, em um mundo que parecia estranho para ela, Marco ainda era seu lar. — Eu vou cuidar disso.

CAPÍTULO 27

Bem cedinho, ela usou o espelho de clarividência.

Pensando nas paredes finas do apartamento e em Marco, conversou baixinho com Marg, e brevemente. Mas Porcaria a ouviu e, dando latidos alegres, apareceu.

Então, já desperta, inquieta, começou a escrever, e, como o mundo que tecia a levou de volta a Talamh, encontrou sua alegria. Muito tempo depois de o sol entrar pela janela de seu quarto pequeno, ela ouviu Marco.

Abandonou o trabalho para ir fazer café.

— Cara, senti falta de você fazer o café de manhã. — Ele a abraçou de lado enquanto bebia. — Você já postou no blog. Às três e meia da madrugada!

— Bati o ponto.

— Vá cochilar, menina.

— Talvez.

Mas dormir não passava por sua cabeça.

— Vou direto para o Sally's depois da loja de música. Quer me encontrar lá? Você tem uma grande notícia para espalhar, e se não espalhar logo vai explodir dentro de mim.

— Vou sim. Quero ver Sally, Derrick e todo mundo.

Ela precisaria de todos depois que confrontasse sua mãe.

— Você vai à casa da sua mãe.

— Você leu minha mente.

Ele deu uma batidinha com o dedo na têmpora dela.

— Eu sei o que acontece aí dentro.

— Ela deve estar em casa às seis, se não estiver viajando a trabalho. Vou ao Sally's depois de falar com ela.

— Vou deixar seu drinque pronto. E, se precisar de mim, mande uma mensagem. Preciso ir, tenho uma aula em quinze minutos. Vá cochilar.

Ele saiu correndo, como sempre saía de manhã, porque estava sempre em cima da hora.

Breen foi até a janela.

Ela adorava esse bairro, e, olhando para fora, viu o que amava: as lojas e os restaurantes, a padaria pequena e deliciosa. Ela e Marco se esbaldavam com os docinhos grudentos de lá todos os domingos.

Adorava as ruas de paralelepípedos e a pequena fatia do rio que podia ver se apertasse os olhos. Adorava poder entrar em qualquer loja ou restaurante do quarteirão e alguém a cumprimentar pelo nome.

As pessoas a conheciam ali, mesmo ela tentando ser invisível. Talvez por isso, pensou. Porque era seu bairro.

Pensou em fazer uma caminhada, mas percebeu que isso simplesmente não a atraía como antes. Não havia campos verdes correndo para colinas verdejantes. Não havia uma baía refletindo o céu em turbulência.

Não havia Porcaria correndo à frente, perseguindo ovelhas ou esquilos.

Disse a si mesma que simplesmente ainda não havia se adaptado – e nem poderia.

Tinha coisas a resolver, pensou. Enquanto isso, ficaria presa entre dois mundos, entre dois amores, entre dois deveres.

Decidiu voltar a escrever, mas primeiro precisava fazer umas ligações.

Após o dia de trabalho, pegou o ônibus, por força do hábito. Como sentiu o pânico fazer seu peito estremecer, pôs a mão no bolso e tocou o amuleto que havia feito para lhe dar força de vontade.

Imaginou-se dirigindo pelas estradas sinuosas da Irlanda, cavalgando o charmoso cavalo pelos campos, pelos bosques de Talamh.

Isso a ajudou a suportar o ônibus lotado na hora do rush. Quase conseguiu ignorar as buzinas, ou o som abafado e metálico do hip-hop que vazava dos fones de ouvido do passageiro à sua frente.

O freio pneumático fez um barulho e a porta do ônibus rangeu ao se abrir e fechar. Cada vez mais pessoas se espremiam ali dentro.

Quando chegou ao seu ponto, pensou que deveria ter dado ouvidos a Marco e tirado aquele cochilo.

A caminhada ajudou a clarear sua cabeça. Mesmo a essa hora, o bairro de sua mãe era calmo. Os estreitos gramados dianteiros mantinham seu verde de verão, as árvores ofereciam sombra frondosa. Talvez o paisagismo fosse mais organizado e artificial do que ela se acostumara a ver em Talamh, mas oferecia suas cores.

Ela não queria isso, claro. Se e quando chegasse a hora, ela ia querer – e precisar de – mais espaço, mais solidão. Sim, mais simplicidade.

Foi em direção à entrada da casa de sua mãe. À porta, respirou fundo mais uma vez, e então tocou a campainha.

Quando a porta se abriu, o rosto de Jennifer não deixou transparecer nada, nem um tique de surpresa. O que deixou claro a Breen que ela havia olhado na câmera de segurança antes de abrir.

— Breen. Então, você voltou.

— Sim. E gostaria de entrar.

— Claro.

Jennifer havia mudado o cabelo; tinha mais luzes, estava mais comprido e elegante. Usava uma calça acima da canela e uma regata, sinal de que havia trocado de roupa ao voltar do trabalho.

E tinha na mão um drinque noturno – não vinho, e sim um gim tônica, o que significava que tivera um dia difícil no trabalho.

E estava prestes a ter outro em casa.

— Sente-se. — Jennifer fez um gesto ao entrar na sala de estar. — Quer beber alguma coisa?

— Não, obrigada.

Nenhuma mudança aqui, observou Breen. Tudo continuava perfeito.

— Presumo que tenha aproveitado suas férias prolongadas e que esteja pronta para voltar à realidade. Dadas as circunstâncias, você terá que se contentar com ser substituta até...

— Não vou mais dar aulas.

Tomando um gole lento, Jennifer observou Breen com uma desaprovação tão forte que deveria ter partido o copo ao meio.

— Alguns milhões de dólares podem parecer um mundo de dinheiro para você, mas não vai durar muito do jeito que escolheu gastá-lo. Viagens para a Europa, guarda-roupa novo, nenhuma outra renda...

— Tenho outras fontes de renda. Meus livros.

Era pequeno, mesquinho, mas o som desdenhoso que sua mãe deixou escapar deu a Breen uma enorme satisfação. Porque ela teria que o engolir.

— Vendi meu primeiro livro. Na verdade, a editora me encomendou mais dois.

Jennifer apenas suspirou, como um adulto faz diante das fantasias de uma criança.

— Breen, golpistas que afirmam ser editores procuram na internet pessoas como você.

— Minha agente é da agência literária Sylvan, fundada há trinta e dois anos. Minha editora é a McNeal Day, você já deve ter ouvido falar deles — informou sem rodeios, quando por fim viu aquele esboço de surpresa. — Se não, pode pesquisar. Tenho reuniões semana que vem em Nova York com minha agente, minha editora, meu editor e assim por diante. Eles acreditam no meu talento. Acreditam que eu posso seguir carreira como escritora. Portanto, não, não vou voltar a uma carreira que nunca quis e para a qual não tinha talento.

— Escritores raramente conseguem ganhar um salário digno.

— Que sorte que eu tenho uma reserva enquanto tento fazer exatamente isso, não é? E acho que, em um relacionamento normal, você ficaria feliz por mim. Talvez até um pouco orgulhosa. Mas nunca tivemos um relacionamento normal, não é?

— Isso é um insulto, e um absurdo! Eu cuidei de você, guiei você, ajudei você a evitar armadilhas durante toda a sua vida. Se considera normal ser mimada, isso é problema seu.

Tanta coisa que ela nunca havia percebido, pensou Breen. E quanto havia aceitado...

Só que nunca mais.

— Você cuidou de mim para ter certeza de que eu não pisaria fora da linha, e me protegeu do que considerava armadilhas para eu não conhecer o que era diversão e oportunidades. Pois eu pisei fora da linha agora, e gostei. Nunca voltarei a ser o que era, o que você me fez acreditar que eu tinha que ser. Você vai ter que aceitar isso. Ou não — acrescentou. — Enfim, nunca vou voltar.

— Quando o dinheiro acabar...

— Sabe, eu aprendi que uma vida boa não tem a ver só com dinheiro. Quero ganhar a vida fazendo o que eu amo, e não depender da generosidade dos outros. E, se eu não for escritora, vou encontrar outra coisa. Aprendi que a vida, uma vida boa, tem a ver com amor, com defender a si mesmo e aos outros, com generosidade, retribuição. E quem me deu essa boa base não foi você, e sim Sally, Marco e Derrick.

— Eles colocaram comida na mesa e um teto sobre sua cabeça?

Havia mágoa?, perguntou-se Breen. Uma pitadinha de mágoa sob a indignação de sua mãe?

— Não, isso eu devo a você. E é por isso que estou aqui. Agora entendo um pouco melhor por que você sempre me fez sentir pouca coisa. Porque sabia que eu era mais, e temia isso.

— Agora você está sendo ridícula, e está se achando só porque vendeu um livro.

— Isso não tem nada a ver com o livro, embora seja um feliz subproduto do resto. Talvez eu nunca tivesse tido coragem de escrever sem o dinheiro. Talvez nunca tivesse tido coragem de ir para a Irlanda. E, se eu não tivesse ido para a Irlanda, não teria encontrado Talamh.

— Não sei do que você está falando.

Não foi um esboço de surpresa, e sim uma lividez que sugou cada grama de cor do rosto de Jennifer. Com o corpo rígido e a mão do copo visivelmente trêmula, ela se levantou.

— Com licença, tenho que trabalhar.

— Você sabe exatamente do que estou falando e de onde estou falando. Encontrei minha avó. Passei a maior parte do verão conhecendo minha avó, minha terra natal, meu direito de nascença.

— A mãe de Eian era, e sem dúvida é, instável, e exatamente por isso a mantive longe de você. E ela a atraiu para o mundo fantasioso dela. Você precisa...

— Não me diga do que eu preciso. — Furiosa, Breen se levantou. — Ela nunca falou mal de você. Nem uma única vez. E a primeira coisa que você diz sobre ela, sobre uma pessoa que você me fez pensar que nem existia, é que ela é instável, uma fraude. Mundo fantasioso? Você passou quatro anos com os feéricos.

— Você está delirando. É melhor ir embora.

— Delirando? — Breen girou a mão e conjurou uma bola de luz branca e fria. — Isto não é delírio, não é fantasia, é poder. O poder que você tentou, durante toda a minha vida, derrotar.

— Pare! Você não vai trazer essa aberração para minha casa.

— Aberração? — A mesma palavra que Ultan havia usado em seu julgamento. — É isso que eu sou para você? O que eu sou para você?

— Não vou aceitar isso em minha casa. Este é o mundo em que nós vivemos, entende? Eu disse ao seu pai...

— Ele está morto.

A raiva, e talvez o medo, haviam trazido de volta a cor às faces de Jennifer e um brilho selvagem a seus olhos, mas agora eles tinham ficado opacos, e seu rosto cinza.

O copo escorregou de sua mão e se espatifou no chão.

— Você não sabia... não sabia mesmo. E talvez Nan tenha razão: você o amava. Vocês se amavam.

— Ele foi embora. Ele foi embora há muito tempo. Tenho que limpar isto aqui antes que estrague o piso.

— Pare.

Com um movimento da mão, Breen fez desaparecer o vidro quebrado e o líquido derramado.

— Não traga isso para minha casa, ou não será bem-vinda aqui.

— Foi isso que você disse a ele? Foi esse o ultimato que deu ao meu pai? Meu pai abandonou o lar dele por você.

— E ficava voltando o tempo todo.

— Ele tinha deveres. Era o *taoiseach*.

— Idiotice tribal! — cuspiu Jennifer, com a voz trêmula, e se voltou para o outro lado. — Nós éramos a família dele.

— Ele tinha família lá também. E um mundo para proteger.

— Ele não protegeu você, não é? Raptada de sua cama no meio da noite.

— Ele me protegeu e lutou por mim. Eu voltei para casa em segurança.

— Ele sempre os escolhia, e não a mim. Uma espada e um cajado, que idiotice! Poderia ter jogado os dois de novo naquele maldito lago, mas não! Poderia ter vivido aqui, comigo, com você, como um homem, um marido e um pai normal.

— Mas ele não era normal desse jeito que você está dizendo. Você tentou apagar a luz dele, assim como tentou apagar a minha.

— Ele estaria vivo se eu tivesse conseguido.

Sim, ela podia ver dor em sua mãe. Mas não podia deixar que isso a amolecesse.

— E muito provavelmente tão infeliz quanto eu fui durante grande parte da minha vida. Odran me colocou em uma gaiola, mas você também.

— Como ousa me dizer isso? Eu mantive você segura!

— Segura nos seus termos. Sempre nos seus termos. Você me manteve encaixotada. E, quando ele foi embora uma noite e não voltou, porque morreu semanas depois tentando proteger a mim, a você, a este mundo e ao dele, você me fez pensar que ele tinha me abandonado porque não gostava de mim.

— Eu nunca disse isso.

— Disse de mil maneiras diferentes, e você sabe que sim. Você se divorciou dele e, mesmo assim, ele voltava a este mundo o tempo todo. Porque nos amava. Agora ele está morto, e não sabemos como consolar uma à outra.

— Se ele nos amasse, teria aberto mão do resto.

Preto e branco, percebeu Breen. Como deve ser triste viver em um mundo preto e branco...

— Que triste você acreditar nisso... Sinto pena de você. Que pena que se recusa a entender, ou que simplesmente seja incapaz de ver a alegria e a beleza pelas quais ele lutou. Mas eu vejo, eu sei. Eu despertei, sou feérica. E você vai ter que aprender a lidar com isso.

— Você não vai trazer o antinatural para esta casa.

— Tudo bem. Você sabe como me encontrar se e quando quiser.

— Você vai ficar aqui, não vai voltar.

— Claro que vou voltar. Sou filha do meu pai — acrescentou, e saiu.

Breen andou mais de um quilômetro e meio até se livrar da pior parte da raiva e da dor.

Estava chamando um Uber, mas decidiu ir até um ponto de ônibus.

Um instante depois de ela se sentar no banco, Sedric se sentou ao seu lado.

— O quê... o que está fazendo aqui?

— Marg disse que você ia falar com sua mãe esta noite. Sabendo que seria difícil, decidimos que talvez você quisesse um pouco de atenção.

Então, Marg conjurou um portal temporário, só para eu ficar de olho em você durante a noite. Mas achei que você precisava de companhia... e você andou muito. Também gosto de fazer longas caminhadas quando estou chateado.

— Ela... ela acha que o que eu sou, o que o meu pai era... que o que nós temos não é natural, que é uma aberração. E mesmo assim, quando eu contei que ele estava morto, vi o seu rosto. Ela o amava. Nan tem razão. Mas ela o culpou por não abandonar Talamh, por não fingir ser algo que ele não era. Não fui gentil com ela.

Breen se surpreendeu quando ele a abraçou. E mais ainda quando ela apoiou a cabeça no ombro dele.

— Eu disse coisas duras, e senti também. Precisava tirar tudo de dentro de mim. Tive que voltar para isso. Não só para isso, mas era uma das coisas que eu tinha que fazer.

— Agora está feito, e assim você ficará melhor.

Ela estava triste, e balançou a cabeça.

— Será?

— Claro que sim. Quando temos algo preso na garganta, não conseguimos nos sentir fortes e firmes.

— Ainda não cheguei a isso. Eu disse à minha mãe que vendi um livro para uma editora e ela tentou fazer parecer que não era nada, ou até errado.

Ele deu um beijo no cabelo de Breen.

— Mas não importa — murmurou ela.

— Nem um pouco. Agora me conte o que Marco falou quando você lhe contou.

— Ele chorou um pouco. Ficou muito feliz por mim.

— E isso é o importante, não é? O ônibus chegou. Devo ir para casa com você?

— Estou indo ao Sally's.

— Ah, é um lugar muito legal. Muito divertido!

— Quer ir comigo?

Emocionado, ele sorriu.

— Talvez eu vá da próxima vez, se estiver por aqui, mas agora vou para casa dizer à sua avó que você está com amigos.

— Obrigada, Sedric. — Ela se levantou e se dirigiu à porta do ônibus. — Sinto falta dos seus biscoitos de limão.

— Vai encontrar alguns quando chegar em casa.

Ela entrou no ônibus e se sentou. Foi levantar a mão para acenar, e não deveria ter se surpreendido quando viu que ele havia desaparecido.

Quando entrou no Sally's, esperava se sentir agredida pelo barulho, pela multidão, mas sentiu o oposto.

Ali havia o familiar, o estranho conforto do lar.

Ainda era muito cedo para o primeiro show e a lotação da casa, mas Breen reconheceu Larue no palco como Judy Garland cantando docemente "Over the Rainbow".

Ela estivera lá, pensou Breen. Estivera além do arco-íris.

Procurou Sally e Derrick, mas, como não os viu, foi direto para o balcão. Marco colocou uma taça de champanhe na sua frente.

— Champanhe?

— Sally mandou abrir uma das boas para comemorar o seu livro.

— Meu livro? — repetiu Breen, com um olhar letal.

Embora tentasse parecer envergonhado, Marco não conseguiu.

— Eu sou fraco, não pude evitar. Mandei fazer uns nachos bem servidos porque sei muito bem que você não comeu. Bastante proteína e sabor.

— Está perdoado, porque estou com fome.

Ela ia pegar sua taça, mas foi girada no banco e levantada.

Sally – ou Cher, com o macacão branco e a peruca preta comprida que agradava a multidão – a pegou no colo.

— Aqui está ela, senhoras e senhores, a viajante do mundo, a autora de best-sellers, a bela de qualquer baile, Breen Siobhan Kelly!

Rindo, ela o abraçou.

— O livro ainda nem foi publicado!

— Sou uma cartomante que nunca erra e vou cantar "Gypsys, Tramps & Thieves" só para você.

— Estava com saudade.

— Eu também, querida.

— Ei, é minha vez! Derrick passou o braço pela cintura de Breen e lhe deu um beijo barulhento e uma dúzia de rosas-brancas.

— Ah, que lindas! Obrigada. Eu me sinto uma princesa.

— Você é nossa princesa.

Sally se sentou no banquinho ao lado, jogou para trás o cabelo comprido, bem *à la* Cher, e piscou para Derrick.

— Querido, pode colocar essas lindezas na água para que elas fiquem frescas para nossa princesa?

— Pode deixar.

— E, Marco, me sirva primeiro uma taça daquele espumante chique e suma daqui. Breen e eu precisamos ter uma conversa de meninas.

Sally pegou a taça que Marco lhe entregou.

— Agora, vamos tirar isso do caminho. Como foi com a sua mãe?

— Acho que tão bem quanto se poderia esperar.

— Tão ruim assim?

— Talvez pior. Mas — Breen ergueu a taça para brindar — está feito. Além disso, estou com minha verdadeira mãe agora.

— Querida, você vai me fazer chorar, e minha maquiagem está ótima. Meus sentimentos por seu pai. Você ficou do meu lado quando perdi meu pai, há alguns anos. Queria poder ter estado com você.

— De certa maneira, estava. E, por pior que tenha sido, eu sei que ele me amava. Ele teria voltado. Sempre me amou.

— E conheceu sua avó?

— Ela é maravilhosa, Sally. Você a amaria.

— Espero conhecê-la, um dia.

Breen tomou um gole para não suspirar.

— Seria incrível.

— E você arranjou aquele cachorro adorável, outro que não vejo a hora de conhecer; e aprendeu a andar a cavalo, escreveu um livro inteiro e o vendeu para uma editora. Ainda bem que eu não estava maquiado quando Marco nos contou. Chorei um pouco, lágrimas de orgulho e felicidade. Menina, você sem dúvida andou ocupada descobrindo o que faz Breen feliz.

— Verdade.

— Derrick e eu líamos o seu blog todas as manhãs. Sentávamos na cama com nosso café e nossos comprimidos e líamos, e parecia que estávamos ali com você vendo tudo. — Sally sacudiu um dedo de unha vermelha. — Mas você deixou de fora uma coisa.

— Uma coisa? — Foram tantas coisas...

— Um tal de deus celta.

— O-o quê? — O pânico a fez estremecer de novo.

Até que viu Sally mexer as sobrancelhas.

— Ah, está falando do... Foi só... Ele era... — Ela suspirou. — Maravilhoso.

Sally se aproximou mais para falar.

— Descreva-o.

E Breen o descreveu.

Nos dias seguintes, Breen se apegou a uma rotina. Escrevia de manhã cedo e parava para malhar. E, com a porta trancada e as persianas fechadas, conjurava um espectro para continuar seu treinamento.

Na semana seguinte, pegou um trem para Nova York.

Ela aproveitou o tempo da viagem para ver o mundo passar e pensar nele. As casas e comércios, as fazendas e fábricas... todas as pessoas que moravam e trabalhavam ali. Já havia pensado nisso antes, claro, mas sempre se considerara uma pequena engrenagem sem importância no conjunto. Suas decisões do dia a dia não tinham importância. Caminhar ou pegar um ônibus, fazer ovos mexidos para o jantar ou pedir comida chinesa, comprar sapatos novos ou ficar com os velhos...

Nada do que ela fazia mudava nada nem fazia diferença.

Agora sim. Cada decisão que ela tomava – ou não – era importante. Portanto, tinha que ter certeza de ter feito a escolha certa.

Ir para Nova York sozinha era uma escolha pessoal importante, e que ela não conseguiria ter feito seis meses antes.

Se não tivesse coragem para isso, para cuidar de algo tão importante para ela, com que sonhara e por que batalhara, como poderia lutar por um mundo, usar seus dons, seu poder para defender a luz da escuridão?

Armada com as instruções detalhadas de sua agente, Breen fez baldeação na Penn Station e pegou o metrô para o centro da cidade. Tudo lhe parecia enorme, vasto e, por outro lado, pequeno demais para conter todos ao mesmo tempo.

Marco havia escolhido suas roupas para os dois dias de reuniões, mas ela tinha medo de que fosse demais, ou que parecessè malvestida, ou apenas o que era: uma mulher que estava onde não deveria.

Estava no vagão lotado do metrô, agarrando sua bolsa de viagem e a linda pasta para notebook cinza-carvão que Sally e Derrick haviam lhe dado de presente pelo livro.

Viu uma mulher com um lindo lenço na cabeça balançando uma criança em um *sling*. Um homem de terno que franzia a testa enquanto lia algo no celular. Uma mulher de roupa vermelha e tênis de cano alto sentada, com uma enorme mochila no colo, parecendo entediada.

A cada parada barulhenta, mais gente entrava e se espremia ali. Sacolas de compras, pastas, celulares, fones de ouvido. O cheiro do café queimado de alguém, do perfume forte demais de outra pessoa.

Para manter os nervos sob controle, ela se concentrou no próximo passo.

Desceu em sua estação e foi abrindo caminho pelo túnel com a enxurrada de pessoas. Grata por ter feito uma mochila razoavelmente leve, carregou-a pelas escadas até sair e receber o ataque sensorial que era a cidade de Nova York.

Não esperava gostar, nem um pouco. Mas ficou fascinada. Tinha tanta energia que podia senti-la formigando pela pele, quase vê-la em cores brilhantes enquanto os carros avançavam pela rua, enquanto as pessoas os cortavam, se esquivavam e ziguezagueavam pela calçada.

Mergulhou na cacofonia de sons – trombetas retumbantes, furiosas e impacientes, um mar de vozes em línguas e sotaques mistos – e, sob o sol forte, começou a andar.

Não lhe importava se parecia uma turista olhando para tudo boquiaberta, esticando o pescoço para olhar para os prédios imponentes. Ninguém prestava atenção nela.

E isso, percebeu, era parte da beleza. Ninguém prestava atenção. Ninguém a conhecia ou notava, ninguém olhava para ela. Podia se mesclar na enxurrada de pessoas, mas não se misturar e desaparecer, como havia feito antes. Podia simplesmente ser.

Num impulso, ela parou para comprar um buquê de lírios-stargazers em um carrinho na calçada, e o perfume a acompanhou durante a curta caminhada até o hotel recomendado por Carlee.

Ela havia pedido um hotel pequeno e silencioso e, quando entrou no saguão, soube que Carlee havia atendido seu desejo. Não era grande nem movimentado, nem um pouco, mas era encantador, com sofás macios e pisos de mármore polido.

Era muito cedo para o check-in, mas ela deixou suas malas, tranquilizada pela segurança do hotel, e retomou sua caminhada urbana de três quarteirões e meio até a agência.

Sua agência.

Havia visto fotos no site, mas não se sentiu nem um pouco tola de parar em frente ao edifício com seus tijolos brancos e portas de madeira escura e tirar uma foto com seu celular.

Com os lírios na dobra do braço, foi até a porta da esquerda – conforme instruída – e apertou a campainha. Um instante depois, a porta zumbiu e a fechadura se abriu.

Breen entrou em seu sonho.

Enquanto esperava na recepção de decoração casual contemporânea, esforçava-se para se convencer de que aquilo era realidade. Então, Carlee apareceu com um sorriso largo e uma mão estendida para cumprimentá-la.

— Que bom conhecê-la, finalmente! Como foi a viagem?

— Foi rápida. E o hotel é exatamente o que eu queria, obrigada por recomendá-lo. Obrigada por... tudo.

Ela estendeu as flores.

— Ah, que lindas! Muita gentileza sua. Venha, vou levá-la à minha sala. Que bom que chegou um pouco mais cedo, assim teremos tempo de conversar antes de irmos almoçar com Adrian.

Carlee falava rápido, movia-se rápido, guiando Breen por uma escada, com seus sapatos de salto baixo pretos, calça slim preta e uma camisa branca engomada.

Seu cabelo louro com mechas era curtinho, emoldurando o rosto. Pelas conversas que tiveram, Breen sabia que tinha dois filhos, um na faculdade e outro no ensino médio. Mas ela se movia como uma adolescente cheia de energia.

Pelo caminho, foi parando brevemente em corredores cheios de livros, em salas, em uma sala de reuniões, sempre para apresentar Breen a outros agentes, assistentes, um grupo de homens e mulheres de raças e idades diversificadas.

Quando chegaram à sala de Carlee, no terceiro andar, os nomes e rostos já se confundiam na cabeça de Breen.

— E esta é Lee, minha assistente e braço direito.

— É um prazer conhecê-la. Sou fã do seu blog.

— Obrigada.

Lee era pequena, asiática, e parecia ter uns dezesseis anos.

— Lee faz a triagem do material que nós recebemos. Ela colocou o seu na minha frente com ordens para ler o mais rápido possível.

— Muito obrigada mesmo.

— Adorei o Porcaria. O que você quer beber? Diga o que for, provavelmente nós temos aqui.

— Ah... Eu... eu adoraria uma Coca-Cola.

— Pode deixar. Água com gás, Carlee?

— Você me conhece. Pode pôr estas flores lindas em um vaso para mim?

— Agora mesmo. Lindas — acrescentou Lee antes de sair correndo.

— Sente-se, Breen. — Carlee foi até sua mesa e abriu uma gaveta. Voltou com um envelope, que entregou a Breen antes de se sentar com as pernas cruzadas. — Seu adiantamento chegou. A contabilidade liberou hoje de manhã. Fico muito feliz por lhe entregar pessoalmente.

— É de verdade — murmurou Breen.

— Pode apostar que sim. Nós vamos conversar mais no almoço, quando você vai conhecer Adrian. Já comentei com você que eu a conheço há anos. Ela é inteligente, dedicada e esperta. Acho que combina com você. Amanhã você também vai ter a oportunidade de conhecer a editora McNeal Day e as pessoas que vão trabalhar em seus livros.

Lee voltou com as bebidas.

— Eu aviso quando vocês tiverem que sair para o almoço, caso percam a noção do tempo.

— Ela sabe que eu vou perder — explicou Carlee enquanto Lee saía.

— Bem, guarde o seu primeiro adiantamento, o primeiro de muitos, na bolsa. E vamos falar sobre o futuro.

CAPÍTULO 28

Naquela noite, depois de um dia emocionante, Breen caiu morta na cama.

E, na cama estranha na cidade estranha, teve a primeira visão desde aquela que compartilhara com Keegan.

Ela estava na floresta verde, perto do rio verde, onde a grande cachoeira caía.

Ouviu um trovão e o canto de pássaros. Viu um cervo parar nas sombras verdes para observá-la, e esquilos correndo e tagarelando, subindo em troncos cobertos de musgo.

Tudo exalava paz, segurança, uma beleza silenciosa e secreta.

Mas ela sabia, mesmo que a paisagem tentasse acalmá-la, que estava do lado errado.

Estava do lado de Odran.

Diante dela, o cervo ganhou presas e seus olhos plácidos se tornaram pretos e densos. Sangue começou a vazar do musgo, e um esquilo correu em direção a ela com suas garras curvas.

Ela o afastou com um golpe de poder.

— Não tenho medo de ilusões.

— E tem medo de quê?

Odran foi se aproximando dela com sua túnica preta que rodopiava na névoa e se arrastava no chão.

— Eu sou seu avô. Temos o mesmo sangue.

— Você é um monstro. — Breen ergueu a mão e lançou poder para detê-lo.

Ele o desviou como ela havia desviado o esquilo e sorriu, mas manteve a pequena distância entre eles.

— Você matou meu pai. Seu próprio filho.

— Ele não me deu opção. Eu teria dado a Eian todos os mundos, mas ele me desafiou. E me atacou. Eu o fiz para o poder, como ele fez você.

— Ele me fez para o amor.

Ele riu, uma risada estranhamente encantadora.

— Você acha mesmo? Que doçura! Ele a deixou porque você não era o que ele esperava, visto que acasalara com uma humana.

Mantenha o controle, ela disse a si mesma. Estava e permaneceria no controle.

— Mentira.

— Por que eu lhe contaria mentiras, minha filha?

Ele levou a mão ao coração e a estendeu para ela depois.

— Por que você acreditaria nas pessoas do outro lado se só falam mentiras? Sempre lhe dão sorrisos e abraços de boas-vindas, mas só querem usá-la.

— Eles me mostraram a verdade — rebateu ela. — Eles me devolveram o que é meu.

— É mesmo? — Fingindo tristeza, ele balançou a cabeça. — Eles a despertaram e lhe contaram mentiras bonitas para atraí-la, para usar o que você é para me destruir. E depois vão destruí-la. Você, que tem meu sangue, será queimada no fogo ritual se fracassar e também se for bem-sucedida. Como poderiam arriscar ter alguém como você? Como poderiam arriscar ter alguém com seu poder?

— Eles nunca me fariam mal, nunca se voltariam contra mim.

— Já não se voltaram? Você deu seu corpo ao *taoiseach*, mas ele foi embora; como seu pai, quando você mostrou não ser como ele desejava. Eles só querem manter o que têm, e, quando acabarem de usá-la, acabarão com você.

— É mesmo?

Ele se aproximou apenas um passo, mas Breen pôde sentir sua energia sombria, mortal, maldita, manipuladora.

— Vou ajudar a transformá-la na deusa que você é, e lhe dar os mundos que escolher para governar. Vou envolvê-la em poder como em seda preta. Tudo que eu peço é que junte seu poder ao meu. Que me deixe beber um pouco dele.

Ele estava mais perto agora, o suficiente para tocá-la se estendesse a mão. Mas ela ergueu as mãos e o empurrou de novo.

— Não.

O rosto dele perdeu todo o encanto.

— Então, vou drená-la e deixá-la vazia e louca. Você ficará fraca, perdida, sozinha, como sempre esteve. Dê-me o que eu quero, ou vou tomar à força. Essas são suas opções.

Ela apertou os punhos, puxou seu poder e se livrou do sonho. Ao fazê-lo, sentiu os dedos dele arranhando seu rosto.

Ofegante, Breen se levantou e passou a mão no rosto, enquanto com a outra puxava uma bola de luz.

Não havia sangue, pensou, mas correu para o banheiro para se olhar no espelho.

Não havia marcas, sangue nem arranhões.

Mas ela ainda sentia o frio e o eco da dor.

— É uma ilusão.

Bebeu metade da água da garrafa que tinha ao lado da cama.

— Mas eu o controlei. Eu segurei as rédeas.

Ela desejou estar com o espelho de clarividência para falar com sua avó. Porque, independentemente de ter mantido o controle, as palavras de Odran ainda pesavam em sua mente.

※

Pela primeira vez desde o jardim de infância, Breen não ia passar setembro em uma sala de aula. Duas vezes ela acordou, meio sonâmbula, e foi para o chuveiro para se preparar para ir à escola.

Mas seu rosto no espelho, seu cabelo – ruivo, ousado, não castanho sem graça como em seus dias de escola –, a trouxeram de volta à realidade.

E nas duas vezes ela havia feito uma dancinha no banheiro.

A liberdade sempre tinha o gosto daquele primeiro gole de café de manhã cedo, de um bom vinho, do relaxamento depois de um bom sexo.

Sim, Breen carregava pesadas responsabilidades, tinha decisões difíceis a tomar, mas não tinha que ir para um emprego que não combinava com ela, ou com o qual ela não combinava.

E ela achava que uma geração inteira de alunos pré-adolescentes seria melhor por isso.

A liberdade lhe dava tempo para escrever, para passar com as pessoas que amava, para pensar e planejar.

Ficou esperando Marco, na esperança de conseguir dizer a ele o queria entre a volta do trabalho e o encontro com o personal trainer com quem ele andava saindo fazia umas semanas.

No entanto, quando ele voltou para casa, jogou-se no sofá, tirou seus Nikes surrados e declarou:

— Vamos pedir pizza.

— Achei que fosse sair com o gostosão para jantar, ou ir a uma exposição de arte.

Marco estendeu o punho com o polegar para cima, e então o virou para baixo.

— Ahhh, por quê?

— Não sou muito divertido.

— Que bobagem! — Ofendida, Breen pôs as mãos na cintura. — Você é muito divertido! Divertido até demais.

— Tenho dois empregos, arranjo tempo para fazer minha música buzinando... palavras dele... aquele instrumento, e só estou a fim de sair uma, talvez duas vezes por semana. De qualquer forma — deu de ombros —, a exposição de arte foi ideia minha. Ele só quer ir a boates, e eu não posso nem ver esses lugares depois de trabalhar cinco ou seis noites por semana no Sally's.

— Ele é superficial e idiota.

— É — Marco sorriu —, e eu já sabia. O que mais me atraiu foi o corpo dele. Caraca, você viu aquele corpo?

— Não pude evitar, estava bem ali. Meu corpo você não quer, mas vou te levar para jantar e à exposição de arte.

Ele olhou para ela e deu um tapinha no joelho. Feliz, ela se sentou no colo dele.

— Você é a melhor coisa do mundo — murmurou Marco. — A número um para mim. Vamos ficar em casa, comer pizza e assistir a alguma coisa.

— Nada de zumbis nem de vampiros.

— Cagona!

— Sou mesmo. Quer uma cerveja?

— Sabe de uma coisa? Nós poderíamos nos casar e transar com outras pessoas.

— Boa. Se daqui a vinte anos não estivermos casados nem comprometidos, faremos isso.

Eles engancharam o dedo mindinho um no do outro.

— Feito. Agora, vá buscar uma cerveja para mim, mulher.

Ela foi pegar cerveja para os dois e se sentou ao lado dele no sofá flácido.

— Quero falar com você sobre umas coisas, já que nós temos tempo.

— É mesmo? Eu vou gostar?

— Espero que sim. Já te contei tudo sobre minha aventura em Nova York.

— Sim, e da próxima vez eu vou com você e nós vamos à Broadway ver um espetáculo.

— Fechou. Algumas coisas que eles disseram, e eu ainda não te contei, vão além da escrita. Eu amo escrever, Marco.

— Dá para ver.

— E quero manter meu foco nisso, limitar minhas distrações, especialmente porque estou começando ainda. E a maior parte da promoção nas redes sociais e tudo mais vai ser responsabilidade minha. Além do blog, que eu também adoro, eu preciso de um site bom, fácil de navegar e de atualizar. Preciso estar nas mídias sociais, como... ah, Deus... o Twitter. Você sabe que eu prefiro ser comida por um tubarão a entrar no Twitter. E falaram também do Instagram, talvez Facebook...

— O que foi que eu falei? — disse Marco, apontando para ela com sua cerveja.

— Sim, eu sei, você já tinha me falado tudo isso. Não quero mexer com essas coisas, Marco, mas, se não mexer, vou limitar minhas chances de alcançar leitores e de construir uma carreira.

— Eu te ajudo.

É agora, pensou Breen, e respirou fundo.

— Eu não quero que você me ajude, quero que cuide disso. Quero contratar você como gerente de mídias sociais, ou publicitário pessoal, ou interface com a internet, sei lá como você quer chamar.

— Vou cuidar de tudo, Breen, mas não vou aceitar dinheiro para isso.

— Marco, escute.

— Não vou pegar o seu dinheiro — murmurou ele.

— Ouça. Em primeiro lugar, é um emprego de verdade. Não posso te dar benefícios e essas coisas, mas é um emprego de verdade. Você teria que coordenar tudo com a minha editora, para eu não precisar fazer isso. Talvez tenha que ir a Nova York para falar com o pessoal da publicidade. Vai ter que criar o site e depois mantê-lo atualizado, para eu não ter que me preocupar com essas coisas. E tem todo o lance das mídias sociais. Você faria tudo isso como Marco, não vamos ser desonestos. Mas falaria por mim, no meu nome, e promoveria o meu livro. E mais — acrescentou. — Eu anotei porque é muita coisa. Não quero fazer essas coisas por mais de uma razão; porque não seria muito boa nisso e me tomaria muito tempo que eu não quero perder. E, se você não fizer, vou ter que contratar alguém, uma pessoa que eu não conheço e que não me conhece.

— Eu não disse que não faria, Breen, só disse que não vou aceitar seu dinheiro para fazer.

— Ainda não acabei. — Ela olhou firme e longamente para Marco, que sustentou seu olhar. — Contratei um contador.

— Uau! Quando foi que você ficou chique desse jeito? Quando contratou o cara?

— Há uns dias. Falei com o sr. Ellsworth, o dos investimentos, lembra? Ele recomendou dois escritórios de contabilidade e eu me reuni com pessoas de ambos. Não gosto de reuniões, Marco, mas tenho que organizar as coisas direito.

— Arrasou! — Marco bateu sua garrafa na dela.

— O adiantamento da editora não é uma fortuna, mas é um bom dinheiro. Muito mais do que eu esperava ganhar fazendo o que eu quero fazer. Com o dinheiro, a conselho deles, abri uma conta jurídica, e tanto o corretor quanto o contador disseram que seria inteligente, do ponto de vista comercial e fiscal, contratar alguém para fazer todas essas coisas que eu não quero fazer. Ambos se ofereceram para me ajudar a encontrar alguém, mas eu expliquei que já tinha uma pessoa. É uma despesa de negócios, e que me beneficia. Tudo que eu falei até agora me beneficia.

Ela bebeu um gole de cerveja; sabia que quando ele ficava em silêncio era porque estava pensando.

— Também beneficia você, não só pelo salário. Você adora trabalhar no Sally's, e isso não teria que mudar, mas não gosta de trabalhar na loja de música. Não estou pedindo para você ter três empregos, e sim para trabalhar comigo no lugar da loja de música, já que é só um paliativo para você, para pagar as contas. Você gosta de dar aulas, mas o resto é só por causa das contas. Você poderia dar aulas aqui ou na casa dos alunos. Poderia dar aulas de violão, piano, violino, aqui ou lá. — Ela pegou a mão dele. — Não quero contratar uma pessoa que eu não conheço, que não me entende, e ter que explicar tudo. Você não quer continuar vendendo trompetes e partituras, sem tempo para escrever suas músicas. Nós ajudaríamos um ao outro e nós dois sairíamos ganhando.

— Não parece certo.

— Porque você está pensando em mim como amiga, não como profissional. Eu sou as duas coisas agora.

Ele apontou o dedo para ela.

— Você não era tão boa assim em argumentação.

Ela se sentou e ele se levantou e ficou andando de um lado para o outro.

— Ganhei essa?

— Façamos o seguinte: vou criar um protótipo do site. Se você e a editora gostarem, nós fechamos.

Ela assentiu, toda séria, largou a cerveja e se levantou.

— Só tenho uma coisa a dizer.

— O quê?

— Yeesssss!

Breen o abraçou e o sacudiu.

— Meu Deus, o peso das redes sociais, da internet, sumiu! Você nem imagina como estou aliviada.

— Primeiro vamos ver se dá certo.

— Ah, vai dar. Pense, Marco, nós dois teremos largado empregos que não queríamos no mesmo ano. — Ela fechou os olhos. — Parece destino.

E o destino, pensou, era o próximo item da lista para resolver.

Keegan lidava com o próprio destino enquanto cavalgava para a Capital com Mahon. Tinham passado mais de duas semanas viajando, atravessando Talamh a cavalo, de dragão ou voando para checar a segurança. E haviam deixado pequenos destacamentos de soldados no caminho por garantia e para ajudar, quando necessário, nas próximas colheitas, nos reparos ou no que fosse preciso.

Tudo que Keegan vira nas colinas, nos vales, nas costas, nas aldeias e nas fazendas havia sido paz e generosidade. Mas o que sentia era uma constante ansiedade.

O problema existia, e o ar de Talamh estava carregado de preocupação.

Quando atravessou os portões com Mahon, viu as lojas movimentadas que trocavam mercadorias e artesanato. Havia herboristas, alquimistas, curandeiros, tecelões e todos os que tinham escolhido oferecer suas habilidades e seus serviços para viver e trabalhar à sombra do castelo.

Música vinha dos pubs. Ele sentiu cheiro de ensopado no fogo, do tempero das tortas de carne, do fermento da cerveja, que escapavam de janelas abertas e das portas sob telhados de palha de construções apertadas demais para o que ele considerava confortável.

Mas Keegan sabia que, para alguns, aquilo era confortável.

A estrada – seca, pois a chuva se mantinha a oeste – seguia em linha reta. E, como não havia sujeira de cavalos, cães e gado, Keegan sabia que o comitê que cuidava da estrada continuava atento.

Um telhador e seu aprendiz interromperam seus reparos para levantar o boné para ele. Alguns saíram das lojas para fazer o mesmo.

Em torno de um dos cinco poços que abasteciam a Capital, viu um grupo de pessoas com seus baldes e cântaros. Um menino de cerca de dez anos colocou o balde no chão e correu para Keegan.

— Trouxe seu dragão, *taoiseach*?

Bran era seu nome, pensou Keegan, um dos sobrinhos de Morena. Keegan simplesmente apontou para cima.

O rosto de Bran se iluminou de prazer ao ver Cróga sobrevoando ali. Então, o menino abriu suas asas e subiu para olhar mais de perto.

As estradas tinham desvios à direita e à esquerda – para marcenarias, ferrarias e estábulos, para casas, pombais, galinheiros, um segundo poço, escolas, uma em cada direção – antes de subir a colina.

O verde também subia, suavemente no início, onde algumas pessoas trabalhavam na roça e obtinham tudo de que precisavam de seu trabalho. Ovelhas e vacas pastavam, e, mais além, o trigo dourado balançava, esperando para ser colhido, debulhado e moído.

No alto de tudo estava o castelo de pedra, com seus cem tons de cinza desgastados pela chuva e pelo sol. Suas ameias pareciam marchar, suas torres e seus torreões se projetavam para um céu de um azul comovente, onde seu dragão voava.

No topo da torre mais alta, em um estandarte, outro dragão voava, vermelho sobre o campo branco, com uma espada em uma pata e um cajado na outra.

As enormes figuras não estavam apenas ali, pensou Keegan, mas elas *observavam*, castelo e dragão, todos os que viviam e trabalhavam abaixo, Talamh inteira.

E ele devia fazer o mesmo.

Adentraram o portão seguinte – uma defesa que ele esperava nunca ter que usar – e passaram pela ponte de pedra sob a qual serpeava o rio.

E, ali, uma linda fonte e flores que a cercavam. Ao norte, os amplos bosques para jogos, rituais, encontros amorosos e brincadeiras infantis.

Seguiram em direção aos estábulos, à falcoaria e ao muro que dava para os penhascos e o grande mar.

Um homem que ele conhecia estava diante dos estábulos, com o boné na mão para mostrar respeito.

— Soubemos de sua chegada. Cuidarei de seus cavalos.

— Com minha gratidão, Devlin, pois este aqui nos fez cavalgar desde o amanhecer — respondeu Mahon, e desmontou. — E minha bunda está ressentida.

— E agora vai tomar cerveja — disse Keegan, e entregou as rédeas a Devlin. — E como está sua esposa? A hora dela deve estar perto.

— A hora dela chegou há uma semana, temos uma filha. Ambas estão bem, graças aos deuses.

— Lindas bênçãos para sua filha, sua esposa e você, Devlin. Que nome deu a ela?

— Chama-se Cara, *taoiseach*, pois é muito querida por nós.

— Lindo nome. Espere — Keegan vasculhou em seu alforje e tirou o berilo que havia recolhido ao visitar as minas de *trolls* no dia anterior. — Um presente pela nova vida que você trouxe a Talamh.

— Obrigado. Ela o guardará com amor.

Keegan colocou seu alforje no ombro.

— Quem poderia imaginar, quando corríamos pelos campos e matas, que um dia você teria uma filha, e ele, dois filhos e outro a caminho?

— Quem poderia imaginar — disse Mahon com a tranquilidade da amizade — que, quando nós três e outras pessoas entramos no lago, este aqui se ergueria como *taoiseach*?

— Eu prefiro uma esposa e uma filha — ponderou Devlin, com um sorriso.

— Eu também — concordou Mahon.

Mahon pegou seu alforje e pôs a mão no ombro de Keegan enquanto tomavam o caminho para o castelo.

— Estou precisando daquela cerveja e de um banho. Espero que você queira o mesmo. E minha esposa está longe, no oeste, mas você estará nos braços acolhedores de Shana.

— Acho que não. Tenho muito mais o que fazer.

Mahon olhou para Keegan.

— Porque ainda pensa na bruxa ruiva?

— Porque não tenho tempo para distrações.

— Somos amigos, não minta para mim.

Keegan parou, pois ainda estavam longe de ouvidos atentos.

— Parece que eu ignorei, ou fingi não notar, que Shana quer mais de mim do que eu jamais lhe daria. O pai dela é um bom homem e faz parte do conselho, e talvez deseje o mesmo. É hora de ela procurar em outro o que deseja.

— Ela dorme com outros, assim como você — apontou Mahon. — Achei que fossem companheiros de cama, nada mais.

— Por isso foi fácil fingir que eu não sabia. E não é errado, Mahon, há muita coisa a fazer para se divertir. Como você disse, ela dorme com outros, suas noites não serão solitárias.

Keegan escolheu uma porta lateral, na esperança de evitar uma enxurrada de saudações. Conhecia as escadas e passagens para evitar o salão principal e os espaços públicos onde as pessoas poderiam se reunir.

No entanto, mal entraram no abençoado frescor e sua mãe se aproximou para cumprimentá-los.

Estava usando azul, de um tom suave de verão que combinava com ela, e seu cabelo cor de mel estava trançado, mostrando seus brincos. Como Keegan, ela usava um pingente no pescoço, com um único cristal transparente. Ele sabia que seu pai o dera à sua mãe no dia de seu nascimento.

— Bem-vindos, viajantes. — Ela estendeu os braços.

— Não vou lhe dar um beijo. Acabamos de chegar da estrada e estamos muito sujos.

— Que absurdo! — Ela abraçou Mahon e depois o filho. — E como estão minha filha e meus netos?

— Estão ótimos — respondeu Mahon. — Querendo saber quando você vai visitá-los de novo.

— Em breve, espero, pois meu coração está sentindo falta deles. E seu irmão? — perguntou Tarryn, arqueando as sobrancelhas.

— Bem também.

— Então, estou satisfeita. Mahon, mandei levar uma caneca para o seu quarto, e uma banheira está sendo enchida.

— Eu tenho a melhor sogra dos mundos. — Pegou a mão dela e a beijou. — E, com sua licença, vou fazer uso de ambos. Este aqui gosta de cavalgar até esfolar o rabo.

— Sempre foi assim. Vejo você no jantar, um banquete e baile de boas-vindas, e espero ouvir histórias sobre os meus meninos.

— Não faltarão.

Ele subiu na frente os sinuosos degraus de pedra para onde Keegan apontou, e Tarryn tomou o braço do filho.

— Vou acompanhá-lo. Quero falar com você pessoalmente, não por falcão ou através do vidro.

— Algum problema?

— Nenhum ainda. Há sinais de problemas à vista, mas nenhum ainda.

Tarryn o acompanhou até um lugar que chamavam de salão pequeno, e ele percebeu que ela havia pedido a todos que lhe dessem um tempo para se instalar. As pessoas o cumprimentavam, mas ninguém se aproximava enquanto subiam as escadas, passavam pelas tapeçarias que adornavam as paredes de pedra e as janelas envidraçadas.

E subiram, andar por andar, até chegar às câmaras da torre designadas ao *taoiseach*.

— Eu queria que você ficasse nestes aposentos.

— Eu não sou *taoiseach*.

Ela abriu a porta e deu um passo para trás para que ele entrasse primeiro.

Na sala de estar, ardia um fogo baixo. Havia uma bandeja de frutas, queijos, frios e pão sobre uma mesa, além de uma caneca de cerveja e uma garrafa de vinho.

Como Keegan conhecia as preferências de sua mãe, serviu vinho para ela.

— Quer comer?

Ela sacudiu a cabeça e se sentou, e Keegan pegou a caneca e ficou bebendo e andando pela sala.

Ele estava muito inquieto, ela pensou.

Tarryn havia pessoalmente limpado o quarto naquela manhã, colocado as flores e ervas frescas, trocado a roupa de cama. Havia feito as novas velas para o console da lareira – ali e no quarto – pensando nele.

Taoiseach ou não, ela sempre seria sua mãe, e sempre tentaria encontrar uma maneira de aliviar a mente inquieta do filho.

Ainda não havia conseguido, mas continuaria tentando.

— Temos uma reunião do conselho pela manhã. Você deve comparecer.

— Eu sei; por isso estou aqui. Bem, essa é uma das razões.

— Vai se sentar na Cátedra de Justiça depois? O povo sabe que você está aqui, Keegan, e espera por isso.

— Sim.

— E vai dançar esta noite ao som da música de boas-vindas?

— Com você, mãe. — Ele olhou para ela com um sorriso. — Sempre.

— Só comigo?

— Não vim para dançar. Há sinais, como você disse, e aparecem em Talamh inteira. — Sentou-se, inclinando-se para a mãe com a caneca entre os joelhos. — O mundo está prosperando, mãe, eu vejo, mas sinto a tempestade chegando. Ele vai nos transformar em cinzas.

— Você vai detê-lo. Nós vamos detê-lo. Não tenho fé em você só porque é meu filho, só porque é *taoiseach*. Tenho fé porque conheço o homem que criei. E a filha de Eian?

Ele se recostou e deu de ombros. Ah, pensou Tarryn, ela conhecia aquele olhar melancólico.

— Voltou para o mundo dela.

— Este é o mundo dela também.

— Ela fez sua escolha, e nós honramos as escolhas das pessoas.

— Claro, honramos as escolhas, pois ninguém tem o direito de se impor à vontade do outro. Mas eu recebo notícias não só de você; de meus outros filhos também, e de Marg. Ela prometeu voltar.

Ele olhou para o fogo, para o coração incandescente do calor. Mas, como fazia desde que Breen partira, evitou olhar dentro ele.

— Promessas nem sempre são cumpridas.

— Você não acredita nela, então? Não confia nela? — Observando-o, Tarryn tomou um gole de vinho. — Disseram-me que você esteve na cama dela mais de uma vez.

— Isso é outro assunto.

— Ah, é? — Ela sorriu e bebeu um gole de vinho. Mas logo o sorriso desapareceu. — Houve sangue nas luas ontem à noite.

— Eu vi.

— Ela é necessária aqui, Keegan.

— Deixamos isso claro para ela. O que mais posso fazer?

— Isso também deveria estar claro para você, se não estivesse de mau humor. Conheço você, meu menino — declarou ela antes que ele pudesse protestar. — E está claro que você, *taoiseach*, precisa ir até lá e fazê-la recordar o juramento. E não por imposição, mas sim por persuasão e diplomacia, convencê-la a voltar.

— E quantas vezes você me disse que eu deixo muito a desejar em termos de diplomacia?

— Incontáveis. Faça melhor desta vez. Talvez possa acrescentar um pouco de humildade. Meu Deus — ela ponderou depressa —, o que me deu na cabeça? Devo estar ficando velha e senil.

— Hahaha. — Ele bebeu mais cerveja. — Tenho deveres a cumprir aqui.

— Sim, é verdade. E, quando os cumprir, vai falar com ela do outro lado e cumprir seu dever lá. Você nunca deixou de cumprir seu dever.

Ela deixou a taça vazia e se levantou. E, inclinando-se para ele, deu um beijo em suas faces.

— Você nunca falhará. Vou deixá-lo para que tome um banho.

CAPÍTULO 29

Shana tinha muitas razões para ser amiga de Kiara. Embora às vezes fosse cansativo conversar com Kiara, sempre animadíssima, ninguém na Capital tinhas fofocas mais quentes. A amiga também tinha uma natureza doce e um ouvido empático, e era uma gênia para arrumar cabelos.

No momento, ela tagarelava enquanto pacientemente fazia inúmeras tranças no cabelo longo e prateado de Shana.

Elas se uniram na época de escola, pois nenhuma das duas havia gostado da sala de aula. Kiara usava sua habilidade com cabelos – muito admirada e procurada – e seu amor e paciência inigualável com as crianças para contribuir com Talamh.

Shana dedicava seu tempo aos jardins – flores e ervas –, mas prestava muita atenção aos assuntos do conselho, pois esperava um dia sentar-se onde seu pai agora se sentava.

Kiara, apesar de toda a sua tagarelice, muitas vezes passava informações mais detalhadas que o pai de Shana.

O fato de a mãe de Shana ser a amiga e confidente mais próxima de Tarryn às vezes lhe propiciava pequenas informações da mãe do *taoiseach*.

Os pais de Kiara se conheceram quando o pai dela visitara o mundo de Largus, na juventude, onde vivia Minga. Shana achava que Kiara desenvolvera seu coração romântico por causa da história da bela mulher não mágica da província desértica de Largus e o elfo, que se apaixonaram, e de Minga, sua mãe, ter abandonado suas areias douradas para viver com Og nas colinas verdes de Talamh.

Og passara seu sangue e talentos élficos a seus cinco filhos. Embora Kiara não pudesse se igualar à grande beleza de sua mãe – poucas poderiam –, tinha a pele negra luminosa do mundo dela, o mesmo cabelo cor de ébano e o formato dos olhos castanhos-escuros.

As amigas gostavam do contraste entre elas, pois suas cores completamente diferentes as destacavam mais.

Quando eram jovens, tinham feito um pacto: nunca competir ou se apaixonar pelo mesmo homem. E o mantinham. Assim, a amizade delas continuava forte.

— Quero dançar todas as músicas esta noite. — Com seus dedos ágeis, Kiara prendeu um sininho na ponta de uma trança. — Aiden O'Brian voltou com o *taoiseach*, e acho que já é hora de ele parar de fingir que não me notou.

— Ele finge mal.

— Tenho um vestido novo. Fiz o cabelo de Daryn e suas irmãs, e cuidei dos dois filhos de Maeve enquanto ela trabalhava em sua tecelagem. Por isso Daryn fez meu vestido. Espere só para ver!

— Vou de azul. Azul gelo. Não vá me dizer que você vai de azul!

— É bronze. Daryn disse que vai fazer minha pele brilhar. Azul fica ótimo em você; se bem que tudo fica. O pobre Loren Mac Niadh ficará amuado, pois o *taoiseach* voltou e vai querer dançar todas as músicas com você.

— Ele pode querer. — Ela não sabia se gostava das tranças e sinos, pois sua mente estava ocupada com outras coisas. — Ele voltou há horas e não reservou nem um momento de seu tempo precioso para mim.

— Ora, ele acabou de chegar, e teve reuniões e essas coisas. E ouvi dizer que ficou conversando com a mãe um tempão.

— Para vir para minha cama ele encontra tempo, não é?

— E não dorme com mais ninguém na Capital há uns dois anos ou mais. Eu saberia se dormisse, e contaria a você.

Shana apertou de novo a mão de Kiara.

— Eu sei que contaria, mesmo que eu jogasse alguma coisa em sua cabeça por isso.

Com uma risada, Kiara terminou outra trança.

— Achei que fosse jogar quando lhe contei os boatos de que ele teria se deitado com a neta de Marg.

— As pessoas fofocam sobre qualquer coisa. — Bruscamente, Shana largou o frasco de perfume com que estava brincando. — Você também me disse que ele a estava treinando como a um de seus guerreiros, e que a jogava na lama o tempo todo.

— Ywain, você o conhece, acho, ele é irmão de Birgit, que mora no oeste, disse que viu com os próprios olhos. E todo mundo sabe no oeste que eles dividiram a cama além do campo de treinamento. — Ela começou a trança final. — Mas o que importa, como você mesma falou, com quem ele se deita no oeste, ou no norte ou no sul? Contanto que venha até você no leste...

Mas Kiara conhecia sua amiga, sentiu a mudança e diminuiu seu entusiasmo.

— Mas ela foi embora, não contei? Voltou para o mundo dela. Acho que ele se deitou com ela para tentar convencê-la a ficar, pois a mulher é necessária. Todo mundo diz isso. — Puxou as tranças para trás e começou a torcê-las e enrolá-las.

— Ela tem cabelo ruivo, você falou.

— Sim, vermelho como o fogo, mas não é muito bonita. Pode ser que ele pense nela, Shana, mas pelas necessidades de Talamh. Que homem poderia olhar para você e pensar em outra?

Estava enganada a respeito das tranças e dos sinos, pensou Shana. Eles formavam uma espécie de coroa e depois caíam como uma cachoeira por suas costas. Lindo.

— Está na hora de ele se comprometer comigo, Kiara.

Kiara abaixou a cabeça e colou sua bochecha na de Shana, ouro contra creme, preto contra prata.

— Talvez seja esta noite.

Shana estava com o vestido azul gelo, as tranças e os sinos, e sabia – pelos olhares de admiração e inveja – que estava linda. Havia aprendido que beleza e sexo podiam ser tanto armas quanto dádivas. E um recurso, acreditava, para ter o *taoiseach* como seu companheiro de vida.

Ela tinha um bom cérebro para política, fora educada desde que nascera na arte da diplomacia. E acreditava, com todo o seu coração, que era a melhor escolha para Keegan e para Talamh.

A mãe dele já havia mantido essa posição, essa honra, esse direito, por tempo suficiente.

Ainda assim, educada, deu um beijo em Tarryn e outro na mãe de Kiara.

— Você está radiante — elogiou Minga.

— Foi sua filha que me arrumou. — Ela sacudiu a cabeça um pouco para fazer os sinos tilintarem. — Achei que chegaria atrasada. —

Deliberadamente, pensou, enquanto se voltava para Tarryn. — Mas vejo que Keegan ainda não chegou.

— Não devemos esperar por ele, como pode ver — apontou Tarryn. Estava resplandecente de vermelho, com seu cabelo cor de mel formando uma coroa de cachos. As pessoas, já festejando, enchiam o salão de banquetes. — Ele está atrasado, mas se juntará a nós assim que puder.

Loren se aproximou. Estava usando prata, combinando com um gibão azul, do tom exato do vestido de Shana.

Havia feito uma troca com Daryn para que o fizesse para ele.

O bruxo, guerreiro e amante ocasional de Shana, sabia que formavam uma imagem perfeita juntos. Beijou a mão dela e lhe ofereceu vinho.

— Você ofusca todas as luzes da sala. Venha, temos um lugar para você.

— Vá se sentar com seus amigos, com os jovens — disse Tarryn.

Tarryn observou a elfa de azul gelo e o bruxo de prata, e pensou como combinavam bem.

— Formam um casal impressionante — comentou —, em todos os sentidos. Ela se voltará para ele, acho, quando entender que Keegan nunca a escolherá. E que nunca a faria feliz de verdade se a escolhesse.

— Mesmo assim, a mente dela está voltada para ele.

— A mente muda. Nuvens estão se formando, Minga, e Talamh precisa de espada e de coragem para levantá-la, não de sininhos tilintando.

— Ora, Tarryn, hoje é dia de festa.

— Tem razão, sou meio dura demais com ela. Eu sei que você gosta dela, assim como eu. Venha, vamos nos sentar com sua família e aproveitar o que temos.

Shana tinha Loren, ela sabia. Na palma de sua mão e em sua cama sempre que desejasse. Ela o mantinha encantado ali, sentado com Kiara e outros ao redor de uma longa mesa, perto de uma das fogueiras para poder se destacar com seu brilho reflexivo.

Ela comeu pouco. Passou o tempo todo flertando, sorrindo e vendo a satisfação nos olhos de Loren.

Olhos verdes, porém mais pálidos que os de Keegan. Ele não usava trança de guerreiro em seu cabelo castanho-escuro, mas lutava, claro, com poder, espada e arco.

Loren se destacava com o arco, assim como ela mesma. Tinha uma boa compleição, embora fosse mais leve que Keegan. Ela conhecia os dois corpos muito bem.

Como ele preferia misturar poções e trabalhar com sua alquimia, as mãos de Loren eram macias. Não provocavam nela a mesma emoção que as de Keegan.

E, quando Keegan entrou, todo de preto, sem adornos, seu coração quase saiu pela garganta. Ela não notou, nem teria se importado, que a luz nos olhos de Loren diminuiu.

Shana ergueu o vinho e se voltou para Loren com um riso leve, certa de que Keegan iria até ela.

Mas ele abriu caminho pelo salão, parando aqui e ali para falar com alguém, tocar um ombro, beijar um rosto, a caminho de sua mãe.

Ao chegar, cumprimentou Minga e Og com um calor espontâneo, assim como aos três filhos do casal que estavam sentados ali com eles e os outros à mesa, antes de se sentar.

Ela notou os poucos olhares – como não? – e os sussurros disfarçados. O *taoiseach* não fora até ela, não a cumprimentara.

E isso não poderia ser, e não seria suportado.

Então, quando a dança começou, ela pegou a mão de Loren e entrou na fila com ele.

Deu os passos, fez as curvas, ciente de que sempre brilhava nas danças. Dançou com seu pai, com um animórfico que sabia que a desejava, com meia dúzia de outros antes que Keegan se aproximasse.

— Você está linda, como sempre.

— É mesmo? — Ela sacudiu a cabeça e lhe lançou um olhar sensual sob seus cílios com pó de fada cuidadosamente aplicado. — Você parecia ocupado demais para notar.

— Ando ocupado mesmo, mas nunca demais para notar a beleza.

— Não muito ocupado, espero, para tomar um ar. Está muito quente aqui.

— Por alguns momentos, claro.

Ele a conduziu aos jardins, ao ar fresco que cheirava a outono, ao luar que banhava as flores com sua luz prateada.

Ela se voltou para ele, colou-se nele.

— Ah, como senti sua falta! — E tomando-lhe o rosto, colou sua boca na dele. — Ande, venha comigo agora. Leve-me para sua cama.

Keegan nunca havia compartilhado sua cama – a cama do *taoiseach* – com Shana, e ambos sabiam que ela não estava pedindo apenas sexo.

Ele a afastou gentilmente.

— Tenho obrigações aqui, Shana.

— Você dançou, mas não comigo. Conversou com quase todos no salão, menos comigo até agora. Fiquei lá mais de uma hora até você pegar minha mão, e agora os outros estão rindo de mim.

— Isso é bobagem, tolice.

— Nada disso — retrucou ela, e se voltou, fazendo as várias camadas finas de suas saias girarem junto. — Eu gostaria que você mostrasse aos que riem de mim o que eu sou para você. Esperei você quase o verão inteiro, Keegan, e para mim chega.

Na esperança de acalmá-la, ele pegou a mão de Shana.

— Não sabia que você se importava com o que os outros pensam, e lamento saber. Desculpe também por ter lhe causado angústia.

— Então, venha se redimir.

Ela logo mudou o tom para a sedução. Rápido demais, pensou ele, notando a atitude calculada.

— O vinho flui — murmurou Shana, acariciando o rosto dele. — A música toca. Você não fará falta se sairmos para tomar o que quisermos, o que necessitarmos. E se fizer, e daí? Você é *taoiseach*.

— Sim, sou. — Ele sabia que ela considerava isso uma espécie de status, mais que um dever. — Sou, e por isso devo respeito a quem dá seu tempo para servir o vinho, tocar a música, vir aqui esta noite para ter um momento, para ouvir uma palavra.

— Acaso não sou do povo de Talamh? Quero ter um momento. Quero as palavras que você ainda não me deu. Quero o que você é obrigado a me dar.

Keegan pegou as duas mãos dela e a manteve afastada pelo comprimento do braço.

— Sou obrigado a lhe dar minha proteção e o julgamento que possuo pelo cajado e a espada. Meu afeto e amizade lhe dou livremente, sem obrigação.

— Afeto? Amizade? Você vem à minha cama quando quer.

— E sempre fui bem-vindo, e, segundo suas próprias palavras, sem nenhuma obrigação de minha parte ou da sua. Agora vejo que aquelas palavras e ações não eram exatamente o que pareciam, e estou atrapalhando você. Disso me arrependo profundamente.

— Não quero seu arrependimento. — Ela jogou os braços ao redor dele de novo. — Venha para a cama, minha cama. Cumpra seu dever aqui, se for preciso, depois vá até mim.

Ele pegou Shana pelos pulsos e retirou seus braços do pescoço dele.

— Desculpe, do fundo do coração. Eu gosto de você, mas nunca poderei lhe dar nem mais nem menos que isso.

Quando ela o esbofeteou, ele não disse nada. Merecia isso e muito mais por não enxergar o que havia na mente e no coração de Shana.

— Vai me jogar de lado, então, como se eu não significasse nada para você? E por quê? Por uma bruxa meio *talamhish* que foi embora? Ela o deixou, afastou-se de você. Assim como o pai dela. Você terá devoção cega por ela como teve por ele?

— Ele nunca virou as costas para mim, nem para minha família, nem para Talamh.

Ele falou com suavidade, mas suas palavras foram mordazes. Era essa a intenção dele.

— Eian O'Ceallaigh deu a vida por você, por mim, por minha família, por cada ser vivo de Talamh. E pela filha escondida do outro lado. Nunca, nunca menospreze o nome dele ou o que ele sacrificou.

— Ele está morto! Ela foi embora! Eu estou aqui, pronta para ficar com você, para me deitar com você, para lhe dar conforto, para lhe dar filhos. Eu o amo, Keegan.

— Não posso retribuir o que você me oferece. Sinto muito, mas não posso lhe dar o que você quer.

— Então você me magoou, humilhou e está arrependido. Pois bem, *taoiseach*, pode acreditar, vai se arrepender mesmo. Vai se arrepender de me rejeitar assim. Outros não fariam isso.

— Eu sei.

— Pense em mim com aquele que eu escolher. E se arrependa.

Ela ia correr de volta para o salão, mas se conteve. Reprimiu as lágrimas e afastou qualquer sinal de fúria. Então, entrou e voltou para Loren.

Aproximando a boca do ouvido dele, sussurrou:

— O *taoiseach* queria ir para minha cama, mas eu disse que tinha outra pessoa em mente.

Ela mordiscou o lóbulo da orelha dele e o pegou pela mão. Mesmo sem acreditar nela, ele a seguiu de bom grado.

Música e dança prosseguiram depois que Keegan cumpriu suas obrigações. Cansado, ele foi para seus aposentos e, com uma cerveja na mão, relatou o confronto a Mahon.

— E você não parece nem um pouco surpreso com tudo isso.

— Eu sim. Mas Aisling, depois de só um encontro, afirmou que era esse o interesse de Shana, e eu nunca deveria duvidar dos instintos dela. Elas se conheceram na primavera passada — acrescentou —, quando Shana foi para o oeste a cavalo com seus pais.

— Ela poderia ter me falado de seus malditos instintos.

— E você teria escutado?

Ele meditou olhando para o fogo, e então deu de ombros.

— Provavelmente não, pois juro que Shana foi convincente. Bem, não é verdade — corrigiu. — Quando comecei a perceber, ou a sentir, que ela queria mais de mim, decidi me afastar. Mas acho que não fiz a coisa direito.

— Ajuda se eu contar que Aisling também disse que, embora Shana tenha sentimentos fortes por você, tem outros sentimentos mais fortes pelo *taoiseach*?

— Isso eu vi, ou senti. Como ela pode ter sido criada na Capital, onde seu pai serve no conselho, dedicado como todos, e não entender de verdade o que é ser um líder? Bem, não lhe faltarão opções para preencher minha vaga.

— Mas nenhum com o status que você tem.

Keegan olhou longamente para Mahon.

— Você não gosta nem um pouco dela, não é?

— Não é verdade. Bem, não totalmente verdade. Ela é sedutora, e, de tudo que vi e ouvi, faz seu papel, e é uma boa filha para os pais também. Mas, como outras pessoas, ela pensa mais em sua aparência ou nas bugigangas que pode trocar do que em coisas como o dever e o trabalho que isso exige. Então, nisso, ela nunca se adequaria a você. — Mahon se levantou e se espreguiçou. — Vou dormir. Não fique meditando por muito tempo.

— Nem posso. Amanhã preciso tomar o café da manhã na aldeia, visitar umas lojas e oficinas e fazer outras coisas antes de voltar e me sentar na Cátedra de Justiça.

— Quer companhia para a primeira parte?

— Pelos deuses, sim!

— Descerei com você, então. No Gato Sorridente o café da manhã é bom.

— Então, é para lá que nós vamos.

Keegan passou a manhã na aldeia, depois o resto do dia ouvindo reclamações, brigas mesquinhas, pedidos de ajuda. Coisas pequenas para ele – e agradecia por isso –, mas não para os envolvidos.

Um homem alegou que o cachorro de seu vizinho uivava durante a noite, e o vizinho disse que havia enterrado o cachorro, velho e muito amado, duas noites antes do suposto uivo.

Um casal relatou ter encontrado uma de suas ovelhas queimada e estripada.

Essas não eram coisas pequenas. Ele poderia substituir o cachorro idoso por um filhote, e a ovelha por uma dos campos do castelo. Mas ele conhecia os sinais.

A escuridão se aproximava.

O tempo que passava com os profetas só confirmava o que já sabia. Que não podia mais esperar.

No limite da floresta profunda, com a escuridão quebrada pela luz das estrelas, ele deu um beijo de despedida em sua mãe.

— Vou convencê-la a voltar, como ela prometeu que faria.

— Diga a seu dragão para voar para o oeste.

— Por quê?

— É melhor levá-la de volta para lá, um lugar que ela conhece, onde tem amigos e Marg. Aqui ainda não, Keegan. É muita coisa de uma vez só, não é?

— Tudo bem, tem razão.

— Mahon levará seu cavalo. Eu mesma irei no Samhain, se não antes. Já passou da hora de ver o resto de minha família. Você se saiu bem aqui, meu amado.

Keegan lhe entregou o cajado.

— Até eu voltar.

— Até você voltar. Abençoado seja, Keegan.

— Abençoada seja, mãe.

※

Breen desligou o computador quando ouviu Marco entrar. Deu uma olhada ao redor, saiu e fechou a porta.

— Como foi? — perguntou.

— Meu último dia na loja. Espero que seja para sempre.

— Não está arrependido?

— Estou oficialmente trabalhando para as duas pessoas de quem eu mais gosto, você e Sally. É estranho. Mas um estranho bom. Vou trabalhar no café para você ficar com o apartamento vazio para escrever.

— Não precisa fazer isso. Nós podemos...

— É melhor para nós dois — ele foi até a janela da frente —, e um trajeto muito fácil.

— Estou sentindo cheiro de arrependimento. Marco, todos adoraram o design do site. Eu sei que todo mundo quis dar sugestões, mas...

— Foram boas. Quanto a isso, tudo bem, Breen. É que é um grande passo para mim. Vou sentir falta do acesso fácil aos instrumentos... tenho meu teclado e minha guitarra aqui, mas não vou poder mais pegar um sax, ou um banjo, e ver o que eu consigo fazer, sabe?

— Espere.

Ela correu para o quarto e tirou do armário o estojo com a harpa.

— Eu ia te dar isto no Natal, mas... — Ela não sabia onde estaria no Natal. Nem mesmo se existiria ainda. — Mas não aguentei esperar — prosseguiu. — E este parece ser o momento perfeito.

— O que você tem aí?

— Sente-se, abra o estojo e descubra.

Quando ele abriu, ficou só olhando para a harpa.

— Assim que a vi, disse: esta é do Marco. Havia uma loja na aldeia, uma loja familiar. O pai fabrica alguns dos instrumentos que eles vendem, como esta harpa, por exemplo. Ele fez um acordeão para o meu pai.

Marco ergueu os olhos marejados.

— Não tenho palavras.

— Nem precisa. Eu sei que você não amava trabalhar na loja de música, mas é uma grande mudança mesmo assim. E você está fazendo isso por mim.

Ele tocava as cordas e as notas saíam puras.

— Ouça que voz boa ela tem. Tenho muito a aprender. Você me deu um empurrão, Breen, acho que eu estava precisando. Nunca vou ser um astro de rock ou de hip-hop, nem de qualquer coisa.

— Você tem um dom imenso.

— Muita gente tem. — Mesmo dando de ombros, seus dedos tiravam música das cordas. — Tenho que ganhar a vida. Isso não significa que eu precise desistir de tocar, de escrever músicas, mas, do jeito que as coisas estavam, eu teria continuado na loja para sempre só para pagar o aluguel. Agora eu posso fazer algo no que sou bom, ter tempo para tocar para mim mesmo e quem sabe tentar dar aulas. Aqui, como você disse. Eu posso fazer isso — concluiu, com os olhos ainda úmidos e fixos nos dela — porque você vai voltar para a Irlanda.

— Marco, eu...

— Garota, quem conhece você melhor do que eu?

— Ninguém — murmurou ela. — Ninguém.

— Você está pensando em voltar desde que chegou aqui. Não fala mais em comprar uma casa, e isso foi uma grande pista. E está diferente desde que voltou. Não diferente ruim, mas... acho que foi demais para você. E por isso a sua cabeça ainda está lá.

Como Breen não respondeu nada, ele enxugou os olhos com as costas da mão e acrescentou.

— Estou errado?

— Não, não está. Desculpe.

— Não se desculpe. Você tem uma avó lá, inferno, tem um cachorro! Alguma coisa deu um estalo em você, cara, eu ouvi quando chegamos lá. Não se desculpe, pelo menos não para mim.

— Preciso terminar o que eu comecei. — O que mais poderia dizer a ele? — O que eu comecei lá.

— Entendo. — Ele arrastou o dedo sobre as cordas. — Quando você acha que vai?

— Eu... estava vendo passagens antes de você chegar. Pensei em ir semana que vem.

— Semana que vem? — Seus dedos pararam. — Mas você voltou faz poucas semanas!

— Vai fazer um mês, Marco. Eu deveria ter contado antes, mas não sabia como, e queria fazer, resolver tanta coisa antes de voltar... Ainda não sei quanto tempo vou ficar. Podem ser semanas, ou meses, ou...

— Para sempre?

— Não penso em nada para sempre. Só estou pensando em terminar o que eu comecei. Depois eu descubro o resto.

— Não vou dizer para você não ir, mas fico imaginando quanto o cara com quem ficou por lá tem a ver com isso.

— Não desse jeito — disse ela depressa. — Absolutamente não desse jeito. Não vou voltar, nem um pouquinho, por causa de um relacionamento... desse tipo.

— Ótimo, porque o sexo confunde a cabeça da gente. E, se você acha que é mais que sexo, aí vai confundir ainda mais. As pessoas ficam idiotas por amor.

— Isso não vai acontecer, prometo. Eu sabia que ia voltar, mas não falei para você. Deveria, mas não falei.

— Contou para mais alguém?

— Prometi à minha avó que voltaria, mas aqui não, ainda não contei a ninguém.

— Você precisa encarar isso. Tenho que me trocar para ir ao Sally's. Venha também para contar a todos.

— Tudo bem.

Ele se levantou e a puxou para abraçá-la.

— Essa harpa foi o melhor presente que eu já ganhei. E, se voltar vai fazer você feliz, também vou ficar feliz. Pode demorar um pouco, mas vou ficar.

Keegan esperou até a meia-noite para lançar o círculo na profunda escuridão da floresta. Queria o poder do fim do dia e do começo do próximo, por isso o ritual seria longo e complexo.

Reabrir o portal para o outro mundo não seria difícil, mas, como sua mãe havia pedido, precisaria abri-lo no oeste.

Tinha que ser preciso também, por isso precisava estudar as marcações. Não apenas o país, a cidade, mas também o apartamento dela. Era como acertar um alvo físico que só via em sua cabeça.

E depois mudar tudo de novo, tendo como referência o oeste.

Ele pensou em procurar Marg para que ela o ajudasse com o ritual, já que o sangue compartilhado entre ela e Breen simplificaria tudo.

Mas ele era o responsável. E, se suas palavras duras sobre a partida haviam contribuído para que Breen ficasse longe, ele teria que encontrar outras mais suaves – em algum lugar – para convencê-la a voltar.

Então, ele lançou o círculo e espalhou a luz pela escuridão. Convocou os deuses para abençoar seus esforços em nome daquela luz. Bebeu o vinho, derramou o resto da taça no chão, e, quando a terra o bebeu, puxou o fogo. E, com suas palavras ecoando na noite, ergueu-o bem alto e o abriu. Devagar e meticulosamente, puxou o ar e o fez girar. O esforço de manter tudo contido e concentrado fazia o suor correr por suas costas.

O fogo ardia, vermelho, depois azul, e finalmente branco, enquanto se comprimia e formava o portal entre os mundos.

— E, com as palavras certas, que se quebrem os cadeados e a porta seja aberta. Passagem esta noite me conceda e a ela farei jus, pois juro levar de um mundo a outro a luz, e que ela livres os mantenha. Como assim desejo, que assim seja.

Com fé, ele deu um passo à frente e entrou na luz rodopiante e nas chamas. E se jogou de um mundo a outro.

Um flash de luz, um golpe de calor, e o portal se fechou de novo às suas costas.

Encontrou-se em um quarto com pouca luz e um zumbido que provinha de fora. Mas não havia ninguém dentro, e nenhum som.

Estalou os dedos para fazer luz e observou o lugar. Colorido, pensou, e arrumado. E vazio. O chão rangeu sob suas botas quando ele foi em direção a uma mesa pequena e viu uma cozinha à sua direita.

Já havia visto lugares assim em suas viagens e em livros, mas esse era muito pequeno e cheirava não mal, mas a aroma artificial de limão.

Ele ouviu uma porta bater e vozes.

Bem, era um apartamento, então, mas ele não sabia se era o certo.

Atravessou um corredor estreito e olhou à esquerda. Viu uma cama bem-arrumada, mais colorida, um violão pendurado, fotos na parede de pessoas tocando instrumentos musicais.

Não parecia nem cheirava a Breen, por isso entrou no quarto à direita.

E lá estava ela – ou o cheiro, a sensação dela.

A máquina que Breen usava para escrever suas histórias estava sobre uma mesa junto com a foto do pai dela, o dele e de outros, como a que ela havia dado a Marg e a Aisling.

Uma caixa no chão continha algumas coisas, como se ela as houvesse colocado ali dentro ou ainda não as houvesse tirado.

Mas onde ela estava?

— Caramba!

Reconheceu o espelho de clarividência e o pegou. Em circunstâncias normais, jamais teria usado a ferramenta mágica de outra pessoa sem permissão, mas não podia se preocupar com sutilezas.

— Mostre-me.

O vidro escureceu e logo clareou.

✦

Keegan a viu sentada em um bar. Segurava uma taça de vinho e seus lábios se moviam enquanto ela falava com alguém que ele não podia ver. Achou que parecia estar chorando, e isso lhe causou certo desconforto.

Então, ela abraçou alguém, outra mulher, com o cabelo platinado caindo sobre ombros nus.

Não, não era outra mulher, percebeu, olhando mais de perto enquanto os dois se afastavam para conversar. Era um homem vestido de mulher.

Sally, percebeu. Ela havia falado daquele lugar e daquele homem muitas vezes.

Ele deixou o espelho e tirou uma pedra divinatória do bolso.

— Mostre-me o caminho.

Fez menção de sair, mas se lembrou de sua espada. Ele sabia que esse mundo não aceitaria um homem carregando uma espada, por isso a soltou e a deixou no chão.

Saiu do apartamento com a pedra na mão e desceu os lances de escada. Portas se abriam e fechavam e deixavam escapar o som de vozes, o cheiro de comida. Alguém tocava um trompete, mas não muito bem.

Fora, o ar era frio, denso devido ao cheiro dos carros e do combustível que queimava. Mais uma vez, impressionou-se com as cores. Não só nas roupas ou nos muitos tons de pele, mas também na própria cidade.

Era como um arco-íris, notou.

Mais uma vez, alguém tocava trompete, mas dessa vez muito bem. Lâmpadas iluminavam as ruas e calçadas e muita gente passeava sem pressa. Dois homens se aproximaram com sorrisos nos olhos e se beijaram enquanto Keegan passava.

Virou uma esquina, como a pedra orientara, e encontrou-se em frente a um edifício. Mais arco-íris ali, e luzes das mesmas cores formavam a palavra Sally's.

Ele entrou – calor, música e mais cores ainda. Mas não viu Breen no balcão onde estava antes bebendo.

Caçá-la pela cidade o irritava, e além disso o lugar em si despertava algo nele.

Três mulheres – não, homens de novo – estavam sobre um palco com roupas que brilhavam como estrelas. Cantavam com uma harmonia excepcional.

O cheiro do ar era tão marcante quanto as vozes.

Então, parou para analisar o que havia atraído Breen de volta a esse lugar, e o que teria que fazer para afastá-la de novo.

CAPÍTULO 30

Atrás do balcão, preparando o martíni perfeito, Marco notou Keegan no instante em que este entrou.

Marco sabia, por experiência própria, que algumas pessoas tinham esse poder – o poder de atrair olhares com um estalar de dedos. Eram pessoas magnéticas.

Ninguém consegue fingir ter esse magnetismo. Ou a pessoa tem ou não tem.

Serviu o martíni na taça gelada e acrescentou três azeitonas enquanto observava o Magnético tomar conta do clube.

Estava gostando da música, era evidente – também, The Supremes nunca falhavam. E também era evidente que o Magnético estava procurando alguém.

Sorte desse alguém.

Alto e forte, pensou Marco enquanto o Magnético se aproximava do balcão. Vestido casualmente – suéter azul-escuro, calça marrom-escura, botas sexy arranhadas. Rosto duro e anguloso com uma barba por fazer que parecia casual, em vez de deliberada.

Tinha um cabelo grosso e preto, desses em que todo mundo quer pôr as mãos. E aquela trança fina descendo pelo lado esquerdo... nossa!

Marco sentiu algo que não soube identificar, e o Magnético parou diante do balcão e o olhou diretamente nos olhos. O barman não teve vergonha de admitir que seu cérebro ficou meio dominado pela luxúria nesse instante.

— Bem-vindo ao Sally's, Magnético Bonitão. O que deseja?

— Estou procurando Breen Kelly. Por acaso conhece?

O sotaque irlandês... e o que havia sentido se explicou.

— O deus irlandês...

Keegan ergueu as sobrancelhas.

— Não, não, é uma mulher. Ela é ruiva e...

— Eu me referia a você. Sou Marco. Marco Olsen. — E estendeu a mão.

— Marco? Ela fala com carinho de você, portanto é um prazer conhecê-lo. E Breen está por aqui?

— Ela foi até os bastidores um minuto. Já vai voltar.

Enquanto isso, pensou Marco, podia arrancar informações dele.

— O que você quer beber enquanto espera? É por conta da casa — acrescentou —, de um amigo de Breen para outro.

— Muita gentileza sua. Facilita, já que não me ocorreu trazer dinheiro daqui. — Ele olhou para as torneiras e decidiu. — Aceito uma caneca de Guinness, obrigado.

— Agora mesmo. Então — Marco colocou o copo de cerveja embaixo da torneira e começou o processo de servir a Guinness —, você mora perto da avó de Breen?

— Exato.

— Breen está muito feliz por ter encontrado a avó. Foi muito importante para ela, especialmente depois que descobriu que o pai havia morrido. Você o conhecia?

— Sim, e nunca conheci um homem melhor, depois do meu próprio pai.

Enquanto as camadas de Guinness se acomodavam, Marco recebeu um pedido de um Moscow Mule, um Cosmo e alguns tintos da casa.

— Breen não comentou que você viria.

— Nem poderia, já que eu não avisei ela.

— É uma surpresa! Há quanto tempo está na cidade?

— Não muito. Você sabe das coisas, hein? — comentou Keegan enquanto Marco preparava o pedido. — Um barman habilidoso é muito legal.

— É treino.

Depois de atender ao pedido, Marco terminou de servir a Guinness e a colocou na frente de Keegan.

— Breen é mais que uma amiga para mim, mais que uma irmã. Muito mais.

— E você para ela. Eu sei disso pelo jeito como ela fala a seu respeito.

— Acho que você acabaria comigo sem suar a camisa, mesmo assim eu quebraria sua cara se a machucasse.

Keegan manteve os olhos em Marco enquanto provava a Guinness.

— Um amigo de verdade, incondicional, é um tesouro. E eu não pretendo machucá-la.

— Ela se machuca fácil. Aqui — disse Marco, batendo em seu coração.

— A mulher que conheci tem força e vontade, e uma determinação feroz. E não estou interessado em ferir o coração dela, nem que o amigo dela me quebre a cara.

— Ora, ora, quem nós temos aqui?

Sally, com um vestido preto de lantejoulas, justo, botas acima dos joelhos e uma peruca platinada, esgueirou-se ao lado de Keegan.

— É um amigo da Breen... da Irlanda — explicou Marco. — Desculpe, ainda não me falou seu nome.

— Keegan Byrne.

— Nossa, adoro um sotaque. — Sally passou o dedo, todo sedutor, pelo braço de Keegan, mas manteve o olhar firme e avaliador. — Que surpresa! Sou Sally.

— Sally? A mãe do coração de Breen.

Os olhos avaliadores se suavizaram.

— Digamos que sim.

— Pela maneira como ela fala de você, isso fica bem claro. Gostei muito deste lugar. É animado, e os artistas têm belas vozes.

— Espere até ver a Gaga de Sally — comentou Marco enquanto atendia a outro pedido.

— Você também atua?

— Querido, eu nasci para o palco, mas tenho um tempinho ainda antes de fazer o teto explodir. Marco, água, por enquanto. Keegan, vamos arranjar uma mesa para conversar um pouco. Hettie vai levar as bebidas para nós — acrescentou Sally, enganchando seu braço no de Keegan para conduzi-lo a uma mesa no fundo do salão.

— Pretende me ameaçar também?

Homem ou não, Sally estava vestido de mulher, de modo que Keegan puxou a cadeira para ele.

Torcendo os lábios, Sally se sentou.

— Tenho motivos?

— Marco já me avisou, e espero o mesmo de você. Afinal, vocês são a família dela. Obrigado — disse quando a garçonete deixou as bebidas. — Meu amigo, que é um irmão para mim, estava de olho em minha irmã, e ela nele. E, embora minha irmã seja mais velha que eu, e Mahon seja um homem totalmente verdadeiro, falei a mesma coisa para ele.

— E como foi?

Keegan levantou sua cerveja.

— Foi tranquilo, o que foi uma sorte para nós dois, porque Aisling teria acabado com a nossa raça. E eles estão esperando o terceiro filho agora.

— Aos finais felizes — brindou Sally com sua água. — E é isso que você pretende com Breen? Um final feliz, filhos...

— O quê?

O choque sincero de Keegan fez Sally torcer os lábios de novo.

— Foi só um exemplo do que eu entendo por família. Pretendo conversar com Breen, nada mais, na esperança de que ela volte comigo. Ela tem família lá também e... também é necessária. Há um lugar para Breen lá.

— Está se referindo à avó dela? Que ela nem sabia que existia até o verão passado?

Diplomacia, Keegan, lembrou a si mesmo.

— Marg manteve seu silêncio, o que lhe custou muito caro, por respeito à mãe de Breen, e para dar tempo à própria Breen para fazer suas escolhas quando chegasse o momento. Não é minha história, não posso lhe contar, por isso direi apenas que, quando Eian trouxe Breen para cá, a pedido de sua esposa, fez o possível para manter sua família segura e inteira, e para manter a família que deixara lá. Ninguém vai falar mal de Mairghread ou de Eian Kelly diante de mim.

— É justo. Mas eu gostaria que a avó dela tivesse aparecido antes e dado menos tempo para Jennifer magoar tanto Breen.

— Entendo o que você quer dizer e sei que é verdade. Mas a hora das escolhas chega quando chega. E ela tinha você, não é? E Marco, e este lugar.

Ele olhou ao redor de novo. Aplausos acompanhavam o trio que descia do palco.

— É um bom lugar, pelo que vejo. Um lugar de amor e acolhimento, além de divertido.

Suspirando, Sally se recostou na cadeira.

— Como posso pegar pesado com você se me diz uma coisa dessas?

Ele sorriu.

— É o que eu vejo e sinto agora que estou aqui, e o que entendi com facilidade pelo modo como Breen falou de você, de Marco, daqui, de... é Derrick, não é?

— Sim, o amor da minha vida.

— Então ele deve ser um bom homem, pois não há razão para você se contentar com menos.

— Merda! O homem tem charme, aparência e sotaque... — Sally jogou seus cachos platinados para trás. — O que uma mãe deve fazer?

— Deixe-a voltar comigo, se ela quiser.

— Eu não poderia impedi-la, e nem tentaria atrapalhar algo que ela quer. Ela nunca teve o coração partido. Teve seu ego, sua autoestima, ambos sempre hesitantes, abalados, machucados e partidos, mas o coração não. — Inclinou-se para a frente. — Não seja o primeiro.

— Não serei. A questão aqui não é romântica.

Com sua mão bem cuidada e unhas cor-de-rosa, Sally deu um tapinha na de Keegan.

— Como queira, bonitão. E essa é a minha deixa. Curta o show.

Seria difícil não curtir, mesmo com sua crescente impaciência – quando diabos ela ia aparecer? –, quando o local inteiro explodiu em aplausos e vivas.

E Sally subiu ao palco.

Ele admirava os artistas, e logo viu que Sally havia dito a verdade. Nascera para o palco.

Tinha presença, movimentos perfeitos, confiança, e cantava uma música que falava de romance, e muitos clientes cantavam junto como se estivessem em um pub.

Ele estava curtindo, mas percebeu quando Breen entrou. Foi só um tiquinho de poder no ar. Sempre o surpreendia o fato de as pessoas desse mundo não poderem sentir isso.

Keegan virou a cabeça e a viu, assim como ela a ele.

Quando ela se aproximou, ele se levantou.

— O que está fazendo aqui?

— Nós precisamos conversar. Se puder voltar comigo para sua casa...

Mas ela se sentou.

— Nós podemos conversar aqui mesmo.

— É uma conversa que eu prefiro ter em particular.

— Aqui nós temos privacidade.

A autoconfiança de Breen não parecia tão hesitante quanto sua mãe de coração pensava.

Ele foi se inclinar para a frente, mas a garçonete chegou e deixou uma taça de vinho.

— Marco achou que você gostaria de um vinho. Quer que eu traga outra cerveja?

— Não, obrigado.

— Se precisar de alguma coisa, é só chamar. — Hettie olhou deliberadamente para Breen. — Qualquer coisa.

— Até parece que eu vim aqui para arrastar você pelo cabelo — murmurou Keegan.

— Nós cuidamos uns dos outros aqui.

— Assim como nós lá — rebateu ele. — Você disse que voltaria, e já faz mais de um mês.

— Nem um mês — corrigiu ela. — Falo com Nan quase todos os dias.

— E ela não diria nada a seu respeito. Bem, estive na Capital nestes últimos dias. Você precisa voltar, os sinais estão aumentando.

— Que sinais?

— Da escuridão que se aproxima. Você deu sua palavra de que iria quando fosse necessário. Pois agora é necessário.

— Acho que você não acreditou em minha palavra.

— Caramba, mulher, eu estava furioso. Não se trata de seus sentimentos ou dos meus, e sim do dever.

A música pulsava. Sally passou para "Born This Way". As pessoas se amontoavam na pista de dança, as luzes brilhavam.

Tudo naquele momento lhe era tão familiar, tão seguro, tão normal, que Breen ansiava por aquilo como pelo ar que respirava.

— Diga a verdade. Se eu for para Talamh, posso morrer lá.

— Tudo que tenho, tudo que sou, usarei para protegê-la.

Ela olhou para ele e bebeu um pouco de vinho.

— Eu acredito. Mas eu poderia morrer.

Ele pousou a mão na mesa, mas não a bateu.

— Assim como eu ou qualquer um poderia. E, se nós falharmos, todos aqui poderiam, com o tempo. Odran não vai parar em Talamh.

— Vejo a terra queimando. Sinto o cheiro de fumaça e de sangue. Ouço os gritos.

Ela deixou a taça na mesa.

Ele fechou a mão sobre a dela.

— E não vai fazer nada, vai deixar isso acontecer?

— Não.

Ela se levantou, olhou para Sally no palco, depois para Marco, atrás do balcão. Levou a mão ao coração e foi em direção à porta.

— Tenho passagem reservada para semana que vem — revelou Breen, pois Keegan estava atrás dela. — Já contei a todas as pessoas de quem gosto que vou voltar... para a Irlanda.

Na rua, ela começou a andar depressa.

— Eu precisava contar a eles e me despedir. Agora que já fiz isso, vou ver se consigo adiantar a passagem.

— Você já ia voltar...

Ela se voltou para ele.

— Eu disse que voltaria.

— Desculpe. — Ele a segurou pelo braço quando ela se voltou de novo e saiu andando. — Desculpe, de verdade.

— Deixe para lá.

— Não. Eu duvidei de sua palavra e isso foi um insulto, e a magoou. Desculpe. E pedir desculpas três vezes deveria ser suficiente para qualquer um.

— Estou com medo — admitiu Breen, olhando para a frente. — Tudo que eu conheço está aqui, e tenho algo que sempre quis, que era escrever. É como se aqui estivesse minha chance de ser feliz, muito feliz, de finalmente encontrar meu lugar. Mas não é meu lugar, nem meu único lugar — prosseguiu. — Quando penso na cabana na Irlanda, ou na sensação da brisa no meu rosto em Talamh... nas asas de Morena se abrindo, ou nos cheiros da oficina de Nan, da cozinha dela... da porta sempre aberta... — Suspirou, fechou os olhos. — Sinto muita falta disso como do ar que respiro. E sinto falta de ter um lugar lá, de fazer parte de alguma coisa, como nunca senti aqui. Quero a magia, quero sentir essa alegria dentro de mim. Mas tenho medo.

— Seria tola se não tivesse.

Ela parou diante da porta de seu prédio.

— Então, acho que não sou tola.

Breen entrou e foi subindo as escadas.

— Tenho Marco, Sally, Derrick, amigos do Sally's, que são muito importantes para mim. Mas não me encaixo mais aqui. E temo que, se eu quiser ou precisar voltar, não vá me encaixar. Isso supondo que eu sobreviva ao que está por vir.

Ela pegou suas chaves e destrancou a porta.

— Tenho que abrir mão do que eu amo aqui?

Ele queria tocá-la, tranquilizá-la. Mas não fez nem uma coisa nem outra.

— Não sei a resposta.

— Nem eu. Entre, sente-se. Vou tentar trocar a passagem para o mesmo voo que o seu. Quando é, de que companhia aérea?

— Você acha que eu vim de avião? Por que eu faria isso? É uma coisa horrível. Abri um portal temporário. E abri-lo de novo daqui, com você comigo, vai ser muito mais simples.

Enquanto falava, ele pegou sua espada e a amarrou à cintura.

— Como foi que a sua espada chegou... aqui? Você abriu um portal de Talamh para meu apartamento?

— Pareceu-me o melhor lugar.

— E se Marco estivesse aqui?

— Não estava.

— E se eu tivesse companhia, ou estivesse no meio de uma orgia?

— Não tinha — respondeu ele simplesmente —, e não estava. E, como você falou que tinha uma vida tranquila aqui, não considerei a possibilidade de uma orgia. Você faz isso com frequência?

— As pessoas batem antes de entrar na casa de alguém!

Ele tentava ter paciência, mas estava difícil.

— Considerando as circunstâncias, deixei de lado as boas maneiras. Pode me castigar por isso quando voltarmos. Você já se despediu, portanto vamos embora.

— Preciso fazer as malas.

— Maldição, há roupas em Talamh.

— Vou fazer as malas. Não vou embora sem levar tudo de que preciso. Vá você, se estiver com tanta pressa. Eu pegarei o avião horrível quando estiver pronta.

Ela foi para seu quarto e, seguindo prioridades, guardou seu notebook, cadernos e material de pesquisa primeiro.

— Preciso do meu trabalho — explicou Breen, porque ele a seguia. — Pode não parecer importante para você, mas para mim é.

— Eu nunca disse que não era importante.

— Mas deve ter pensado. Depressa, Breen, não incomode outra pessoa perdendo tempo com o que você precisa.

Ele a viu enrolar a foto de seus pais em uma camisa, e o espelho de clarividência em outra. Guardou os dois, mais o livro de feitiços que Keegan reconheceu ser o que Marg havia escrito.

Tirou coisas do armário, das gavetas, e seus movimentos eram bruscos. Não com raiva, não, com algo mais frágil.

Keegan sentiu a dor de Breen quando se abriu para isso.

E como, perguntou-se, um homem que achava que entendia as mulheres podia ter cometido um erro tão grave com duas delas em uma semana?

— Tenho direito às minhas malditas roupas, não só às coisas que alguém tem sobrando. E, se eu quiser a caneca de sapo que Marco fez para mim na escola, vou levar.

Ela despejou canetas e lápis na mala, depois embrulhou o que parecia um sapo rosa sorridente e o colocou com o resto.

— E vou levar minha própria escova de dentes, se não se importa.

Ele notou as lágrimas na voz de Breen enquanto ela perambulava jogando coisas em uma bolsa.

— Minhas próprias coisas, por mais frívolas que sejam. Porque eu vou ter o que é meu pelo tempo que puder. Não sei quando vou voltar, nem se vou voltar, se vou ver Marco ou Sally ou qualquer pessoa daqui que seja importante para mim de novo. E vou cumprir meu dever, caramba, quando estiver pronta.

Ela saiu andando de novo, mas ele parou na frente dela.

— Pare.

— Ainda não acabei!

— Encontrarei outra maneira. — Ele pousou as mãos nos ombros trêmulos dela. — Isto está errado. Eu estava errado, e vou encontrar uma maneira, pois cabe a mim encontrá-la. O dever é meu, desde antes mesmo de eu pegar a espada e o cajado. Eu soube durante minha vida inteira, e você soube há apenas alguns meses. Sou encarregado de pesar o certo e o errado das coisas e encontrar o caminho justo. E isto não é o justo.

Ele encostou a testa na dela um instante. O peso pertencia a ele, pensou, sempre pertencera.

— Você vai ficar aqui no mundo que conhece, no mundo onde está seu coração. Encontrarei outra maneira de defender Talamh.

As pernas de Breen amoleceram e ela deslizou até o chão, deixando cair tudo que havia colocado na bolsa.

Ele desceu junto e ficou agachado, enquanto ela apoiava as costas na parede.

— Você está dizendo que não tenho que ir? E não diga que é uma escolha.

— Bem, é uma escolha, mas não lhe demos muito espaço para isso, não é? E, sem dúvida, se você voltasse, eu pegaria mais pesado que antes. Esse é o jeito, meu jeito. Mas não é seu jeito nem seu mundo.

— Meu pai...

— Morreu pelo seu mundo. Eu o amava como se fosse meu, mas acho que ele não me seria grato se eu arrastasse sua filha de volta para arriscar tudo. Isso é responsabilidade minha.

Ele se levantou e estendeu o braço para ajudá-la a levantar.

Nesse instante, a porta se abriu.

Marco viu Breen no chão, com lágrimas no rosto e nos olhos, e Keegan ali ao lado, em pé.

— Seu idiota! Afaste-se dela!

Com o punho apertado, ele voou para cima de Keegan. Breen ouviu o estalo de dedos contra ossos e se levantou correndo.

— Pare, pare! Não o machuque — ordenou a Keegan, e se jogou sobre Marco para evitar que as coisas escalassem.

— Saia da frente, Breen. Ninguém vai tratar você assim! Você acha que pode sair por aí derrubando mulheres, filho da puta?

— Ele não fez nada! — Breen se agarrou a ele com mais força. — Ele não me derrubou, não me machucou. Foi o contrário. Eu estava emocionada e ele estava sendo compreensivo.

— Não me pareceu isso. E eu vi como você estava quando saiu do Sally's. Estava furiosa. Por isso vim atrás de você.

— Estava furiosa, ainda estou, mas não com Keegan. Juro. Feche a porta antes que os vizinhos chamem a polícia.

Depois de olhar feio para Keegan mais uma vez, Marco foi fechar a porta.

— Quero saber que diabos está acontecendo aqui.

— Eu estava fazendo as malas. — Breen se agachou para pegar o que havia derrubado e evitar contato visual. — E me emocionei. Keegan disse umas coisas... coisas gentis, e eu fiquei mais emotiva. Ele não me machucou nem me ameaçou nem nada.

— Tudo bem — aceitou Marco, mas seu olhar preocupado permaneceu. — Se não foi o que parecia, desculpe por ter batido em você.

— Não se preocupe. Amigos defendem os amigos. E foi um bom soco, bem dado.

— Sei... Tenho certeza de que seu rosto quebrou minha mão. — Ele olhou para Breen. — Você não está me contando tudo. Que diabos está acontecendo, Breen? E não tente me enganar. Eu te conheço, garota.

— Conhece mesmo — murmurou Breen, levantando-se. — Vou voltar.

— Eu sei, já conversamos sobre isso.

— Vou voltar agora mesmo.

— Agora? Você disse semana que vem.

— Eu sei. — Ela olhou para a bolsa que tinha na mão, cheia de coisas que pareciam tão importantes momentos antes.

Agora, o importante eram os dois homens ali e os dois mundos aos quais pertenciam. Ela foi para seu quarto e deixou a bolsa no chão.

— Vamos sair do corredor.

Ela foi para a sala de estar e se dirigiu a Keegan primeiro.

— Não vou embora sem fazer as malas. Não vou embora sem contar a verdade a Marco.

Keegan apenas assentiu com a cabeça e foi até a janela.

— Espere aí! Isso é uma espada? Por que ele tem uma espada?

— Vamos nos sentar por um minuto.

Depois de empurrar Marco para uma cadeira, ela se sentou no braço de outra.

— Eu não estive só na Irlanda neste verão. Tudo começou lá. Não, aqui. Começou aqui, mais ou menos, depois que vi Sedric no ônibus. O homem de cabelo prateado, lembra?

— Breen...

— Mas comecei a sentir mais na Irlanda. Você se lembra de Morena, a do falcão? Como me senti tão conectada a ela tão depressa? Então, na cabana, fui sentindo isso cada vez mais. E segui Porcaria pela floresta, e ele me levou até a árvore. Fui atrás dele e entrei em Talamh. É a terra do meu pai. Onde ele e minha mãe se casaram. Onde eu nasci. E conheci minha avó.

— Achei que ela havia dado o cachorro para você.

— Ela deu, mas eu só soube quando ela me contou. Passei um tempo com ela e aprendi muito. Aprendi, e pude sentir, que tudo está conectado. Que há um poder, de dois lados, escuridão e luz, que conecta tudo e todos.

— Tipo a Força?

— Não, Marco, não... Bem, mais ou menos — decidiu. — E existem mundos... Lembra quando você queria ser astrônomo e dizia que não podíamos ser os únicos porque éramos pequenos demais para isso? Pois você estava certo.

— Então, vai me dizer que ele é do planeta Tulipa, e que você atravessou o continuum espaço-tempo?

— Para uma pessoa capaz de escrever livros — disse Keegan sem se voltar —, você está abordando o assunto com deboche.

— Eu sei. Pense no multiverso. Existe mais que um mundo. Nós somos um, Talamh é outro. Existem portais que conectam alguns deles, como a árvore conecta este mundo e Talamh. Espere. Eu escrevi tudo.

Marco se levantou devagar enquanto ela corria para o quarto.

— Você está mexendo com a cabeça de Breen. O que deu a ela?

— Ela encontrou seu direito de primogenitura, seu local de nascimento. Encontrou sua história e seu destino.

Keegan olhou para Breen quando ela voltou com o notebook e um pendrive.

— Você disse que não iria sem contar a verdade a ele, portanto pretende ir. Mas está deixando o rapaz mais confuso e preocupado.

— Leia isto. — Breen colocou o pendrive na mão de Marco. — Eu escrevi como tudo aconteceu. Escrevi meus pensamentos, meus sentimentos, está tudo aí. Tudo sobre Talamh, os feéricos, como eles escolheram magia em vez de tecnologia...

— Ah, ótimo. Então ele é o quê? Um mago? É o maldito Harry Potter com espada?

— Já chega! Eu sou feérico, assim como ela. Sou Sábio, assim como ela. Breen Siobhan O'Ceallaigh, eu, *taoiseach* de Talamh, estou liberando você de sua promessa de retorno. Sua escolha é aqui e agora. Faça-a.

— Vou voltar.

— Breen, esse sujeito é um lunático ou um vigarista tentando pegar seu dinheiro. Vou chamar a polícia.

— Pare. — Breen estendeu as mãos e todas as velas da sala se acenderam. — Esta é quem eu sou — disse enquanto Marco se recostava na cadeira. — Filha dos feéricos, uma bruxa que carrega o sangue dos *sidhes* e a maldição de um deus das trevas.

Ela estalou os dedos e fez surgir uma bola de luz azul. Balançou a outra mão e fez o ar se agitar.

— Isto é o que eles esconderam de mim durante toda a minha vida. Este poder, este dom, este dever.

— Ok, ok, acho que todos nós usamos drogas demais.

— Você sabe que não. Eu sou assim, Marco. Esta é quem eu realmente sou. E, se você está com medo de mim agora, vou ficar muito triste.

Marco estava ofegante, como se houvesse corrido alguns quarteirões, e suas pernas tremiam. Mas ele se levantou e a abraçou.

— Você está meio assustadora — conseguiu dizer —, e eu estou maluco, né? Estou bem assustado, mas você ainda é Breen. Ainda é minha melhor amiga.

Breen fez desaparecer a bola de luz e a abraçou Marco com força.

— Amo muito você. Tudo isso veio do meu pai. — Afastou-se um pouco. — Eu tenho muita coisa para explicar, leia o que eu escrevi. Preciso ir. Vou pegar minhas coisas — informou a Keegan.

Quando ela correu para o quarto, Marco se voltou para Keegan.

— Eu sei o que acabei de ver. Não entendi, mas sei o que vi. E ainda não confio em você.

— Não há razão para isso. Não quero fazer mal a ela. E mais: darei minha vida para protegê-la, assim como você faria.

— Você a ama?

— Ela é a chave do cadeado — foi a resposta de Keegan. — Um cadeado que mantém presa a escuridão, que consumiria meu mundo e o seu.

— Talvez você não queira machucá-la, pode ser. Mas alguém quer. Eu conheço minha garota, ela está com medo. E quero saber por quê.

— Leia o arquivo — repetiu Breen, puxando às pressas a mala desorganizada. — Pronto. Deixei coisas para trás, eu sei, mas não consigo pensar direito.

— Sedric pode vir buscar o que você quiser, nós precisamos ir agora. Dê isto aqui. — Impaciente, Keegan pegou a mala e colocou a pasta do notebook no ombro. — Se estivermos juntos, o portal se abrirá mais rápido.

— Que merda de portal é esse, Breen?

— Eu ligo para você da cabana assim que puder. A casa fica deste lado. Nós vamos conversar. — Ela o abraçou de novo. — Vou responder a todas as suas perguntas, mas preciso ir.

Ela se voltou para Keegan.

— Não sei abrir um portal.

— Eu abro. — Keegan pegou a mão dela. — Comigo.

Ele se concentrou, puxou Breen e começou a abrir o que já havia conjurado.

Marco viu a luz, como uma cabeça de alfinete, se espalhar e formar uma bola. E crescer, crescer. Viu escuridão atrás, mas salpicada de estrelas, e duas luas que emitiam uma espécie de brilho sobre colinas ensombradas.

— Que porra é essa?!

Breen olhou para trás.

— Amo você, Marco.

E deu um passo à frente.

Marco não pensou, apenas reagiu.

Deu um pulo para a frente e, pegando a mão livre de Breen, entrou cambaleando com ela na luz e na escuridão.

— Ai, meu Deus, Marco! Keegan, pare, volte!

Preso no flash de luz e no vento que girava entre os mundos, Marco se agarrou a Breen com mais força.

— Se você for, eu também vou.

— É tarde demais para parar.

Arriscando uma manobra, Keegan puxou o poder para amortecer a queda enquanto olhava para Marco.

— Espere, irmão!

E sem tempo, sem escolha, Breen segurou firme a mão do amigo que a atraía para um mundo e a mão do homem que a puxava para outro.